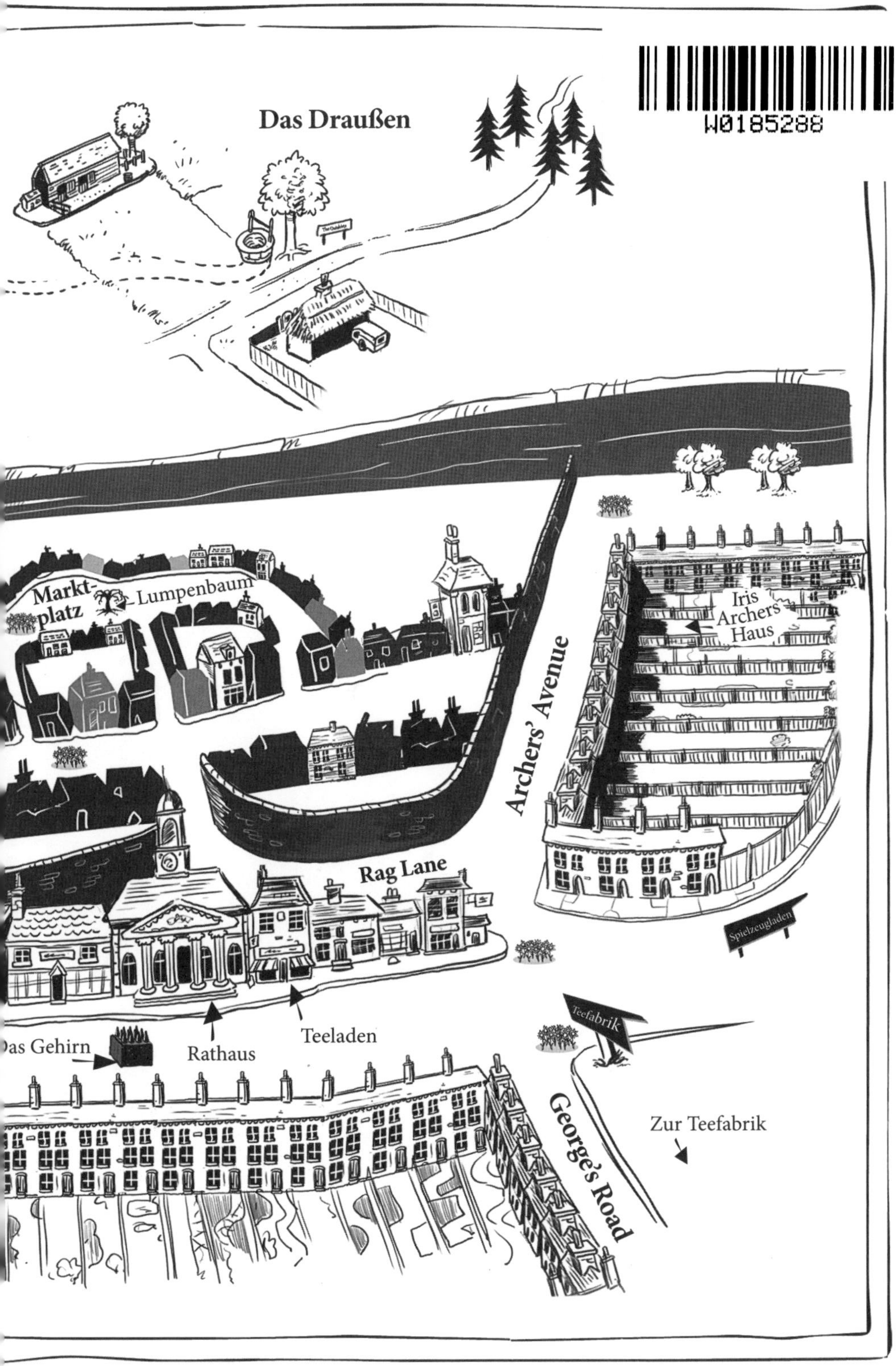

Das Draußen
Markt-
platz
Lumpenbaum
Iris
Archers
Haus
Archers' Avenue
Rag Lane
Spielzeugladen
Teefabrik
Das Gehirn
Rathaus
Teeladen
George's Road
Zur Teefabrik

Helena Duggan

Rätselhafte Ereignisse in Perfect
Meister der Täuschung

Alle Bände von **Rätselhafte Ereignisse in Perfect:**

Band 1: Hüter der Fantasie
Band 2: Meister der Täuschung

Helena Duggan

Rätselhafte Ereignisse in Perfect

Meister der Täuschung

Aus dem Englischen übersetzt
von Ulrike Köbele

Band 2

Loewe

FSC
www.fsc.org
MIX
Papier aus verantwortungsvollen Quellen
FSC® C014496

ISBN 978-3-7432-0781-3
1. Auflage 2021
Erschienen unter dem Originaltitel *The Trouble with Perfect – There's somebody watching you*
First published in the UK in 2018 by Usborne Publishing Ltd.,
Usborne House, 83-85 Saffron Hill, London EC1N 8RT, England

Aus dem Englischen übersetzt von Ulrike Köbele
Umschlagillustration: Isabelle Hirtz
Umschlaggestaltung: Johanna Mühlbauer
Printed in the EU

www.loewe-verlag.de

Für Dad, für alles.

Inhalt

Kapitel 1

Zuhause

»Es kommt mir so vor, als würden wir die gesamte Stadt ausspionieren, Boy«, meinte Violet, während sie den Blick über all die winzigen Bildschirme vor ihr wandern ließ. Sie befand sich im Inneren des Gehirns.

Das Gehirn war William Archers neueste Erfindung. Gut, so neu war es auch nicht mehr, schließlich hatte er es bereits kurz nach dem Untergang von Perfect entwickelt und das war nun fast ein Jahr her. Von außen erinnerte das Gehirn an einen schwarzen Kasten von der Größe eines Gartenhäuschens. An den Seiten gab es schwarze Rollläden, die hochgezogen werden konnten, wenn man hineinwollte – zum Beispiel, um etwas zu reparieren. Drinnen war es allerdings fürchterlich beengt. Oben auf dem

Flachdach waren Hunderte rote und schwarze Gegenstände angebracht, die ein wenig wie Verkehrshütchen oder Eiswaffeln aussahen.

Das Gebilde war in der Edward Street errichtet worden, direkt vor den Stufen zum Rathaus. Das Rathaus stand im Zentrum der Stadt, hatte William gesagt, daher war diese Stelle am besten geeignet, um die Signale aller Augenpflanzen zu empfangen.

Seit ihrem Sieg über Perfect hatte William Archer in den Straßen von Town unzählige Beete mit Augenpflanzen angelegt, die als eine Art Wachposten dienten. »Ein Sicherheitssystem für Town«, hatte William erklärt, als er das Konzept vorgestellt hatte. Die Augenpflanzen funktionierten wie echte, lebendige Augen und sandten alles, was sie sahen, an das Gehirn. Und das wiederum wandelte die Signale dann in Bilder um.

Boy blickte ebenfalls zu den Bildschirmen hinüber. »Vielleicht, weil wir genau das gerade tun, Violet«, scherzte er.

»Du weißt, was ich meine!«

»Was gibt es in Town schon zu sehen? Hier macht niemand mal irgendwas Interessantes – oder jedenfalls nicht so, dass wir es mitkriegen. Aber vielleicht hast du recht, Violet … könnte ja sein, dass wir Mrs Moody dabei ertappen, wie sie ihre Wäsche aufhängt, oder dass wir Mr Bloom beim Unkrautjäten erwischen!«, spottete Boy. »Jetzt mal im

Ernst: Die Augenpflanzen beobachten die Leute hier andauernd und bis jetzt hat dich das noch nie gestört!«

»Ja, aber sie machen das auch aus gutem Grund – damit sie uns sofort warnen, falls Edward zurückkommen sollte.«

»Und wir machen das hier auch aus gutem Grund – nämlich um die Augenpflanzen in Ordnung zu bringen. Sie können uns nun mal nicht warnen, wenn sie nicht richtig funktionieren, oder?«

»Was stimmt denn nicht mit ihnen?«

»Dad zufolge hatten sie in letzter Zeit ein paar Macken. Er hat die Stäbe und Kegel auf dem Dach neu justiert und will wissen, ob das was gebracht hat. Die elektromagnetischen Sig…«

»Boy, ich habe keine Ahnung, was das heißen soll. Kannst du es auch so erklären, dass es ein Normalsterblicher versteht?«

»Ach ja, ich hatte glatt vergessen, dass du nicht halb so intelligent bist wie ich«, zog er sie auf.

»Ja, ja. Red dir das nur ein, wenn du dich dann besser fühlst«, entgegnete Violet genervt. »Also, was genau will dein Dad jetzt von uns?«

»Wir sollen die Monitore beobachten, um sicherzugehen, dass sie alle funktionieren. Achte darauf, dass keiner schwarz ist oder ständig an und aus geht.«

Violet sprang von ihrem Stuhl auf und begann, im Gehirn umherzugehen. Die Monitore türmten sich dicht gedrängt in der Mitte des Raumes auf, wodurch sie ein wenig an die Augen einer gigantischen Spinne erinnerten. Ein enger Gang führte um sie herum, sodass man sie bei Bedarf erreichen konnte.

»Jeder Bildschirm ist mit einer der Augenpflanzen hier in Town verbunden«, fuhr Boy fort. »Die Zahl oben in der Ecke verrät dir, mit welcher. Wenn du merkst, dass es irgendwo blinkt oder flackert, schreib dir die Nummer auf.«

»Hier drüben scheint alles in Ordnung zu sein.« Mit einem unguten Gefühl sah Violet zu, wie Mr Hatchet auf einem der winzigen Monitore gerade draußen vor seiner Metzgerei in der Nase bohrte. »Es ist schon ein bisschen merkwürdig, andere zu beobachten, ohne dass sie etwas davon ahnen, findest du nicht?«

»Oh, Merrills Spielzeugladen hat eine neue Eisenbahn im Schaufenster«, berichtete Boy aufgeregt, während er sein Gesicht ganz nah vor einen der Monitore hielt.

»Was haben Jungs bloß immer mit so langweiligem Zeug wie Eisenbahnen?« Violet seufzte und schüttelte den Kopf.

»Was haben Mädchen bloß immer mit so langweiligem Zeug wie … Reden?«, gab Boy zurück.

»Und, irgendwelche Probleme?« William Archers bärtiges Gesicht erschien im Eingang des Gehirns.

»Nein, Dad«, antwortete Boy. »Scheint so, als würden die Anpassungen, die du vorgenommen hast, ausreichen.«

»Wäre das nicht herrlich?« Lächelnd strubbelte William

seinem Sohn durch die Zottelmähne. »Dann hätte ich Vincent Crooked erst mal von der Backe.«

»Ist der Stadtrat mit seiner Sitzung fertig?«, fragte Violet.

»Ja, dein Dad ist auf dem Weg hierher. Er wollte nur noch ein paar Worte mit Vincent wechseln.«

»Was war denn diesmal?«, erkundigte sie sich.

Ihr Dad und Mr Crooked mussten ständig »ein paar Worte wechseln«. Und meistens waren diese Worte nicht besonders nett, sagte ihre Mam. Ihr Dad bezeichnete es als »Meinungsverschiedenheit«, aber Violet wusste es besser. Es hieß, dass er den Mann nicht leiden konnte. Um ehrlich zu sein, konnte sie ihren Dad verstehen. Wenn Mr Crooked auch nur ansatzweise so wie sein Sohn Conor war, würde sie ihn ebenfalls nicht ausstehen können.

»Nichts Besonderes«, winkte William ab. »Nach den kleinen Problemen der letzten Zeit hat Vincent lediglich seine Bedenken geäußert, ob die Augenpflanzen auch wirklich verlässlich sind. Dein Dad hat versucht, ihm klarzumachen, dass alles in bester Ordnung ist.« Er lächelte.

»Okay, Violet, bist du so weit?« Ihr Dad erschien auf der Türschwelle. Sein Gesicht war stark gerötet.

»Konntest du Vincent überzeugen?«, fragte William.

»Nein«, erwiderte Eugene, »aber es war wie immer ein Vergnügen, es zu versuchen. Ich weiß nicht, woran es liegt, doch ich werde mit diesem Mann einfach nicht warm. Er hat irgendwas von Raubüberfällen geschwafelt und dass wir hier in Town nicht sicher wären, wenn die Augenpflanzen nicht richtig funktionieren würden.«

»Raubüberfälle in Town?« William lachte. »Ich bin gespannt, was ihm als Nächstes einfällt!«

»Wie auch immer«, Eugene trat wieder nach draußen auf die Edward Street, »es ist Sonntagabend, Zeit fürs Bett, Violet. Deine Mutter fragt sich sicher schon, wo wir stecken.«

»Aber Dad, kann ich nicht noch ein bisschen bleiben?«, bettelte Violet und sah zu Boy.

»Nein, morgen ist Schule. Mrs Moody wird es gar nicht recht sein, wenn du mitten im Unterricht einschläfst.«

»Mrs Moody ist sowieso nie irgendwas recht, Dad!«

»Nun komm schon, Violet.« Eugene drückte zärtlich ihre Schulter.

Violet seufzte, verabschiedete sich von William und Boy und lief mit ihrem Dad durch die ruhigen Straßen von Town nach Hause.

An den Abenden, an denen ihre Mam zu ihren Kochkursen ging, nahm Violets Dad sie zu den Sitzungen des Stadtrats mit. Der Stadtrat war nach dem Niedergang von Perfect gebildet worden und so etwas wie die Regierung von Town. Er bestand aus zehn Bewohnern der Stadt. Dad zufolge handelte es sich um eine … Demoparty? Nee, das war ganz bestimmt nicht das richtige Wort! Für eine Party wurde dort eindeutig zu viel geredet. Jedenfalls bedeutete es, dass dort über alle Entscheidungen in Town abgestimmt wurde, damit es möglichst gerecht zuging.

Diese Sitzungen waren immer stinklangweilig. Diesmal hatte Violet Glück gehabt, weil sie Boy im Gehirn helfen durfte, aber normalerweise sahen diese Abende so aus, dass sie zwei Stunden rumsaß und den Erwachsenen beim Reden zuhörte. Wenigstens machte der Heimweg mit Dad das alles wieder wett.

Der Himmel über Town war ungewöhnlich klar, sodass es sich Eugene zur Gewohnheit gemacht hatte, auf ein Sternbild zu zeigen und Violet nach dessen Namen zu fragen. Inzwischen hatten sie das so oft gemacht, dass Violet die Namen der Sternbilder in- und auswendig kannte. Manchmal tat sie absichtlich so, als hätte sie einen vergessen, weil ihr Dad es liebte, mit seinem Wissen angeben zu können. Das hatte ihre Mam ihr heimlich verraten.

»Das da ist der Große Wagen«, verkündete Eugene, als sie sich ihrem Zuhause näherten.

Violet folgte seinem ausgestreckten Finger, als plötzlich etwas aus dem Gebüsch geschossen kam. Violet zuckte so heftig zusammen, dass sie einen kleinen Satz zur Seite machte und ihrem Dad um ein Haar auf den Fuß getreten wäre.

»Schon gut, Mäuschen«, beschwichtigte er, den Blick nach oben gewandt. »Das war bloß ein Vogel. Nur komisch, dass er so spät noch unterwegs ist.«

Während sie die Auffahrt zu ihrem Haus entlanggingen, beruhigte sich Violet langsam wieder.

»Glaubst du wirklich, Town wäre auch sicher, wenn die Augenpflanzen nicht mehr richtig funktionieren, Dad?«

»Mäuschen, Town ist einer der sichersten Orte, den ich kenne. Vielleicht sogar einer der sichersten Orte auf der ganzen Welt. Wir brauchen die Augen nicht, aber weil sie William so wichtig sind, lassen wir ihn eben gewähren. Ich vermute, er möchte aus etwas Schlechtem unbedingt etwas Gutes machen.«

»Aber was ist mit Edward Archer? Was, wenn er zurückkommt und wieder versucht, unsere Fantasie zu stehlen?«

»Er kommt nicht zurück, Mäuschen. Der ist längst über alle Berge.«

Eugene Brown schloss die Tür auf und ging hinein. Warmes Licht ergoss sich über die Stufen vor dem Haus in den Garten. Violet hielt einen Moment inne und nahm die sternenklare dunkle Nacht in sich auf.

Sie hatte diese Stadt nicht ausstehen können, als sie noch Perfect hieß und alles und jeder unter der Kontrolle der Archer-Zwillinge stand. Doch mittlerweile fühlte sie sich in Town wirklich zu Hause.

Kapitel 2

Probleme mit dem Gehirn

Violet schlug das Herz bis zum Hals. Sie folgte Edward Archer, dem kleineren, dickeren Zwilling, während er sich den Hügel hinaufkämpfte, vorbei an der einzelnen Straßenlaterne.

Ihr Sichtfeld war verschwommen, als hätte sich Nebel in ihren Augenwinkeln gebildet.

Sie trat durch das Drehkreuz am Friedhof. Das Quietschen der eisernen Scharniere jagte ihr einen Schauer über den Rücken.

Grabsteine säumten den Pfad, der quer durch das Gräberfeld verlief. Die Nacht war so finster, dass sie Edward nirgends ausmachen konnte. Zur Sicherheit ging sie hinter einem Grabmal in Deckung.

»Ich weiß, dass Sie hier sind, Edward Archer!«, schrie sie.

Sein Gelächter schien aus allen Richtungen gleichzeitig zu kommen. Schweißtropfen perlten auf Violets Stirn.

Plötzlich stürzte eine Gestalt hinter einem der Grabsteine hervor. Violet versuchte, ihr nachzulaufen, doch sie stolperte und schrammte sich die Handflächen auf.

Das Geräusch von Stein auf Stein erfüllte die Dunkelheit. Violet stockte der Atem.

Sie rappelte sich auf und rannte zu der Stelle, wo sie die Gestalt eben noch gesehen hatte. Weit und breit war niemand zu erkennen.

Wo war Edward hin? Sie durfte ihn nicht entkommen lassen.

Violet stand vor dem Grabstein und versuchte, das Moos abzurubbeln, um die Buchstaben darunter zu entziffern. Im nächsten Moment stieß ein großer schwarzer Vogel vom Himmel herab und kam mit ausgestreckten Klauen direkt auf sie zu.

Violet duckte sich und hielt sich die Hände schützend vors Gesicht. Ihre Schreie gellten durch die Nacht, während über ihr das Rauschen der Schwingen lauter und immer lauter wurde.

»Violet, Violet, Violet!«, rief eine Stimme aus weiter Ferne.

***

Mit klopfendem Herzen schlug Violet die Augen auf. Wo war sie? Erleichterung machte sich breit, als sie die Deckenlampe ihres Zimmers über sich erblickte.

Sie hatte wieder diesen Albtraum gehabt. Den, in dem Edward spurlos verschwand. Doch diesmal war etwas anders gewesen: Ein Vogel hatte sie angegriffen.

»Violet, Violet …«

Jemand rief ihren Namen. Sie schoss senkrecht in die Höhe. Dann prasselte etwas gegen ihre Scheibe. Vorsichtig stieg sie aus dem Bett, schlich auf Zehenspitzen zum Fenster und zog die Vorhänge ein winziges Stück auseinander.

Ein großer silberner Mond erhellte die Nacht.

Unten in der Einfahrt vor ihrem Fenster stand eine Gestalt mit einem Fahrrad. Boy. Was hatte er um diese Uhrzeit hier zu suchen?

Das Fahrrad war nagelneu, ein verfrühtes Geburtstagsgeschenk von Boys Eltern, William und Macula Archer. Auch wenn der Grund letzten Endes bloß vorgeschoben war: Seit sie ihren verloren geglaubten Sohn zurückbekommen hatten, überhäuften ihn die Archers – einschließlich seiner Großmutter Iris – nur so mit Geschenken. Manchmal wünschte Violet sich beinahe, sie wäre ebenfalls in einem Waisenhaus groß geworden und hätte ihre Eltern erst nach Jahren wiedergefunden. Zumindest würde sie dann auch mal etwas anderes als immer nur flauschige Pyjamas und rosa Pantoffeln zum Geburtstag bekommen.

»Was machst du da unten? Weißt du eigentlich, wie spät es ist? Außerdem haben wir uns doch erst vor ein paar Stunden gesehen«, flüsterte sie, nachdem sie das Fenster geöffnet hatte.

»Stell dich nicht so an, Violet! Es ist überhaupt nicht spät«, antwortete er, wobei kleine weiße Atemwölkchen aus seinem Mund kamen. »Es ist früh, kurz vor Sonnenaufgang!«

»Das kommt aufs selbe raus, Boy. Ich versuche zu schlafen! Gewöhnst du dich jemals an normale Uhrzeiten? Du bist nicht mehr in Niemandsland! Andere Menschen schlafen nachts.«

»Normal ist doch langweilig. Jetzt komm, raus mit dir. Dad braucht unsere Hilfe!«

»Schon wieder? Wobei denn? Kann das nicht warten?«

»Frag nicht so viel … Mach hin!«

Violet schnaubte empört, zog sich aber trotzdem schnell an. So leise wie möglich schlüpfte sie aus ihrem Zimmer und schlich die Treppe hinunter, öffnete die Haustür und trat auf die Vortreppe hinaus. Das alles hatte nur wenige Augenblicke gedauert.

»Wieso brauchst du so lange?« Boy drehte sich um und radelte los. »Beeil dich!«, rief er ihr über die Schulter zu, während er die Einfahrt hinabsauste.

Jungs! Die können echt nie warten. Wutschäumend stapfte Violet um die Ecke und schnappte sich das Fahrrad, das sie zu Weihnachten bekommen hatte und nun an seinem üblichen Platz an der Hauswand lehnte.

Was war denn bitte so dringend, dass Boy sie dafür in aller Herrgottsfrühe aus dem Bett holte?

Sie hatte gerade das Ende der Einfahrt erreicht, als plötzlich ein großer schwarzer Vogel aufflatterte und haarscharf an ihr vorbeiglitt. Genau wie der, der sie und ihren Dad letzten Abend überrascht hatte.

Violet schrie auf und riss den Lenker rum, um ihm auszuweichen.

»Ihr Mädchen seid solche Angsthasen!«, spottete Boy, der neben der Bank am Straßenrand angehalten hatte.

»Gar nicht wahr«, keuchte Violet atemlos.

»Das war bloß ein Vogel, Violet.«

»Ich weiß …« Sie brach ab und trat in die Pedale. »Es ist nur … na ja … ich hatte schon wieder diesen Traum. Aber diesmal kam außer Edward auch noch ein Vogel darin vor – deswegen bin ich so erschrocken. Mehr nicht.«

»Ich hab dir doch gesagt, Edward Archer kann dir nichts mehr tun. Keinem von uns«, versicherte Boy, während er zu ihr aufschloss. »Es gibt überhaupt keinen Grund für diese Albträume.«

»Du tust gerade so, als könnte ich mir das aussuchen«, erwiderte sie. »Außerdem war das seit langer Zeit der erste. Wahrscheinlich, weil Dad und ich uns gestern auf dem Heimweg über Edward unterhalten haben und mich dabei auch ein Vogel erschreckt hat. Bestimmt lag es daran. Ich kann nun mal schlecht kontrollieren, was in meinem Kopf vorgeht, während ich schlafe, oder?«

»Du kannst nie kontrollieren, was in deinem Kopf vorgeht, Violet!«, zog Boy sie auf. »Jetzt komm, Dad wartet am Gehirn auf uns. Und zwar pronto!«

»Pronto?«, keuchte Violet, während sie sich bemühte, mit ihm mitzuhalten. »Was soll das heißen?«

»Das heißt: *Beeil dich!*«, rief Boy und bog mit solchem Schwung in die Splendid Road, dass er beinahe in eines der Beete mit den Augenpflanzen krachte.

»Warum sagst du das dann nicht einfach?« Violet lachte. Gemeinsam sausten sie an dem Laden vorbei, in dem sich früher das Ocularium der Archer-Zwillinge befunden hatte.

Das Haus stand mitten in der Stadt in bester Lage. Von hier aus hatten Edward und George ihre Verschwörung vorangetrieben und Perfect mitsamt seinen Bewohnern ihrem Willen unterworfen. Nach dem Sieg über die Zwillinge hatten Violets Dad und William Archer in dem Laden ihr eigenes Brillengeschäft eingerichtet, das den schlichten Namen »Archer & Brown« trug.

Darin gingen die beiden ganz normalen Optikertätigkeiten nach: Sie verkauften Brillen und behandelten all die Augenprobleme, mit denen die Leute so zu ihnen kamen. Darüber hinaus gab es aber auch noch einen total coolen

Raum, in dem Violets Dad Experimente durchführte, mit denen er blinden Menschen das Augenlicht zurückgeben wollte. Er war nämlich Ophthalmologe, das bedeutete, er operierte Augen. Diese Forschung betrieb er seit dem Untergang von Perfect mit Leidenschaft und hatte bereits zahlreiche Artikel in *Auge um Auge*, der Fachzeitschrift für Augenheilkunde, veröffentlicht. Violets Mutter Rose war außerordentlich stolz auf ihren Mann und erzählte jedem, dem sie begegnete, von den »ehrgeizigen« Plänen, die er noch für Archer & Brown hatte.

Violet und Boy bremsten ab und hielten vor dem Gehirn.

William Archer war bereits da. Er murmelte leise vor sich hin, während er einen der Rollläden hochzog, um sich Zugang zu den unzähligen kleinen Monitoren dahinter zu verschaffen. »Ich hab die Transistoren überprüft, die Kabel … Was stimmt nur nicht, wo liegt das Problem? Auf dieser Seite sind auch welche ausgefallen.« Er schnalzte verärgert mit der Zunge und klopfte gegen das Glas. Boy und Violet schien er noch gar nicht bemerkt zu haben. »Das ergibt einfach keinen Sinn!«

»Ähem … Dad …« Boy räusperte sich.

»Toll! Ihr habt es geschafft.« William wirbelte zu ihnen herum. »Tut mir leid, dich so schnell wieder herbestellen zu müssen, Violet. Also dann, ab mit euch. Und bitte seht zu, dass ihr vor Sonnenaufgang zurück seid. Wenn die Leute mitbekommen, dass unser Schätzchen hier weiter rumzickt, sitzt uns Crooked endgültig im Nacken. Dabei habe ich ihm gestern nach der Sitzung noch versichert, dass alles in bester Ordnung ist.«

»Was sollen wir denn machen, Dad?«, fragte Boy verwirrt. »Du hast uns noch gar nichts erklärt.«

»Ach so, ja, wie dumm von mir.«

Er kam auf sie zu und schüttelte Violet zur Begrüßung umständlich die Hand. William Archer behandelte Kinder genau wie Erwachsene. Das war einer der Gründe, weshalb Violet ihn so mochte.

»Danke, dass du dich aus dem Bett gequält hast, um uns zu helfen, Violet. Ohne dich wären wir wie immer aufgeschmissen. Wir haben es mit demselben Problem zu tun wie zuvor. Ich dachte, ich hätte es behoben, aber einige der Monitore im Gehirn sind ausgefallen und ich kriege sie einfach nicht wieder zum Laufen. Zusammen finden wir vielleicht raus, was los ist, und können es reparieren. Ihr schwingt euch auf eure Räder, klappert die Augenpflanzen ab und erstattet mir Bericht. Wir drei sind ein tolles Team. Ich weiß, die Uhrzeit ist ein wenig ungewohnt, aber ich möchte die Bewohner von Town nicht unnötig in Unruhe versetzen. Erst recht nicht nach Vincents Fragen gestern während der Sitzung. Ich hoffe, das macht dir nichts aus!«

»Wonach sollen wir denn gucken, Dad?« Boy versuchte immer noch, dem umständlichen Gefasel seines Vaters einen Sinn zu entlocken.

»Lose Transmitter oder Kabel, verschmutzte Linsen, Schädlingsbefall, all so was. Ich überprüfe währenddessen hier noch mal alle Verbindungen. Ach, und bleibt bitte die ganze Zeit zusammen. Ich weiß, Town ist sicher, auch ohne dass irgendwelche Hüter nachts durch die Straßen patrouillieren. Aber ich bezweifle, dass Rose und Eugene sonderlich erfreut wären, wenn ich Violet alleine in der Dunkelheit umherstreifen lasse.«

»Sie müssen es ja nicht erfahren.« Violet lächelte.

»Trotzdem möchte ich nicht, dass ihr euch aufteilt, Violet. Ich weiß, ihr beide seid mehr als fähig, auf euch aufzupassen, aber ich muss wenigstens versuchen, die Rolle des verantwortungsvollen Erwachsenen zu spielen.« William erwiderte ihr Lächeln. »Fahrt zu den Beeten in der Forgotten Road, auf dem Marktplatz und an der Brücke. Das sind die, die uns Probleme bereiten. Seht nach, ob euch irgendwas Ungewöhnliches auffällt, und kommt dann sofort wieder zurück.«

Boy nickte und wendete sein Fahrrad in Richtung Archers' Avenue.

»Nehmt das mit.« William hob einen rechteckigen schwarzen Gegenstand vom Boden auf und gab ihn Boy. »Meldet euch, wenn ihr irgendetwas Ungewöhnliches bemerkt. Denkt dran, am Ende ›Over‹ zu sagen, damit ich weiß, wann ihr fertig seid.«

»Alles klar, Dad«, antwortete Boy. Er verdrehte genervt

die Augen, wobei er allerdings darauf achtete, dass nur Violet es sehen konnte.

»Was ist das für ein Ding, das William dir mitgegeben hat?«, fragte Violet, nachdem sie losgeradelt waren.

»Das ist ein Walkie-Talkie. Dad hat es gebaut. So kann ich mit ihm kommunizieren, wenn ich ihm bei der Arbeit helfe. Die Dinger sind extrem praktisch, vor allem wenn wir in verschiedenen Ecken von Town unterwegs sind, um nach den Augenpflanzen zu sehen.«

»So was hätte ich auch gerne.« Violet schnappte es sich aus Boys Hand, schob es in ihre Gesäßtasche und trat kräftig in die Pedale. »Wetten, du schaffst es nicht, mich einzuholen?«

Sie hörte, wie Boy sich auf die Verfolgung machte. Hintereinanderher sausten sie durch die Archers' Avenue, bogen in halsbrecherischem Tempo nach links in die Rag Lane und rasten auf Niemandsland zu, Boys ehemaliges Zuhause.

Kapitel 3

Nur ein Wimpernschlag

Als Town noch Perfect hieß und unter der Kontrolle der Archer-Zwillinge stand, hatte Niemandsland als eine Art Gefängnis für alle gedient, die anders waren und nicht zu Edwards und Georges Vorstellung von Perfektion passten. Sie waren aus der Stadt verbannt und gleichzeitig aus dem Gedächtnis ihrer Familien gelöscht worden, die immer noch in Perfect lebten.

George Archer war während der Schlacht um Perfect gefasst worden und saß seither im Uhrenturm des Rathauses hinter Schloss und Riegel. Die Hüter, die Perfect im Auftrag der Archer-Zwillinge bewacht hatten, waren im Keller des Gebäudes eingesperrt. Einzig Edward hatte es geschafft, durch einen Geheimgang unter dem Friedhof am Rande der Geistersiedlung zu entkommen. Seitdem fehlte von ihm jede Spur.

Inzwischen waren die Bewohner von Niemandsland längst wieder mit ihren Familien vereint. Gemeinsam hatten sie die Mauer, die die beiden Stadtteile voneinander trennte, durchbrochen und die halb verfallenen Straßen und Gebäude renoviert.

Entgegen ihrem Namen war die Forgotten Road nicht länger vergessen – die meisten Häuser erstrahlten bereits in neuem Glanz. Auf dem Marktplatz hatte sich dagegen gar nicht so viel geändert. Hier herrschte immer noch ein buntes Wimmeln und Treiben, wenn sich die Menschen einmal in der Woche einfanden, um Waren zu verkaufen und Ideen auszutauschen.

Violet lief das Wasser im Mund zusammen, als sie an dem bunten Süßwarenladen vorbeifuhren, der vor einigen Monaten eröffnet und sich im Nu zu einem der beliebtesten Geschäfte von Town entwickelt hatte.

Vor dem alten Waisenhaus kam Boy zum Stehen. Die Kinder, die dort gelebt hatten, waren keine Waisen mehr. Sie waren zu ihren Familien zurückgekehrt, nachdem diese ihre Erinnerungen wiederbekommen hatten, die ihnen während der Herrschaft der Archer-Zwillinge geraubt worden waren. Das Waisenhaus selbst war in seinem ursprünglichen Zustand belassen worden und diente nun als Museum für Towns bedrückende Vergangenheit.

William hatte Violet erklärt, dass das Museum dafür gedacht war, dass die Menschen Perfect niemals vergaßen. Im ersten Moment war Violet das ziemlich bescheuert vorgekommen, schließlich war es doch genau das, was die Menschen wollten. Sie hätten die Erinnerungen an die furchtbaren Dinge, die in Perfect geschehen waren, am liebsten ein für alle Mal aus ihrem Gedächtnis gestrichen. Zumindest galt das für ihre Mam. Rose regte sich jedes Mal ganz schrecklich auf, wenn Violet darauf zu sprechen kam. Doch William hatte gesagt, dass die Vergangenheit zwar manchmal schmerzhaft war, es aber gerade deswegen so wichtig sei, sie niemals zu vergessen. Nur so ließ sich vermeiden, dass so etwas noch mal passierte. »Erinnerungen sind flüchtig, Violet«, hatte er gewarnt. »Wenn wir unsere Vergangenheit vergessen, holt sie uns bald wieder ein.«

»Die sehen okay aus«, meinte Boy und riss Violet damit aus ihren Gedanken. Er untersuchte die Augenpflanzen entlang der Forgotten Road, dem ersten Beet, das sie überprüfen sollten.

Die Beete bestanden aus jeweils zwei Meter langen Ovalen, die von weiß getünchten Pflastersteinen eingefasst wurden. In der tiefroten lehmigen Erde wuchsen Reihen von etwa kniehohen Augenpflanzen. Neben jedem Beet befand sich ein kleiner Tank, der von Mr Hatchet, dem Metzger, wöchentlich mit frischem Blut befüllt wurde, damit die Pflanzen immer ausreichend versorgt waren.

Violet legte ihr Fahrrad auf dem Boden ab und ging hinüber, um sich die Pflanzen ebenfalls genauer anzusehen.

Eine von ihnen war gerade bei der Nahrungsaufnahme. Ihr roter Stängel pulsierte, während sie die Nährstoffe aus dem feuchten Boden aufsog. Ihre durchscheinenden, hautähnlichen Blütenblätter waren geöffnet und ihr Augapfel folgte Boy bei jeder seiner Bewegungen argwöhnisch.

»Pass lieber auf, dass du sie nicht reizt«, warnte Violet ihren Freund.

Sie musste an die unheimlichen Schreie denken, die die Pflanzen von sich gaben. Das letzte Mal hatte sie sie in jener Nacht gehört, in der Edward Archer verschwunden war, und wenn es nach ihr ging, konnte das auch gerne so bleiben.

»Die Dinger sind megagruselig«, raunte sie, ohne den Blick von dem blutunterlaufenen Augapfel abzuwenden, der sie nun seinerseits fixierte.

»Diese ›Dinger‹ sorgen für unsere Sicherheit, Violet«, entgegnete Boy, während er behutsam auf allen vieren im Beet herumkroch.

»Also, ich seh keine Probleme«, verkündete Violet eine Minute später. Sie richtete sich auf und klopfte sich den Dreck von der Hose.

»Wow, du hast ja wirklich gründlich gesucht!«, höhnte Boy, der immer noch mitten im Beet hockte.

»Ja, hab ich. Mindestens so gründlich wie du jedenfalls.«

»Ach ja? Und wieso sitze ich dann immer noch hier unten?«

»Bitte … können wir nicht einfach verschwinden? Ich halte es nicht länger aus, die Augen aus der Nähe anzugucken. Die sind eklig!«

Lachend rappelte Boy sich auf und griff nach seinem Fahrrad. »Na gut. Die scheinen sowieso in Ordnung zu sein. Aber ich dachte, du hättest vor gar nichts Angst?!«

»Ich hab ja auch keine Angst«, schnaubte sie empört, »ich mag die Dinger nur einfach nicht ansehen!«

Boy wollte gerade etwas erwidern, doch dann verstummte er und blickte sich um. »Erinnert dich das an was?«

Violet zuckte mit den Schultern und stieg auf ihr Rad. »Was meinst du?«

»Die Stille und die leeren Straßen.«

»Nee, warum?«

»Findest du nicht, dass das ein bisschen wie früher ist, als wir zusammen nachts durch Perfect geschlichen sind und außer uns und den Hütern niemand unterwegs war?«

»Ja, kann schon sein«, antwortete sie. »Ich weiß bloß nicht, ob ich mich so gerne daran erinnern möchte.«

»So schlimm war es auch wieder nicht.« Boy trat in die Pedale. »Manchmal war es richtig aufregend! Town ist so normal.«

»Daran ist doch nichts verkehrt! Fehlt dir die Gefahr, oder was?«, fragte Violet verwirrt.

»Nein, aber ein bisschen Abenteuer schon. Irgendwie sehne ich mich danach, mal wieder mit dem Feuer zu spielen.«

»Mit dem Feuer spielen? Was redest du denn da?«

»Ich meine ja kein echtes Feuer. Ich vermisse nur einfach den Nervenkitzel, wenn man Dinge macht, die verboten sind. So wie über die Mauer nach Perfect klettern oder die Hüter an der Nase rumführen. Hier fühlt sich alles immer so sicher und geordnet an.«

»Ist das denn nicht gut?«, fragte Violet, während sie hinter ihrem Freund herfuhr.

»Doch, schon. Aber manchmal ist es eben auch langweilig!«, rief Boy und bog in eines der Sträßchen, die zum Marktplatz führten.

»*Du* bist langweilig!«, spottete Violet und schoss in der engen Gasse an ihm vorbei.

Boy duckte sich und sprintete hinter ihr her. Vor dem Lumpenbaum im Zentrum des Platzes kamen sie schlitternd zum Stehen, wobei sie beinahe ineinanderkrachten.

»Gewonnen!«, keuchte Violet und riss die Hände in die Luft.

»Nein, ich hab gewonnen! Ich gewinne immer – so sind die Regeln!« Lachend sprang Boy vom Fahrrad und hüpfte in gespieltem Jubel auf und ab.

»Du kannst nicht immer gewinnen!«

»Doch, kann ich wohl. So sind die Regeln.«

»Regeln, die du dir ausgedacht hast!« Violet boxte ihn gegen die Schulter.

»Regeln sind Regeln, Violet«, erwiderte Boy achselzuckend, während er auf das nächste Beet auf ihrer Liste zuging.

Violet wollte gerade etwas erwidern, als Boy sich mit ernster Miene zu ihr umdrehte.

»Wir müssen Dad herholen. Schnell, gib mir das Walkie-Talkie!«

»Warum? Was ist los?« Sie eilte zu ihm und reichte ihm das Gerät.

In der Mitte des Beets klaffte eine unübersehbare Lücke, als hätte jemand die Pflanzen dort großflächig ausgerissen.

»Die ham zum Gotterbarmen geschrien. Hab nen Heidenschreck gekriegt!«, rief eine Stimme hinter ihnen. »Ich wollte deinem Vater gleich in der Früh Bescheid sagen. Aber jetzt bist du ja hier, da kann ich mir die Mühe sparen.«

Violet blickte sich um. Ein alter Mann beugte sich aus dem obersten Fenster eines der Häuser, die am Rand des Marktplatzes standen.

»Um wie viel Uhr war das?«, erkundigte sich Boy. »Konnten Sie jemanden beobachten?«

»Spät war's, nach Mitternacht, würd ich sagen«, antwortete der Mann. »Das Kreischen war scheußlich, schlimmer als kämpfende Katzen. Gesehen hab ich niemanden, aber es war ja auch dunkel.«

Boy sprach ins Walkie-Talkie und wandte sich dann an Violet.

»Dad reagiert nicht. Lass uns zum nächsten Beet weiterfahren.«

Die beiden stiegen auf ihre Räder und rasten durch die Wickham Terrace, vorbei an Boys Zuhause, zu der Fußgängerbrücke, wo sich das letzte Beet befand, das sie überprüfen sollten.

»Hier sieht es genauso aus – einige Augen fehlen«, verkündete Boy außer Atem. Er warf seiner Freundin einen besorgten Blick zu.

Wieder versuchte er, William über das Walkie-Talkie zu erreichen, doch anstelle einer Antwort ertönte bloß ein leises Rauschen. Das Geräusch erinnerte Violet an Blätter im Wind.

»Dad, jemand stiehlt die Augenpflanzen. OVER!«, wiederholte Boy überdeutlich. »Dad … Dad?«

Gleichbleibendes Rauschen drang durch die Morgendämmerung.

»Ehrlich, Dad würde glatt seinen eigenen Kopf vergessen, wenn der nicht an ihm festgewachsen wär.« Genervt verdrehte Boy die Augen und schob das Gerät in seine Hosentasche. »Los, fahren wir zu ihm. Beeil dich, Violet!«

Kapitel 4

Kindische Streiche

Über Town ging gerade die Sonne auf, als Boy und Violet in halsbrecherischer Geschwindigkeit in die Edward Street bogen und so schnell sie konnten zum Gehirn zurückrasten. William Archer war immer noch mit verschiedenen Einstellungen beschäftigt. Er hing so dicht vor den Monitoren, dass seine Nase fast das Glas berührte, während er an irgendwelchen Knöpfen herumdrehte.

»Was ist los?«, fragte er, als er die beiden bemerkte. »Habt ihr was gefunden?«

»Wir haben einen Mann getroffen, der meinte, die Augen hätten letzte Nacht geschrien. In den Beeten auf dem Marktplatz und an der Brücke fehlen einige Pflanzen«, berichtete Boy atemlos.

William wirkte verwirrt. »Wie meinst du das? Sind sie eingegangen? Umgefallen? Ich kann dir nicht ganz folgen.«

»Nein, sie sind weg, Dad. Als ob jemand hingegangen ist und sie ausgerissen hat«, stellte Boy klar.

»Ach herrje. Sind die Beete denn komplett kahl?« William kratzte sich am Kopf.

»Nein, es fehlen bloß ein paar Pflanzen«, antwortete Violet.

»Aber wenn jemand sie ausgerissen hat, müssten die restlichen Pflanzen das doch mitbekommen haben. Warum ist auf den Monitoren nichts davon zu sehen? Das ist seltsam, wirklich seltsam …«

Violet und Boy beobachteten stumm, wie William Archer vor ihnen auf und ab marschierte und dabei nachdenklich vor sich hin brummte.

»Wir müssen dem Stadtrat Bescheid sagen. Wahrscheinlich hat sich da nur irgendwer einen Streich erlaubt – aber trotzdem. Ich wünschte, die Leute würden die Finger von den Augenpflanzen lassen, die sind sehr empfindlich.«

»Empfindlich? Wohl eher widerlich«, raunte Violet Boy zu.

»Für Crooked ist das natürlich ein gefundenes Fressen! Violet, würdest du Eugene ausrichten, dass ich nachher vorbeikomme, um das alles mit ihm zu besprechen?«

»Was ist denn los, Dad?«, fragte Boy.

»Keine Ahnung, mein Junge, aber wie gesagt: Ich vermute, das war bloß ein dummer Streich.« William warf Boy einen eindringlichen Blick zu. »Lass uns deiner Mutter trotzdem erst mal nichts davon erzählen. Zumindest nicht, bis wir mehr wissen. Sie hat auch so schon genug um die Ohren.«

Boy nickte.

»Ist es okay, wenn ich noch mit Violet mitfahre?«, fragte er.

»Klar, aber danach kommst du auf direktem Weg nach Hause«, antwortete sein Dad, während er sich bereits abwandte.

Boy nickte erneut und radelte los.

»Ich finde auch alleine nach Hause, Boy«, verkündete Violet, sobald sie ihn eingeholt hatte.

»Weiß ich doch – ich will bloß noch nicht zurück!« Er lächelte und setzte sich wieder an die Spitze.

»Warum hat dein Dad das über deine Mam gesagt?«, fragte Violet, als sie zum zweiten Mal zu ihm aufschloss.

»Was meinst du?«

Die Sonne lugte gerade hinter dem Uhrenturm des Rathauses hervor, als sie an Archer & Brown vorbeifuhren und von der Edward Street in die Splendid Road bogen.

»Dass du ihr nichts von den Augenpflanzen erzählen sollst, weil sie schon genug um die Ohren hat.«

Boy antwortete nicht. Er wirkte ungewohnt bedrückt.

»Stimmt was nicht?«, erkundigte sich Violet, die sich jetzt ernsthaft Sorgen machte.

»Nein … Ach, keine Ahnung, ich weiß auch nicht …«

»Du kannst es mir sagen. Ich bin deine beste Freundin.«

»Ich weiß, Violet, ich hab bloß keine Ahnung, was ich sagen soll. Mam benimmt sich merkwürdig. Sie schleicht durchs Haus und wirkt irgendwie neben der Spur. Sie hört auch gar nicht mehr richtig zu, als wäre sie in Gedanken ganz woanders.«

»Hast du schon mit deinem Dad geredet?«

»Ja, aber der hat nur so komisch rumgedruckst und meinte, sie hätte wohl Schwierigkeiten, sich an die neue Umgebung zu gewöhnen, nachdem die Zwillinge sie über Jahre hinweg in dem einen kleinen Zimmer eingesperrt haben. Das kauf ich ihm aber nicht ab. Ich glaub, er weiß genau, was los ist. Ich hab sie schon ein paarmal miteinander tuscheln gehört. Warum machen Erwachsene das?«

»Das kenne ich.« Violet seufzte. »Sie tun so, als hätten wir Kinder keine Ohren! Vielleicht hat sie ja bloß Stress? Das kommt bei Erwachsenen oft vor. Scheint eine Art Grippe oder so was zu sein.«

Boy lachte. »Ich glaube nicht, dass Stress wie Grippe ist, Violet!«

»Trotzdem: Vielleicht hat William recht«, fuhr Violet fort, ohne auf seine Bemerkung einzugehen. »Ich meine, ich war nur ein paar Minuten in Maculas Zimmer, aber ich kann mir vorstellen, wie schlimm es gewesen sein muss, so lange dort eingesperrt zu sein. Das Einzige, was sie tun konnte, war rumsitzen und Briefe schreiben.«

Violet dachte an den dunkelroten Teppich und die luxuriösen Mahagonimöbel. Der Kontrast zu dem baufälligen Haus in der Geistersiedlung, in dem sich das Zimmer befand, hätte kaum größer sein können. Die Gemälde an den Wänden hatten etwas Wildes, Lebendiges ausgestrahlt, ein Gefühl von Freiheit. Violet erinnerte sich, wie sie in diesem Zimmer gesessen hatte und ihr Blick auf einem der unzähligen Briefe gelandet war, die Macula im Lauf der Zeit an ihre Jungs geschrieben hatte.

»Sie spricht nie über diese Zeit.« Boy seufzte.

»Mam sagt immer, es ist wichtig, über alles zu reden, ganz besonders über schlimme Dinge. Denn wenn man das nicht macht, bleiben sie im Kopf und können dort immer größer und größer werden. Bis sie sich irgendwann viel schlimmer anfühlen, als sie es am Anfang vielleicht waren.«

»Na, in deinem Kopf scheint ja echt was los zu sein!«, scherzte Boy.

»Ha, ha, sehr witzig!« Violet grinste. Sie hatten die Treppe vor ihrem Haus erreicht.

»Alles klar, dann mach ich mich wohl besser mal auf den Heimweg. Bis nachher in der Schule.«

»Hey, Boy!«, rief sie ihm leise nach, als er sein Fahrrad wendete.

»Ja?«

»Das mit deiner Mam wird schon wieder. Denk dran, meine Mam hat ihre Fantasie verloren und stand komplett unter der Kontrolle der Zwillinge und ihr geht es auch wieder gut. Eltern machen sich einfach gerne Sorgen, das ist halb so wild.«

»Danke, Violet.« Er lächelte, wenn auch ein wenig schief.

Sie sah ihm nach, bis er am Ende der Auffahrt um die Ecke bog und aus ihrem Blickfeld verschwand. Dann stieg sie vom Rad, schob es ums Haus herum und lehnte es an seinen gewohnten Platz. Gerade als sie die Treppe zum Eingang hinauflief, ertönte über ihr ein lautes Donnergrollen.

Violet zuckte erschrocken zusammen. Am Himmel zog ein gewaltiges Gewitter auf.

In Perfect hatte immer die Sonne geschienen – oder jedenfalls hatten die Leute das geglaubt. Mit dem Untergang der Archer-Zwillinge waren die Dinge, darunter auch das Wetter, zur Normalität zurückgekehrt. Trotzdem herrschte in Town für gewöhnlich gutes Wetter. Die meiste Zeit war es sonnig, nur ab und zu gab es mal einen Regenschauer. Ein Gewitter hatte Violet hier jedoch noch nie erlebt. Sie hatte fast schon vergessen, wie sich das anfühlte.

»Wieso bist du denn so früh schon auf?«, fragte ihr Vater, als sie die Haustür hinter sich schloss. Er stand auf der anderen Seite der Diele im Halbdunkel.

»Hast du den Donner gehört, Dad?«, erwiderte sie mit großen Augen.

»Das war also das Geräusch. Ich hatte schon Angst, es wäre mein Magen!« Eugene Brown grinste. »Was hast du da draußen gemacht?«

»Boy hat mich abgeholt.«

»Um diese Uhrzeit?«

»Ja. William brauchte unsere Hilfe. Es gab ein Problem mit den Augenpflanzen.«

»Ich dachte, das hätte er gestern Abend behoben?«

Sie gingen in die Küche, setzten sich an den Tisch und Violet erstattete ihrem Dad Bericht. Gerade als sie fertig war, klopfte es und William kam herein.

»Gibt es was Neues?«, erkundigte sie sich, als er die Küche betrat.

»Leider nein, Violet. Ich bin noch mal alle Aufnahmen durchgegangen, aber da ist nichts. Die anderen Augen haben den Angriff nicht registriert. Es ist wirklich seltsam, fast so, als würde irgendwas das Signal stören.«

»Violet hat mir erzählt, was los ist, William«, sagte Eugene. »Setz dich, ich mach dir eine Tasse Tee.«

Nach dem Ende von Perfect hatte die Begeisterung für das Getränk in der Stadt stark nachgelassen – immerhin hatten die Archer-Zwillinge ihren Tee genutzt, um die Menschen erblinden zu lassen. Doch dann waren Violets Dad und William auf die Idee gekommen, die Teefabrik als

»gemeinschaftsfördernde Maßnahme« wieder in Betrieb zu nehmen. Violet hatte nicht ganz verstanden, was das bedeutete, also hatte ihr Dad es ihr erklärt: Durch die Fabrik hatten die Bewohner von Perfect und Niemandsland etwas, woran sie gemeinsam arbeiten und einander besser kennenlernen konnten. In der Anfangszeit von Town war es den Menschen teilweise noch etwas schwergefallen, einander zu vertrauen. Die Fabrik war ein Weg, ihnen zu zeigen, dass sie gar nicht so verschieden waren.

Einen Monat nach Edwards Verschwinden war die Produktion wieder angelaufen. Es hatte ein wenig gedauert, doch schließlich war der Plan tatsächlich aufgegangen. Die Menschen waren einander nicht bloß nähergekommen, sondern hatten nach und nach auch wieder angefangen, Tee zu trinken.

Inzwischen war die Marke *Volle Kanne* in sämtlichen Haushalten der Stadt zu finden. Eugene war besonders stolz auf den ergänzenden Slogan »Vereint für Town«, der in großen Buchstaben auf die violetten Päckchen gedruckt war und als neuer Schriftzug über dem Fabriktor in der George's Road prangte. Denn so stand nun überall: »Volle Kanne vereint für Town«.

Auch Violet freute sich, dass es den Tee wieder gab. Er wurde nämlich aus den Blättern der Chamäleonpflanze gemacht, die dafür sorgten, dass der Tee immer genau nach dem schmeckte, worauf man gerade Lust hatte. Der einzige

Unterschied zu früher war, dass man nicht mehr blind wurde, wenn man ihn trank. Daran war das Mittel schuld gewesen, das die Archer-Zwillinge ihrem Tee beigemischt hatten – und auf diese Zutat verzichtete man bei *Volle Kanne* natürlich.

»Danke, Eugene«, sagte William. Ein sorgenvoller Ausdruck lag auf seinem Gesicht, als er sich setzte. »Ich habe nicht die geringste Ahnung, was da vor sich geht. Wenn ihr mich fragt, hat sich da vermutlich bloß jemand einen Scherz erlaubt. Ich kann mir nicht vorstellen, dass irgendwer in Town mit böser Absicht etwas stehlen würde – schon gar nicht diese Pflanzen.«

»Und niemand hat etwas beobachtet?«

»Mr Eton sagt, er hätte die Pflanzen schreien gehört und aus dem Fenster geguckt, aber weit und breit niemanden gesehen. Das Gleiche haben auch noch ein paar andere berichtet. Eine Person meinte, sie hätte Boy ganz in der Nähe entdeckt, als das Geschrei losging, was aber nicht sein kann. Boy und Violet waren erst dort, als die Pflanzen längst weg waren.«

»Wirklich seltsam.« Eugene schüttelte nachdenklich den Kopf. »Vincent wird sich bei der Sitzung heute Abend wahrscheinlich gar nicht mehr einkriegen. Aber natürlich müssen wir trotzdem den Stadtrat benachrichtigen, erst recht in Anbetracht der Umstände.«

»Ich kann mich ja mal in der Schule umhören, Dad«,

schlug Violet vor. In ihr wurde ein altbekanntes Kribbeln wach. Wie sehr es ihr fehlte, Nachforschungen anzustellen und Dingen auf den Grund zu gehen! »Vielleicht waren es irgendwelche Kinder, die das einfach nur lustig fanden.«

»Lass nur, Mäuschen. Wir kriegen schon raus, wer das war«, winkte Eugene ab. »Glaubst du, es könnte …« Er unterbrach sich abrupt, warf einen Blick auf seine Armbanduhr und wandte sich dann an seine Tochter.

»Mäuschen, du solltest dich langsam für die Schule fertig machen, sonst kommst du wieder zu spät.«

»Aber Dad! Ich will das auch hören! Kann ich nicht noch ein bisschen hierbleiben?«

»Violet!« Der Tonfall ihres Dads verriet, dass er keinen Widerspruch duldete.

Im Schneckentempo stand Violet auf und verließ die Küche. Eugene schloss die Tür hinter ihr. Violet ging noch ein paar Schritte, dann huschte sie auf Zehenspitzen zurück und drückte vorsichtig ihr Ohr gegen das cremeweiße Holz.

»Violet hat immer noch Albträume wegen Edward. Ich dachte, das sei vorbei, aber letzte Nacht hatte sie wieder einen. Das konnte ich hören«, erklärte Eugene auf der anderen Seite der Tür. »Deswegen wollte ich vor ihr nicht darüber reden.«

»Edward?«, fragte William.

»Ja. Glaubst du, er könnte zurückgekommen sein?«

»Violet Brown!« Die entrüstete Stimme ihrer Mutter hallte durch die Diele.

Im nächsten Moment schwang die Küchentür nach innen auf. Violet verlor das Gleichgewicht und stolperte vorwärts.

»Violet!«, rief ihr Vater. Er wirkte enttäuscht. Violet hasste es, wenn er sie so ansah. »Was hab ich dir übers Lauschen gesagt? Jetzt geh und mach dich für die Schule fertig!«

»Aber Dad, wenn Edward wieder da ist, will ich das wissen! Das dürft ihr nicht vor mir geheim halten.«

»Ist er nicht, Mäuschen. Ich habe bloß laut nachgedacht, das ist alles.«

»Mein Bruder kommt nicht zurück, Violet. Das war nicht sein Werk.« William stand auf und ging zur Tür. »Er hat es nicht nötig, die Pflanzen zu stehlen, immerhin hat er sie erfunden.«

Eugene räusperte sich. »Nicht nur er …«

Obwohl die Grundidee hinter den Augenpflanzen ganz und gar abscheulich war, war Violets Dad dennoch ein bisschen stolz darauf, dass er bei der Entwicklung geholfen hatte. Ihm zufolge waren sie an und für sich etwas Gutes und bloß von schrecklichen Menschen für ihre widerwärtigen Zwecke missbraucht worden.

William nickte und drehte sich zu Violet um. »Sollte mein Bruder eines Tages doch wieder auftauchen, seid Boy und du die Ersten, denen ich Bescheid sage«, versicherte er ernst. »Ihr habt die Menschen hier gerettet. Ihr habt meinen Brüdern das Handwerk gelegt, Violet. Wir sind ein Team, wie schon gesagt.«

»Danke.« Violet lächelte stolz.

Sie rannte nach oben, zog sich für die Schule an und stürmte zur Haustür hinaus. Im Vorbeilaufen verabschiedete sie sich von William und ihren Eltern, die immer noch in der Küche standen. Draußen angekommen, schwang sie sich auf ihr Fahrrad und sauste in Richtung Town.

Die Sonne lugte bereits wieder hinter den Wolken hervor.

Kapitel 5

Lügen

Im Schatten der Bäume flitzte Violet die Allee in Richtung Innenstadt entlang und bog in die Splendid Road. Sie winkte Mr Hatchet zu, der draußen vor seiner Metzgerei den Gehweg fegte. Er winkte freundlich zurück.

Die Leute in Town waren allesamt nett zueinander – und zwar wirklich nett, nicht so künstlich und aufgesetzt wie damals in Perfect.

In der Edward Street nahm Violet die Abzweigung nach rechts und hielt kurz darauf vor der Schule an. Sie lehnte ihr Fahrrad gegen die Mauer und machte sich auf den Weg zum Eingang.

»Besorg dir lieber mal ein Schloss dafür«, sagte eine Stimme hinter ihr.

Violet drehte sich um und blickte in das Gesicht von Beatrice Prim – dem wohl nervigsten Mädchen der Schule. Oder zumindest ihrer Klasse.

»In Town benutzt kein Mensch Fahrradschlösser«, winkte Violet ab.

»Jetzt schon«, beharrte Beatrice. »Hast du es etwa noch nicht gehört?« Das rothaarige Mädchen senkte die Stimme, als würde sie Violet ein großes Geheimnis anvertrauen. »Letzte Nacht wurde Lucy Lawns Fahrrad geklaut. Direkt vor ihrem Haus! Das hat ihre Mutter meiner Mam vorhin am Schultor erzählt. Lucy hat das Ganze so mitgenommen, dass sie heute nicht zur Schule kommen kann!«

»Oh«, erwiderte Violet überrascht. Also waren nicht nur die Augenpflanzen betroffen. Bis jetzt hatte sie noch nie gehört, dass in Town irgendwem irgendwas gestohlen worden war.

Ihrem Dad zufolge war Town einer der sichersten Orte der Welt. Sogar sicherer als Perfect, wo die Leute einfach nur gemacht hatten, was die Archer-Zwillinge ihnen gesagt hatten. Sie hatten ihnen buchstäblich blind gehorcht. Doch jetzt achteten die Menschen aufeinander, weil sie gelernt hatten, sich und die anderen mit ganz neuem Respekt zu sehen.

»Aber vielleicht hat sich jemand das Rad ja bloß kurz ausgeliehen und bringt es später wieder zurück«, wandte Violet ein.

»War ja klar, dass du das sagst.« Beatrice verzog das Gesicht.

»Was soll das denn heißen?«

»Du bist seine beste Freundin – kein Wunder, dass du ihn verteidigst.«

»Wovon redest du bitte?« Langsam wurde es Violet zu blöd.

Beatrice lächelte und trat einen Schritt zurück.

»Lucy sagt, sie hat gesehen, wie Boy es gestohlen hat. Ungefähr zur gleichen Zeit, als auch diese ekligen Augen verschwunden sind. Sie hat ein Geräusch gehört und aus dem Fenster geguckt. Er war es, das schwört sie!«

»Tja, er kann es aber nicht gewesen sein«, entgegnete Violet bestürzt. »Wir waren letzte Nacht zusammen unterwegs und haben garantiert keine Fahrräder geklaut. Klär in Zukunft erst mal ab, ob das stimmt, was du rumerzählst, bevor du Lügen über andere verbreitest.«

»Du kannst Lucy ja selber fragen.« Beatrice machte auf dem Absatz kehrt, warf ihre Haare schwungvoll zurück und marschierte ins Schulgebäude.

Wie konnte irgendwer behaupten, Boy würde Fahrräder klauen? Er würde stinkwütend sein, wenn sie ihm davon erzählte. Klar, Beatrice war eine blöde Ziege, aber das ging sogar für ihre Verhältnisse zu weit.

Als Violet den Klassenraum betrat, saßen alle anderen bereits auf ihren Plätzen.

»Wie schön, dass du dich entschlossen hast, uns Gesellschaft zu leisten!«, begrüßte Mrs Moody sie. Ihr Tonfall verriet, dass sie es alles andere als »schön« fand.

Violet nickte stumm und ging mit gesenktem Kopf zu ihrem Tisch. Selbst Boy hatte es vor ihr geschafft. Sie zwängte sich neben ihn.

»Du errätst nie, was Beatrice mir gerade erzählt hat«, raunte sie ihm zu.

»Violet Brown«, schimpfte Mrs Moody, »im Unterricht wird nicht geredet!«

»Im Unterricht wird nicht geredet«, ahmte Violet sie unhörbar nach, während Boy neben ihr krampfhaft versuchte, nicht zu lachen.

»Ich setze euch gleich auseinander!«, warnte Mrs Moody, als sie es bemerkte.

Dann befahl sie der Klasse, die Hefte herauszuholen, und ging mit ihnen Schritt für Schritt die Hausaufgaben vom Vortag durch.

»Ich dachte, nun, da sie Pippa zurückhat, wäre sie vielleicht ein bisschen netter«, flüsterte Violet kopfschüttelnd, als ihre Lehrerin sich zur Tafel umdrehte. »Wenn sie meine Mam wäre, würde ich mir wünschen, wieder in Niemandsland zu sein!«

Mrs Moodys Tochter Pippa war vor Jahren nach Niemandsland verschleppt worden. Erst durch das Ende von Perfect konnte sie zu ihrer Familie zurück. Violet erinnerte sich noch, wie Mrs Moody ihre Tochter unter Tränen an sich gedrückt hatte. Danach hatte sie ihre Lehrerin tatsächlich ein bisschen lieber gemocht – was sich jedoch schnell geändert hatte, sobald die Schule wieder losgegangen war.

»Pippa sagt, so ist ihre Mam eben. Harte Schale, weicher Kern«, flüsterte Boy.

»Na, dann muss ihre Schale aber aus Stein sein!«

Wieder mühte Boy sich sichtlich, nicht laut loszulachen.

»Was hat Beatrice dir denn jetzt erzählt?«, erkundigte er sich etwas später.

Violet warf ihrer rothaarigen Klassenkameradin einen verstohlenen Blick zu, dann senkte sie den Kopf und flüsterte: »Sie meinte, Lucy hat dich letzte Nacht dabei beobachtet, wie du ihr Fahrrad geklaut hast.«

»Sie hat was?« Boy fielen fast die Augen aus dem Kopf.

»Ich weiß.« Violet nickte. »Ich konnte auch nicht glauben, dass Lucy so was behauptet.«

»Aber warum erzählt Beatrice das dann überall rum? Wurde Lucys Rad wirklich gestohlen?«

»Laut Beatrice, ja. Trotzdem, mir kommt das komisch vor – hier in Town würde niemand was stehlen. Ich meine, außer den Augenpflanzen natürlich.«

»Lucy wohnt in der Forgotten Road, oder?«, fragte Boy.

»Ja, ich glaube, ihre Familie ist in das Haus gezogen, in dem ihr Dad damals in Niemandsland gelebt hat«, antwortete Violet.

»Also in der Nähe eines der Beete ... Vielleicht hat derjenige, der die Augenpflanzen geklaut hat, auch Lucys Fahrrad genommen.«

»Aber warum?«

»Um sich schnell vom Acker zu machen!«

»Das meine ich nicht«, schnaubte Violet. »Worauf ich hinauswill: Warum sollte jemand aus Town überhaupt etwas stehlen wollen? Hier kennt doch praktisch jeder jeden. Wer auch immer Lucys Fahrrad geklaut hat, kann nicht einfach damit rumfahren, ohne dass es jemand mitkriegt.«

»Auch wieder wahr ... aber wieso behauptet Lucy dann, ich hätte es gestohlen?«, flüsterte Boy nachdenklich.

»Ihr zwei – ich habe euch oft genug gewarnt«, verkündete Mrs Moody streng. »Violet, komm her.« Sie zeigte auf einen Tisch in der ersten Reihe.

Boy unterdrückte ein Lachen, während Violet mit hochrotem Kopf ihre Bücher einsammelte und sich auf den Platz direkt vor Mrs Moodys Nase setzte.

Abgesehen von der Mittagspause verbrachte sie den Rest des Schultags gezwungenermaßen in völligem Schweigen. Die Zeit schien geradezu quälend langsam zu vergehen. Violet hielt es kaum noch aus. Sie brauchte jemanden zum Reden!

Kaum dass es zum Ende der letzten Stunde klingelte, sprang Boy auf. »Komm mit!«, drängte er sie, während er eilig seinen Rucksack aufsetzte.

»Wo gehen wir denn hin?« Schnell packte Violet ihre Sachen zusammen.

»Zu Lucy. Ich will sie fragen, was genau sie gesehen hat. Das könnte uns helfen herauszufinden, was mit den Augenpflanzen passiert ist.«

»Okay.« Violet lief freudig hinter ihm her. »Endlich wieder ein Abenteuer!«

»Entspann dich, Violet, wir fahren bloß zu Lucy.«

»Ich weiß, aber doch nur, um einem neuen Rätsel auf die Spur zu kommen. So wie früher!«

»Du bist wirklich leicht zu beeindrucken …«

Gemeinsam fuhren sie durch die Edward Street bis zur Rag Lane und von dort in die Forgotten Road.

Violet erinnerte sich, wie verfallen die Häuser hier gewesen waren, als dieser Teil der Stadt noch zu Niemandsland gehörte. Nur Lucys Haus – in dem sie damals natürlich noch nicht gewohnt hatte – hatte immer tipptopp ausgesehen. Das lag daran, dass ihr Dad, Larry Lawn, Zimmermann war und ein Händchen für Reparaturen besaß.

Mr Lawn war hinter den Mauern von Niemandsland eingesperrt gewesen, während Lucy mit dem Rest ihrer Familie in Perfect lebte und längst vergessen hatte, dass es ihn überhaupt gab. Doch er hatte das Beste daraus gemacht und das Haus mit allen Mitteln, die ihm zur Verfügung standen, wieder hergerichtet. Aus Dingen, die andere Menschen wegwarfen, erschuf er wunderschöne neue Gegenstände: Vorhänge aus Stoffresten, Lampenschirme und sogar Sitzhocker aus alten Eimern, an die er Beine aus Holzabfällen schraubte.

Nachdem die beiden Stadtteile und ihre Bewohner wiedervereint worden waren, war Lucys Familie bei Larry eingezogen und er hatte in einem der Gebäude am Rand des Marktplatzes einen Laden eröffnet, wo er seine einzigartigen Kreationen verkaufte. Rose Brown, Violets Mam, war eine seiner besten Kundinnen.

Violet und Boy hielten vor Lucys Haus an. Sie lehnten ihre Fahrräder gegen die Wand und gingen auf die lila gestrichene Eingangstür zu. Boy klopfte an, während Violet neben ihm stand und wartete. Mrs Lawn öffnete ihnen.

»Ach, ich wusste doch, dass es sich bloß um einen Irrtum handelt, Boy.« Sie seufzte. »Ich habe Lucy gesagt, dass du ihr Rad vermutlich für irgendetwas gebraucht hast und es bald wieder zurückbringst.«

»Ähm …« Boy drehte sich zu Violet um und sah sie mit großen Augen an. »Ich hab Lucys Rad nicht, Mrs Lawn. Deswegen sind wir hier. Wir wollten Lucy fragen, was sie gesehen hat.«

Lucy kam hinter ihrer Mutter aus einem der angrenzenden Zimmer.

»Hi, Boy«, sagte sie mit finsterer Miene.

»Hi, Lucy«, antwortete er. »Wir haben von der Sache mit deinem Fahrrad gehört und wollten nachsehen, ob wir irgendwie helfen können. Ein paar von den Augenpflanzen sind ebenfalls geklaut worden und wir dachten, es steckt vielleicht dieselbe Person dahinter. Dürfen wir dir ein paar Fragen stellen?«

»Du warst es«, entgegnete Lucy fest entschlossen.

Boy schüttelte den Kopf. »Ich hab dein Fahrrad nicht geklaut, Lucy«, beteuerte er, wobei eine leichte Röte an seinem Hals hinaufstieg.

»Aber ich hab dich doch gesehen …«

»Wo genau hast du ihn gesehen?«, erkundigte sich Violet.

»Gleich hier vor der Tür. Mein Fahrrad war nicht abgeschlossen, aber die Bremsen quietschen, wenn man draufdrückt. Ich wollte Dad schon länger bitten, das in Ordnung zu bringen. Ich hab das Quietschen gehört, also bin ich zum Fenster gelaufen, um nachzuschauen. Und da hab ich Boy gesehen.«

»Aber ich war das nicht.« Die Röte hatte inzwischen Boys Wangen erreicht.

»Natürlich warst du es. Ich hab dich doch gesehen! Du hast dich sogar umgedreht und mir direkt ins Gesicht geguckt, als ich deinen Namen gerufen habe.«

»War es nicht dunkel?«, fragte Violet verwirrt.

»Meine Tochter würde so etwas niemals behaupten, wenn sie dich nicht gesehen hätte, Boy«, ging Lucys Mutter dazwischen. »Das soll nicht heißen, dass ich dich des Diebstahls beschuldige – du wirkst durchaus überzeugend. Aber Lucy lügt nicht.«

Lucy errötete und versteckte sich hinter ihrer Mutter.

»Ich lüge genauso wenig, Mrs Lawn«, beharrte Boy.

»So kommen wir nicht weiter.« Mrs Lawn begann, die Tür zu schließen, während ihre Tochter in Tränen ausbrach. »Ich bespreche das mit William, mal sehen, was er dazu sagt. Sollte dir in der Zwischenzeit einfallen, was passiert ist, Boy, bring Lucys Fahrrad zurück und entschuldige dich, dann ist die Sache vom Tisch. Wir möchten einfach nur, dass alles wieder in Ordnung kommt. Ich weiß, du bist kein schlechter Junge, alle Kinder machen mal Fehler.«

»Aber ich war das nicht …«

Mrs Lawn rang sich ein Lächeln ab.

»Ich kläre das mit deiner Mam und deinem Dad, Boy. Und wie gesagt: Wenn deine Erinnerung zurückkehrt …«

Die lilafarbene Tür fiel mit einem Klicken ins Schloss. Violet sah Boy an, der knallrot angelaufen war.

»Was war das denn?« Unwillkürlich senkte sie die Stimme.

»Keine Ahnung«, antwortete Boy kopfschüttelnd. »Ich hab ihr Fahrrad nicht geklaut, Violet.«

»Das weiß ich doch, Boy. Aber seltsam ist es schon. Ich hab nicht das Gefühl, dass Lucy lügt …«

»Was soll das heißen?«, ereiferte sich Boy.

»Nichts. Ich meine bloß …«

»Wenn Lucy die Wahrheit sagt, muss ich ja wohl lügen, oder wie?«

»Nein, Boy, das wollte ich damit überhaupt nicht sagen.«

»Tut mir leid, Violet.« Boy griff nach seinem Fahrrad. »Du kannst nichts dafür. Ich bin einfach genervt, das ist alles. Lucy scheint überzeugt zu sein, dass ich ihr Rad gestohlen habe. Aber wie kann sie glauben, dass ich so was jemals tun würde?«

»Schon okay. Kommst du noch mit zu mir? Vielleicht kriegen wir ja raus, was dahintersteckt. Was, wenn sie dich mit jemandem verwechselt hat, der dir ähnlich sieht? Zum Beispiel Bobby Broderick oder so.«

»Bobby Broderick sieht kein bisschen aus wie ich.« Boy schüttelte den Kopf.

»Ich weiß, aber ihr seid ungefähr gleich groß und habt fast die gleiche Haarfarbe. Und es war dunkel, von daher … Keine Ahnung. Bobby traue ich es jedenfalls zu, dass er so was tut.«

Bobby Broderick war einer der Fieslinge auf ihrer Schule. Wenn jemand ein Fahrrad stehlen würde, dann er.

»Wir können nicht einfach rumlaufen und wahllos mit dem Finger auf andere Leute zeigen, Violet!« Boy runzelte die Stirn. »Wie auch immer: Ich sollte jetzt besser nach Hause fahren. Ich möchte mit Mam und Dad reden, bevor sich Mrs Lawn bei ihnen meldet. So, wie Mam im Moment drauf ist, weiß ich nicht, wie sie darauf reagiert.«

»Mach dir keine Sorgen. Du warst es ja nicht. Und Dad sagt, die Wahrheit kommt am Ende immer raus.« Violet stieg ebenfalls auf ihr Rad. »Also, dann bis morgen!«

»Ja.« Boy sah sie nicht an. Er wandte sich in Richtung Wickham Terrace und fuhr los.

Violet radelte durch die Innenstadt von Town nach Hause. Ihre Gedanken rasten.

Lucy Lawn schien wirklich zu glauben, dass Boy derjenige war, der ihr Fahrrad gestohlen hatte. Violet kannte Lucy aus der Schule. Nicht besonders gut, denn Lucy war eine Stufe über ihr, aber wenn sie einander begegneten, machte sie eigentlich immer einen netten Eindruck. Sie wirkte nicht wie eine Lügnerin. Oder zumindest war sie ihr bis jetzt nie wie eine vorgekommen. Aber Boy war Violets bester Freund und er würde sie definitiv niemals anlügen – also was ging hier vor?

Zu Hause wollte Violet mit ihrem Dad darüber reden, doch laut ihrer Mam plante er, von der Arbeit direkt zur nächsten Stadtratssitzung zu gehen.

»Wird wohl spät werden.« Seufzend stellte Rose ihrer Tochter einen Teller mit Speck, Kartoffeln und Wirsing hin. »Vincent Crooked macht einen Riesenaufstand wegen der Augenpflanzen und Lucy Lawns Fahrrad.«

»Du hast auch schon davon gehört?« Violet war mit einem Schlag der Appetit vergangen.

»Ja, Mäuschen, ganz Town redet über nichts anderes.«

»Lucy erzählt überall herum, dass Boy ihr Rad geklaut hat, aber er war's nicht, Mam«, beteuerte Violet, während sie ihr Essen auf dem Teller umherschob.

»Die Sache hat sie ziemlich mitgenommen und jetzt sucht sie eben einen Schuldigen …«

»Ja, aber dann soll sie gefälligst weitersuchen, statt alles Boy in die Schuhe zu schieben«, platzte Violet heraus.

»Ich weiß, Mäuschen. Mach dir keine Sorgen, das klärt sich bestimmt bald auf.«

Violet stocherte noch eine Weile in ihrem Essen herum, dann stand sie auf und ging nach oben in ihr Zimmer.

Sie setzte sich ans Fenster und hielt nach ihrem Dad Ausschau, aber wie sich zeigte, sollte ihre Mam recht behalten: Weit nach Anbruch der Nacht war er immer noch nicht zurück.

Den Kopf voller ungeklärter Fragen kroch Violet ins Bett und fiel in einen unruhigen Schlaf.

Kapitel 6

Neue Freunde

»Wie lief die Sitzung gestern Abend?«, war das Allererste, was Violet ihre Eltern fragte, als sie sich am nächsten Morgen zu ihnen an den Frühstückstisch setzte. »Hat William was über die Augenpflanzen rausgefunden?«

»Nein, bedauerlicherweise nicht.« Ihr Dad schüttelte den Kopf.

»Und jetzt auch noch das verschwundene Fahrrad«, ergänzte Rose. Der Bissen Rührei, der gerade auf halbem Weg zu ihrem Mund gewesen war, fiel von der Gabel. »Das ist schon irgendwie merkwürdig. Normalerweise ist Town doch so ein sicheres Städtchen. Ich kann mir nicht vorstellen, dass irgendwer …«

»Lucy behauptet, dass es Boy war, Dad«, unterbrach Violet ihre Mutter. »Wir waren gestern bei ihr und sie schien fest davon überzeugt zu sein.«

»Du hast mir gar nicht erzählt, dass ihr zu den Lawns gefahren seid. Ach, Violet, ihr könnt bei den Leuten doch nicht einfach so einfallen.« Ihre Mutter schnalzte missbilligend mit der Zunge. »Überlasst das lieber deinem Vater und William.«

»Ich hab davon gehört, Violet«, sagte ihr Vater. Er klang auch nicht gerade begeistert.

»Wie das?«, wollte Violet wissen.

»Lilly, Lucys Mutter, ist gestern zur Sitzung gekommen.« Eugene sah seine Tochter an. »Sie hat Beschwerde wegen Boy eingelegt und verlangt, dass der Stadtrat den Diebstahl untersucht.«

»Aber Boy war das nicht, Dad. Er war genauso schockiert wie ich, als er davon erfahren hat. Deswegen sind wir doch hingefahren! Wir wollten Lucy nur ein paar Fragen stellen.«

»Ich weiß, Violet, aber bitte mischt euch in dieser Angelegenheit nicht weiter ein. Sobald die Augenpflanzen wieder richtig funktionieren, sind solche Vorfälle kein Thema mehr. Der Stadtrat ist natürlich gezwungen, der Sache nachzugehen, aber ich bin mir sicher, Boy hat nichts zu befürchten.«

»Überprüft ihr ihn dann auch?« Violet bremste den Löffel Cornflakes nur Millimeter vor ihrem Mund ab.

»Das müssen wir, Mäuschen. Aber wie gesagt: Ich bin mir sicher, Boy hat nichts zu befürchten.«

»Hat er auch nicht«, verkündete Violet. Sie schlang den Rest ihrer Cornflakes runter, packte ihr Pausenbrot ein und rannte zur Tür.

»Violet!«, rief ihre Mutter ihr nach.

»Was?«

»Ich weiß, was du vorhast, Mäuschen. Lass die Lawns und die Augenpflanzen in Ruhe. Die Leute vom Stadtrat kümmern sich darum, sie brauchen deine und Boys Hilfe nicht.«

»Aber Mam, sie glauben, es war Bo…«

»Nichts aber.«

Wortlos zog Violet die Haustür hinter sich zu. Sie wusste, es hatte keinen Zweck, mit ihrer Mutter zu diskutieren. Und anlügen konnte sie sie nicht. Violet ging stark davon aus, dass Boy und sie nach der Schule mit ihren Nachforschungen weitermachen würden, daher war es schlauer, nichts zu sagen. So log sie ihre Eltern zumindest nicht an.

***

Boy saß bereits auf seinem Platz, als Violet das Klassenzimmer betrat.

»Gibt's was Neues zu den Augen?«, fragte sie, während sie sich neben ihn setzte.

»Nein.« Boy schüttelte den Kopf. Er wirkte irgendwie zerstreut.

»Stimmt was nicht?«

»Ach, nichts.« Ein Bleistift traf ihn am Rücken und er drehte sich um.

»Wer war das?« Violet wirbelte herum.

»Gib mir meinen Bleistift zurück, Archer!«, rief Conor Crooked aus der letzten Reihe lachend. »Hör auf, anderen ihre Sachen zu stehlen!«

»Schluss damit!« Violet funkelte ihn wütend an.

Conor war der Sohn von Vincent Crooked und Bobby Brodericks bester Freund. Wenig überraschend war er genauso ein Fiesling wie Bobby – er stellte sich nur geschickter dabei an. Wenn Erwachsene in der Nähe waren, war er die Höflichkeit in Person, das reinste Unschuldslamm.

Boy legte ihr eine Hand auf den Arm. »Halt dich da raus, Violet. Ich kann gut allein auf mich aufpassen!«

»Ja, aber er sagt gemeine Sachen über dich …«

»Halt dich da raus. Mit Conor werd ich schon fertig.« Er schenkte ihr ein schiefes Lächeln. »Ich war ein Waisenkind, schon vergessen?«

Violet drehte sich wieder nach vorne und ignorierte Conors höhnisches Gelächter.

»Hast du noch irgendwas über Lucys Fahrrad rausgefunden?«, fragte sie.

»Nein.« Boy schüttelte den Kopf. »Aber Lucys Mam hat

gestern beim Stadtrat Beschwerde eingelegt. Dad war ziemlich sauer deswegen.«

»Auf dich?«, fragte Violet.

»Nein, auf sich selbst. Er meinte, wenn die Augen richtig funktionieren würden, wäre das alles nie passiert. Aber egal, das wird schon wieder, Violet. Ich mag es nur einfach nicht, wenn jemand Sachen über mich sagt, die nicht stimmen.«

»Ich weiß.« Violet seufzte. In dem Moment betrat Mrs Moody das Klassenzimmer.

»Holt eure Mathebücher raus!«, befahl sie, während sie ihren blauen Bleistiftrock glatt strich.

Den Rest des Tages verbrachten Violet und Boy weitestgehend schweigend. Er schien nicht in der Stimmung, um mit ihr herumzualbern, und Violet zerbrach sich den Kopf, wie sie ihm aus der Klemme helfen konnte.

»Ich hab's«, flüsterte sie, als das Ende der letzten Stunde näher rückte. »Warum klappern wir nicht sämtliche Häuser rund um den Marktplatz ab? William hat nur mit ein paar Leuten dort gesprochen. Jemand muss doch was beobachtet haben.«

»Ja, und dieser Jemand hat Dad bereits erzählt, dass er mich zu der Zeit, als die Pflanzen ausgerissen worden sind, auf dem Marktplatz gesehen hat. Das sorgt höchstens für noch mehr Ärger.«

»Na ja, nicht, wenn du es nicht warst.«

»*Wenn* ich es nicht war?! Na, vielen Dank, Violet!«, entrüstete sich Boy.

»Herrje, so war das überhaupt nicht gemeint – du weißt, was ich sagen wollte.«

»Ist auch egal.« Boy schüttelte erneut den Kopf. »Ich soll heute gleich nach Hause kommen.«

»Warum? Es dauert doch nicht lang. Und danach kannst du sofort nach Hause.«

»Nein, ich kann nicht.« Er klang entschlossen – und irgendwie aufgebracht.

»Okay«, antwortete Violet etwas ratlos. »Dann also bis morgen.«

Ohne sie noch einmal anzusehen, warf sich Boy den Rucksack über die Schulter und stürmte aus dem Klassenzimmer.

»Da hat's wohl jemand eilig, das nächste Fahrrad zu klauen«, spottete Beatrice, als sie an Violets Tisch vorbeilief.

Violet reagierte nicht darauf. Um ehrlich zu sein, ärgerte sie sich ein bisschen über Boy. Sie wollte ihm bloß helfen und er …

Stopp, ermahnte sie sich selbst. Er war wütend und durcheinander. Ihr würde es sicher ganz genauso gehen, wenn die halbe Stadt Lügen über sie verbreitete.

Vielleicht konnte sie ihm ja trotzdem helfen. Sie konnte schließlich auch alleine zum Marktplatz fahren und sich umhören. Wahrscheinlich war es sogar besser, wenn sie die Leute befragte, ohne dass Boy dabei war.

Sie packte ihre restlichen Sachen zusammen, wobei sie die Stimme ihrer Mutter in ihrem Kopf hartnäckig ignorierte. Boy brauchte ihre Hilfe und sie, Violet, würde allen beweisen, dass er nichts mit dem Diebstahl von Lucys Fahrrad zu tun hatte.

Wie schon am Vortag fuhr sie von der Schule aus nach rechts in Richtung Niemandsland. Sie hatte den Marktplatz schon fast erreicht, als sie plötzlich in die Bremsen trat.

Auf der anderen Seite des Platzes bog Boy gerade in die Wickham Terrace. Er schob sein Fahrrad neben sich her, denn er war nicht allein – an seiner Seite lief Conor Crooked.

Violet traute ihren Augen nicht. Was machten die beiden denn zusammen hier?

Sie radelte quer über den Marktplatz, wobei sie gleich mehrere Beinahe-Zusammenstöße verursachte, und folgte den Jungs in die Straße, in der Boy wohnte. Die beiden liefen jedoch schnurstracks an Nummer 135, Boys Zuhause, vorbei und steuerten auf die Fußgängerbrücke am Rand von Town zu.

Sie lachten und scherzten miteinander, was Violet hochgradig seltsam vorkam. Bisher war sie sich absolut sicher gewesen, dass Boy Conor nicht leiden konnte – erst recht nicht nach dem, was am Morgen in der Schule passiert war.

Boy hatte gesagt, er würde mit Conor schon fertigwerden … Hatte er das damit gemeint? Violet behagte das alles ganz und gar nicht. Irgendwas daran fühlte sich verkehrt an. Sie wollte eben seinen Namen rufen, als er am Fuß der Brücke anhielt, sich bückte und ein zweites Fahrrad zutage förderte.

Das Rad war lila mit einem weißen Sattel und weißen Reifen. Conor trat einen Schritt zurück und lachte. Dann klatschte er mit Boy ab, griff nach dem Lenker und sprang auf. Gemeinsam fuhren sie über die Brücke ans andere Ufer und nahmen die Straße in Richtung Geistersiedlung.

Violet spürte einen seltsamen Stich in der Magengrube. Warum hatte Boy sie angelogen? Ihr gegenüber hatte er behauptet, er müsse gleich nach Hause. Und wem gehörte das Fahrrad, das er Conor gegeben hatte? Ein Verdacht kam in ihr hoch, doch sie schob ihn energisch beiseite. Das war nicht Lucys Fahrrad. Das konnte es einfach nicht sein.

Sie beschloss, den beiden zu folgen. Vielleicht gab es für das alles ja einen guten Grund?

Vielleicht wusste Conor etwas über die Augenpflanzen? Vielleicht half er Boy und Boy konnte es ihr nicht erzählen, weil … tja, sie wusste auch nicht, warum. Normalerweise erzählte Boy ihr alles und sie ihm auch. Sie hatten noch nie Geheimnisse voreinander gehabt – jedenfalls nicht, dass sie wüsste.

Violet rollte langsam mit ihrem Fahrrad über die Fußgängerbrücke. Das Bauwerk war nach dem Ende von Perfect aufwendig restauriert worden und erstrahlte nun in neuem Glanz. Zwischen eleganten silber-blau gestrichenen Pfeilern erstreckte sich ein filigranes und doch stabiles Gebilde aus Drahtseilen und hölzernen Planken, das jedem, der hinüberwollte, eine sichere Passage über den reißenden Fluss bot.

Am anderen Ufer war jedoch noch alles beim Alten. Bis jetzt hatte sich niemand der halb fertigen, halb verfallenen Häuser angenommen. Nicht mal die Schlaglöcher in der Straße waren ausgebessert worden.

Violets Dad sagte, im Stadtrat wurde nach wie vor darüber diskutiert, was aus der Geistersiedlung werden sollte. Bisher hatten sie sich noch auf keinen einzigen Beschluss einigen können und das, obwohl inzwischen fast ein Jahr verstrichen war. Ein Jahr seit der Nacht, in der Edward spurlos vom alten Friedhof verschwunden war.

Violet glaubte zu wissen, warum sich niemand so recht dorthin wagte. Zum einen kursierten nach wie vor die gruseligsten Spukgeschichten, zum anderen befiel jeden, der einen Fuß hineinsetzte, eine grauenhafte Furcht.

Violet holte tief Luft und folgte der löchrigen Straße in Richtung Geistersiedlung. Vor der Werbetafel mit der glücklichen Familie, die immer noch am Eingang hing, hielt sie an. Seit ihrem letzten Besuch hier – in der Nacht von Edward Archers Verschwinden – war das Foto noch weiter verblichen. Die Zähne des Vaters hatten sich schwarz verfärbt, während die Haut seiner Frau einen schimmlig grünen Ton angenommen hatte. Die Kinder waren kaum noch zu erkennen.

So leise wie möglich legte Violet ihr Fahrrad auf dem Boden ab. Sie lugte gerade hinter einem der Pfeiler hervor, die den Eingang markierten, als ein großer schwarzer Vogel angeflogen kam und sich oben auf dem Pfeiler niederließ.

Violet lief ein Schauer über den Rücken, als ihr der Albtraum von neulich Nacht wieder einfiel.

Der Vogel drehte den Kopf und starrte Violet aus seinen dunklen Knopfaugen an. Er durchbohrte sie förmlich mit seinem Blick. Sein Gefieder glänzte im Sonnenlicht, als er die Flügel spreizte. Zwischen den schwarzen Federn blitzte hier und da ein bläulicher Schimmer auf. Dann öffnete er den langen schwarzen Schnabel und stieß ein lautes Krächzen aus, das einsam und irgendwie verloren durch die Geistersiedlung hallte.

Violet wurde ganz flau im Magen. Vielleicht hätte sie lieber nicht hierher zurückkommen sollen.

Sie versuchte, den Vogel zu verscheuchen, doch er rührte sich nicht vom Fleck. Er hockte einfach nur da, Millimeter von ihren Fingern entfernt, und starrte sie unverwandt an. Offenbar hatte er nicht die geringste Angst vor ihr. Als sie erneut ausholte, um ihn zu verjagen, breitete er die Flügel aus und flog davon.

Violet sah ihm nach, während er über die Parkanlage hinwegglitt, in der einst reihenweise Augenpflanzen gestanden hatten. Er segelte über die Haufen aus Bauschutt und die unfertigen Häuser am Rande der Straße, bevor er schließlich aus ihrem Blickfeld verschwand.

Boy und Conor waren nirgends zu erkennen.

Dafür verdunkelte sich jetzt der Himmel. Dicke Wolken zogen auf und schoben sich vor die tief stehende Sonne.

Es wurde langsam spät. Vielleicht sollte sie lieber umkehren und nach Hause fahren.

In dem Moment nahm sie eine Bewegung war. Sie erstarrte. Hoffentlich hatte sie niemand gesehen! Zwei Gestalten kamen aus einem der Häuser und rannten den Hügel hinauf in Richtung Friedhof.

Violet schlug das Herz bis zum Hals. Was machten die beiden da?

Boy und Conor lachten und johlten, als hätten sie den Spaß ihres Lebens. Irgendwie versetzte Violet der Anblick einen Stich. Schließlich hatten die beiden die Hügelkuppe erreicht und tauchten dahinter ab. Violet war schon die Vorstellung unheimlich, die Geistersiedlung allein zu betreten. Auf den Friedhof würde sie garantiert keinen Fuß setzen. Allein bei dem Gedanken wurde ihr ganz mulmig.

Ein wenig gekränkt drehte Violet sich um und griff nach

ihrem Fahrrad. Es fühlte sich sowieso nicht richtig an, ihrem Freund heimlich hinterherzuspionieren.

Vielleicht gab es für all das ja eine vernünftige Erklärung? Sie nahm sich vor, Boy am nächsten Tag in der Schule danach zu fragen.

Violet stieg auf ihr Rad und fuhr zurück nach Town. Gerade als sie in die Forgotten Road bog, entdeckte sie Lucy draußen vor dem Haus der Lawns.

»Hey!«, rief sie und beschleunigte.

Lucy tat so, als hätte sie sie nicht bemerkt.

»Lucy!«, rief Violet noch etwas lauter.

»Oh, hey, Violet«, sagte Lucy und drehte sich zu ihr um, während Violet schlitternd zu Stehen kam. »Ich hab dich gar nicht gesehen.«

»Ich hab noch mal eine Frage zu deinem Fahrrad«, keuchte Violet.

Lucy nickte, sagte jedoch nichts.

»Ähm, ich … ich wollte bloß wissen, welche Farbe es hat.«

Violet kam sich entsetzlich mies vor, fast so, als würde sie Boy hintergehen.

»Es ist lila, mit einem weißen Sattel und weißen Reifen. Und ich weiß, er ist dein Freund, aber ich hab ihn gesehen und es war eindeutig Boy!« Lucy wirbelte herum und verschwand im Haus.

Das flaue Gefühl in Violets Magengrube wurde stärker.

Die Beschreibung passte exakt auf das Fahrrad, das Boy unter der Brücke hervorgeholt und Conor gegeben hatte. Konnte es sein, dass Boy Lucys Fahrrad doch gestohlen hatte? Vielleicht hatte Conor ihn ja dazu gezwungen … aber wie und warum? Violet konnte sich nicht vorstellen, dass irgendwer Boy dazu bringen konnte, etwas zu tun, was er nicht wollte.

Ihre Eltern saßen in der Küche, als sie nach Hause kam. In ihrem Kopf herrschte immer noch das reinste Chaos.

»Was ist passiert?«, fragte ihre Mutter, als sie sie sah. »Alles in Ordnung? Du wirkst ziemlich durch den Wind.«

»Es geht mir gut, Mam!« Violet setzte sich zu ihren Eltern an den Tisch.

In Wahrheit wusste sie selbst nicht so genau, wie es ihr ging. Sie wurde einfach nicht schlau aus dem, was sie am Nachmittag beobachtet hatte. Aber das konnte sie ihren Eltern nicht erzählen. Nicht, bevor sie mit Boy gesprochen hatte.

Zum Abendessen gab es schon wieder Speck, Kartoffeln und Wirsing. Wirsing! Es gab so viel leckeres Essen auf der Welt – warum musste es ausgerechnet Wirsing sein? Aber eigentlich war es auch egal. Nach allem, was an diesem Tag passiert war, hatte sie sowieso keinen Appetit mehr. Lustlos stocherte sie auf ihrem Teller herum.

Ihr Dad war in die *Town Tribune* vertieft. Nach dem Sturz der Archer-Zwillinge hatte Town seine eigene Zeitung bekommen, gegründet von Robert Blot. Violets Mam bezeichnete ihn als »mitteilungssüchtigen Besserwisser«.

»Dieser Artikel ist einfach lächerlich!«, schimpfte ihr Dad.

AUS DEN AUGEN, AUS DEM SINN prangte in großen schwarzen Lettern auf der Titelseite, über einem Foto von einem der beschädigten Beete.

»Wieso, was steht denn da?«, erkundigte sich Violet neugierig, dankbar für ein wenig Ablenkung.

»Blot schreibt über die verschwundenen Augenpflanzen. Er behauptet, in Town sei eine Epidemie von Diebstählen ausgebrochen. Lucy Lawns Fahrrad erwähnt er auch. Aber das kann man ja wohl kaum eine Epidemie nennen.«

»Was ist eine Epidemie?«

»Ach, er will damit nur sagen, dass es jede Menge Diebstähle gab, Violet. Als hätten wir hier in Town ein Riesenproblem.«

»Ist denn noch mehr gestohlen worden?«

»Eben nicht!«, rief ihre Mutter aus. »Robert macht aus jeder Mücke einen Riesenelefanten. Ich glaube, ihm ist es einfach zu langweilig, über das zu schreiben, was hier tagtäglich wirklich passiert. Die Ereignisse der letzten Tage sind ein gefundenes Fressen für ihn.«

»Ja, aber verantwortungsvoller Journalismus sieht anders aus, Rose. Ich kann mir nicht vorstellen, dass William über den Tonfall dieses Artikels sonderlich erfreut ist.«

»Warum nicht, Dad?«

»Blot greift darin die Vermutung auf, dass Boy hinter alldem steckt. Wenn man das so liest, könnte man meinen, Boy hätte die Pflanzen und Lucys Fahrrad geklaut. Was für ein Unsinn.«

»Oh.« Violet verschluckte sich beinahe an einem Stück Kartoffel.

»Boy soll ein Dieb sein?« Rose lachte. »Das ist doch absurd. Außerdem: Warum sollte er ausgerechnet diese scheußlichen Pflanzen stehlen wollen, noch dazu von seinem eigenen Vater? Die Vorstellung, dass ein Dieb in Town sein Unwesen treibt, ist doch völliger Quatsch! Da hat sich bestimmt nur jemand einen Streich erlaubt, der ein bisschen aus dem Ruder gelaufen ist. Wer auch immer es war, wird sich sicher bald stellen.«

»Hoffentlich.« Violet seufzte.

Während ihre Eltern ihr Gespräch fortsetzten, stand Violet unauffällig vom Tisch auf und entsorgte ihr Essen im Abfalleimer.

»Alles in Ordnung, Violet? Du siehst irgendwie nicht gut aus.« Rose stand auf und legte ihrer Tochter eine Hand auf die Stirn.

»Es geht mir gut«, log Violet und schob die Hand ihrer Mutter weg. »Ich hab bloß noch haufenweise Hausaufgaben.«

Sie schlüpfte zur Tür hinaus, wobei sie hörte, wie ihre Eltern leise miteinander redeten. Violet war sich sicher, dass es dabei um sie ging. Sie lief nach oben in ihr Zimmer und ließ sich aufs Bett fallen.

Konnte es sein, dass Boy ein Dieb und ein Lügner war? Bei dem Gedanken wurde ihr ganz schlecht.

Kapitel 7

Noch mehr Lügen

Am nächsten Morgen machte Violet sich mit dunklen Ringen unter den Augen auf den Weg zur Schule. Sie hatte kaum geschlafen und war dadurch zur Abwechslung mal die Allererste auf dem Schulhof.

Boy war ebenfalls früh dran. Violets Anspannung stieg, als er auf sie zukam. Über ihr ertönte ein Donnergrollen und sie sah hoch. Am Himmel türmten sich dicke Wolken auf, hinter denen die Sonne fast vollständig verschwand.

»Wenn der Wind sich dreht, behältst du das Gesicht für immer«, scherzte Boy, während er sich zu ihr auf die Bank setzte.

Nun, da er neben ihr saß, wusste Violet plötzlich nicht mehr, was sie sagen sollte. In Gedanken war sie die Ereignisse des Vortags die ganze Nacht über wieder und wieder durchgegangen. Trotzdem hatte sie keine Ahnung, wie sie das heikle Thema ansprechen sollte.

»Wie geht's Conor?«, platzte sie zu ihrer eigenen Überraschung heraus.

»Wem?« Boy zog die Augenbrauen hoch.

»Conor Crooked!«

»Woher soll ich das wissen?«

»Ich hab euch gestern Nachmittag zusammen gesehen. Ich bin euch bis in die Geistersiedlung gefolgt.«

Boy lachte. »Sehr witzig, Violet. Beinah wär ich drauf reingefallen!«

»Worauf reingefallen? Ich hab euch gesehen. Ich war auf dem Marktplatz, um die Leute dort wegen Lucys Fahrrad zu befragen. Erinnerst du dich? Du wolltest nicht mitkommen, weil du unbedingt nach Hause musstest.« Die letzten Worte betonte sie besonders nachdrücklich. »Dabei hab ich Conor und dich in der Wickham Terrace entdeckt und bin euch gefolgt. Ich wollte eigentlich Hallo sagen, aber dann …«

Sie brach ab.

»Aber dann was?« Boy verengte die Augen zu Schlitzen. An seinem Hals kroch langsam wieder diese fleckige Röte hinauf.

»Dann … also …«

»Violet!«

»Dann hab ich beobachtet, wie du Conor Lucys Fahrrad gegeben hast.«

Boys Miene verfinsterte sich. »Echt witzig, Violet, aber ich bin nicht in der Stimmung für schlechte Scherze.«

»Boy!«, schimpfte Violet frustriert. »Das ist kein Scherz. Ich hab euch gesehen. Wenn das deine Art war, ›mit Conor fertigzuwerden‹, wie du gestern meintest, dann sag es mir einfach. Ich will wissen, was hier vor sich geht.«

»Aber ich bin wirklich direkt nach Hause gegangen«, beteuerte Boy und stand auf. »Was ist nur los mit dir?«

»Was mit *mir* los ist? Hör endlich auf, Boy. Ich hab dich und Conor mit eigenen Augen gesehen! Wenn du in Schwierigkeiten steckst, kann ich dir helfen. Hat Conor dich gezwungen, Lucys Fahrrad zu stehlen?«

»Ob Conor Crooked mich zum Stehlen gezwungen hat? Was redest du denn da, Violet?«

»Bitte, Boy.« Violet spürte, wie sie langsam verzweifelte. »Ich dachte, ich bin deine beste Freundin.«

»Ja, das dachte ich auch«, erwiderte Boy wütend. Er starrte sie mit hochrotem Kopf an.

In dem Moment klingelte es und Mrs Moody kam heraus, um ihre Klasse zum Unterricht zu rufen. Schnell stand Violet auf. Ihre Augen waren feucht und sie vermied es, Boy noch einmal anzusehen.

»Morgen, Violet, hast du deine Hausaufgaben gemacht?«, rief Beatrice, während sie im Hüpfschritt hinter ihr herlief.

»Oh, Morgen, Beatrice.« Violet rang sich ein Lächeln ab.

Boy blieb neben der Bank stehen, während die anderen sich laut schwatzend ins Schulgebäude drängten.

»Guten Morgen«, wünschte Mrs Moody, als alle ihre Plätze eingenommen hatten. Ihr Gesicht wirkte noch etwas gereizter und zerfurchter als sonst.

»Guten Morgen, Mrs Moody«, antwortete die Klasse im Chor.

Boy kam rein und setzte sich neben Violet, ohne sie eines Blickes zu würdigen.

»Du kommst zu spät, Boy!«, tadelte Mrs Moody.

»Tut mir leid«, knurrte er, die Augen fest auf den Boden gerichtet.

Mrs Moody funkelte einen Moment lang auf sie beide herab, bis Violet es nicht mehr aushielt und wegsah.

Normalerweise hätte Violet jetzt einen Witz gemacht, um die Stimmung aufzulockern, doch dafür fühlte sie sich gerade viel zu unbehaglich. Das war das erste Mal, dass sie nicht wusste, was sie zu Boy sagen sollte.

»Kinder, ich fürchte, ich habe schlechte Neuigkeiten«, begann Mrs Moody. »Conor Crooked ist gestern nach der Schule nicht nach Hause gekommen. Wie ihr euch sicher vorstellen könnt, machen seine Eltern sich schreckliche Sorgen.«

Violet hielt den Atem an.

Sie schielte verstohlen zu Boy hinüber. Er schien voll und

ganz darin vertieft zu sein, seinen Bleistift zu spitzen. Vor ihm auf dem Tisch hatte sich bereits ein Häufchen Holzspäne angesammelt.

»Weiß jemand, wo er nach der Schule hingegangen sein könnte?«, fragte Mrs Moody, wobei sie einem nach dem anderen ins Gesicht schaute.

Violet errötete, als der Blick ihrer Lehrerin über sie hinwegglitt. Sollte sie etwas sagen? Eigentlich wäre das Boys Aufgabe, doch der war zu sehr damit beschäftigt, die Holzspäne vom Tisch auf den Boden zu schnipsen.

Warum meldete er sich nicht?

»Keiner?«, hakte Mrs Moody nach. »Ich weiß, dass einige von euch mit Conor befreundet sind. Kommt schon, Kinder. Wenn ihr irgendetwas wisst, dann sagt es. Ihr kriegt auch keinen Ärger deswegen. Seine Eltern möchten ihn einfach nur finden!«

Conor hatte Freunde, aber das waren eher Fieslinge und Schlägertypen wie Bobby Broderick. Und da gehörte Boy definitiv nicht dazu. Violet stach mit der Spitze ihres Bleistifts auf ihren Radiergummi ein, während sie erneut zu Boy hinüberschielte.

Warum sagte er denn nichts? Warum brachte er sie in diese unmögliche Lage? Trotzdem war er immer noch ihr Freund. Sie konnte ihn doch nicht einfach verpetzen, oder?

Ihr Dad hatte sie so oft ermahnt, immer ehrlich zu sein.

Und genau das war sie gerade nicht. Sie wich Mrs Moodys Blick aus, als er das nächste Mal über sie hinwegstrich.

Die Spannung im Raum war inzwischen förmlich mit Händen zu greifen.

Violet fühlte sich, als wäre ein Scheinwerfer direkt auf sie gerichtet. Hitze kroch ihren Nacken hoch und stieg ihr in die Wangen. Bestimmt ahnte Mrs Moody längst, dass etwas nicht stimmte.

Ihre Lehrerin ließ die Klasse nicht aus den Augen. Eine drückende Stille war eingekehrt, nur hier und da war ein Rascheln oder Knarren zu hören, wenn jemand unbehaglich auf seinem Stuhl herumrutschte. Boy hielt den Blick fest auf die Tischplatte gerichtet, ohne einmal aufzusehen. Sein Gesicht war jetzt ebenfalls knallrot.

»Ich lasse euch ein wenig Zeit zum Nachdenken«, verkündete Mrs Moody. »Falls euch doch noch etwas einfällt, könnt ihr es mir unter vier Augen anvertrauen. Wie gesagt: Ihr braucht keine Angst zu haben, dass ihr Ärger kriegt.«

Ja klar, das glaubte Violet sofort. In ihrer Vorstellung erschien ein Bild, wie Mrs Moody sie kopfüber vom Lumpenbaum hängen ließ.

Sie sah aus dem Fenster. Auf der Bank draußen auf dem Schulhof saß ein großer schwarzer Vogel. Seine dunklen Knopfaugen schienen sie direkt anzustarren. Violet schauderte. In letzter Zeit waren diese schwarzen Vögel echt überall.

»Weißt du irgendwas, Violet?«, raunte Beatrice ihr quer über die Tische hinweg zu.

Violet schüttelte den Kopf. Ihre erste Lüge. Wenigstens hatte sie Mrs Moody nicht belogen – sie hatte bloß nichts gesagt. Beatrice drehte sich um, ohne Boy eines Blickes zu würdigen.

Als die Mittagspause anbrach, waren das Misstrauen und die Verunsicherung in der Klasse mit Händen zu greifen. Sämtliche Gespräche drehten sich nur darum, was Conor wohl zugestoßen sein mochte. Boy strafte Violet mit Nichtachtung und verbrachte die Pause mit Jack und ein paar anderen.

Jack war ebenfalls im Waisenhaus aufgewachsen und einer von Boys besten Freunden aus Niemandsland. Wie alle anderen hatte er seine Familie nach dem Untergang von Perfect wiedergefunden und wohnte jetzt in der George's Road, in der Nähe der Teefabrik. Er war etwas älter als Boy und ging in die Stufe über ihnen.

Violet setzte sich alleine auf die Bank und begann zu essen.

»Ich hab gesehen, wie Conor gestern die Schule verlassen hat«, berichtete Beatrice den Mädchen, die im Halbkreis vor ihr auf dem Boden saßen, »aber ich hab nicht mitgekriegt, wohin er gegangen ist.«

Violet rückte näher.

»War er allein?«, fragte sie.

»Ja, ich glaub schon, Violet …«, antwortete Beatrice. »Oder halt, vielleicht auch nicht. Nein, stimmt, Bobby war bei ihm.«

Die Mädchen schnappten hörbar nach Luft und sahen zu Bobby hinüber, der gerade einen kleineren Jungen mit einem Ellbogenstoß beiseiterempelte.

Bobby Broderick war ein guter Freund von Conor. Es wäre sehr viel logischer, wenn er gestern an seiner Seite gewesen wäre, aber Violet war sich sicher, dass sie ihn nirgends gesehen hatte.

»Was, wenn Bobby Conor umgebracht hat?«, hauchte ein Mädchen aus der Gruppe.

»Bobby hat mal meine Katze getreten!«, rief ein anderes Mädchen.

Prompt brach das reinste Durcheinander los, weil alle aufgeregt erzählten, was Bobby Broderick in seinem Leben sonst noch alles Schreckliches angestellt hatte.

»Bobby war nicht bei Conor«, unterbrach ein drittes Mädchen das Geschnatter. »Er war gestern Abend mit seiner Mam bei uns. Unsere Mams sind beste Freundinnen.«

Kurz kehrte Stille ein, doch gleich darauf kam jemand mit dem nächsten explosiven Gerücht und schon nahm das Geschwätz wieder an Fahrt auf.

Violet wandte sich ab. Beatrice und ihre Clique waren nicht lange zu ertragen. Da war sogar Alleinsein noch angenehmer.

Ihr Blick wanderte zu Boy. Er saß jetzt auch allein da und aß sein Pausenbrot, während die anderen Fußball spielten. Violet stand auf und ging über den Schulhof auf ihn zu, wobei sie es sorgfältig vermied, in seine Richtung zu schauen.

»Darf ich mich setzen?«, fragte sie, als sie vor ihm stand.

»Ist ein freies Land«, brummte er, ohne von seinem Essen aufzusehen.

Eine Zeit lang saßen sie schweigend nebeneinander, bis Violet es nicht länger aushielt.

»Warum hast du Mrs Moody nicht von Conor erzählt? Sie hat doch gesagt, du kriegst keinen Ärger.«

»Weil es nichts zu erzählen gibt.« Boy klang aufrichtig verwirrt.

»Aber ich hab euch zusammen gesehen!«

»Ich hab keine Ahnung, wovon du sprichst, Violet. Ich war gestern nicht mit Conor unterwegs!«

»Okay, wenn du es nicht warst, wer war es dann?«

»Woher soll ich das wissen? Du bist doch diejenige, die behauptet, mich gesehen zu haben!«

»Ist was passiert? Ist Conor verletzt? Hat das was mit Lucys Fahrrad zu tun?«

»Was redest du da, Violet? Hast du noch alle Tassen im Schrank? Wenn du mir nicht glaubst, bitte! Aber hör auf, mir Dinge zu unterstellen, die ich nicht getan habe!« Boy wirkte nun ernsthaft wütend.

Er stand auf und wandte sich zum Gehen, hielt dann jedoch noch mal inne und drehte sich zu ihr um.

Violet wartete stumm, dass er den Mund aufmachte. Insgeheim flehte sie ihn an, ihr endlich die Wahrheit zu sagen.

Zu guter Letzt schüttelte er den Kopf, verzog den Mund und gesellte sich zum Fußballspiel seiner Freunde. Er benahm sich, als sei nichts geschehen. Wie konnte er sich derart verstellen?

Verstohlen schaute Violet sich um. Hoffentlich hatte niemand ihren Streit beobachtet! Sie fing Beatrice' Blick auf, woraufhin diese hastig wegsah.

Es klingelte zum Ende der Pause. Violet stand auf und kehrte mit den anderen ins Schulgebäude zurück.

Den Rest des Tages sprach sie kein Wort mehr mit Boy – nicht einmal, als Mrs Moody erneut auf Conor zu sprechen kam und sie alle aufforderte, noch einmal gründlich darüber nachzudenken, wann und wo sie ihn zum letzten Mal gesehen hatten.

Nach der letzten Stunde ging Violet wie immer zu ihrem Fahrrad, nur war sie diesmal allein.

Die Wolken über ihr schienen noch dicker und dunkler geworden zu sein. Es sah aus, als würde jeden Moment ein Gewitter losbrechen. Nur vereinzelt drangen die Strahlen der Nachmittagssonne hindurch, sodass es ungewohnt düster war, als sie durch die Straßen von Town nach Hause radelte.

An jedem Laternenpfahl hingen Poster mit einem Foto von Conor Crooked. Darauf trug er einen eleganten schwarzen Anzug und sein sonst so strubbeliges Haar war fein säuberlich zur Seite gekämmt. Nur ein einziges Ringellöckchen hatte sich gelöst und hing ihm in die Stirn. Er sah aus, als könne er keiner Fliege etwas zuleide tun. Ohne sein gemeines Grinsen war er kaum wiederzuerkennen.

Kapitel 8

Getuschel

Am nächsten Morgen war Violet völlig erschlagen. Sie hatte schon wieder nicht gut geschlafen. Ihr war der Streit mit Boy einfach nicht aus dem Kopf gegangen. Todmüde schlüpfte sie in ihre Schuluniform und trottete die Treppe hinab. Ihr Dad saß bereits am Küchentisch und sah auch nicht viel fitter aus.

»Alles okay, Dad?«, erkundigte sie sich, während sie den Kühlschrank öffnete, um die Milch rauszuholen.

»Alles bestens«, antwortete er, doch er schien nicht recht bei der Sache zu sein.

»Der Stadtrat hat beschlossen, dass die Schule heute ausfällt«, ergänzte er ein wenig sanfter. »Wir suchen Conor und brauchen jede Hilfe, die wir kriegen können.«

»Okay«, sagte Violet mit einem flauen Gefühl im Magen. Sie wünschte sich sehnlichst, das alles wäre bloß ein böser Traum, doch Conor war immer noch verschwunden und wie es aussah, steckte Boy da irgendwie mit drin.

»Ich weiß, das ist nicht schön, aber wir müssen jetzt stark sein.« Ihr Dad seufzte. »Heute stehen die Geistersiedlung und Umgebung auf dem Programm.«

»Echt?« Violet bemühte sich, ihren Tonfall so neutral wie möglich zu halten. »Wieso denn ausgerechnet da?«

»Vincent Crooked hat einen Tipp erhalten und wir haben gestern Abend noch einen Suchtrupp hingeschickt. In einem der verlassenen Häuser haben wir ein paar Gegenstände gefunden.« Ihr Dad sah sie jetzt direkt an. »Nun müssen wir die Suche ausweiten.«

»Oh.« Violet hatte plötzlich das Gefühl, nicht mehr richtig Luft zu kriegen. Sie wandte sich ab und steckte zwei Scheiben Brot in den Toaster.

»Alles in Ordnung, Mäuschen?«, fragte ihr Dad.

»Äh … ja, alles super«, stammelte sie.

»Falls es etwas gibt, das du mir sagen möchtest, Violet: Ich bin ganz Ohr. Conors Eltern machen sich große Sorgen, weißt du?«

»Ich weiß, Dad, aber ich hab wirklich keine Ahnung. Das schwöre ich«, antwortete sie, den Blick fest auf den Toaster gerichtet. Violet hasste es, ihren Vater anzulügen.

Ihr Toast kam leicht qualmend aus dem Toaster geschossen und durchbrach die Anspannung im Raum. Violet bestrich die ein wenig zu knusprig geratenen Scheiben sorgfältig mit Butter und legte sie auf einen Teller. Dann verschwand sie damit nach oben in ihr Zimmer, während sich ihr Dad leise vor sich hin grummelnd in die neueste Ausgabe der *Town Tribune* vertiefte.

Violet setzte sich ans Fenster, aß ihr Frühstück und beobachtete die heraufziehenden Wolken. Es sah immer mehr nach einem gewaltigen Sturm aus. Dabei stürmte es sonst nie in Town.

In einem der Bäume auf der anderen Seite der Auffahrt saß ein großer schwarzer Vogel. Er schien sie regelrecht anzustarren. Das konnte nicht schon wieder derselbe Vogel sein, oder?

Violet kniff die Augen zusammen und versuchte zu erkennen, ob es irgendetwas gab, das ihn von den anderen großen schwarzen Vögeln unterschied, die über der Stadt kreisten.

»Violet, kommst du? Wir wollen los, nach Conor suchen!«, rief Rose aus dem Erdgeschoss.

»Ja, ich komme gleich!«, schrie Violet und zog sich hastig um.

Ihre Mam und ihr Dad warteten bereits an der Haustür, als Violet die Treppe hinuntergerannt kam.

»Denkt ihr, wir sollten unsere Regenmäntel einpacken?«, fragte ihre Mutter und sah besorgt aus dem Fenster. »Ich habe noch nie so dunkle Wolken über Town gesehen. Was meint denn die Wettervorhersage, Eugene?«

»Von Regen steht da nichts, Rose«, antwortete Violets Dad. »Aber wenn du mich fragst, braut sich da schon ganz schön was zusammen.«

»Dann nehmen wir zumindest unsere Jacken mit, nur für alle Fälle. Ach, jetzt mache ich so ein Theater wegen des Wetters, während die armen Crookeds außer sich vor Sorge sein müssen. Ich kann mir gar nicht vorstellen, wie es ihnen gerade geht.« Rose nahm ihre Tochter schützend in den Arm.

»Also dann, sind wir so weit?« Eugene rang sich ein schiefes Lächeln ab und öffnete die Haustür. Nacheinander traten sie in das trübe graue Licht des wolkenverhangenen Vormittags hinaus. Violets Dad hatte die Tür gerade hinter sich geschlossen und lief die Stufen vor dem Haus hinab, als er plötzlich hochsah und stehen blieb. »Das ist ja seltsam«, murmelte er.

»Was denn?«, fragte Rose.

»Ich weiß, es klingt verrückt, aber ich kriege langsam das Gefühl, dass dieser Vogel uns verfolgt. Er hockt jetzt schon seit ein paar Tagen da oben, immer auf demselben Platz. Ist euch das noch nicht aufgefallen?« Er zeigte auf den Baum auf der anderen Seite der Auffahrt.

Der Vogel saß noch genau da, wo Violet ihn von ihrem Fenster aus gesehen hatte.

»Meinst du die Krähe da?«, wollte sie wissen.

»Ich glaube, das ist ein Rabe«, antwortete er. »Über die wurde schon jede Menge geschrieben – irgendwie scheinen sie eine ganz besondere Faszination auf die Menschen auszuüben. Um ehrlich zu sein, fand ich sie immer ein bisschen unheimlich. Vielleicht wegen ihrer Größe und diesen kleinen schwarzen Knopfaugen. Sie gelten im Volksglauben als schlechtes Omen.«

»›Schlechtes Omen?‹« Ihre Mutter zog eine Augenbraue hoch. »Sollten Sie nicht eigentlich ein Mann der Wissenschaft sein, Dr. Brown?«

»Ich habe lediglich Violets Frage beantwortet, Rose!«

»Was ist ein Omen, Dad?«

»Ein Vorzeichen, so eine Art Blick in die Zukunft«, erklärte er.

»Also können Raben die Zukunft vorhersagen? Soll das heißen, sie haben magische Fähigkeiten?«, fragte Violet skeptisch.

»Nein.« Ihr Dad schüttelte den Kopf. »Der Vogel galt als Zeichen dafür, dass etwas Schlimmes bevorstand. Wie gesagt, das ist alles bloß Aberglaube, Mäuschen, mehr nicht. Ich persönlich gebe keinen Pfifferling auf den Quatsch.«

Violet spürte, wie sich die Härchen auf ihren Unterarmen aufstellten, als sie an dem Vogel vorbeigingen und in die Allee bogen, die in Richtung Innenstadt führte.

Je näher sie Archer & Brown kamen, desto mehr war auf

den Straßen los. In der Edward Street hatte sich eine riesige Menschenmenge versammelt, um bei der Suche nach Conor zu helfen. Die Leute wirkten ernst und unterhielten sich in gedämpftem Ton. Eine ungewohnte Anspannung lag in der Luft.

In der Archers' Avenue trafen sie auf Merrill Marx, den Spielzeugmacher. Er hatte bei der Befreiung von Perfect geholfen und saß ebenfalls im Stadtrat. Außerdem war er einer von William Archers engsten Freunden.

Merrills neuer Spielzeugladen lag am Ende der Edward Street und war das Lieblingsgeschäft aller Kinder in Town. Violet und Boy konnten Stunden dort verbringen und ihn mit sämtlichen Fragen löchern, die ihnen in den Sinn kamen, ohne ihm jemals auf die Nerven zu gehen. Im Gegenteil: Er schien ihre Gesellschaft zu genießen, während er an seinen Kreationen schnitzte.

Der Spielzeugmacher stand neben dem Augenpflanzenbeet an der Ecke Archers' Avenue und Edward Street. Auch hier schien ein großer Teil der Pflanzen ausgerissen worden zu sein, was für viel Getuschel unter den vorbeikommenden Stadtbewohnern sorgte.

Violet schob sich unauffällig an ihren Eltern vorbei und folgte der Menge durch die Rag Lane ins frühere Niemandsland. Das Stimmengewirr erstarb zu einem leisen Hintergrundrauschen.

Inmitten der Menschen entdeckte sie William Archer.

Neben ihm lief ein Mann, der ziemlich wütend zu sein schien.

»Wenn euer Stadtrat was taugen würde, William, hätten wir diesen ganzen Ärger nicht«, schimpfte der Mann, laut genug, dass die Umstehenden ihn hören konnten. »Erst die Diebstähle und jetzt ist auch noch ein Kind verschwunden! Das Gehirn funktioniert offensichtlich nicht.«

»Ich versichere dir, wir geben unser Bestes, Peter. Wir kriegen denjenigen, der hinter alldem steckt. Kein Grund zur Sorge, Town ist absolut sicher.«

»Absolut sicher? Du hast sie doch nicht mehr alle, Archer. Ein Kind ist verschwunden!«

»Ich weiß, aber wir werden Conor finden«, erwiderte William ruhig. »Wie gesagt, wir geben unser Bestes!«

»Tja, dann ist euer Bestes wohl nicht gut genug!« Der Mann nahm sein Kind bei der Hand und entfernte sich mit großen Schritten.

William war purpurrot angelaufen. Alle starrten ihn an und einige tuschelten miteinander. Violet schnappte vereinzelte Satzfetzen auf. Eine Frau raunte etwas wie: »Boys Dad … sollte sich was schämen.«

»Violet!«, rief William, als er sie entdeckte.

Daraufhin wandten sich die Leute zu ihr um. Verlegen tat Violet so, als hätte sie ihn nicht gehört, und legte einen Zahn zu. Sie drängelte sich durch die Menge und sprintete förmlich in die Forgotten Road.

Gleichzeitig nagte das schlechte Gewissen an ihr.

Wie konnte sie William einfach so ignorieren? Warum schämte sie sich auf einmal, mit ihm gesehen zu werden, nach allem, was er für sie, für ihre Familie, für Town getan hatte?

Aber die Leute zogen nun mal über ihn her. Lucys Fahrrad war gestohlen worden, genau wie einige Augenpflanzen. Und nun wurde auch noch Conor vermisst.

Vielleicht hatte William es auch irgendwie verdient, dass sich die Leute über ihn ärgerten. Zumindest ein bisschen. Schließlich waren er und der Stadtrat für das Wohlergehen von Town verantwortlich. Außerdem sollte seine Erfindung, das Gehirn, eigentlich dafür sorgen, dass solche schlimmen Dinge gar nicht erst geschahen. Und darin hatte es auf ganzer Linie versagt.

Kapitel 9

Ein Gespür für Geheimnisse

Als Violet in der Geistersiedlung ankam, wimmelte es dort bereits von Leuten, die nach Conor Crooked suchten.

Wie immer, wenn sie die verfallene Siedlung betrat, brach eine Woge negativer Gefühle über sie herein.

Beim ersten Mal, vor fast einem Jahr, hatte sie in dichten Nebel gehüllt an der Friedhofsmauer gekauert und sich so mies gefühlt wie nie zuvor. Furcht und Angst hatten förmlich die Kontrolle über ihre Gedanken übernommen. Damals hatte Boy ihr erklärt, dass diese Gefühle jeden befielen, der hierherkam. Irgendwas an dieser Gegend hatte einfach eine beklemmende Wirkung auf die Menschen und das war auch der Grund, weshalb viele glaubten, dort würde es spuken.

Nach dem Ende von Perfect hatte Iris Archer Violet mehr erzählt. Maculas Dad, Oliver Lashes, war für den Bau der Siedlung zuständig gewesen. Die Bauarbeiten waren im vollen Gang, als zunehmend seltsame Dinge geschahen. Erst verschwanden Schaufeln und Werkzeuggürtel, dann wurden Fenster eingeschlagen und die Arbeiter begannen, ein unheimliches Flüstern zu hören, das ihnen befahl, den Ort umgehend zu verlassen.

Und dann wurde Mr Lashes eines Morgens tot im Park aufgefunden. Die Arbeiten wurden eingestellt und die halb fertigen Häuser sich selbst überlassen.

Bald mehrten sich die Gerüchte, dass die Seelen vom alten Friedhof auf der anderen Seite des Hügels in der Geistersiedlung ihr Unwesen trieben. Danach wagte sich kaum noch jemand dorthin – jedenfalls bis die Archer-Zwillinge auf die Idee kamen, die menschenleere Gegend zu nutzen, um ihren grausigen Plan voranzutreiben und sämtliche Bewohner von Perfect unter ihre Kontrolle zu bringen.

Violets Dad hingegen versicherte, dass es Geister nicht gab. »Diese These ist wissenschaftlich nicht haltbar«, sagte er, auch wenn Violet keine Ahnung hatte, wer diese »These« war und was sie damit zu tun haben sollte. Und dass man Geister nicht halten konnte, war doch eigentlich klar, immerhin waren sie unsichtbar und körperlos. Eugene zufolge waren Geister das Ergebnis einer überbordenden Fantasie – und wenn jemand eine überbordende Fantasie hatte, dann war das ja wohl Violet. Doch ihr Dad hatte erklärt, dass sich die Leute mit ihren Gruselgeschichten selbst Angst machten und dass diese Angst dann für die unheimlichen Gefühle sorgte. Mit Geistern hatte das nichts zu tun.

Was es auch war, Violet fühlte sich jedenfalls scheußlich, sobald sie zwischen den Pfeilern hindurchtrat, die den Eingang zur Geistersiedlung markierten. Alle möglichen Ängste kamen in ihr hoch und vernebelten ihre Sinne, bis sie vor Furcht regelrecht gelähmt war.

Schließlich hatte sie eine Taktik entwickelt, um diese negativen Gefühle in den Griff zu bekommen: Sie sagte sich, dass sie nicht real waren. Es waren bloß Gedanken, fiese Gedanken, die ihr Dinge einredeten, durch die sie traurig und ängstlich wurde. Aber das hieß noch lange nicht, dass sie diese Gedanken auch glauben musste.

Diese Taktik wandte sie auch jetzt wieder an, während sie zwischen den baufälligen Häusern stand und sich umsah. Es funktionierte – die Beklemmungen waren zwar immer noch da, aber nur schwach und ganz am Rand ihres Bewusstseins. Sie schaffte es sogar, sich zu entspannen, wenn auch nur ein winzig kleines bisschen.

Auf der anderen Seite des Parks entdeckte sie Macula Archer. Sie war blass und wirkte kränklich, genau wie Boy sie beschrieben hatte.

»Violet, wo warst du nur? Wir haben uns fürchterliche

Sorgen gemacht!« Ihr Dad kam auf sie zu und riss sie aus ihren Gedanken.

»Oh … äh, tut mir leid. Ich bin einfach mit der Menge mitgegangen, Dad«, antwortete Violet.

»Mach das nie wieder, Mäuschen«, mahnte ihre Mutter, während sie sich ängstlich umblickte. »Hier ist es nicht sicher. Bleib in unserer Nähe!«

»Ich pass schon auf mich auf, Mam«, erwiderte Violet, vielleicht ein bisschen zu scharf.

Rose zuckte zusammen und zog erschrocken den Kopf ein. Ihre Hände zitterten. Nervös schob sie sie in ihre Jackentaschen.

»Die Gedanken sind nicht real, Mam«, versicherte Violet. »Sie hören auf, sobald wir von hier verschwinden.«

»Ich weiß, Mäuschen, ich weiß. Dein Vater hat mich bereits vorgewarnt, aber es ist einfach entsetzlich. Armer Conor, der arme Junge, die armen Eltern …«

»Rose«, Eugene packte seine Frau an den Schultern. »Ganz ruhig, tief durchatmen …«

Violet entdeckte einen Tisch, der mitten in der Parkanlage aufgestellt war – dort, wo einst die Augenpflanzen gewachsen waren. Hinter dem Tisch saß Madeleine Nunn und drum herum standen Leute und sahen sich irgendetwas an. Madeleine Nunn war im Stadtrat für die öffentliche Sicherheit zuständig und leitete daher die Ermittlungen zu Conors Verschwinden.

Neugierig schlich Violet hinüber, während ihr Vater weiter versuchte, ihre Mutter zu beruhigen.

Als sie näher kam, konnte sie Lucys Fahrrad ausmachen, das am Tisch lehnte.

»Ah, Violet.« Madeleine Nunn erhob sich zur Begrüßung. »Wie kommst du zurecht? Du gehst doch in die gleiche Klasse wie Conor, richtig?«

»Ich auch«, meldete sich eine Stimme rechts von Violet zu Wort.

Violet sah sich um. Beatrice Prim stand neben ihr und wirkte zutiefst betrübt. Ihre Unterlippe zitterte sogar ein bisschen, als würde sie gleich in Tränen ausbrechen. Dabei mochte Beatrice Conor nicht mal. Was sie dagegen umso mehr mochte, war Aufmerksamkeit.

»Oh, aber natürlich.« Madeleine streckte die Hand aus, um Beatrice zu trösten. »Wir finden ihn, versprochen.«

»Hoffentlich«, schluchzte Beatrice.

Das lilafarbene Fahrrad mit dem weißen Sattel und den weißen Reifen schien Violet regelrecht anzustarren. Ihr wurde ganz flau im Magen. Es war definitiv dasselbe Fahrrad, das Boy unter der Brücke hervorgeholt und Conor gegeben hatte. Und zwar an dem Nachmittag, als Conor verschwunden war.

Ihre Gedanken rasten und das flaue Gefühl in ihrem Magen wurde stärker. Was, wenn Boy Conor wirklich etwas angetan hatte?

Ihr kam der Rabe wieder in den Sinn. Ein schlechtes Omen, hatte ihr Dad gesagt. Was, wenn in der Zukunft noch viel mehr schlimme Dinge warteten?

»Alles in Ordnung, Violet?«, erkundigte sich Madeleine. »Kommt dir irgendwas bekannt vor?« Sie zeigte auf den Tisch, wo zwei durchsichtige Plastiktüten lagen. In der ersten befand sich eine Schultasche, von der sie wusste, dass sie Conor gehörte, in der zweiten eine Armbanduhr. Ihr Magen zog sich krampfhaft zusammen.

»Ähem … Nein, nein, gar nichts. Ich, äh … ich stehe bloß unter Schock. Wegen Conor und so …«

»Bist du sicher, dass du die Sachen noch nie gesehen hast, Violet?« Grinsend hielt Beatrice die Tüte mit der Armbanduhr hoch.

»Leg die sofort wieder hin, Beatrice!«, befahl Madeleine. »Das ist ein Beweisstück.«

»Ach herrje, das tut mir ganz schrecklich leid«, säuselte Beatrice, während sie die Plastiktüte wie zufällig direkt vor Violet absetzte.

Die Uhr gehörte Boy. Macula hatte sie ihm zum Geburtstag geschenkt. Violet fühlte sich, als müsste sie sich jeden Moment übergeben. Sie stützte sich am Tisch ab.

»Erkennst du die Uhr, Violet?«, bohrte Beatrice nach. »Ich hab das Gefühl, als hätte ich sie schon mal irgendwo gesehen, du nicht? Sie hing am Lenker von Lucys Fahrrad. Conors Tasche stand direkt daneben.«

»Ja, ganz recht, Beatrice«, sagte Madeleine. »Lucy hat in der Tat bestätigt, dass es sich um ihr Fahrrad handelt. Wenigstens eine gute Nachricht in all dem Chaos.«

»Ich glaub nicht, dass ich die Uhr schon mal gesehen hab, Beatrice, aber mir fallen solche Sachen auch nicht unbedingt auf«, log Violet.

»Mir sofort. Meine Mam sagt, ich bin wie eine Elster. Ich bemerke alles, was glänzt.« Beatrice sah Violet tief in die Augen.

Violet wandte den Blick ab. »Ja, du bist echt toll, Beatrice«, erwiderte sie sarkastisch.

»Ich mach mich auf die Suche nach Boy und wenn ich ihn finde, frag ich ihn, ob er die Uhr wiedererkennt. Ich bin wie Sherlock Holmes, sagt meine Mam. Ich hab ein Gespür für Geheimnisse und ich hab immer recht!«, fuhr Beatrice ungerührt fort. »Lügen gehört sich nicht, Violet!«

Warum konnte Beatrice es nicht einfach gut sein lassen? Sie versuchte ständig, andere in Schwierigkeiten zu bringen – fast so, als würde sie dafür bezahlt. Aber vielleicht hatte sie diesmal sogar recht. Es war nun mal Boys Uhr. Und das bewies, dass er an der ganzen Sache in irgendeiner Form beteiligt war. Vermutlich sollte wirklich jemand etwas sagen. Violet brachte es allerdings nicht über sich.

Sie hasste es, zu lügen. Ihr Dad meinte, das sei mit das Schlimmste, was ein Mensch tun konnte. Wie oft hatte er ihr eingeschärft, dass sie keinen Ärger bekommen würde, solange sie die Wahrheit sagte – ganz egal, was sie auch angestellt hatte. Aber sie konnte Boy nicht verpetzen. Das hier war seine Wahrheit, nicht ihre.

»Alles in Ordnung, Mädchen?« Madeleine musterte Beatrice und Violet eingehend.

»Aber natürlich, Mrs Nunn«, antwortete Beatrice höflich.

Dann machte sie auf dem Absatz kehrt, warf ihre rote Mähne nach hinten und stolzierte davon.

»Was ist mit dir, Violet?«, hakte Madeleine nach. »Du siehst dir die Uhr nun schon eine ganze Weile an. Kommt sie dir bekannt vor?«

Violets Hände zitterten. Schnell stopfte sie sie in ihre Hosentaschen und schüttelte den Kopf.

»Nein«, nuschelte sie, drehte sich um und ging.

Sie musste Boy finden, bevor Beatrice ihn erwischte. Wenn sie ihn überreden konnte, alles zu gestehen, würde er vielleicht nicht ganz so schlimmen Ärger bekommen. Eins stand auf jeden Fall fest: Er musste die Wahrheit sagen – egal, wie die auch lautete.

»Violet«, keuchte ihr Dad, als er sie einholte. Rose folgte ihm dicht auf den Fersen. »Hör auf, ständig davonzulaufen, ohne uns ein Wort zu sagen! Alles in Ordnung? Du bist weiß wie ein Gespenst, Mäuschen.«

»Alles okay«, antwortete sie abweisend.

»Was wollte Madeleine von dir?«

»Nichts!«

»Du zitterst ja!«, sagte ihre Mutter mit großen Augen.

»Lass mich, Mam!«, fauchte Violet und wich zurück. »Das liegt nur an diesem Ort!«

Zum Teil stimmte das sogar. Ihr schossen alle möglichen Gedanken durch den Kopf, und einer war furchtbarer als der andere.

Sie ließ den Blick umherschweifen, auf der Suche nach Boy. Am anderen Ende des Parks hatte sich eine riesige Menge versammelt, die systematisch die Häuser und Gärten durchstöberte, doch er schien nicht dabei zu sein.

Als sie sich zu den Häusern auf ihrer Seite umdrehte, entdeckte sie ihn. Er stand ein Stück entfernt auf dem kärglichen Rasen vor einem der Rohbauten und betrachtete die verwitterte Eingangstür.

Violet holte tief Luft und zwang sich, Ruhe zu bewahren. Es war ein komisches Gefühl, nervös zu sein, weil sie vorhatte, mit ihrem Freund zu reden – ihrem allerbesten Freund noch dazu. Dafür hatte sie ihn zumindest bis vor ein paar Tagen gehalten.

Doch gerade als sie auf ihn zugehen wollte, verschwand Boy im Inneren des Hauses.

Sie lief ihm nach, sprang mit einem Satz über das kleine Mäuerchen, das den Vorgarten umgab, zögerte dann jedoch.

Zu guter Letzt nahm sie all ihren Mut zusammen und

öffnete die Tür. Im Haus war es still. Das einzige Geräusch, das sie wahrnahm, war das Hämmern ihres Herzens.

Draußen rief Rose ihren Namen.

Violet sah sich im kahlen, betongrauen Erdgeschoss um, doch von Boy fehlte jede Spur. Ein eisiger Schauer lief ihr über den Rücken, als sie durch das dunkle Treppenhaus nach oben schaute. Die hölzernen Stufen der Treppe waren mit Wasserflecken überzogen. Im ersten Stock konnte sie die Plastikfolie vor dem Fenster erkennen, die im Wind flatterte.

Eine Erinnerung brach über sie herein.

Sie war schon einmal in einem dieser Häuser gewesen und damals war sie durch genau so ein Fenster reingeklettert. Auf diese Weise hatte sie Boy gleich bei ihrem allerersten Besuch in der Geistersiedlung vor George Archer retten müssen. Sie wusste noch, wie ihr das Herz bis zum Hals geschlagen hatte, als sie durch den Flur im ersten Stock geschlichen war und Boy schließlich angekettet in einem der Zimmer gefunden hatte. Dann war einer der Hüter die Treppe hinaufgekommen, um nach Boy zu sehen, und Violet war in ihrer Panik von Macula gerettet worden, die sie in letzter Sekunde in ihr Zimmer gezogen und in ihrem Schrank versteckt hatte.

War es möglich, dass dies dasselbe Haus war?

Schlagartig war ihr Vorhaben, Boy zu finden, vergessen. Violet stieg die Treppe hinauf. Irgendwie kam ihr alles ein wenig zu vertraut vor. Oben angekommen, drehte sie sich instinktiv nach rechts, ließ sich von ihren Füßen zu der Tür tragen, hinter der sich Maculas Zimmer befunden hatte, und drehte den Knauf. Die Tür strich über den einst tiefroten Teppich, dem eine dicke Staubschicht mittlerweile einen erkennbaren Grauschleier verlieh. Vorsichtig trat Violet ein.

Ihr Blick fiel auf den schweren Mahagonischreibtisch am anderen Ende des Zimmers und auf Maculas leeren Stuhl davor. Alles war noch genauso, wie sie es in Erinnerung hatte.

Violet ging auf den Schreibtisch zu. Auf der Tischplatte lag ein einzelnes verstaubtes Blatt Papier. Einer von Maculas Briefen – sie hatte Hunderte davon verfasst. Ihre elegante Handschrift war auf dem verblichenen cremeweißen Papier immer noch zu erkennen.

Meine lieben Jungs,
auch heute musste ich wieder an euch denken.
Tagein, tagaus vergeht kein Augenblick, in dem
ihr nicht in meinen Gedanken seid. Mein Geist mag
brüchig geworden sein, doch die Erinnerung an euch,
eure Stimmen, eure Gerüche, ist so klar wie eh
und je. Ihr seid mein Ein und Alles, dank euch
kann ich auch mit gestutzten Flügeln fliegen ...

Der Brief wirkte so traurig. Er stammte aus einer anderen Zeit, einer Zeit, in der Macula ganz allein war und ihren Mann und ihren Sohn für immer verloren glaubte.

Anfangs hatte Violet Macula für feige gehalten. Sie hatte Boy, ihr einziges Kind, vor dem Waisenhaus abgelegt und sich den Archer-Zwillingen ergeben. Zwölf lange Jahre hatte sie sich von ihnen freiwillig zur Gefangenen machen lassen, denn obwohl das Zimmer unverschlossen war, hatte sie es kein einziges Mal verlassen.

Violet hatte ihre Mam gefragt, ob sie so etwas auch tun würde.

»Für dich ja«, hatte Rose geantwortet. Ihr zufolge erforderte es eine gewaltige Überwindung, das eigene Kind fortzugeben, um es zu beschützen. Die Liebe einer Mutter, sagte sie, sei so stark, dass es viel einfacher gewesen wäre, Boy zu behalten. Einfacher, aber auch egoistisch.

»Was Macula getan hat, war selbstlos«, hatte Rose erklärt. »Sie hat es getan, um ihren Sohn vor den Archer-Zwillingen zu schützen.«

So hatte Violet die Sache bis dahin noch gar nicht betrachtet.

»Schnüffelst du mal wieder rum?«

Violet zuckte erschrocken zusammen und ließ Maculas Brief los.

»Boy!«, japste sie.

Sie war so in ihren Erinnerungen versunken, dass sie

ganz vergessen hatte, weswegen sie eigentlich hier war: um Boy zu finden.

»Du hast mich fast zu Tode erschreckt!«

Boy saß auf dem Boden, den Rücken gegen den Schrank gelehnt, in dem sich Violet auf ihrer Flucht vor dem Hüter versteckt hatte.

»Warum hast du nichts gesagt, als ich reingekommen bin?«, fragte sie immer noch ein wenig atemlos.

»Weil ich nicht mit dir reden wollte. Ich dachte, wenn du mich nicht siehst, verschwindest du wieder, aber das ging ja ewig!«

»Oh … okay. Ich hab jedenfalls nicht rumgeschnüffelt«, entgegnete sie, während sie sich den Kopf zerbrach, was sie zu ihm sagen sollte.

»Wie würdest du es denn sonst nennen?«

»Ich … ich wollte bloß …«

»Rumschnüffeln!« Boy nahm wirklich kein Blatt vor den Mund.

»Von mir aus«, fauchte Violet. »Aber das ist ja wohl immer noch besser, als mir dabei zuzusehen und keinen Mucks zu machen. Ist dir eigentlich klar, wie gruselig das ist? Aber so warst du ja schon immer: Schleichst rum und hoffst, dass ich dich nicht sehe!«

»Was soll das denn bitte heißen?«

»Deine Armbanduhr hing am Lenker von Lucys Fahrrad. Die Sachen wurden zusammen mit Conors Schultasche hier in der Siedlung gefunden. Madeleine stellt die Sachen draußen auf einem Tisch zur Schau und Beatrice will dich verpetzen.«

»Mich verpetzen?« Boy starrte sie durchdringend an. »Ich hatte nichts damit zu tun! Ich hab meine Uhr schon vor ein paar Tagen verloren.«

»Du willst also sagen, jemand hat sie absichtlich dort hingehängt?«

»Keine Ahnung, Violet, du bist doch hier diejenige, die auf alles eine Antwort hat.«

»Aber ich hab dich und Conor zusammen gesehen! Bitte, Boy, gib es doch endlich zu. Du reitest dich sonst immer nur noch tiefer rein. Dad meint, die Wahrheit …«

»Mir ist egal, was dein Dad meint!«

Boy wandte den Blick ab und rieb mit den Fingern über den Teppich, sodass er tiefe Spuren im Staub hinterließ.

»Du kannst es mir sagen«, versicherte sie ihm, während sie versuchte, sich nicht anmerken zu lassen, wie aufgewühlt sie war. »Egal, was es auch ist. Ich weiß, du würdest niemals absichtlich etwas Schlimmes anstellen.«

»Niemals *absichtlich*? Ich habe überhaupt nichts angestellt, Violet! Warum glaubst du mir das denn nicht? Ich bin an dem Tag von der Schule aus direkt nach Hause gegangen.«

»Bist du nicht. Ich bin euch beiden zur Brücke gefolgt. Ich hab gesehen, wie du Conor das Fahrrad gegeben hast.

So was denk ich mir doch nicht aus! Du warst es, so, wie du jetzt vor mir sitzt und mir mitten ins Gesicht lügst. Und ich dachte, du wärst mein bester Freund«, entgegnete sie, lauter als beabsichtigt.

»Tja, das dachte ich auch.«

Eine Weile starrten sie einander schweigend an. Die Anspannung im Raum war förmlich mit Händen zu greifen. Schließlich stand Boy wortlos auf und ging.

Violet wollte etwas sagen, irgendetwas, doch sie konnte nicht. Warum verriet er ihr nicht einfach die Wahrheit? Offenbar steckte er noch viel tiefer in Schwierigkeiten, als sie gedacht hatte.

Sie bebte am ganzen Körper, als sie die Treppe hinabstapfte, aus dem Haus stürmte und die Tür hinter sich zuknallte. Der halb fertige Bau erzitterte förmlich in seinen Grundfesten.

Violet weinte.

Als sie fertig war, wartete sie, bis ihre Tränen getrocknet waren, bevor sie sich zu ihren Eltern gesellte und bei der Suche half. Sie drehten jeden Stein in der Geistersiedlung um, doch als es dunkel wurde, hatten sie immer noch keine Spur von Conor gefunden – nicht mal einen Hinweis darauf, was ihm zugestoßen sein konnte.

Ihr Dad blieb noch, um weiterzusuchen, während Violet und ihre Mam sich spätabends auf den Heimweg machten. Sobald sie die Pfeiler am Eingang hinter sich gelassen hatten, spürte Violet, wie eine Last von ihren Schultern fiel und der Abendwind den Großteil ihrer Ängste und Sorgen davontrug.

Doch das flaue Gefühl in ihrem Magen blieb – die beklemmende Furcht, dass sie dabei war, ihren besten Freund zu verlieren.

Kapitel 10

Der Kinderfänger

Als Violet am nächsten Morgen zur Schule radelte, hatte ein feiner Nieselregen eingesetzt. Die Wolken, die sich seit Tagen über Town auftürmten, konnten die aufgestaute Feuchtigkeit wohl nicht länger zurückhalten. Violet war ziemlich mulmig zumute. Bestimmt hatte Beatrice Boy inzwischen verpfiffen.

Sie war eine der Ersten und wartete unruhig am Schultor, in der Hoffnung, einen Blick auf einen der beiden zu erhaschen und vielleicht sogar rauszukriegen, was passiert war. Doch als es zur ersten Stunde klingelte, waren Boy und Beatrice immer noch nirgends zu sehen. Für Boy war das nichts Ungewöhnliches, aber Beatrice verspätete sich sonst nie.

Das flaue Gefühl wurde noch stärker. Irgendetwas stimmte nicht.

»Violet Brown, ich rede mit dir!«, rief Mrs Moody quer durchs Klassenzimmer.

Violet war so sehr darin vertieft gewesen, alle möglichen Schreckensszenarien in ihr Notizbuch zu kritzeln, dass sie sie gar nicht gehört hatte. Erschrocken hob sie den Kopf.

»Hast du heute schon mit Boy Archer gesprochen? Kommt er noch?«

»Ähem, das weiß ich nicht, Mrs Moody. Ich hab ihn nicht gesehen. Vielleicht ist er ja krank?« Violet zuckte mit den Schultern, als sei nichts.

»Mein Dad sagt, er ist krank im Kopf«, kicherte jemand hinter ihr.

»Und was ist mit Beatrice? Hat sie heute schon wer gesehen?«, wandte sich Mrs Moody an die anderen. Sie wirkte jetzt sichtlich beunruhigt.

Niemand meldete sich. Angst machte sich im Klassenzimmer breit und rings um Violet ging das Getuschel los.

In der Mittagspause durften sie nicht nach draußen. Mrs Moody behauptete, das läge an einem Wasserrohrbruch, aber als Violet aus dem Fenster sah, konnte sie nirgends Wasser erkennen. Die Lehrer huschten zwischen den Klassenräumen umher und unterhielten sich im Flüsterton. Auch ohne Sherlock Holmes' Gespür für Geheimnisse wusste Violet, dass irgendetwas im Argen lag.

Als die Glocke zum Ende der letzten Stunde läutete, sprang Violet auf und stürmte aus dem Gebäude. Sie wollte so schnell wie möglich nach Hause. Vielleicht hatten ihre Eltern ja irgendwas gehört.

Draußen vor den Schultoren hatten sich wahre Menschentrauben gebildet. Eltern griffen in Panik nach ihren Kindern und zogen sie an sich. Sie drängten sich in Gruppen zusammen und unterhielten sich leise über die Köpfe ihrer Kinder hinweg, wie zuvor schon die Lehrer. Warum taten Erwachsene immer so, als hätten Kinder keine Ohren? Ungeduldig zwängte Violet sich zwischen ihnen hindurch.

Eine seltsame Spannung lag in der Luft – die Leute wirkten ungewöhnlich aufgebracht. Den Eindruck hatte Violet jedenfalls, als sie sich einen Weg durch die Menge bahnte und auf ihr Rad stieg.

Town selbst lag wie ausgestorben da.

»Pass auf, wo du hinfährst, Violet!«, rief Mr Hatchet leicht gereizt. Der Metzger balancierte am Straßenrand auf einer Leiter. Hastig riss Violet den Lenker herum, um nicht mit ihm zusammenzustoßen.

Mr Hatchet war gerade dabei, am Laternenpfahl ein Poster von Beatrice Prim anzubringen, direkt über dem von Conor Crooked. Das Foto zeigte eine lächelnde Beatrice, das Abbild der Perfektion.

»Du solltest nicht allein unterwegs sein, Violet«, schnaufte der Metzger. »Hat Eugene dich denn nicht abgeholt? Ich sag's dir, der Mann hat ein Gedächtnis wie ein Sieb! Lass mich das hier nur noch kurz festmachen, dann bring ich dich nach Hause.«

»Nein danke, ich … ich fahre gerne Fahrrad«, stammelte Violet, ohne den Blick von dem Poster abzuwenden. »Warum hängen Sie ein Bild von Beatrice auf?«

»Hast du es noch nicht gehört? Ich dachte, inzwischen wüsste ganz Town Bescheid«, antwortete Mr Hatchet. »Sie wird vermisst, genau wie Conor Crooked. Furchtbare Sache, das. Irgendwas Komisches geht hier vor, das sag ich dir.«

Violet schwirrte der Kopf. »Was soll das heißen, Beatrice wird vermisst?«

»Sie ist gestern von der Suche nicht nach Hause gekommen. Schrecklich, wirklich schrecklich, das alles.«

Beatrice war nicht nach Hause gekommen? Sie hatte vorgehabt, Boy zur Rede zu stellen, das hatte sie Violet bei ihrer Begegnung in der Geistersiedlung erzählt. Sie wollte mit Boy reden und nun war sie ebenfalls verschwunden. Er hatte doch wohl nicht … So was würde er nie tun. Oder?

Violet hatte plötzlich ganz weiche Knie. Sie streckte die Hand aus, um sich am Laternenpfahl abzustützen.

»Ich … ich muss dann mal los, Mr Hatchet«, nuschelte sie und trat in die Pedale. »Mam macht sich bestimmt schon Sorgen.«

»Oh nein, warte hier, Violet. Ich kann dich nicht alleine fahren lassen!«

»Ich komm schon klar, versprochen!«, rief sie ihm über die Schulter hinweg zu.

Der Himmel verdüsterte sich und in der Ferne war ein unheilvolles Donnergrollen zu vernehmen, während ein feiner Nieselregen auf die Straßen niederging.

Violets Herz raste. Ihre Beine traten wie von selbst in die Pedale und ließen sie in halsbrecherischer Geschwindigkeit durch die Splendid Road schießen. Ihre Gedanken überschlugen sich und schon bald hatte sie jegliches Zeitgefühl verloren.

Gerade als sie in die Auffahrt zu ihrem Zuhause bog, verstellte ihr eine massige Gestalt den Weg. Sie trat in die Bremsen und kam schlitternd zum Stehen.

Vor ihr stand ein großer Mann, leicht gebeugt und nachlässig gekleidet. Der Schatten der Bäume, die die Auffahrt säumten, verbarg sein Gesicht, sodass sie es nicht richtig erkennen konnte.

Der Mann stieß ein Knurren aus und kam auf sie zu. Er hinkte stark und zog ein Bein nach. Violet war vor Angst wie gelähmt. Erst als der Mann sie beinahe erreicht hatte, erwachte sie wieder zum Leben.

Er packte sie am Ärmel. Sie wand sich und versuchte, sich zu befreien. Ein entsetzlicher Gestank stieg ihr in die Nase. Sie öffnete den Mund, um zu schreien, doch sie brachte keinen Ton heraus. Der Mann legte den Arm um sie und presste sie an sich. In dem Gerangel erhaschte sie einen Blick auf sein Gesicht.

Was sie sah, erinnerte nur entfernt an einen Menschen. Seine Haut schien an mehreren Stellen geradezu weggeschmolzen zu sein, sodass die Schädelknochen darunter zum Vorschein kamen. Seine Augen wirkten zu groß für sein Gesicht und quollen aus den Höhlen. Sie waren von hauchdünnen Hautlappen umringt, die an Blütenblätter erinnerten und sich jedes Mal schlossen, wenn er blinzelte. Ein Auge löste sich aus der Höhle. Mit der freien Hand griff das Monster danach und schob es zurück. Seine Augen sahen haargenau wie die Augenpflanzen aus, die überall in Town wuchsen!

Violet strampelte noch wilder.

Der gruselige Mann hielt sie weiterhin fest. Violet holte aus und trat zu, so fest sie konnte. Etwas knackte, dann kippte er zur Seite und fiel um. Violet schlug die Zähne in seinen Arm, um ihn dazu zu bringen, sie loszulassen. Die Haut fühlte sich feucht und schlabberig an und ließ sich mühelos durchbeißen. Violet würgte und spuckte den Hautfetzen aus. Ihr wurde übel. Der Gestank wurde stärker, bis er sie vollständig einzuhüllen schien, und um sie herum begann sich alles zu drehen.

Ihr Sichtfeld verschwamm.

Und dann war plötzlich Boy da. Er stand am Fuß der

Auffahrt und schrie etwas, doch sie verstand nicht, was. Seine Stimme schien von weit her zu kommen, als wäre Violet unter Wasser. Er rannte auf sie zu und schrie den widerlichen Mann an, befahl ihm, sie loszulassen. Boy würde sie retten, das wusste sie. Er war ihr Freund.

Dann wurde alles schwarz.

Kapitel 11

Schlechte Omen

Violet tat der Kopf weh. Als sie die Augen aufschlug, tanzten schwarze Punkte durch ihr Sichtfeld. Im ersten Moment war alles verschwommen, doch nach und nach wurden die Umrisse schärfer und sie konnte einen geblümten Lampenschirm über ihrem Kopf ausmachen.

Sie lag im Bett, in ihrem Zimmer. Ein Blick unter die Bettdecke verriet, dass sie ihren Pyjama anhatte. Was war geschehen? War alles nur ein böser Traum?

Sie versuchte, sich aufzusetzen. Sofort begann alles um sie herum, sich zu drehen, und ihr wurde ganz flau im Magen. Behutsam ließ sie sich zurück in die Kissen sinken und wartete, bis der Schwindel nachließ, bevor sie ganz vorsichtig aufstand.

Ein schmaler Lichtstreifen fiel zwischen ihren Vorhängen hindurch auf den Teppich. Langsam tastete sie sich zum Fenster vor und sah hinaus. Dunkle Wolken hingen am Himmel und nur ein winziges Stück Sonne lugte zaghaft dahinter hervor.

Wie spät war es?

Als sie die Tür öffnete, hörte sie die gedämpften Klänge des Radios aus dem Erdgeschoss. Sie krallte sich mit beiden Händen am Treppengeländer fest und kämpfte sich Stufe für Stufe nach unten.

»Violet!«, rief ihre Mutter und eilte auf sie zu, als sie auf der Schwelle zur Küche erschien. »Du bist ja wach. Du solltest doch im Bett bleiben!«

Sie zog einen Stuhl vor, damit Violet sich setzen konnte.

»Wie fühlst du dich, Mäuschen?«

»Ähm, ich weiß nicht so recht«, antwortete Violet. »Wie spät ist es?«

»Samstagmittag, Mäuschen. Du hast die ganze Nacht und den halben Tag geschlafen. Wir waren krank vor Sorge!«

»Was ist passiert?«

»Genau dasselbe wollte ich dich auch fragen. Du bist nach der Schule nicht nach Hause gekommen. Und nach all den Entführungen … Ach, ich möchte lieber gar nicht darüber nachdenken, was mir alles durch den Kopf gegangen ist, Mäuschen. Ich hätte deinen Vater umbringen können, weil er dich nicht abgeholt hat. Dabei hatte er es versprochen.«

»Aber wie bin ich dann hierhergekommen?«, unterbrach Violet sie.

»Na ja, als du zur gewohnten Zeit nicht hier warst, habe ich mich auf die Suche gemacht. Ich habe dich bewusstlos in der Auffahrt gefunden.« Rose legte ihrer Tochter eine Hand auf die Stirn. »Bist du ohnmächtig geworden, Mäuschen? Ging es dir nicht gut? Kannst du dich noch an irgendetwas erinnern?«

Violet tastete sich mühsam durch den Nebel in ihrem Kopf. Da war irgendwas … Plötzlich sträubten sich die Härchen auf ihren Unterarmen.

»Ich bin angegriffen worden, Mam. Von … von einem … Monster!«

»Was?« Rose wurde leichenblass. Sie klammerte sich an der Rückenlehne des Stuhls vor ihr fest.

»Aber Boy … Boy hat mich gerettet. Wo ist er? Ist er hier?«

Ihre Mam setzte sich.

»Lass uns jetzt nicht über Boy reden«, sagte sie. Ihre Stimme hatte einen veränderten Ton angenommen. »Erzähl mir, was passiert ist. So, wie du es in Erinnerung hast, Violet.«

»Geht es Boy gut? Warum können wir nicht über ihn reden? Bestimmt hat der Mann Beatrice und Conor entführt und dann wollte er mich auch entführen, aber Boy hat ihn daran gehindert. Bitte, Mam, geht es ihm gut?«

»Was für ein Mann?«, hakte Rose nach, ohne auf Violets Frage einzugehen.

»Das Monster. Er sah aus wie ein Mann, aber nicht richtig … Ist schwer zu erklären. Seine Haut hing von ihm runter, sodass ich seine Knochen sehen konnte, und seine Augen waren Augenpflanzen!«

Rose befühlte erneut ihre Stirn.

»Bist du sicher, dass es dir besser geht? Der Arzt meinte, du könntest dich ein bisschen benommen fühlen, wenn du aufwachst. Er sagte, du hättest dir bei dem Sturz wahrscheinlich den Kopf angeschlagen.«

»Es geht mir gut! Wo ist Boy? Du verschweigst mir doch was«, beharrte Violet stur.

Rose ließ ihre Tochter los und stand auf. Mit dem Rücken zu ihr lief sie zum anderen Ende der Küche.

»Was ist los, Mam? Was ist passiert?«

»William hat das Gehirn wieder zum Laufen gebracht und einige Aufnahmen zeigen, wie sein eigener Sohn die Augenpflanzen aus den Beeten stiehlt.« Rose flüsterte beinahe. »Es gibt Gerüchte, dass er auch hinter Conors und Beatrice Entführung steckt. Die Stimmung in Town ist auf dem Tiefpunkt, Violet. Die Leute werden langsam wütend.«

»Wie meinst du das?«

»Robert Blot hat in der *Tribune* geschrieben, dass die Uhr, die in der Geistersiedlung bei dem Fahrrad und Conor Crookeds Schultasche gefunden wurde, Boy gehört. Lucy beteuert, dass es ihr Fahrrad ist und dass sie beobachtet hat, wie Boy es gestohlen hat. Beatrice Prim hat ihren Eltern erzählt, dass sie glaubt, Boy hat etwas mit den Entführungen zu tun. Und es gibt Zeugen, die Beatrice kurz vor ihrem Verschwinden in Boys Begleitung gesehen haben wollen. Es ist schrecklich, Violet. Es fällt mir schwer, es zu glauben, doch die Fakten sprechen für sich. Madeleine hat den Archers einen Besuch abgestattet, um Boy zu befragen, aber er war nirgends zu finden. Sie nimmt an, dass er davongelaufen ist.«

»Aber Boy hat mich gerettet, Mam. Da bin ich mir ganz sicher. Wir müssen ihn finden.«

»Das besprechen wir, wenn dein Vater nach Hause kommt und du wieder bei Kräften bist!«, erwiderte Rose ungewohnt scharf.

»Aber Mam …«

»Nichts aber, Violet. Es geht dir nicht gut. Wir reden beim Abendessen darüber, wenn dein Dad hier ist. Jetzt ab mit dir ins Bett. Ich bring dir gleich etwas heiße Zitrone mit Honig nach oben.«

»Aber ich bin nicht krank!«

Ihre Mutter zog eine Augenbraue hoch. Violet trottete aus der Küche. Was hatte es für einen Sinn, den Erwachsenen irgendetwas zu erzählen, wenn sie einem doch nie zuhörten?

Sie stapfte widerwillig nach oben in ihr Zimmer und setzte sich auf die Fensterbank – dort konnte sie am besten nachdenken.

Was ging hier nur vor? Sie hatte Boy und Conor zusammen gesehen und dann war Conor verschwunden. Jemand anderes hatte Boy mit Beatrice gesehen und seitdem wurde sie vermisst … Aber als das Monster auf Violet losgegangen war, hatte Boy sie gerettet. Das hatte sie sich nicht bloß eingebildet, da war sie sich sicher.

Alle möglichen und unmöglichen Erklärungen schossen ihr durch den Kopf. Ihre Fantasie lief mal wieder auf Hochtouren.

Was, wenn das Monster Boy aus irgendeinem Grund folgte und alle angriff, mit denen er redete? Oder zwang ihn das Monster, schlimme Dinge zu tun? Vielleicht drohte es ja, Boys Familie aufzufressen, wenn er ihm nicht half, Kinder einzufangen … aber warum hätte Boy Violet dann retten sollen? Und wozu? Was wollte das Monster mit all den Kindern? Und viel wichtiger noch: Wer oder was war das Monster überhaupt?

Im Grunde wusste Violet nur eines mit Gewissheit: Boy war verschwunden und steckte in Schwierigkeiten. Vielleicht war er entführt worden, genau wie Conor und Beatrice. Aber für ihn würde in Town niemand Poster aufhängen – nicht solange alle glaubten, dass er für die Entführungen verantwortlich war.

Während Violet sich ein Szenario nach dem anderen ausmalte, nahm sie im Baum gegenüber eine Bewegung wahr. Ein schwarzer Rabe hockte auf demselben Ast wie letztes Mal und starrte sie unverwandt an.

Kapitel 12

Nächtlicher Besuch

Es wurde bereits dunkel, als ihr Dad endlich nach Hause kam. Von ihrem Fensterplatz aus sah Violet zu, wie er die Auffahrt entlangstapfte und zügig die Stufen vor der Eingangstür erklomm. Seine Schritte eilten durch die Diele und die Treppe hinauf, dann flog die Tür zu ihrem Zimmer auf.

»Violet«, rief er, während er auf sie zulief. Er schloss die Arme um sie und zog sie an sich. »Wir haben uns solche Sorgen gemacht!«

»Es war Boy, Dad, er hat mich gerettet!«, nuschelte sie in seine Schulter.

»Darüber können wir später noch reden. Es tut mir so leid, dass ich erst jetzt nach Hause komme. In Town ist der

Teufel los, was bei den Ereignissen der letzten Tage aber auch kein Wunder ist.«

Er drückte sie noch fester an sich, als hätte er Angst, sie jemals wieder loszulassen.

»Ich möchte aber jetzt darüber reden. Boy hat mich gerettet, Dad!«

Eugene trat einen Schritt zurück und blickte ihr aufmerksam ins Gesicht.

»Du weißt, dass ihn das Gehirn dabei beobachtet hat, wie er die Augenpflanzen ausgerissen hat?«

»Bist du sicher?«

»Ja, Violet«, schnauzte ihr Vater ein wenig ungehalten, bevor er sich wieder in den Griff bekam. »Entschuldige, Mäuschen, ich bin wohl ein bisschen überspannt. Um deine Frage zu beantworten: Ich wollte es auch nicht glauben, bis ich es mit eigenen Augen gesehen habe. Merrill war dabei, als William die Aufnahmen heute früh durchgegangen ist. Aber inzwischen konnte ich sie mir auch anschauen und es war definitiv Boy. Von William fehlt seitdem jede Spur – ich schätze, er hat sich auf die Suche nach seinem Sohn gemacht. Ach, das ist alles schrecklich.«

»Aber warum sollte Boy die Augenpflanzen stehlen? Das ergibt doch überhaupt keinen Sinn?«

»Ich weiß es nicht, Mäuschen.«

»Ein Mann hat mich in der Auffahrt angegriffen. Er war ein richtiges Monster, Dad. Seine Haut hing in Fetzen an ihm runter und als Augen hatte er zwei Augenpflanzen! Das hab ich mir nicht bloß eingebildet. Boy hat mich vor ihm gerettet!«

Eugene Brown ließ sich auf der Bettkante nieder und stieß einen lang gezogenen Seufzer aus. Er wirkte müde und bedrückt. So hatte Violet ihn seit ihrer Zeit in Perfect nicht mehr gesehen.

»Was, wenn der Monstermann für all die schlimmen Dinge verantwortlich ist?«, fuhr sie fort. »Vielleicht sind Boy und Conor einfach nur zusammen unterwegs gewesen, als ich sie in der Geistersiedlung gesehen habe, und auf dem Heimweg ist Conor dann dem Monster begegnet und von ihm entführt worden. Was, wenn das alles bloß Zufall war?«

»Was soll das heißen, du hast Boy und Conor zusammen in der Geistersiedlung gesehen? Das hast du mir nie erzählt.«

Ihr Dad klang aufgebracht. Violet lief knallrot an und wandte den Blick ab. Sie hatte nicht vorgehabt, das zu erwähnen, jedenfalls nicht so – und möglicherweise auch gar nicht.

»Ich konnte es dir nicht sagen. Nicht solange Boy nicht bereit war, es von sich aus zuzugeben. Ich hab beobachtet, wie er Conor Lucys Fahrrad gegeben hat, und bin ihnen heimlich in die Geistersiedlung gefolgt. Danach hab ich nichts mehr gesehen, aber am nächsten Tag ist Conor nicht zur Schule gekommen.«

»Violet, so was darfst du uns nicht verschweigen! Wie oft habe ich dir eingetrichtert, dass du immer die Wahrheit sagen sollst?« Jetzt war ihr Dad wirklich wütend.

Violets Wangen glühten.

»Und du bist dir sicher, dass du Boy gesehen hast?«, hakte er nach.

Widerstrebend nickte Violet.

»Aber er hat niemanden entführt, Dad, das weiß ich jetzt. Ich glaube, es war dieser Monstermann. Er hat versucht, mich zu entführen, aber Boy hat ihn daran gehindert. Boy hat mich gerettet und jetzt ist er verschwunden und niemand wird nach ihm suchen, weil alle glauben, dass er das alles war!«

»Nicht so schnell, Violet.« Ihr Dad verlor langsam die Geduld. »Was war das für ein Monstermann?«

Violet atmete tief durch. Sie wusste selbst, wie verrückt ihre Geschichte klang.

»Er, ähm … er war derjenige, der mich angegriffen hat … Seine Haut hing ganz komisch runter, so als würde er schmelzen oder so. Er hat furchtbar gestunken und seine Augen waren Augenpflanzen. Die Blütenblätter haben sich geschlossen, wenn er geblinzelt hat …«

»Violet, das ist nur dein Verstand, der versucht, sich auf all das einen Reim zu machen. Du willst deinen Freund beschützen, das kann ich verstehen.«

»Nein, Dad, ich bilde mir das nicht bloß ein. Ich dachte

auch ganz lange, dass Boy schuld ist, aber jetzt bin ich mir nicht mehr sicher. Vielleicht greift das Monster die Leute an und hat Boy gezwungen, die Augenpflanzen zu stehlen.«

Violet fing an, im Zimmer auf und ab zu laufen. So konnte sie besser nachdenken.

»Möglicherweise hat das Monster die Pflanzen für den Fall gebraucht, dass es eine verliert. Als es mich angegriffen hat, wäre ihm eine beinahe rausgefallen. Ich hab gesehen, wie es sie wieder reingeschoben hat! Überleg doch mal, Dad: Warum sollte Boy die Augenpflanzen stehlen? William hat mehr als genug von den Dingern.«

»Die Leute werden langsam unruhig, Violet. Sie haben Angst und wollen wissen, was los ist. Und im Moment scheint alles auf Boy als Schuldigen hinzudeuten. Schlaf eine Nacht darüber, vielleicht fällt dir morgen ja noch mehr ein. Ich rede mit William, wenn er wieder da ist.« Eugene stand auf und umarmte sie. »Wir kommen schon noch dahinter, da bin ich mir sicher.«

»Danke«, antwortete sie und versuchte, sich ein Lächeln abzuringen, auch wenn ihr gerade überhaupt nicht danach zumute war. Aber vielleicht war es ihr ja gelungen, ihren Dad zu überzeugen. Zumindest ein klitzekleines bisschen.

Gehorsam krabbelte Violet ins Bett und wartete, bis ihr Dad gegangen war. Dann stand sie sofort wieder auf und kehrte auf ihren Platz am Fenster zurück. Sie musste nachdenken.

Der Himmel hatte sich weiter verfinstert. Plötzlich brach ein ohrenbetäubender Donner los und im nächsten Moment öffneten die Wolken alle Schleusen. Der anhaltende Nieselregen ging in eine wahre Sturzflut über, die in Strömen an Violets Fenster hinablief. Etwas Derartiges hatte sie in Town noch nie erlebt.

Wie gebannt starrte Violet in das Unwetter hinaus, als auf einmal das Licht in ihrem Zimmer flackerte. Ein Blitz erhellte den Garten vor ihrem Fenster – mitsamt der Gestalt, die dort unten stand und sie beobachtete.

Violet stockte der Atem, als Boy die Hand hob und sie zu sich winkte.

Es ging ihm gut? Das Monster hatte ihn nicht erwischt? Was machte er hier? Wahrscheinlich war ganz Town gerade auf der Suche nach ihm.

Violet stand auf, zögerte dann jedoch. Sie konnte nicht einfach die Treppe nehmen, um nach draußen zu gehen, denn das würden ihre Eltern garantiert mitbekommen. Stattdessen drehte sie sich wieder zum Fenster um. Beim nächsten Donnerschlag öffnete sie es und kletterte hinaus.

Regen prasselte aufs Dach und rann in Sturzbächen an den Ziegeln hinab. Violet musste höllisch aufpassen, um nicht auszurutschen. Vor Angst blieb ihr beinahe das Herz stehen, als ihr Blick über den Rand des Dachs in den Garten tief unter ihr fiel. Zum Glück ragte ein dicker Ast bis fast zu ihr herüber. Vorsichtig schob sie sich darauf zu und tastete sich daran entlang bis zum Baumstamm vor. Ein ungutes Gefühl nagte an ihr, das sie jedoch nicht richtig zuordnen konnte.

Langsam hangelte sie sich von Ast zu Ast den Baum hinab.

»Boy«, flüsterte sie, als sie den völlig durchnässten Boden erreichte. »Du bist in Sicherheit!«

»Was hattest du denn erwartet?«, schnauzte er.

»Ich dachte, das Monster hätte dich vielleicht erwischt. Wie bist du ihm entkommen?«

Ein weiterer Blitz zuckte über den Himmel.

»Wem entkommen?« Seine Stimme ging fast im Donnergrollen unter.

Mit einem Mal packte Violet die Wut.

»Dem Monster natürlich … Dem, vor dem du mich gerettet hast!«, fauchte sie.

»Ich hab dich nicht gerettet, Violet! Du bedeutest mir nichts. Ich hab dem ›Monster‹ geholfen, dich zu fangen.« Er lachte. »Ich hab dem Kinderfänger gesagt, er soll fest zudrücken, so fest, dass es sich anfühlt, als würde deine Lunge platzen.«

Verwirrt wich sie vor ihm zurück. Irgendwas stimmte hier nicht.

»Lass die blöden Witze, Boy, es ist eiskalt hier draußen.« Violets Zähne begannen zu klappern. Ihr Pyjama war inzwischen triefnass.

»Ich mach keine Witze! Du bist einfach nur zu blöd, um es zu kapieren, genau wie der Rest von Town.«

»Was soll das heißen? Ich versteh kein Wort! Was ist hier los? Ganz Town ist auf der Suche nach dir. Sie denken, du hast Conor und Beatrice entführt.«

»Hat ja ganz schön gedauert, bis sie dahintergekommen sind. Fantasielose Idioten!«

»Was redest du denn da? Warst du das etwa wirklich? Hast du die anderen entführt?«

»Was glaubst du?« Er trat auf sie zu und musterte sie finster.

Violet schlug das Herz bis zum Hals. Am liebsten wäre sie davongelaufen, doch sie widerstand dem Drang und rührte sich nicht vom Fleck.

»I…ich glaub nicht, dass du es warst … Ich kenn dich, Boy, so was würdest du nie tun. Bestimmt zwingt das Monster dich dazu.«

Eine überwältigende Furcht ergriff von ihr Besitz. Ihre Kehle schnürte sich zusammen und sie bekam kaum noch Luft.

»Das ›Monster‹ arbeitet für mich, Violet. Es ist eine weitere Erfindung meines Vaters. Wir haben es den ›Kinderfänger‹ getauft. Offensichtlich kennst du mich nicht annähernd so gut, wie du glaubst.«

»Was …?« Violet zitterte jetzt am ganzen Körper. Mit weichen Knien wich sie vor ihm zurück. »Nein, das stimmt nicht. Du hast niemanden entführt. Ihr habt das Monster nicht erschaffen. Bitte sag, dass das alles bloß ein Witz war …«

»Aber das wäre ja geschwindelt, Violet, und ich weiß doch, wie sehr du Lügner hasst. Ich *habe* Conor und Beatrice entführt und ich werde mir noch viel mehr Drecksgören holen.«

Boy versetzte Violet einen kräftigen Stoß. Sie taumelte rückwärts und stürzte auf den völlig durchweichten Rasen.

»Du und ich, wir sind keine Freunde. Wir waren es nie und werden es niemals sein. William und ich übernehmen Town. Wir werden das zu Ende bringen, woran meine Onkel gescheitert sind.«

»Du machst mir Angst«, wimmerte Violet, als Boy sich über sie beugte.

»Gut«, erwiderte er und wischte sich den Regen aus der Stirn.

Er packte die Vorderseite ihres Pyjamaoberteils und riss sie daran hoch, sodass sich ihre Gesichter beinahe berührten. Violet sah die lodernde Wut in seinen tintenschwarzen Augen.

So hatte sie ihn noch nie erlebt.

»Pass lieber auf, sonst hängt dein Poster bald neben denen von Beatrice und Conor«, flüsterte er.

In den Bäumen über ihnen raschelte es. Boys Blick huschte in die Richtung, aus der das Geräusch gekommen war. Sein Gesicht war Violet so nah, dass sie den merkwürdigen hauchfeinen Ring um seine linke Iris erkennen konnte. Er war eisblau, beinahe weiß, und verschwand sofort wieder, als Boy sich ihr zuwandte.

Ein weiterer Donnerschlag dröhnte durch die Nacht. Boy lachte, dann schubste er sie zurück auf den schlammigen Rasen und rannte zwischen den Bäumen hindurch davon.

Violet versuchte erst gar nicht, ihm nachzulaufen. Ihre Gedanken überschlugen sich, während sie sich mühsam aufrappelte und hilferufend zum Haus zurücktaumelte.

Wie durch dichten Nebel sah sie, wie ihre Eltern in den strömenden Regen hinausstürzten, die Stufen vor dem Eingang hinabeilten und sie auffingen.

»Boy … Boy hat gesagt … er hat gesagt, er war es. Er hat die anderen entführt. Ich … kapier das nicht. Ich …«, stammelte sie.

Ihr Dad legte einen Arm um sie und führte sie nach drinnen in die Küche. Er half ihr, sich hinzusetzen, und hielt sie ganz fest, während ihre Mam durchs Haus wirbelte und stapelweise Handtücher und Morgenmäntel anschleppte.

»Rose, jetzt setz dich endlich hin!«, schimpfte ihr Dad schließlich entnervt. »Panik bringt uns gerade auch nicht weiter.«

»Sprich nicht in diesem Ton mit mir, Eugene«, entgegnete Violets Mutter schroff. »Ich kümmere mich um meine Tochter, wie ich es für richtig halte!«

»Deine Tochter? Sie ist auch meine Tochter!«

»Schluss damit!«, platzte Violet zähneklappernd heraus. Sie hatte ihre Eltern noch nie zuvor so miteinander streiten gehört.

Nachdem die beiden sich beruhigt hatten, erzählte sie ihnen alles. Ihre Mam nickte bloß nervös, doch ihr Vater wirkte ziemlich wütend.

Violet wünschte sich, sie hätte schon früher etwas gesagt. Das war alles ihre Schuld. Sie hatte Boy mit Conor gesehen und es niemandem erzählt.

Später am Abend lag sie wie versteinert im Bett, während die erbosten Stimmen ihrer Eltern zu ihr hinaufdrangen. Die beiden warfen sich die fürchterlichsten Dinge an den Kopf. Violet presste sich ihr Kissen auf die Ohren. Sie wollte das alles nicht hören.

Obwohl sie nicht fror, schauderte sie in einem fort. Ihr Herz hämmerte lautstark und ihre Gedanken rasten so schnell, dass sie sie nicht zu fassen bekam. Sie fühlte sich wie bei ihrem ersten Besuch in der Geistersiedlung, nur tausend Mal schlimmer.

Als sie die Augen schloss, um zu schlafen, sah sie Boy wieder vor sich. Er beugte sich über sie und in seinem Auge blitzte der eisblaue Ring um seine schwarze Iris auf wie die hauchdünne Mondsichel in einer Winternacht.

Kapitel 13

Eine kleine Helferin

Violet stand auf und zog sich an. Sie war froh, dass Sonntag war, denn auch wenn das Schwindelgefühl in ihrem Kopf sich gelegt hatte, wäre sie definitiv nicht in der Lage gewesen, heute zur Schule zu gehen. Ihre Eltern ertrug sie gerade aber auch nicht, daher huschte sie auf Zehenspitzen an der Küche vorbei, wo die beiden sich in eisigem Schweigen gegenübersaßen, und schlüpfte unbemerkt nach draußen.

Es regnete immer noch. Violet zog sich die Kapuze ihrer Jacke über den Kopf.

Sie lief die Splendid Road entlang und hatte eben die Straßenseite gewechselt, als ihr Blick ein weiteres Poster am Laternenpfahl streifte.

Es zeigte ein Foto von Boy und darüber stand in fetten

roten Lettern: GESUCHT. Seine Gesichtszüge wirkten seltsam verzerrt und sein gewohntes Lächeln war einer heimtückischen Fratze gewichen. Dunkle Augen starrten bedrohlich auf sie herab.

Violet kannte das Bild. Es war einige Monate zuvor in der Schule entstanden. Mrs Moody hatte ein Klassenfoto schießen wollen, aber zum Spaß hatten alle gruselige Grimassen geschnitten, statt zu lächeln. Violet fand es nicht fair, dass sie ausgerechnet dieses Foto verwendet hatten. So furchterregend sah ihr Freund normalerweise nicht aus. Wobei: Vielleicht zeigte dieses Bild ja auch den wahren Boy?

Sie war so wütend, dass sie am ganzen Körper zitterte. Wenn es stimmte, was Boy behauptete, wie hatte er all diese schlimmen Dinge nur tun können? Bedeutete das, dass alles, was er ihr bisher erzählt hatte, gelogen war?

»Das Bild sieht kein bisschen aus wie Boy, oder?«, flüsterte ein leises Stimmchen.

»Wer ist da?« Violet wirbelte herum.

Anna Nunn, Madeleines kleine Tochter, stand direkt hinter ihr.

»Ich bin's«, antwortete Anna ein wenig eingeschnappt.

»Oje, tut mir leid, Anna«, sagte Violet verlegen. »Was machst du denn so ganz allein hier draußen?«

»Ich bin alt genug, um auf mich selbst aufzupassen, und ich gehe nicht nach Hause. Du kannst mich nicht dazu zwingen!« Die Siebenjährige stampfte erbost mit dem Fuß auf.

»Aber wo ist deine Mam? Sie macht sich bestimmt schon Sorgen!«

»Nein, macht sie nicht. Sie achtet überhaupt nicht mehr auf mich.« Anna klang jetzt richtig wütend. »Ihr geht es nur noch um die vermissten Kinder. Sie glaubt, Boy hat sie geführt. Aber ich weiß, dass das nicht stimmt. Ich hab auch versucht, ihr das zu sagen, aber sie hört mir nicht zu!«

»Es heißt ›entführt‹, Anna«, erwiderte Violet ungeduldig. In ihr brodelte es bereits wieder. Anna konnte nichts dafür, sie verspürte nur auf einmal so einen überwältigenden Zorn. Mühsam versuchte sie, ihn im Zaum zu halten.

»Du musst nicht gleich sauer werden, Violet«, blaffte Anna. Ihr Gesicht war ganz rot. »Ich hab bloß gesagt, dass Boy die Kinder nicht geführt hat.«

»›*Ent*führt‹, Anna, nicht ›geführt‹. Und woher willst du wissen, dass er es nicht war?«

»Weil er mir gesagt hat, dass er niemanden ENTFÜHRT hat«, schnauzte Anna.

»Tja, und mir hat er gesagt, dass er es getan hat!«, fauchte Violet. Ihre Wut drohte, endgültig die Oberhand zu gewinnen.

Sie schloss die Augen und atmete ein paarmal tief durch. Als sie sie wieder aufschlug, stand die Kleine immer noch vor ihr.

»Wann hast du mit Boy geredet?«, fragte sie etwas ruhiger.

»Gerade eben erst. Ich hab mich mit Mam gestritten und dann war ich total wütend und traurig und hatte ganz viele schlechte Gedanken in meinem Kopf. Ich dachte, wie konnte Mam mich vergessen, als sie in Perfect war und ich in Niemandsland? Meine Schwester hat sie doch auch nicht vergessen! Und dann haben wir uns noch mehr gestritten und ich bin zu unserem Geheimversteck gelaufen, um mit Boy zu reden.«

»Boy und du habt ein Geheimversteck?«

Anna nickte.

»Und Boy hat dir *gerade eben* erzählt, dass er Conor und Beatrice nicht entführt hat?«, hakte Violet nach. Das ergab alles keinen Sinn.

Wieder nickte die Kleine.

Gestern Abend hatte Boy in Violets Garten gestanden und ihr ins Gesicht gesagt, dass er Conor und Beatrice entführt hatte und sich noch mehr Kinder holen würde. Und heute früh hatte er Anna anscheinend das genaue Gegenteil erzählt. Irgendwas stimmte hier nicht.

»Ist Boy jetzt auch in eurem Geheimversteck?«

Anna blickte zu Boden und trat mit dem Fuß gegen einen Stein. Schließlich nickte sie zögerlich.

»Kannst du mich hinbringen?« Violet musste dringend mit Boy sprechen.

Anna schüttelte den Kopf. »Das geht nicht. Es ist geheim.«

»Aber Boy steckt in Schwierigkeiten. Ich möchte ihm helfen!«

Die Kleine schwieg.

»Bitte, Anna«, drängte Violet, bemüht, nicht wieder die Geduld zu verlieren.

»Versprichst du, dass du ihn nicht verpetzt?«, fragte Anna, nachdem sie eine Weile darüber nachgedacht hatte.

»Ich verspreche es. Ich möchte ihm wirklich bloß helfen … wenn ich kann.«

Annas Augen füllten sich mit Tränen. »Er hat nämlich nichts von dem gemacht, was die Leute sagen, und ich glaube, er hat Angst.«

»Ich glaube dir, Anna.«

»Aber ihm musst du auch glauben. Versprich es!«

Violets Wut kochte erneut hoch. Sie griff nach dem Saum ihrer Jacke und zog daran, um nicht wieder loszublaffen.

»Das kann ich nicht versprechen. Ich möchte ihm glauben, aber letzte Nacht hat er mir etwas ganz anderes erzählt. Boy hat mir Angst gemacht, Anna. Ich hab immer noch Angst. Aber ich verspreche, dass ich versuche, ihm zu helfen, so gut ich kann.«

»Okay«, flüsterte die Kleine. »Ich weiß ja, dass du seine Freundin bist.«

Ohne ein weiteres Wort machte Anna kehrt und sprintete davon. Violet folgte ihr, so schnell sie konnte.

Die Leute schnalzten verärgert mit der Zunge, als die beiden Mädchen in den nassen Straßen von Town an ihnen vorbeistürmten. An diesem Morgen hatte wohl wirklich niemand gute Laune.

Anna lief die Forgotten Road entlang, bis sie zum ehemaligen Waisenhaus kamen, ihrem früheren Zuhause. Sie hielt an, hob die Hand und bedeutete Violet, ein paar Schritte zurückzutreten und zu warten.

Die Kleine vergewisserte sich, dass die Luft rein war, dann holte sie einen Schlüssel aus der Tasche ihres knallgelben Regenmantels und stellte sich auf die Zehenspitzen. Nach einem kurzen Kampf mit dem Schloss öffnete sie die Tür und huschte hinein.

Violet wusste nicht so recht, ob sie ihr folgen sollte. Sie wartete, bis eine kleine Hand im Türspalt erschien und sie herbeiwinkte. In der riesigen Eingangshalle des Gebäudes, das mittlerweile als Museum diente, wirkte Anna noch winziger als ohnehin schon.

»Heute ist geschlossen«, raunte die Kleine, »aber wir müssen trotzdem leise sein. Manchmal kommen die Frauen, die hier arbeiten, sonntags zum Putzen.«

»Bist du oft hier?«, flüsterte Violet.

»Pst!«, zischte Anna und hielt sich den Finger an die Lippen.

Violet spürte, wie ihr die Röte in die Wangen stieg. Schweigend folgte sie Anna den Flur entlang, bis sie zu der prachtvollen hölzernen Treppe kamen.

Unter den Stufen befand sich eine kleine Tür, die auf den ersten Blick kaum zu erkennen war. Anna klopfte an.

»Boy, ich bin's. Mach auf«, flüsterte sie.

Keine Reaktion. Anna griff nach dem kleinen cremeweißen Türknauf und zog daran. Als die Tür aufging, beugte sie sich vor und kroch hindurch. Violet war gezwungen, sich auf alle viere niederzulassen, um ihr zu folgen.

Die Kammer unter der Treppe war dunkel und beengt. Gleich nach dem Einstieg hing die Decke tief über Violets Kopf, doch je weiter die Stufen hinaufführten, desto geräumiger wurde es auch darunter. Fast jeder freie Zentimeter war mit Kisten vollgestellt, zwischen die sich ein Nest aus Decken schmiegte, das jemand offenbar zum Schlafen nutzte. Für jemanden, der nur kurz zur Tür hineinlugte, war es praktisch nicht zu sehen.

»Boy ist weg!« Anna wimmerte beinahe.

Auf dem Boden neben den Decken stand ein kleiner Pappkarton. Violet krabbelte darauf zu und warf einen Blick hinein. Der Karton war voller Fotos vom Waisenhaus und den Waisen. Die meisten Bilder waren vergilbt und schienen ziemlich alt zu sein.

»Boy muss in die Kisten geguckt haben. Normalerweise sind die alle dort aufgestapelt«, meinte Anna.

Violet sortierte die Bilder gerade wieder ein, als sie ein einzelnes Foto bemerkte, das halb unter dem Karton steckte. Vorsichtig zog sie es hervor.

Die Aufnahme zeigte eine Gruppe aus fast dreißig Waisenkindern, die alle ein wenig zerlumpt aussahen. In ihrer Mitte stand eine große, dünne Frau, deren Lächeln recht angestrengt wirkte, fast wie eine Grimasse.

Unter ihren Wangenknochen zeichneten sich dunkle Schatten ab, als hätte sie seit Wochen nichts mehr gegessen, und ihr störrisches Haar ragte kreuz und quer unter einer seltsamen weißen Haube hervor. Sie trug einen hochgeschlossenen dunklen Umhang, unter dem ein schlichtes weißes Kleid hervorlugte. Auf dem Arm hielt sie einen kleinen Jungen.

Violet stockte der Atem.

Obwohl die Aufnahme körnig und etwas unscharf war, war sie sich sicher, dass es sich bei dem Jungen um Boy handelte. Er hatte sich seit damals kaum verändert. Sein Haar war schon genauso tintenschwarz und seine Haut genauso blass wie heute.

Violet drehte das Foto um. Auf der Rückseite standen zwei kurze Anmerkungen. Die eine war in einer etwas altmodischen Schnörkelschrift verfasst und lautete: Schwester Powick an ihrem letzten Arbeitstag. Die andere stammte ziemlich sicher von Boy. Er hatte bloß notiert: 2 x Ich?

Kapitel 14

Schwester Powick

Ratlos hockte Violet im Halbdunkel der Kammer unter der Treppe und betrachtete das Foto. Was um alles in der Welt meinte Boy mit 2 x Ich?

Die Frau in der Uniform musste Schwester Powick sein, auch wenn sie Violet ein bisschen jung vorkam, um schon in Rente zu gehen. Machten so was nicht nur alte Leute? Oder hatte sie bloß woanders einen Job gefunden? Im Hintergrund drängte sich ein ganzer Haufen Kinder zusammen. Ein paar Gesichter kannte Violet, aber bei dem schwachen Licht war es schwer, irgendwelche Details auszumachen.

»Wir sollten gehen«, flüsterte Anna. »Bevor uns noch jemand erwischt.«

Violet steckte das Foto ein und kroch hinter der Kleinen hinaus in den Flur. Sie zog die Tür zu und folgte Anna auf Zehenspitzen aus dem Gebäude.

»Woher hast du den Schlüssel?«, erkundigte sie sich neugierig, als Anna die Eingangstür hinter ihnen abschloss.

»Mam hat ganz viele Schlüssel, weil sie doch im Stadtrat ist. Sie lässt sie zu Hause immer auf dem Tisch liegen und kriegt nie mit, wenn mal einer fehlt. Ich kann hingehen, wo ich will!«

Da es noch früh am Sonntagmorgen war, war in der Forgotten Road nicht viel los. Zwei Frauen wechselten vor dem Waisenhaus eilig die Straßenseite. Sie hatten sich beieinander untergehakt und tuschelten nervös miteinander, als sie an ihnen vorbeihuschten. Eine seltsame Spannung hing in der Luft.

Ein Stück entfernt spielte ein kleines Mädchen draußen auf dem Gehsteig mit einem Stock. Violet sah, wie ein Mann aus dem Haus gestürmt kam, die Kleine am Handgelenk packte und nach drinnen zerrte, während er lautstark mit ihr schimpfte, weil sie allein vor die Tür gegangen war.

Gerade als Violet sich in Bewegung setzte, entdeckte sie einen Raben auf der Straßenlaterne gegenüber. Das war doch aber bestimmt nicht schon wieder derselbe Vogel, oder? So langsam wurde das Vieh echt unheimlich.

Sie wandte den Blick ab. In dem Moment bemerkte sie, wie jemand vom anderen Ende der Forgotten Road in ihre

Richtung lief. Die Gestalt hatte sich die Kapuze tief ins Gesicht gezogen, vermutlich, um auf der Straße von niemandem erkannt zu werden. Doch Violet war sich ganz sicher, dass es Boy war.

Er schien sie nicht gesehen zu haben, denn er bog in die nächstbeste Gasse ein, die zum Marktplatz führte.

Der Vogel flog auf und glitt auf die Gasse zu, als ob er Boy folgte.

Violet griff nach Annas Arm. Gemeinsam rannten sie los, hinter Boy her. Als er den Marktplatz erreichte, blieben sie stehen und beobachteten ihn aus sicherer Entfernung. Der große schwarze Vogel schoss hinter ihm aus der Gasse und landete auf seiner Schulter.

Boy strich ihm sanft über den Kopf, dann scheuchte er ihn davon. Der Vogel schlug mit den Flügeln und erhob sich schwerfällig in die Luft, bevor er sich auf dem Dach eines der Häuser am Übergang zur Wickham Terrace niederließ.

Anna öffnete den Mund, um etwas zu sagen, doch Violet hielt sich schnell einen Finger vor die Lippen und schüttelte den Kopf. Sie wartete, bis Boy den Marktplatz überquert hatte, dann erst wandte sie sich der Kleinen zu.

»Geh nach Hause, Anna, deine Mam macht sich bestimmt schon Sorgen.«

»Aber was hast du vor?«

»Ich muss Boy folgen.«

»Warum reden wir nicht einfach mit ihm, wie du gesagt hast?«

»Irgendwas fühlt sich nicht richtig an. Ich will wissen, was er im Schilde führt. Keine Angst, ich verpetze ihn nicht. Das hab ich ja versprochen.«

»Aber …«

»Bitte, Anna. Geh nach Hause!«, blaffte sie. In ihr brodelte es schon wieder.

Violet wartete Annas Reaktion nicht ab – sie musste sich beeilen. Sie ließ die Kleine stehen und lief los, doch als sie den Lumpenbaum erreichte, hörte sie hinter sich ein Geräusch.

»Er ist auch mein Freund!«, beharrte Anna trotzig.

Violet hatte keine Zeit, mit ihr zu diskutieren.

Zu zweit rannten sie durch die Wickham Terrace und näherten sich gerade der Fußgängerbrücke, als Violet Boy in der Ferne erspähte. Er lief die Straße zur Geistersiedlung hinauf und war schon fast am Eingang.

»Na los, schneller!«, flüsterte sie.

Sie sprinteten über die Brücke und stürmten die Straße entlang. Am Eingang zur Siedlung hielt Violet an und zog Anna hinter einen der Betonpfeiler, bevor sie selbst vorsichtig dahinter hervorlugte.

Boy saß vor dem Park auf der Bordsteinkante. Er rieb sich energisch die Augen, dann steckte er eine kleine Schachtel in seine Hosentasche. Der große schwarze Vogel hockte vor ihm auf dem Boden und flatterte aufgeregt mit den Flügeln. Es sah aus, als spielte er mit ihm – Boy klaubte kleine Steinchen auf und warf sie, woraufhin der Rabe losflog, sie auffing und wieder zu ihm zurückbrachte.

Aber Boy besaß keinen Vogel. Er mochte Tiere sehr gerne und liebte die kleine Maus, die in Merrills Werkstatt zwischen den Sägespänen hauste, aber er hatte definitiv kein Haustier – schon gar nicht einen großen schwarzen Vogel.

Nach ein paar weiteren Runden ihres Spiels ließ sich der Rabe auf Boys Kopf nieder und fing an, in seinen Haaren herumzupicken. Lachend hob Boy den Vogel hoch und setzte ihn sich stattdessen auf die Schulter. Er kraulte ihm zärtlich das Köpfchen, dann stand er auf und lief weiter, in Richtung des Hügels, der zum Friedhof führte.

Violets Dad hatte gesagt, Raben brächten Unglück, aber dieser hier wirkte freundlich und zutraulich. Wenn er überhaupt etwas brachte, dann war es Freude, und die konnte Boy gerade wahrlich gut gebrauchen.

»Ich wünschte, ich hätte auch so einen Vogel.« Sehnsüchtig blickte Anna den beiden nach. »Meinst du, Boy lässt mich mal mit ihm spielen, wenn ich ganz lieb frage?«

»Keine Ahnung, Anna«, antwortete Violet geistesabwesend, während sie zusah, wie ihr Freund den Hügel erklomm.

War das derselbe Rabe, der sie zu verfolgen schien? Gestern Abend, als Boy im strömenden Regen in der Dunkelheit bei ihr aufgetaucht war, hatte sie den Vogel auf dem Baum im Garten entdeckt. Und vorhin hatte er auch wieder auf der Straßenlaterne vor dem Waisenhaus gesessen, kurz bevor Boy um die Ecke gebogen war. Ihr kam ein verrückter Gedanke. Was, wenn der Vogel in Wahrheit nicht ihr, sondern Boy folgte? Und immer, wenn sie ihn sah, war Boy in der Nähe und beobachtete sie. Aber warum sollte er das tun?

»Komm, wir müssen uns beeilen!« Violet zeigte auf den Hügel, dessen Kuppe Boy inzwischen schon beinahe erreicht hatte.

Er hielt neben dem Laternenpfahl an und verscheuchte den Vogel, dann machte er sich auf den Weg in Richtung Friedhof.

Violet und Anna rannten durch die Geistersiedlung zum Hügel. Diesmal schien der gewohnte Effekt, den die Siedlung sonst immer auf ihre Gedanken hatte, auszubleiben. Aber das lag vielleicht auch nur daran, dass sie sich ohnehin schon hundsmiserabel fühlte, schlimmer als je zuvor.

Als sie sich der Straßenlaterne näherten, hörte Violet das laute Kreischen des Drehkreuzes. Die Härchen auf ihren Unterarmen stellten sich auf. Boy war auf den Friedhof gegangen.

Obwohl sie in ihren Albträumen unzählige Male wieder

dort gewesen war, hatte Violet ihn zum letzten Mal in jener Nacht betreten, als Edward Archer verschwunden war.

Sie rang nach Luft, als eine überwältigende Furcht von ihr Besitz ergriff. Anna zupfte an ihrem Ärmel.

»Du hast gesagt, die gruseligen Gedanken sind nicht echt. Sind sie es jetzt doch?«, fragte die Kleine mit weit aufgerissenen Augen.

»Nein, natürlich nicht … natürlich sind sie nicht echt«, stammelte Violet, während sie Annas Hand nahm und beruhigend drückte.

Sie wusste, dass sie sich vor allem selbst Angst einjagte. Es war ihre eigene Entscheidung, ob sie den finsteren Gedanken glaubte oder nicht. Edward war weit weg, er wartete garantiert nicht auf dem Friedhof auf sie.

Tapfer stapfte Anna auf das Drehkreuz zu.

»Nicht da lang«, flüsterte Violet und schüttelte den Kopf. »Sonst hört er uns.«

Ein lautes Knirschen, als würde Stein über Stein schleifen, ertönte von der anderen Seite der Mauer. Violet erstarrte. Es war dasselbe Geräusch wie in der Nacht von Edward Archers Verschwinden.

Sie packte Annas Hand noch ein wenig fester und zwang sich, weiterzugehen. An der Mauer angelangt, half sie erst Anna hinüber und kletterte dann schnell hinterher. In der Deckung der Grabsteine folgten sie Boys von Nebel umhüllter Gestalt.

Plötzlich trug der Wind eine gedämpfte Stimme heran und ihr Freund blieb abrupt stehen.

Violet zog Anna hinter einen mit Unkraut überwucherten Grabhügel. Zwei Gestalten kamen auf Boy zu, von denen eine ihr Bein nachzuziehen schien.

»Setz sie wieder ein, du Idiot!«, sagte eine Frau und trat einen Schritt vor.

»Aber hier ist doch niemand. Es ist unangenehm, die Dinger die ganze Zeit zu tragen«, protestierte Boy ohne allzu viel Nachdruck.

»Du weißt nie, ob dich nicht doch jemand beobachtet. Ich versichere dir, wenn du erwischt wirst, wird es noch viel unangenehmer.«

Boy zog die kleine Schachtel aus seiner Hosentasche, klappte sie auf und nahm etwas heraus. Dann begann er, an seinen Augen herumzufummeln.

»Gut«, blaffte die Frau. »Sorg dafür, dass das nicht noch mal vorkommt.«

Die Frau war groß und stämmig, mit kräftigen Armen und Beinen. Ihre Hände waren riesig und ihre Finger so dick, braun und verkrustet wie knusprig gebratene Würste. »Arbeiterhände« hätte Rose Brown sie wohl genannt.

Störrisches graues Haar ragte unter ihrer kleinen weißen Haube hervor. Um ihre Schultern hing ein dunkelblauer Umhang, unter dem eine gestärkte weiße Schürze hervorlugte.

Violet schob die Hand in ihre Tasche und holte das Foto hervor, das sie im Waisenhaus gefunden hatte. Fassungslos betrachtete sie die Aufnahme. Schwester Powick, die Frau, die Boy an ihrem letzten Arbeitstag auf dem Arm gehabt hatte, stand nun leibhaftig vor ihm auf dem Friedhof.

Kapitel 15

Das Tunnelgrab

»Ich habe dich gesucht«, sagte Schwester Powick zu Boy. »Wie ich sehe, hast du es schon wieder nicht geschafft, die kleine Brown einzufangen. Ich habe in der Zelle nachgeschaut. Was führst du im Schilde?«

»Nichts! Ich schwöre, ich hab es versucht. Sie sitzt die ganze Zeit nur in ihrem Zimmer. Die Leute in Town sind misstrauisch geworden, sie lassen ihre Kinder nicht mehr nach draußen«, antwortete Boy.

»Unsinn. Komm mir nicht damit. Natürlich ist es nicht einfach – das versteht sich doch wohl von selbst. Du weißt genau, dass er noch ein Kind braucht, um die Angst weiter anzufachen, die sich in Town breitmacht«, knurrte sie. »Wenn sie nicht aus dem Haus dürfen, dann musst du halt hinein. Sei mal ein bisschen kreativ! Vorbereitung ist der halbe Weg zum Erfolg. Habe ich dir in all den Jahren denn gar nichts beigebracht? Oder bist du zu blöd, das zu kapieren?«

In all den Jahren? Violet war verwirrt. Offenbar war Boy mit Schwester Powick in Kontakt geblieben, nachdem sie das Waisenhaus verlassen hatte. Aber er hatte sie nie auch nur mit einem Wort erwähnt.

»Ich bin kein Schwachkopf«, antwortete er leise. »Es braucht nur alles seine Zeit.«

»Zeit? Wenn wir etwas nicht haben, dann ist das Zeit, junger Mann – das weißt du genau. Wenn das hier schiefläuft, geht das ganz allein auf deine Kappe. Du hättest die kleine Brown gleich beim ersten Mal mitnehmen sollen.«

»Ich hab doch gesagt, das lag nicht in meiner Macht. Ihr … ihr Vater ist dazwischengekommen. Er hätte mich beinahe erwischt«, verteidigte sich Boy.

»Schwachkopf« und »lag nicht in meiner Macht«. So redete Boy sonst nie, jedenfalls nicht, wenn Violet dabei war. Er klang wie Beatrice, wenn sie versuchte, bei Mrs Moody Eindruck zu schinden. Als hätte er ein Wörterbuch verschluckt. Und warum behauptete er, ihr Dad hätte ihn beinahe erwischt? Ihre Mam hatte doch gesagt, dass *sie* diejenige war, die Violet bewusstlos in der Auffahrt gefunden hatte.

Die Krankenschwester schürzte die Lippen. »Lügner

kommen in die Hölle! Mit Täuschung behilft sich nur, wer keinen Anstand besitzt.«

»Ich lüge nicht.« Zitternd senkte Boy den Kopf.

»Das will ich dir auch geraten haben. Sonst könnte ich mich gezwungen sehen, dir die Zunge abzuschneiden und sie Hugo zu geben.«

Schwester Powick trat noch einen Schritt vor, sodass sie nun beinahe Nase an Nase standen.

»Ich habe dich wie meinen eigenen Sohn großgezogen, weil er Großes in dir sieht. Du wirst ihm zu neuer Stärke verhelfen, sagt er.« Sie packte Boy mit ihren dicken Fingern im Nacken. »Aber ich sehe nichts, rein gar nichts! Du bist ein Feigling. Manchmal frage ich mich, ob ich das falsche Kind genommen habe.«

Ein lang gezogenes Stöhnen hallte von den Grabsteinen wider. Es klang, als hätte jemand gewaltige Schmerzen. Schwester Powick sah auf und ließ Boy los.

»Hugo? Wo bist du?«, rief sie, während sie sich nervös auf dem Friedhof umblickte. »Wo steckt er nur? Diese schwachsinnige Kreatur läuft ständig davon. Los, finde ihn!«, blaffte sie Boy an. »Er ist meine bislang großartigste Schöpfung.«

Boy begann, den Friedhof abzusuchen. In ihrem Versteck hinter der Wand aus Unkraut zog Violet Anna noch ein wenig tiefer, als ihr plötzlich ein grauenhafter Gestank in die Nase drang.

Ein Schatten glitt über den Grabhügel, hinter dem die beiden Mädchen kauerten. Etwas tropfte Violet auf den Kopf. Sie strich sich übers Haar und ertastete etwas Feuchtes, Schleimiges.

Sie zwang sich, hochzusehen.

Zähflüssiger Speichel tropfte aus einem klaffenden Mund auf sie herab, der von aufgesprungenen grünlichen Lippen umrandet wurde. Über den Lippen befanden sich zwei riesige haarige Nasenlöcher, die zu einer teilweise angefressenen Nase gehörten. Zwei blutunterlaufene Augen blickten ihr entgegen.

Anna setzte zu einem entsetzten Aufschrei an, doch Violet schaffte es gerade noch rechtzeitig, ihr den Mund zuzuhalten. Das Monster starrte die Mädchen an, ohne mit der Wimper zu zucken. Es zog die Oberlippe auf einer Seite hoch wie ein knurrender Hund. Dann streckte es eine knochige Hand nach ihnen aus.

»Hugo!«

Das Monster hielt inne und drehte den Kopf nach links. Boy stand nur wenige Meter entfernt und sah Violet direkt an. Obwohl ihr das Blut in den Adern gefror, hielt sie seinem Blick stand.

»Hugo, hierher, aber sofort!«, befahl Boy.

Das Monster grummelte missmutig und stapfte auf ihn zu.

Violet schlug das Herz bis zum Hals. Sie ließ Boy nicht

aus den Augen, gab jedoch keinen Mucks von sich. Garantiert würde er sie jeden Moment verpfeifen. Doch Boy wandte sich ab, als hätte er sie nicht bemerkt, und kehrte zu Schwester Powick zurück.

»Du hässliches Ding, mach das nie wieder!«, tadelte die Krankenschwester das Monster.

Hugo zog kaum merklich den Kopf ein.

»Bring ihn zurück ins Draußen!«, kommandierte Schwester Powick und sah Boy finster an. »Er muss seine Batterien aufladen, bevor die Feierlichkeiten beginnen.«

»Aber was ist mit der kleinen Brown?«, fragte Boy. »Sollte ich sie nicht noch holen?«

Violet erstarrte.

»Ach, jetzt willst du auf einmal helfen, ja?«, fauchte Schwester Powick. »Tja, zu spät. Wir werden ohne sie auskommen müssen. Die Gelegenheit ist vorbei.«

Mit angehaltenem Atem beobachteten Violet und Anna, wie Boy schweigend zu einem großen, rechteckigen Grabmal nur wenige Meter von ihnen entfernt ging.

Wieder ertönte das laute Scharren, das sie zuvor schon gehört hatten. Die steinerne Platte an der Vorderseite des Grabmals glitt herab, als würde sie langsam vom Erdboden verschluckt.

»Ab nach Hause, Hugo!« Boy zeigte auf das schwarze Loch, das sich vor ihm aufgetan hatte.

Der Kinderfänger stapfte voran und Boy folgte ihm. Sie

verschwanden nach und nach im Boden, als würden sie eine Treppe hinuntergehen.

Schwester Powick sah sich noch einmal argwöhnisch um, dann schnaubte sie entnervt und stieg ebenfalls ins Grab. Kurz darauf erklang das Scharren erneut. Die Steinplatte glitt empor und verschloss die Öffnung wieder. Violet und Anna blieben allein auf dem Friedhof zurück.

Stumm verharrten sie in ihrem Versteck. Eine ganze Weile wagte es keine von ihnen, auch nur einen Muskel zu rühren.

»Er hat ihr nicht verraten, wo wir sind«, flüsterte Anna schließlich.

Violet antwortete nicht. Ihre Gedanken rasten.

»Arbeitet Boy für diese Frau?«, fragte Anna. »Ich kapier das nicht. Was ist hier los?«

Violet stand auf.

»Ich auch nicht, Anna, aber das finde ich jetzt heraus.«

Gänsehaut überzog ihren gesamten Körper, als sie zu dem Grab ging, in das die drei hinabgestiegen waren. Irgendetwas daran kam ihr bekannt vor. Sie begann zu zittern. War das die Stelle, wo Edward Archer vor fast einem Jahr verschwunden war?

In schneller Folge tauchten Bilder aus jener fürchterlichen Nacht vor ihrem inneren Auge auf. Ihr ausgemergelter Vater; die Pistole in Edwards Hand; Macula am Fenster; Boys blaue Lippen; das Buch. Sie war sich sicher gewesen, dass Edward Boy erschossen hatte – deshalb war sie Hals über Kopf hinter ihm hergerannt. Sie erinnerte sich an ihre blinde Wut, an ihre Entschlossenheit, den dicken Zwilling auf keinen Fall damit davonkommen zu lassen. Damals hatte sie den Tod zum ersten Mal als etwas wahrgenommen, das nicht nur im Film vorkam.

Das Grab, vor dem sie jetzt stand, war mit einer massiven Steinplatte abgedeckt, in die irgendetwas eingeritzt war. Violet fuhr mit dem Finger über die Buchstaben, doch die meisten waren zu verwittert, um noch irgendwelche Wörter auszumachen. Sie versuchte, die Steinplatte zu bewegen, bekam sie jedoch keinen Millimeter von der Stelle. Das Ding war viel zu schwer. Als Nächstes tastete sie die Unterseite der Platte ab, in der Hoffnung, dort irgendeinen Knopf oder Hebel zu finden, durch den sie sich öffnen ließ. Als auch das keinen Erfolg brachte, ging sie auf die Knie und krabbelte einmal um das gesamte Grabmal herum. Sie sah sich alle vier Seiten genauestens an, doch nirgends fand sich auch nur der geringste Hinweis, was sie tun musste, um es aufzukriegen.

»Guck mal, Violet, da drüben!«, flüsterte Anna und zeigte über das Gräberfeld.

Violet folgte Annas ausgestrecktem Finger. Nicht weit entfernt befand sich ein weiteres Grabmal, aus dem weiße Nebelschwaden aufstiegen. Neugierig stand sie auf und ging darauf zu.

Je näher sie dem Nebel kam, desto stärker wurden ihre Wut und Furcht. Ihr Herz begann zu rasen und sie zitterte am ganzen Körper. Jede Angst, die sie jemals in ihrem Leben verspürt hatte, schoss ihr durch den Kopf, bis sie es kaum noch aushielt. Am liebsten hätte sie sich in einer kleinen dunklen Ecke verkrochen, wo niemand sie mehr finden konnte.

Die Platte auf diesem Grab war ein wenig verschoben und der seltsame Nebel quoll darunter hervor.

Ein Teil davon sank zu Boden und waberte zwischen den Grabsteinen umher, wodurch die unheimlichen Schwaden entstanden, die sich hier so hartnäckig hielten. Der Rest stieg in kleinen, merkwürdig geformten Wölkchen zum Himmel hinauf.

Violet fühlte sich sterbenselend. Ihr Körper krampfte und zuckte, als wollte er sie dazu zwingen, sofort davonzurennen, während die Angst ihre Gedanken lähmte und ihr nach und nach die Kontrolle darüber entriss.

Mit einer gewaltigen Kraftanstrengung zwang sie sich zu bleiben, wo sie war. An diesem Nebel war irgendetwas faul.

»Violet, können wir gehen? Ich fühl mich nicht gut. Können wir bitte, bitte gehen?« Annas Wangen waren tränennass.

»Ja, gleich.«

Mühsam kämpfte Violet sich vorwärts, tiefer in den Nebel hinein.

Ein starker Würgereiz überkam sie, als sie den Rand des Grabmals umfasste, um hineinzusehen. Es war dunkel, zu dunkel, um die Quelle des Nebels zu erkennen. Sie beugte sich vor, bis sie mit dem Bauch auf der Kante lag, und steckte den Kopf ins Dunkel. Ihre Beine baumelten einige Zentimeter über dem Boden.

Plötzlich verspürte sie einen unbändigen Zorn und sie begann, am ganzen Körper zu zittern. Dadurch verlor sie für einen winzigen Moment den Halt und kippte kopfüber ins Grab.

Sie schnappte erschrocken nach Luft, dann stürzte sie ins Dunkel. Inmitten dichter Nebelschwaden schoss sie durch ein Metallrohr in die Tiefe. Das Letzte, was sie sah, war ein grelles weißes Licht.

Kapitel 16

Der weiße Raum

Violet fühlte sich benommen. Ihr Kopf schmerzte leicht, als sie die Augen aufschlug. Sie lag auf dem Rücken, unter ihr ein weißer Fliesenboden. Ein merkwürdiges Zischen drang an ihre Ohren und ihr Blickfeld war neblig und verschwommen.

Von einer plötzlichen Panik erfasst, richtete sie sich auf.

Sofort sah sie wieder klar. Als sie nach unten schaute, verschwanden ihre Beine in einem dichten Dunst, der sich wie ein Laken über den unteren Teil des Raumes ausbreitete. Boden, Wände und Decke waren grellweiß und nirgends war eine Tür oder auch nur ein Fenster zu sehen. Die Helligkeit war schwindelerregend. Violet schloss für einen Moment die Augen.

Es war extrem warm. Ihre Wangen brannten und dicke Schweißtropfen perlten über ihre Haut. Ihre Klamotten klebten geradezu an ihr. Unterdessen stieg der Nebel immer weiter an. Er reichte ihr jetzt schon fast bis unters Kinn.

Ein Zittern lief durch Violets Körper, als hätte ihr jemand einen Stromstoß durch die Adern gejagt, und ihr Herz hämmerte wie verrückt. Alles fühlte sich überwältigend und beklemmend an. Sie wollte schreien oder auf etwas einschlagen, nur um den steigenden Druck in ihr irgendwie abzulassen.

Plötzlich spürte sie einen stechenden Schmerz an ihrem Knöchel, als hätte etwas sie gebissen. Sie zuckte zusammen, zog das Bein an und betrachtete ihren Fuß, so gut das inmitten all des Nebels eben ging. Die nackte Haut zwischen ihrem Socken und dem Saum ihrer Jeans war verbrannt und begann bereits, Blasen zu werfen.

Mit den Fingern tastete sie die Stelle an der Wand ab, an der ihr Knöchel vorher gelehnt hatte. Hastig riss sie die Hand weg, als sie auf ein kleines weißes Rohr in der Wand stieß, das kochend heißen Dampf in den Raum blies.

Inzwischen war der Nebel so dicht, dass ihr das Atmen schwerfiel. Aus Angst zu ersticken rappelte Violet sich hoch und begann verzweifelt, nach einem Ausgang zu suchen. Um sie herum war alles glatt und weiß, nirgends fand sich ein Fenster oder eine Tür. Nicht mal das Rohr, durch das sie gefallen war, konnte sie erkennen.

Während sie mehr und mehr in Panik geriet, bemerkte sie hoch oben an einer der Wände auf einmal einen kleinen blinkenden Punkt. Durch den Nebel tauchte das kleine Licht den gesamten Raum in ein gespenstisches Grün. Dann glitt neben dem Punkt eine große runde Luke auf, aus der ein Schwall frischer kühler Luft hereinströmte.

Gleich darauf färbte sich das grüne Licht rot und ein kleines Rohr weit oben an der gegenüberliegenden Wand sprühte etwas in den Raum.

Völlig überwältigt wich Violet zurück, bis sie mit dem Rücken gegen die Wand stieß. Sie rutschte daran herab und rollte sich auf dem Boden zusammen. Ihr Kopf dröhnte, ihr Herz hämmerte und Tränen rannen ihr übers Gesicht.

Eine nicht enden wollende Flut aus Ängsten und Sorgen prasselte auf ihr Gehirn ein. Sie dachte an Anna, die sie ganz allein auf dem Friedhof zurückgelassen hatte. Sie hatte sie im Stich gelassen. Wie konnte sie das nur tun? Warum konnte sie nicht einfach bloß eine gute Freundin sein? Und Town hatte sie auch im Stich gelassen, vor allem Beatrice und Conor. Dann wanderten ihre Gedanken zu Boy und augenblicklich begann es in ihr zu brodeln, während die weißen Schwaden über ihr zusammenschlugen.

Sie fühlte sich buchstäblich benebelt. Mühsam rang sie nach Luft. Plötzlich teilte sich die Decke über ihr und der gesamte Nebel wurde in eine Art Trichter hinaufgesogen, der kurz darüber in ein Metallrohr überging. Mit dem

Dunst verschwanden augenblicklich auch fast ihre gesamte Angst und Wut.

Gerade eben noch war ihr hundeelend zumute gewesen. Es war das gleiche Gefühl, das sie immer befiel, sobald sie die Geistersiedlung betrat, nur viel stärker. Und jetzt ging es ihr auf einmal wieder gut. Was war das hier für ein Ort?

Violet stand auf. Sie musste hier weg. Irgendwie war sie in diesen Raum hineingekommen, also gab es ja wohl auch einen Weg hinaus.

Das Rohr in der Decke, das den Nebel eingesogen hatte, musste dasselbe Rohr sein, durch das sie gefallen war. Sie hatte nur einen kurzen Blick darauf erhascht, doch der hatte gereicht, um zu erkennen, dass es viel zu steil hinaufführte. Auf diesem Weg konnte sie nicht rausklettern – selbst wenn sie in der Lage gewesen wäre, es zu erreichen.

Violet wandte sich der Luke zu, durch die vorhin die frische Luft hereingeströmt war. Sie befand sich rechts von ihr oben in der Wand und schien breit genug zu sein, dass sie hineinpasste. In dem Moment fiel ihr Blick auf eine Reihe weißer Metallstäbe, die senkrecht übereinander angeordnet waren. Vor der weißen Wand waren sie so gut wie unsichtbar. Doch nun, aus der Nähe, erkannte sie, dass sie wie eine Leiter zu der Luke hinaufführten. Auch wenn sie keine Ahnung hatte, wie es danach weiterging, schien das ihr einziger Ausweg zu sein.

Wieder ertönte das Zischen und das Rohr unten in der Wand spuckte frischen Dampf aus. Nach einer Weile begann das Licht grün zu blinken und Violet sah zu, wie sich die Luke über ihr öffnete. Im Lauf der nächsten Minuten blinkte das rote Licht auf, der feine Sprühregen rieselte herab, der Raum füllte sich mit Dampf, die Decke glitt auseinander und der gesamte Nebel wurde durch das Metallrohr abgesaugt.

Das Ganze schien ein Kreislauf zu sein. Wenn sie die Leiter im richtigen Moment hochkletterte, sodass sie oben war, wenn sich die Luke öffnete, konnte sie es auf diesem Weg vielleicht hinausschaffen.

Violet wartete. Als der Raum sich erneut mit Nebel füllte, setzte sie sich in Bewegung. Ohne auf den Schmerz in ihrem verbrannten Knöchel zu achten, stieg sie die Leiter hinauf und kam gerade rechtzeitig oben an, als die Luke aufging.

Der Gegenwind, den die hereinströmende Luft erzeugte, war überraschend stark und Violet musste mit aller Kraft dagegen ankämpfen, während sie sich durch die Öffnung zwängte. Dahinter befand sich genauso ein Metallrohr wie das, durch das sie gefallen war, nur dass dieses nicht steil nach oben führte, sondern mehr oder weniger waagerecht verlief. Dafür war es deutlich enger und Violet kam nur robbend voran. Nachdem sie ein kurzes Stück gekrochen war, stieß sie auf eine Turbine mit einem großen Propeller, der allem Anschein nach den kühlen Luftstrom erzeugte. Leider blockierte er aber auch den Durchgang.

Der Propeller erinnerte ein wenig an eine Schiffsschraube. Als Violet sich näherte, kam er surrend zum Stehen. Der Abstand zwischen den stumpfen Rotorblättern war gerade groß genug, dass Violet sich hindurchzwängen konnte. Allerdings musste sie sich beeilen, damit sie sicher auf der anderen Seite war, bevor der Kreislauf von Neuem begann.

Sie steckte den Kopf durch die Lücke zwischen den Rotorblättern und sah sich um. Auf der anderen Seite der Turbine befand sich ein Lagerraum voller brauner Pappkartons.

Violet zog den Kopf zurück und drehte sich in der beengten Röhre mühsam um, sodass sie mit den Füßen voran lag. So konnte sie auf der anderen Seite leichter hinausklettern.

Die Turbine klickte. Violets Herz setzte einen Schlag aus.

Nichts geschah.

Schnell zwängte sie ihre Füße durch die Lücke, doch dabei blieb sie mit dem Schuh an einem der Rotorblätter hängen. Sie versuchte, sich zu befreien, als die Turbine ein weiteres Mal klickte. Diesmal ging ein leichtes Zucken durch den Propeller.

Sie griff nach ihrem Schuh, aber er rührte sich nicht vom Fleck. Panisch zog sie die Beine zurück, wodurch sie aus dem Schuh schlüpfte. Er plumpste auf der anderen Seite in den Lagerraum.

Geistesgegenwärtig streifte Violet ihre Socke ab, drehte sich wieder um und stemmte ihre Füße seitlich gegen das Rohr. Die nackten Zehen an ihrem rechten Fuß krallten sich förmlich in das kalte Metall. Der Rand der Turbine ragte ein kleines Stück ins Rohr hinein, sodass sich eine schmale Kante bildete. Violet hielt sich mit beiden Händen daran fest und wappnete sich für den einsetzenden Luftzug.

Der Propeller sprang an. Violet machte sich so klein, wie es nur ging, um dem Wind möglichst wenig Angriffsfläche zu bieten. Der Propeller drehte sich schneller und immer schneller. Kalte Luft strömte über ihren Hinterkopf und an ihrem Körper entlang, während sie sich festklammerte, als hinge ihr Leben davon ab.

Ihre Finger verloren den Halt und sie begann, Stück für Stück zurückzurutschen. Sie schürfte sich die nackten Zehen an den kleinen Metallnieten im Inneren des Rohrs auf.

Als sie nur noch Millimeter von der Luke entfernt war, durch die sie hineingeklettert war, ertönte ein Klicken und der Propeller wurde langsamer. Das Surren verstummte und der Luftstrom brach ab.

Hastig krabbelte Violet vorwärts, zwängte sich zwischen den Rotorblättern hindurch und plumpste in den Lagerraum dahinter. Sie landete in einem Stapel aus braunen

Pappkartons. Eine Lawine aus kleinen Metallbehältern ergoss sich scheppernd über den gepflasterten Boden.

Mühsam rappelte Violet sich auf und kämpfte sich hinkend durch den Haufen aus zerdrückter Pappe, wo sie auch ihren Schuh wiederfand. Behutsam streifte sie ihn sich über die schmerzenden Zehen.

Sie stand in einem steinernen Gewölbekeller. Ringsum stapelten sich Kartons, auf die in großen roten Lettern »AO« gedruckt war. Violet öffnete einen. Darin waren mehrere von den Metallbehältern, die sie gerade auf dem Fußboden verteilt hatte.

Sie nahm eine der Büchsen aus dem Karton, schüttelte sie und drückte oben auf den Zerstäuber. Ein kleiner Sprühstoß schoss heraus. Sofort kochte die unheilvolle Mischung aus Furcht und Zorn wieder in ihr hoch und sie fühlte sich genauso mies wie zuvor in dem weißen Raum. Was war das für ein Zeug?

Violet musste hier raus und Hilfe holen. Sie hatte keine Ahnung, wie spät es war. Bestimmt machten ihre Eltern sich schon Sorgen und um Anna musste sie sich auch kümmern.

An der gegenüberliegenden Wand führte ein steinerner Gewölbebogen aus dem Raum. Violet humpelte darauf zu, öffnete die Tür und trat in eine Art unterirdischen Tunnel. Er sah aus wie der Tunnel, den Boy und sie letztes Jahr unter dem Ocularium entdeckt hatten und durch den sie damals zum ersten Mal auf den Friedhof gelangt waren. Da Town ziemlich alt war, gab es angeblich zahlreiche dieser verborgenen Geheimgänge.

Der Boden war mit groben Steinen gepflastert und die Wände schienen ohne allzu große Sorgfalt in die Erde gehauen worden zu sein. An der Decke verlief eine Kette aus nackten Glühbirnen, die ein karges Licht spendeten.

»Sieh mal einer an, wir haben Besuch«, höhnte eine Stimme vor ihr. »Dachte ich mir doch, dass ich ein Geräusch gehört habe.«

Violet erstarrte, als sich ein Schatten aus der Dunkelheit löste und auf sie zuging. Es war Schwester Powick.

»Wie bist du denn hierhergelangt, Kleine?«, fragte die Frau. Ihre Stimme klang hoch und schrill.

»Ich, ähm … ich …«, stotterte Violet. Sie zitterte am ganzen Körper.

»Hast du deine Zunge verschluckt, Mädchen? Kannst von Glück sagen, dass ich sie mir nicht geholt habe … noch nicht!« Schwester Powick kicherte hämisch. »So, und jetzt verrate mir, wie du hier reingekommen bist. Wir mögen keine vorwitzigen Schnüffler.«

»Ich, ähm … Boy hat mich erwischt«, stammelte Violet geistesgegenwärtig.

Etwas sagte ihr, dass sie Schwester Powick lieber nicht auf die Nase binden sollte, dass sie den weißen Raum gefunden hatte.

»Ach, hat er das? Der Junge ist mir manchmal echt ein Rätsel.« Die Krankenschwester verzog das Gesicht und trat kopfschüttelnd auf sie zu.

Violet wirbelte herum und wollte in die entgegengesetzte Richtung davonlaufen. Leider kam sie jedoch nicht weit, denn sie prallte mit voller Wucht gegen den Kinderfänger, der sich geräuschlos hinter ihr aufgebaut hatte.

»Hugo, wir haben noch einen Gast«, knurrte Schwester Powick. »Schnapp sie dir!«

Das riesige Monster packte Violet am Kragen und hob sie daran hoch. Sie wand sich und trat wie wild um sich, doch er schlang einen Arm um ihre Beine, sodass sie sie nicht mehr bewegen konnte, und warf sie sich wie einen Sack über die Schulter.

»Steck sie zu den anderen«, befahl Schwester Powick. »Ich mache mich auf die Suche nach diesem halsstarrigen Knaben!«

Kapitel 17

Ein unverhofftes Wiedersehen

Hugo war grauenhaft. Schon an dem Abend, als er versucht hatte, Violet zu Hause in der Auffahrt zu entführen, waren ihr seine herabhängende Haut und die Augen, die aus herausgerissenen Augenpflanzen zu bestehen schienen, aufgefallen. Doch nun, als sie kopfüber von seiner Schulter baumelte, begann sie zu zweifeln, ob er überhaupt ein Mensch war.

Seine Kleidung war schmutzig und abgetragen. Im Stoff klafften tiefe Risse, durch die Violet den Körper darunter sehen konnte.

Entlang seiner Wirbelsäule verlief ein seltsamer Metallstab. In regelmäßigen Abständen waren kleine Löcher in den Stab gebohrt worden, aus denen dünne Drähte ragten, die allem Anschein nach direkt mit seiner Haut verbunden waren. Die gleichen Metallstäbe befanden sich auch auf der Rückseite seiner Arme und Beine. Sie wirkten fast wie eine Art mechanisches Außenskelett.

Hugos Haut schillerte größtenteils grau, blau und violett, als wäre er von Kopf bis Fuß mit riesigen Blutergüssen überzogen. An einigen Stellen sah sie aus wie angenagt oder geschmolzen, während sie hinten an einem seiner Beine zart und rosig war – höchstens vielleicht ein bisschen haarig. Hier und da war der Kinderfänger außerdem mit Stückchen von verschiedenfarbigem Fell bedeckt, die dort wie Flicken angenäht zu sein schienen. An seiner linken Hand fehlte ein Finger, der offenbar durch einen Teil von einem Puppenbein ersetzt worden war.

Außerdem war sein ganzer Körper mit dicken Nähten übersät. Eine besonders grobe Naht verlief rings um sein linkes Handgelenk, andere schlängelten sich an seinem Bein hoch. Selbst seine Füße waren voll davon. Er sah aus wie eine von diesen Lumpenpuppen, die die Mädchen aus Violets Klasse in der Schule nähen sollten. Violet hatte sich geweigert, weil die Jungs das auch nicht machen mussten, doch Mrs Moody hatte erwidert, dass die Jungs dafür andere Dinge taten. Schwere Sachen tragen, zum Beispiel. Darauf hatte Violet gesagt, dass sie dann eben auch Sachen tragen würde, was ihr jedoch bloß eine Extraladung Hausaufgaben eingebracht hatte.

Nach einiger Zeit drang ein leises Flüstern in den Tunnel. Hugo wandte sich nach links, zog den Kopf ein und trat durch einen schmalen Torbogen in einen kleinen gemauerten Raum, der demjenigen ähnelte, in dem Violet die Kartons gefunden hatte.

Augenblicklich verstummte das Flüstern.

Der Kinderfänger warf Violet achtlos auf den Boden. Sie zuckte zusammen, als ihr verletzter Knöchel auf dem groben Pflaster aufschlug. Dann stellte das Monster seinen nackten haarigen Fuß auf ihren Bauch, um sie am Weglaufen zu hindern, während er in den Taschen seiner zerlumpten Kleidung nach etwas suchte.

Vor Violet befand sich eine Reihe aus schwarzen Gitterstäben, hinter denen allem Anschein nach eine Art Gefängniszelle lag. In dem schwachen Dämmerlicht, das aus dem Tunnel hereinfiel, konnte Violet nicht erkennen, wer oder was darin eingesperrt war. Ein Schauer lief ihr über den Rücken, als der Kinderfänger einen Satz rostiger Schlüssel aus der Hosentasche zog und einen davon ins Schloss steckte.

Ein lautes Klicken ertönte, dann öffnete sich die Zellentür quietschend und kreischend.

In der hintersten Ecke der Zelle regte sich etwas. Violet geriet in Panik, als der Kinderfänger nach ihrem Pulli griff und sie daran über den Boden schleifte. Er schleuderte sie in die Zelle und sperrte die Tür hinter ihr zu. Dann stieß er ein tiefes Grollen aus und stapfte wieder hinaus in den Tunnel.

Hastig setzte Violet sich auf und rutschte zurück, bis sie mit dem Rücken gegen die Gitterstäbe stieß. Sie wollte so weit wie möglich von dem wegkommen, was da im Dunkeln lauerte.

»Hallo …?«, flüsterte sie verzagt.

»Leise!«, zischte eine Stimme.

Ein Schatten kam auf sie zu.

»Beatrice!«, japste Violet. Ihr fiel ein Stein vom Herzen. »Du siehst, du siehst …«

»Fürchterlich aus, hab ich recht?«, krächzte Conor Crooked, der nun ebenfalls aus seiner dunklen Ecke gekrochen kam.

Beatrice brach in Tränen aus und rollte sich vor den Gitterstäben zusammen. Auch wenn sie nicht gedacht hätte, dass es jemals dazu kommen würde, beugte Violet sich hinüber und zwang sich, das rothaarige Mädchen in die Arme zu nehmen.

»Hallo, Violet. Was machst du denn hier?«, fragte Conor überrascht. Seine Augen waren von dunklen Ringen gezeichnet. »Hat er dich auch erwischt? Ich dachte, ihr seid Freunde!«

»Ich … ich weiß nicht.« Violet schüttelte den Kopf und lehnte sich wieder ans Gitter. »Ich bin auf dem Friedhof in ein Grab gefallen und in einem komischen weißen Raum gelandet. Dann hat die Krankenschwester mich entdeckt und …«

»Krankenschwester? Was für eine Krankenschwester?«, schniefte Beatrice und sah auf.

»Die, der das Monster gehört?«, erwiderte Violet. Die beiden starrten sie bloß ratlos an. »Sie trägt eine weiße Kittelschürze und so eine seltsame Haube … Ich glaub, Boy arbeitet irgendwie mit ihr zusammen?«

»Boy!«, rief Beatrice und zerrte an Conors Ärmel. »Komm mir bloß nicht mit dem. Ich will seinen Namen nie wieder hören.«

»Lass los!« Conor versetzte Beatrice einen Stoß. »Jetzt seid ihr ja zu zweit, da könnt ihr Mädchen euch auf eurer Seite der Zelle ausheulen. Diese Seite ist für Jungs und weil ich der einzige bin, gehört sie mir ganz allein.«

Er stand auf und zog mit dem Fuß eine Linie in den Schmutz, die von der Rückwand ihrer Zelle bis zu den Gitterstäben reichte. Dann schubste er Beatrice zu Violet hinüber.

»Wehe, ihr übertretet die Grenze!«, drohte er und zeigte auf den Strich auf dem Boden.

Plötzlich erlosch draußen im Tunnel das Licht und tauchte die Zelle in völlige Finsternis.

»Gut.« Conor klang, als würde er lächeln. »Jetzt muss ich eure hässlichen Visagen nicht mehr sehen.«

»Und wir deine auch nicht«, fauchte Violet.

Sie hatte Conor Crooked noch nie leiden können und jetzt wusste sie auch, warum. Selbst seine eigene Entführung machte ihn nicht zu einem netteren Menschen.

»Du hast uns immer noch nicht gesagt, was das für eine Krankenschwester ist«, flüsterte Beatrice.

Violets Augen gewöhnten sich langsam an die Dunkelheit, sodass sie Beatrice gerade eben so ausmachen konnte. Ihre Wangen wirkten eingefallen, als hätte sie schon seit Längerem nichts mehr gegessen. Ihr sonst so glänzendes Haar hing stumpf und kraftlos herab und ihre Kleidung war verdreckt.

»Seid ihr Schwester Powick echt noch nicht begegnet?«, fragte Violet verwirrt. »Sie hat dem Kinderfänger befohlen, mich hierherzubringen. Ich glaube, er gehört ihr irgendwie. Draußen auf dem Friedhof hat sie ihn als ihre ›Schöpfung‹ bezeichnet.«

»Wie meinst du das, er gehört ihr? Soll das heißen, er ist ihr Sklave, oder was?«, schnaubte Conor.

»Ich weiß nicht genau«, antwortete Violet ein wenig nervös. »Habt ihr ihn schon mal aus der Nähe gesehen? Ich weiß, das klingt verrückt, aber er wirkt, als wäre er aus allen möglichen Stücken zusammengesetzt worden – so wie die Stoffpuppen, die wir in der Schule nähen sollten.«

»Du meinst, als wäre er tot oder so? Wie ein Zombie?«, keuchte Conor und kam auf sie zu, wobei er die Grenze, die er selbst gerade erst gezogen hatte, achtlos übertrat.

»Geh zurück auf deine Seite, Conor«, schnauzte Beatrice, die plötzlich nicht mehr ganz so verzagt klang. »Und er ist kein Zombie, sondern eine Stoffpuppe. Hast du Violet nicht gehört? Zombies gibt es nicht!«

»Ach, und wandelnde Stoffpuppen schon, ja?«, entgegnete Conor.

»Ihr habt Schwester Powick also wirklich nie gesehen?«, fragte Violet schnell.

»Nein«, antwortete Conor trocken. »Aber wenn sie eine Krankenschwester ist, könnten wir sie dringend gebrauchen. Beatrice Fürze sind echt übel. Als ob in ihrem Bauch was gestorben ist.«

»Conor!«, brüllte Beatrice. »Ich hab dir gesagt, so was Ekliges mach ich nicht!«

»Alle Menschen furzen, B – auch wenn es bei den meisten nicht so schlimm stinkt wie bei dir.«

»Hör jetzt auf, Conor!« Beatrice schäumte regelrecht vor Wut.

»Ich hab's … vielleicht kommen wir ja so hier raus. Wenn Boy das nächste Mal hier auftaucht, kannst du ihn bewusstlos furzen. Wir nennen dich Spartapups. Ihr wisst schon, so wie Spartakus, dieser Typ, von dem Mrs Moody erzählt hat. Der ganz Rom gerettet hat oder so. Du wärst eine Heldin, Beatrice!«

Violet versuchte krampfhaft, nicht zu lachen.

»Okay, wen habt ihr denn dann hier unten gesehen?«,

erkundigte sie sich, um das Thema zu wechseln. Conors ständige Sticheleien schienen Beatrice ziemlich zuzusetzen.

»Nur Boy und manchmal den … den Stoffpuppen-Mann. Boy hat auch mal William erwähnt. Warum? Sind hier noch andere, Violet?«, fragte Beatrice mit zitternder Stimme.

»Keine Ahnung, ich weiß sonst nur von Schwester Powick«, antwortete Violet. »Ich glaube, sie gibt Boy die Aufträge. Sie hat früher im Waisenhaus gearbeitet.«

Violet zog das Foto aus der Tasche und wollte es Beatrice zeigen, doch in der Dunkelheit war kaum etwas zu erkennen.

»Aber warum sollte eine Krankenschwester aus dem Waisenhaus uns hier gefangen halten?«, fragte Beatrice.

»Hör nicht auf Violet«, ging Conor wütend dazwischen. »Das ist alles Boys Schuld. Er ist ein Niemandsländer und die waren aus gutem Grund weggesperrt. Dad sagt das auch. Die Niemandsländer sind alle verrückt. Wenn wir noch in Perfect wären, würde das alles nicht passieren.«

»Was?«, erwiderte Violet ungläubig. »Die Niemandsländer sind ganz normale Menschen, so wie wir.«

»Tja, da hat uns Boy aber was anderes erzählt«, beharrte Conor. »Er sagt, die Archer-Zwillinge haben die Niemandsländer zu Recht weggesperrt. Weil die nämlich alle total durchgeknallt sind. Und jetzt will William sich deswegen an den Bewohnern von Perfect rächen.«

»Die Menschen aus Niemandsland sind nicht verrückt!«, protestierte Violet verärgert.

»Doch, das stimmt«, sagte Beatrice leise. »Boy hat es uns gestern erzählt.«

»William will uns alle einsperren, Violet.« Conors Stimme klang ungewohnt schrill. »Das hier ist erst der Anfang!«

Violet verstummte. Was Conor sagte, erinnerte ein wenig an das, was Boy ihr neulich Abend draußen im Garten erzählt hatte. Aber Anna war ihm tags darauf begegnet und da hatte er das alles mit keinem Wort erwähnt. Er hatte völlig normal gewirkt, ganz wie der alte Boy.

William war ebenfalls verschwunden, das hatte ihr Dad berichtet. Steckten William, Boy und Schwester Powick alle unter einer Decke? Wollten sie sich wirklich an den früheren Bewohnern von Perfect rächen?

Nichts davon ergab einen Sinn. Außerdem passte es hinten und vorne nicht zusammen. Boy hatte behauptet, der Kinderfänger wäre Williams Erfindung, aber auf dem Friedhof hatte Schwester Powick Hugo eindeutig als ihre Schöpfung bezeichnet. Und Violet kannte jede Menge Niemandsländer, von denen keiner durchgeknallt war – oder zumindest nicht auf schlechte Weise.

Allerdings hatte sie Boy auch nie für verrückt gehalten, doch in letzter Zeit benahm er sich mehr und mehr so, als wollte er ihr das Gegenteil beweisen.

Eine Weile saßen sie da und schwiegen, während Violet eine unbeantwortete Frage nach der anderen durch den Kopf schoss.

»Was ist passiert, nachdem Boy und du über die Brücke gefahren seid, Conor?«

»Woher weißt du das?«

»Ich hab euch gesehen. Ich hab Boy danach gefragt, aber er hat alles abgestritten.«

»Typisch!«

»Er ist ein Lügner«, fauchte Beatrice.

»Boy hat vorgeschlagen, zusammen auf den Friedhof zu gehen«, berichtete Conor. »Er meinte, er hätte Lucys Fahrrad, und ich hab so getan, als ob ich es sehen wollte, damit ich es ihm wegnehmen und ihr zurückgeben konnte.«

»Ja klar. Du warst doch nur neidisch, weil du es nicht zuerst geklaut hast«, schnauzte Beatrice.

Conor warf ihr einen finsteren Blick zu, bevor er weitersprach.

»Wir sind dann zusammen auf den Friedhof gegangen und da hat mich jemand niedergeschlagen. Das ist das Letzte, woran ich mich erinnere. Ich bin mit einem fetten Brummschädel hier in dieser Zelle aufgewacht. Was noch einigermaßen erträglich war, bis *sie* dazugekommen ist.«

»Halt die Klappe, Conor!«, fauchte Beatrice.

»Wie bist du hier gelandet?«, fragte Violet sie.

»Jemand ist in Boy verknallt …«, spottete Conor.

»Schluss jetzt, Conor!«

»Du hast mir selbst erzählt, dass du ihm in den Tunnel gefolgt bist«, beharrte er.

»Weil ich auf der Suche nach dir war.«

»Hör nicht auf ihn, Beatrice«, unterbrach Violet die beiden. Sie wollte endlich wissen, wie es weiterging.

»Ich hab Boy in der Geistersiedlung gefunden, nachdem wir miteinander geredet haben, Violet.« Beatrice seufzte. »Ich hab ihn nach dem Fahrrad gefragt, aber er hat alles abgestritten, genau wie du gesagt hast. Er ist echt ein guter Schauspieler. Ich hab ihm das glatt abgekauft. Na ja, und dann hab ich ihn später in Town getroffen. Er meinte, Conor wär etwas passiert. Dass er irgendwo festsitzt und meine Hilfe braucht. Also bin ich mit ihm zum Friedhof gegangen …«

»Du bist einem Psychopathen in einen Tunnel gefolgt. Freiwillig!« Conor lachte.

»Boy ist kein Psychopath«, widersprach Violet verärgert.

»Und wir sitzen nicht in einer unterirdischen Zelle, wo wir langsam verrotten«, blaffte Conor.

»Damals konnte ich ja noch nicht wissen, dass er ein Psychopath ist …«, setzte Beatrice an, doch Conor fiel ihr ins Wort.

»Und das Beste ist, Violet«, erzählte er lachend, »dass Beatrice ganz von allein hier hereinspaziert ist.«

»Bin ich gar nicht!«

»Bist du wohl. Ich bin gerade aufgewacht, als sie zur Tür reinkam. Im ersten Moment dachte ich, sie wäre hier, um mich zu retten, aber dann hab ich gesehen, wie Boy hinter ihr abgeschlossen hat. Dumme Nuss.«

»Lass mich«, schluchzte Beatrice.

»Aber er hat dir nicht wehgetan?«, fragte Violet.

»Als würde das eine Rolle spielen. Hör auf, ihn ständig zu verteidigen«, grollte Conor. »Boy hat uns eingesperrt – was muss er denn noch alles tun?«

»Nein, er hat mir nicht wehgetan«, antwortete Beatrice. »Allerdings hat er was Seltsames gesagt, als er gegangen ist.«

»Was denn?«

»›Tut mir leid‹. Er hat gesagt, dass es ihm leidtut.«

»Ach ja?« Violet lehnte sich vor. »Wieso das?«

»Er ist kein netter Mensch, Violet. Wir sitzen hier schon ewig! Wenn es ihm wirklich leidtun würde, hätte er uns längst hier rausgeholt!« Conor schäumte vor Wut. »Ich hab keine Lust mehr auf deine Fragen. Was passiert in Town? Kommt uns bald jemand retten?«

»Wie denn? Es weiß ja keiner, dass wir hier sind«, entgegnete Violet.

In dem Moment gingen draußen im Tunnel die Lampen an und ein schwacher Lichtschein sickerte bis in ihre Zelle.

»Da kommt wer«, japste Beatrice und huschte zurück in die dunkelste Ecke.

Violet und Conor folgten ihr. Alle drei hielten den Atem an und warteten.

Schritte hallten über das Pflaster. Das Geräusch wurde lauter und lauter, bis sich ein Schatten vor den schmalen Durchgang schob.

Kapitel 18

Die Rückkehr

Boy trat durch die Türöffnung und blieb vor dem Zellengitter stehen. Er spähte angestrengt in die Dunkelheit. Violet zog sich weiter in die Ecke zurück. Sie versteckte sich vor dem Menschen, der doch angeblich ihr bester Freund war.

»Ähem … ich … ich hoffe, ihr habt gut geschlafen, Conor und Beatrice«, stammelte Boy, »denn das war das letzte Mal für euch.« Er klang steif und unnatürlich, als hätte er die Worte aus einem Film übernommen.

»Bitte tu uns nichts!«, rief Beatrice verzweifelt.

»Was glaubst du, wofür ich euch hier gefangen halte? Natürlich werde ich euch was tun. Im Waisenhaus habe ich den Kindern ständig wehgetan. Ich bin sehr gut darin«, knurrte Boy.

»Das hast du mir nie erzählt.« Violet kroch aus ihrem Versteck.

Boys Gesichtszüge wurden ganz starr, als er sie sah.

»Powick hat schon gesagt, dass du hier bist«, murmelte er kaum hörbar.

»Ich hab behauptet, du hättest mich erwischt«, antwortete Violet, ohne den Blick von ihm abzuwenden.

Sie hoffte, in seiner Miene irgendeinen Hinweis auf ihren Freund zu erhaschen. Doch er zeigte keine Regung.

»Wer ist diese Frau, Boy? Was geht hier vor? Ich hab dich auf dem Friedhof gesehen, zusammen mit ihr und dem Monster«, fuhr sie fort.

»Wie hast du den Tunnel gefunden?«, flüsterte er. Es klang fast, als würde er mit sich selbst sprechen.

Sie wollte ihm gerade erzählen, wie sie in den weißen Raum gestürzt war, als eine innere Stimme sie zurückhielt. Er war nicht mehr ihr bester Freund, sie konnte ihm nicht trauen.

»Ich … ich …«

»Was gibt es denn da zu tuscheln?« Conor kam jetzt ebenfalls aus der dunklen Ecke. »Spionierst du etwa für ihn, Brown?«

»Halt's Maul, Crooked«, donnerte Boy, »sonst knöpf ich mir dich als Ersten vor!«

»Das würdest du nicht tun, Boy. Du würdest niemandem wehtun«, warf Violet ein.

»Wenn du nicht aufpasst, tu ich *dir* gleich weh«, grollte Boy und steckte den Kopf zwischen die Gitterstäbe.

Da war es wieder, genau wie an dem Abend in ihrem Garten – etwas Eisblaues flackerte am Rand seiner schwarzen Iris auf.

»Dein Auge, Boy.« Sie zeigte darauf.

Er wandte den Blick ab.

»Was geht hier vor?«, hakte Violet verzweifelt nach. »Erst behauptest du, du hättest nichts Schlimmes angestellt. Dann erzählst du mir, dass du böse bist, und kurz darauf Anna, dass du es nicht bist. Als der Kinderfänger zu Hause in der Auffahrt auf mich losgegangen ist, hast du mich gerettet. Und du hast Schwester Powick nicht verraten, dass du Anna und mich auf dem Friedhof gesehen hast. Ich kapier das nicht. Wenn du in Schwierigkeiten steckst, kann ich dir helfen! Bitte, Boy. Was es auch ist, wir finden eine Lösung. So wie mit Perfect.«

»Halt die Klappe, Violet!«

»Ich hab dich mit dem schwarzen Vogel beobachtet, dem Raben. Du hast mit ihm gespielt. Jemand wirkliches Böses wäre nie so nett zu einem Tier! Und ich hab den Vogel in letzter Zeit echt oft gesehen. Warst du jedes Mal auch da? Bist du mir gefolgt? Hast du vielleicht versucht, mich zu beschützen, so wie an dem Abend in der Auffahrt?«

Wieder packte Boy die Gitterstäbe. In seinen Augen loderte der Hass.

»Wag es ja nicht, irgendwem von dem Vogel zu erzählen, sonst brech ich dir die Beine. Das schwör ich dir«, zischte er.

»O… okay. Versprochen«, stammelte Violet und wich hastig zurück. Diesmal glaubte sie ihm aufs Wort.

In dem Moment erklangen draußen im Tunnel schnelle Schritte, als würde jemand in ihre Richtung rennen. Boy drehte sich zur Türöffnung um.

»Er kommt«, flüsterte er.

»Wer kommt?«, fragte Violet.

»RÜHR DIESE KINDER NICHT AN!«, brüllte eine Männerstimme.

Violets Herz setzte einen Schlag aus.

Beatrice sprang auf, stürzte vor zum Gitter und umklammerte die schwarzen Eisenstäbe. »Hilfe, Hilfe!«, rief sie.

»ICH RETTE EUCH, KINDER!«, schrie die Stimme. Die Schritte knallten auf das grobe Pflaster im Tunnel.

Das Geräusch wurde lauter und lauter. Seltsamerweise rührte Boy sich nicht vom Fleck.

Kurz darauf stürmte eine kleine, gedrungene Gestalt durch die Türöffnung und warf sich auf Boy. Die beiden gingen zu Boden und schlugen aufeinander ein. Ein Schlüsselbund flog durch die Luft und krachte scheppernd gegen die Eisenstäbe.

»Schließt die Tür auf und lauft, Kinder! Wartet im Tunnel auf mich!«, rief der Mann.

Hastig angelte sich Conor die Schlüssel und steckte einen nach dem anderen ins Schloss, bis er endlich den passenden fand. Er war als Erster draußen.

»Komm, schnell!«, drängte Violet die wie versteinert dastehende Beatrice und zog sie zur offenen Zellentür.

Sie zerrte sie hinter sich her zum Durchgang und schubste sie hinaus in den Tunnel, während Boy und der Mann immer noch auf dem Boden miteinander rangen. Conor wartete bereits ungeduldig.

»Wo lang, Violet?«, keuchte er, während er sich hektisch nach links und rechts umsah. »Ich war bewusstlos, als Boy mich hergebracht hat. Nicht dass wir dem Monster in die Arme laufen.«

»Der Mann hat gesagt, wir sollen auf ihn warten«, wimmerte Beatrice.

»Mir egal, was er gesagt hat. Wir müssen für uns selber sorgen!«

»Aber er ist hier, um uns zu retten, Conor«, stammelte Beatrice.

Angestrengtes Ächzen und Krachen drang aus dem beengten Raum. Violet schlug das Herz bis zum Hals und Beatrice klammerte sich ängstlich an ihr fest.

»Vielleicht hat Conor recht – wir sollten abhauen«, flüsterte Violet.

Etwas an ihrem Retter fühlte sich ganz und gar falsch an.

Plötzlich ertönte ein lautes Stöhnen, dann kehrte Stille

ein. Kurz darauf kam der kleine, gedrungene Mann durch die Türöffnung. Er schleifte Boy hinter sich her.

Beatrice schnappte nach Luft. Violet hatte das Gefühl, sich gleich übergeben zu müssen.

»Edward Archer!«, rief Conor und schob sich an den Mädchen vorbei. »Ich wusste, was die Leute über Sie sagen, stimmt nicht. Sie haben uns gerettet!«

»Zurück, mein Junge. Boy ist gefährlich.«

Edward Archer hatte sie gerettet? Wie war das möglich? Violet versuchte, sich so unauffällig wie möglich in den dunkleren Teil des Tunnels zurückzuziehen. Hoffentlich hatte Edward sie nicht bemerkt. Sie war sich sicher, dass sie nicht unbedingt zum Kreis der Menschen gehörte, die er besonders gerne mochte.

»Violet Brown, was machst du denn hier? Ich wusste nicht …«

»Ich hab sie letzte Nacht erwischt und hergebracht«, unterbrach ihn Boy und sah auf.

»Oh, verstehe. Nun hast du dich also schon gegen deine beste Freundin gewandt! Wie bedauerlich. Du dachtest sicher, ihr wärt ein Herz und eine Seele, nicht wahr, Violet? Jetzt begreifst du vielleicht, warum Niemandsland eine Notwendigkeit war, keine grausame Willkür«, verkündete Edward gewichtig. »Es diente dazu, Personen wie Boy von guten Menschen wie dir und deiner Familie fernzuhalten.«

Violet antwortete nicht. Sie hatte ihre zitternden Hände

hinter dem Rücken zu Fäusten geballt. Bis jetzt hatte Edward Archer sie für alles Mögliche gehalten, nur nicht für einen guten Menschen.

»Aber Sie haben die Bewohner von Perfect blind gemacht«, stotterte sie.

»Das war nur zu ihrem Besten. Leider hast du uns keine Zeit gegeben, dir das zu erklären. Du musstest ja unbedingt deine kleine Rebellion durchziehen, was? Aber gut, Schwamm drüber. Hauptsache ist, dass du in Sicherheit bist. Deine Eltern werden bestimmt erleichtert sein, nehme ich an. Wie geht es dem guten Eugene?«

Violet schauderte.

Bei ihrem letzten Aufeinandertreffen hatte sich Edward Archer einen feuchten Dreck darum geschert, wie es ihrem halb verhungerten Vater ging. Wenn ihm so viel an Eugene lag, hätte er ihm ja wenigstens mal etwas zu essen geben können, während er ihn gefangen gehalten hatte, um seinen Plan mit den Augenpflanzen voranzutreiben.

»Ich hab nie an Ihnen gezweifelt, Edward«, schleimte Conor. »Nicht eine Sekunde. Perfect war perfekt! Boy verdient es, hierfür bestraft zu werden. Mein Dad wird sich darum kümmern, dafür sorge ich.«

»Rache ist ein Gericht, das am besten kalt serviert wird, junger Mann. Überlassen wir die rechtlichen Angelegenheiten dem Stadtrat – er soll entscheiden, was mit Boy Archer geschieht. Ja, ich habe mit großer Genugtuung zur

Kenntnis genommen, dass Perfect dieser Tage von einem Stadtrat regiert wird. George und ich hatten stets nur das Beste für die Menschen unserer Stadt im Sinn, aber dabei plagte uns oft die Sorge, ob wir auch wirklich gerecht waren. Lassen wir die Bewohner von Perfect ihre eigenen Beschlüsse treffen.« Edward lächelte.

»Town«, stellte Violet klar. »Die Stadt heißt jetzt Town.«

»Bitte entschuldige, Liebes, du hast natürlich recht. Town – was für ein … ein … schöner Name.«

Der dicke Zwilling förderte ein kleines Röhrchen zutage. Er schüttelte vier Kapseln in seine Handfläche.

»Die sind gut gegen Schock«, verkündete er und steckte sich eine der grünen Pillen in den Mund.

Dann trat er vor und hielt Conor und Beatrice die restlichen Kapseln hin. Die beiden griffen zu, ohne zu zögern.

Violet hingegen schüttelte den Kopf, als er ihr ebenfalls eine anbot. »Nein danke.«

»Die helfen gegen Schock, Violet. Ich versichere dir, das hast du nötig.«

Violet schüttelte erneut den Kopf. Sie konnte sich noch gut an die gelben Pillen erinnern, die ihr in Perfect verschrieben worden waren. Mit denen hatten die Archer-Zwillinge versucht, die Kontrolle über ihre Gedanken zu erlangen.

»Es geht mir gut, Mr Archer«, stotterte sie. »Ich stehe nicht unter Schock.«

»Aber ja, Violet, das ist offensichtlich. Wer das durchmacht, was dir widerfahren ist, und dann behauptet, dass es ihm gut geht, steht eindeutig unter Schock.«

»Greif zu, Violet«, drängte Beatrice mit glasigen Augen. »Ich fühle mich schon viel besser.«

»Das wird dir guttun«, versicherte Edward, während er sich bedrohlich vor ihr aufbaute.

Widerstrebend nahm Violet die Pille und legte sie sich unter die Zunge.

»Runterschlucken!«, befahl Edward.

Er ließ sie nicht aus den Augen, bis sie tat wie geheißen.

Kapitel 19

Der verlorene Sohn

Wenig später fand sich Violet auf der Fußgängerbrücke nach Niemandsland wieder.

Sie schüttelte den Kopf und versuchte, sich zu erinnern, wie sie hierhergekommen war, doch von dem Moment an, als Edward sie gerettet hatte, war alles verschwommen. Lag das an den Pillen, die er ihnen gegeben hatte?

Sie rieb sich die Augen. Plötzlich verspürte sie eine unbändige Wut und auch ihre Ängste und Sorgen waren mit einem Schlag wieder da.

Conor und Beatrice waren direkt vor ihr. Einige Schritte davor trat Edward Archer gerade von der Brücke. Boy schleifte er grob an dessen Jackenkragen hinter sich her.

Am Ufer blitzte ein gleißend helles Licht auf, wieder und

wieder, bis Violet völlig geblendet war. Nur mit Mühe konnte sie die Gestalt ausmachen, die aufgeregt um Edward und Boy herumtänzelte.

»Edward Archer – Sie sind zurück! Wie haben Sie die vermissten Kinder gefunden? War William Archer auch dort? Wie hat Boy Archer bei Ihrem Anblick reagiert? Schämen Sie sich für Ihren Neffen? Gibt es etwas, das Sie den Lesern der *Town Tribune* gerne mitteilen würden?«, rief Robert Blot atemlos.

Was machte der denn hier?

Der Zeitungsreporter war etwa so groß wie Violets Dad, aber viel dünner. Seine Gesichtszüge waren scharf und kantig, während sich unter seinen Augen dunkle Ringe abzeichneten. Um seinen Hals hing eine Kamera, mit der er ein Foto nach dem anderen schoss. In der linken Hand hielt er einen Schreibblock und hinter seinem Ohr steckte ein Bleistift.

»Welcher Tag ist heute?«, fragte Violet ihn, als er kurz verstummte, um sich Notizen zu machen.

»Es ist Sonntagnachmittag, Violet«, erwiderte er. Sein Tonfall hatte etwas Schneidendes. »Was für ein Glück, oder? Morgens vermisst gemeldet und am selben Tag noch gerettet. Du hast Edward Archer ganz schön was zu verdanken, Schätzchen!«

Violet wusste nicht, was sie darauf erwidern sollte. Sie zwang sich zu einem Lächeln. In dem Moment drang ein leises Summen an ihr Ohr. Es schien aus der Edward Street zu kommen.

»Was ist da los? Was ist das für ein Geräusch?«

»Die Leute haben sich versammelt, um euch willkommen zu heißen, Ms Brown!« Robert Blot klappte seinen Schreibblock zu. »Ein Wort für unsere Leser! Wie fühlst du dich, wenn du das hörst?«

»Ähm …« In erster Linie fühlte sie sich überrumpelt. Außerdem ging ihr Robert Blot ziemlich auf die Nerven. »Aber woher wissen die denn, dass wir hier sind?«

»Ich hab heute Morgen einen Tipp bekommen. Jemand hat einen Brief unter meiner Tür durchgeschoben, in dem stand, dass Edward Archer die verschwundenen Kinder in der Geistersiedlung aufgespürt hat und sie mitsamt ihrem Entführer heute Nachmittag zum Rathaus bringt. Ich hab die Meldung natürlich sofort veröffentlicht und mich dann für eine gute Story hier in Niemandsland auf die Lauer gelegt. Der frühe Vogel fängt den Wurm! Deine Geschichte möchte ich selbstverständlich auch hören, sobald du dich ein wenig erholt hast. Ich sag mal so: Da ist ein hübsches Sümmchen für dich drin. ›Boy auf Abwegen‹, ›seine beste Freundin packt aus‹.« Robert Blot drückte ihr eine Visitenkarte in die Hand. »Was für eine Story. Boy Archer, ruchloser Entführer. Town ist schon ganz wild darauf. Wie war die Gefangenschaft für dich? Wurdest du gefoltert? Wie sehr stehst du in der Schuld deines Retters?«

»Aber das kann nicht stimmen«, entgegnete Violet verwirrt. »Wer hat Ihnen den Tipp gegeben?«

Obwohl in ihrem Kopf immer noch ein ziemliches Durcheinander herrschte, war sie sich sicher, dass sie erst am späten Vormittag in das Grab gefallen war – was bedeutete, dass Robert Blot den Hinweis bereits lange vor ihrer Rettung erhalten haben musste.

Das Summen und Brummen wurde lauter, als sie in die Rag Lane bogen.

»Die Information stammt aus anonymer Quelle. Als Journalist spürt man, wenn man es mit einem vielversprechenden Tipp zu tun hat. Das ist so was wie ein natürlicher Instinkt, den hat man entweder oder nicht. Schreiben ist eine Berufung, musst du wissen. Nicht ich suche die Geschichten, die Geschichten finden mich.«

»Aber sind Sie denn gar nicht neugierig, wer Ihnen den Hinweis gegeben hat? Woher wusste derjenige von unserer Rettung? Ich glaube, der zeitliche Ablauf kann nicht ganz stimmen. Sollten Sie dem nicht nachgehen?«

»Einzelheiten halten nur unnötig auf«, schnaubte Mr Blot gereizt, während er sich die Kamera vors Gesicht hielt. »Ich will dieses Bild erwischen – die Opfer kehren unter dem Applaus von ganz Town zurück, angeführt von ihrem Retter. Was für ein Aufmacher!«

»Geht das mit der Fragerei schon wieder los, Violet?«, zischte Edward Archer.

Sie hatte nicht gemerkt, dass er stehen geblieben war, und prallte beinahe mit ihm zusammen. Während Robert Blot fotografierte, wie Beatrice und Conor die Rag Lane entlangliefen, beugte Edward Archer sich zu Violet hinüber, bis seine Lippen fast ihr Ohr berührten.

»Pass lieber auf, kleine Brown«, flüsterte er. »Ich bin nicht der Schlimmste von uns Archers, nicht wahr, Boy?« Edward riss seinen Neffen zurück.

»Nein, der bin dann wohl ich.« Boy funkelte Violet an, als würde er sie abgrundtief hassen.

Tränen stiegen ihr in die Augen. Sie wandte den Blick ab. Edward grinste höhnisch und stieß Boy vorwärts.

Violet stockte der Atem, als sie die Archers' Avenue erreichten und in die Edward Street bogen.

Der Regen hatte aufgehört und vor dem Rathaus hatte sich eine riesige Menschenmenge versammelt. Die Leute standen dicht gedrängt. Ihre Gesichter waren wutverzerrt und bei Boys Anblick fingen sie an zu pfeifen und zu buhen. Eine beängstigende Stimmung lag in der Luft.

Als die Gruppe näher kam, teilte sich die Menge und gab den Weg zum Rathaus frei.

Violet entdeckte Iris Archer ganz vorne in der ersten Reihe. Neben der alten Dame stand Macula, das Gesicht hinter einem dunkelblauen Tuch verborgen.

Entschlossen trat Iris vor und stellte sich ihrem Sohn in den Weg.

»Wie lieb von dir, dass du mich höchstpersönlich willkommen heißt, Mutter!«, sagte Edward angewidert.

»Das ist doch alles nur Lug und Trug. Hör mir zu, Edward – und sei es nur dieses eine Mal!«, drängte sie.

»Hast du mich denn gar nicht vermisst? Wenigstens bist du jetzt hautnah dabei, wenn ganz Town feststellt, dass dein geliebter William nichts als Abschaum ist«, erwiderte er, laut genug, dass alle Umstehenden ihn hören konnten.

Er packte das knochige Handgelenk der alten Dame, zog sie zu sich und küsste sie auf die Wange. Iris stieß ihn weg und wandte sich aufgebracht an die Menge.

»Glaubt nichts von dem, was Edward und George euch erzählen. Die beiden sind schreckliche Menschen. Alles, was aus Edwards Mund kommt, sind Lügen. Er kennt nichts anderes, sie sind seine Wahrheit. Mein Enkel ist kein Dieb …«

Iris' wütender Vortrag zog die Aufmerksamkeit aller auf sich. Die Menge schwoll um sie herum an. Violet wurde gegen Boy gedrückt, sodass sie mitbekam, wie Macula sich vorbeugte, um mit ihrem Sohn zu reden.

»Wo ist er?«, flüsterte sie. »Was auch immer diese Person behauptet, ist nicht wahr. Sie hat dich uns weggenommen! Ich liebe dich und dein Vater liebt dich auch. Ich möchte, dass du das weißt!«

»Ihr werdet ihn niemals finden!«, erwiderte Boy mit hasserfülltem Blick.

»Schluss damit!«, blaffte Edward, als er die beiden zusammen entdeckte.

Er zog Boy von Macula weg und marschierte weiter auf die Treppe vor dem Rathaus zu.

Die Pfiffe und Buhrufe richteten sich jetzt auch gegen Iris.

Was ging hier vor? Warum waren die Menschen so erbost?

Inmitten der Menge konnte Violet Mr Hatchet ausmachen. Er hatte die Faust geballt und reckte sie mit wutverzerrtem Gesicht in die Luft. Es war ein seltsamer Anblick: Bis jetzt hatte sie ihn so gut wie immer lächeln gesehen.

Edward erklomm die Stufen zum Rathaus, wobei er Boy vor sich herschubste. Violet, Beatrice und Conor folgten den beiden, während Robert Blot ein Foto nach dem anderen schoss.

Eine kleine Gruppe von Erwachsenen hatte sich unter dem Vordach des Rathauses um ein Mikrofon geschart. Zwischen ihnen entdeckte Violet ihre Mam und ihren Dad. Eugene stand stocksteif und mit ernster Miene da, während Rose nervös an den Knöpfen ihrer Jacke herumfummelte.

An ihrer Seite wartete eine groß gewachsene rothaarige Frau Hand in Hand mit einem deutlich kleineren Mann, dessen Haar bereits einige kahle Stellen aufwies. Das mussten Beatrice Eltern sein. Patricia Prim sah aus wie eine erwachsene Version ihrer Tochter.

Neben dem Mikrofon stand ein weiteres Paar. Den Mann kannte Violet von den Sitzungen des Stadtrats. Vincent Crooked war groß und »stattlich«, wie Rose jedes Mal sagte, wenn sein Name zu Hause in einer Unterhaltung fiel. Sein schwarzes Haar war zurückgegelt und an den Schläfen leicht ergraut. Seine Frau trug ihre blonden Haare in einem kurzen Bob, der bis knapp unter ihre Ohren reichte und ihr zierliches Gesicht umrahmte. Etwas an ihren Zügen erinnerte Violet an eine Maus.

Die Frau stieß einen spitzen Schrei aus, als sie ihren Sohn erblickte. »Conor!«

Conor Crooked stolzierte zu seinen Eltern hinüber.

»Lass das, Mam, du bist voll peinlich!« Durch das Mikrofon hallte sein Flüstern über den ganzen Vorplatz.

Vincent zog Conor an sich und klopfte ihm auf den Rücken.

»Schön, dich wiederzuhaben, Junge.« Er nickte und wandte sich lächelnd der Menge zu.

Stille kehrte ein, als Mr Crooked auf Edward zuging und ihm die Hand schüttelte.

»Sie haben unseren Sohn gerettet.« Das Mikro trug seine Worte bis weit auf die Straße hinaus. »Lassen Sie mich der Erste sein, der Sie mit offenen Armen willkommen heißt. Willkommen zurück in Town.«

»Es ist schön, wieder hier zu sein.« Edward erwiderte sein Lächeln, dann drehte er sich zu den versammelten Bewohnern von Town um und räusperte sich. »Wer den Kindern dieser Stadt Schaden zufügt, trifft damit auch mich. Diese lieben Kleinen zurückzubringen, ist das Mindeste, was ich tun konnte.«

»Aber du hast unseren Kinder doch selbst Schaden zugefügt! Du hast sie in Niemandsland eingesperrt!«, rief ein Mann.

Er wurde von der Menge niedergezischt.

Violet schlich möglichst unauffällig zu ihren Eltern, die beide ziemlich mitgenommen aussahen.

»Wir waren krank vor Sorge, als du heute Morgen verschwunden bist, Mäuschen. Wer hat dich entführt? Stimmt es wirklich, dass Edward Archer euch gerettet hat? Bei allem, was mir heilig ist, ich traue diesem Mann nicht über den Weg«, flüsterte ihr Dad, während er sie in die Arme schloss.

»Jetzt hör schon auf, Eugene. Kannst du Violet nicht ganz normal begrüßen? Nicht alles ist immer gleich eine Verschwörung«, schimpfte ihre Mutter und schob ihn aus dem Weg, um ihre Tochter zu umarmen.

»Hab ich das etwa behauptet, Rose?«, schnaubte er empört.

Ihre Eltern stritten sich immer noch? In Violet begann es zu brodeln. Sollten sie nicht einfach froh sein, sie zu sehen?

»Schluss damit!«, fauchte sie und machte sich los.

In dem Moment gellte ein ohrenbetäubendes Kreischen

über den Platz und zog sämtliche Aufmerksamkeit auf sich. Edward Archer hatte das Mikro ergriffen und hielt es demonstrativ hoch.

Die aufgebrachte Menge verstummte.

»Meine lieben Leute, ich schulde euch allen eine Erklärung«, verkündete er. »Ich habe Perfect im Stich gelassen und das zu einer Zeit, als ihr meine führende Hand dringender brauchtet denn je.«

»Die Niemandsländer hast du schon viel früher im Stich gelassen!«, rief eine Frau.

»Ja, ich fürchte, das mag auf den ersten Blick so erscheinen. Aber ich versichere euch, das ist nicht der Fall. Egal, welche Lügen euch mein jüngerer Bruder William auch aufgetischt hat – Niemandsland diente nur zu eurem Besten. Bitte lasst es mich erklären …«

»Nur zu unserem Besten? Du hast uns eingesperrt und uns aus dem Gedächtnis unserer Familien gelöscht«, entgegnete die Frau. »Du hast ihnen ihre Fantasie gestohlen.«

»Lass den Mann doch mal ausreden!«, brüllte jemand anderes.

»George und ich haben Niemandsland erschaffen, weil wir selbst mit einem kranken jüngeren Bruder aufgewachsen sind und am eigenen Leib erlebt haben, wie so etwas eine Familie zerstören kann.« Edward legte eine kurze Pause ein. »Meine armen Eltern haben alles dafür getan, ihren Sohn gesund zu machen, und wir als seine Brüder haben geholfen, wo wir konnten. Wir haben uns immer noch bemüht, ihm zu helfen, als William vor nicht mal einem Jahr plötzlich unsere friedliche kleine Stadt gestürmt und überall Angst und Schrecken gesät hat. Ich bin abgetaucht, weil ich wusste, dass mein Bruder mich sonst verhaften lassen würde, genau wie er es mit George getan hat. Und dann hätte es niemanden mehr gegeben, der ihm Widerstand hätte leisten können.«

Er machte eine weitere Kunstpause. »Eines müsst ihr verstehen: William leidet an einer schweren Krankheit. Auch wenn meine Mutter Iris es niemals zugeben würde, ist sie seinerzeit mit uns hierhergezogen, um seiner schrecklichen Vergangenheit zu entkommen. Er ist das, was man eine ›gespaltene Seele‹ nennt. Wo er auch hingeht, folgen Chaos und Zerstörung.«

»Eine gespaltene Seele? Was ist denn das für ein Unsinn? Diesmal fallen wir nicht mehr auf deine Lügen rein, Archer!«, schrie jemand.

»Hören Sie nicht darauf, Edward. Wir haben Ihre Rückkehr sehnlich erwartet. Diese Stadt geht vor die Hunde. Wir wollen Perfect zurück!«, rief jemand anderes.

Ringsum breitete sich wütendes Tuscheln und Zischen aus. Einige Niemandsländer setzten zum Protest an, wurden von den ehemaligen Bewohnern von Perfect um sie herum jedoch schnell zum Schweigen gebracht. Edwards Ansehen schien rapide zuzunehmen.

Er fuhr fort: »Als William – ein hasserfülltes, grausames Kind – anfing, sich von seiner finsteren Seite zu zeigen, ging Arnold Archer, unser liebender Vater, mit ihm zum Psychologen. Bei meinem Bruder wurde GSS festgestellt, das Gespaltene-Seele-Syndrom. Das tritt bei Menschen mit verschiedenfarbigen Augen recht häufig auf. Jemand, der an GSS leidet, trägt gewissermaßen zwei Seelen in seiner Brust, eine gute und eine böse. William ist das perfekte Beispiel: In der einen Sekunde wickelt er euch mit seinem Charme um den Finger, in der nächsten dreht er euch eiskalt den Hals um. Unsere ergebenen Eltern haben ihn natürlich stets aufs Neue gedeckt. Jedenfalls bis zu dem Tag, als William versucht hat, unsere Mutter wegen etwas Taschengeld zu erwürgen. Vater drohte daraufhin, ihn einweisen zu lassen. Noch in derselben Nacht wurde er ermordet. Stranguliert – mit dem Schnürsenkel meines kleinen Bruders.«

Die Menge schnappte entsetzt nach Luft.

»Schluss damit, Edward! Du verbreitest Lügen – nichts als abscheuliche Lügen!«, gellte Iris' Stimme von unten herauf. »William hat nichts dergleichen getan. Du weißt genau, wie dein Vater war und was all diese abstrusen Geschichten unserer Familie angetan haben.«

»Mutter, deine Geheimniskrämerei hätte diese Stadt beinahe drei ihrer Kinder gekostet«, erwiderte Edward.

Die Leute begannen, sich gegen Iris zu wenden. Macula

legte der alten Dame schützend einen Arm um die Schulter und geleitete sie zügig nach Hause.

»Wir haben Niemandsland erschaffen, um William zu heilen«, nahm Edward seine Ansprache wieder auf. »Und um Menschen zu helfen, die unter ähnlichen Beschwerden leiden. Wir haben die Bewohner von Perfect getestet und alle, bei denen wir Hinweise auf geistige Instabilität fanden, zur Behandlung nach Niemandsland geschickt. Niemandsland wurde als Rehazentrum entwickelt, in dem sich die Bewohner vom Alltagsstress erholen konnten. So konnten sie in aller Ruhe gesund werden, während ihre Familien in Perfect gleichzeitig vor einer möglichen Gefährdung durch ihre erkrankten Angehörigen geschützt waren. Dieser Ort ist aus Liebe entstanden, aus dem Bedürfnis heraus, unseren Bruder zu kurieren.«

»Gefährdung? Inwiefern stellen wir bitte eine Gefährdung dar? Das musst du uns erklären!«, empörte sich Merrill Marx.

»Du kannst nichts für deine unkontrollierten Wutausbrüche, Merrill. Schließlich warst du einer von vielen, die wir zu heilen versucht haben.« Edward schüttelte bekümmert den Kopf. »Wenn George und ich doch nur in der Lage gewesen wären, unseren Plan zu Ende zu führen. Town wäre ein anderer, besserer Ort – es gäbe keine Diebstähle oder Entführungen, keinen Grund zum Ärger. Die Menschen wären glücklich und würden mit Freude alles daransetzen, es sich und den anderen so schön wie möglich zu machen. So wie früher in Perfect.«

»Und was ist mit der Fantasie, die ihr den Bewohnern eurer perfekten kleinen Stadt gestohlen habt? Wäre das so weitergegangen, wenn ihr euren Plan ungestört hättet durchführen können? Oder würden wir alle die Welt jetzt durch eure Augenpflanzen sehen?« Merrill blieb hartnäckig.

Edward erwiderte sanft: »Wir haben niemandem die Fantasie gestohlen. Wir haben lediglich den geistigen Zustand der Menschen überprüft. Die Augenpflanzen sollten als Sicherheitssystem dienen – genau wie jetzt. Sie sollten Perfect vor den Niemandsländern schützen und die Niemandsländer vor sich selbst. Das alles natürlich nur, bis die Erkrankten geheilt waren und nach Hause zurückkehren konnten.«

»Wir wollen Perfect!«, rief jemand.

Mehr und mehr Menschen stimmten in den Sprechchor mit ein. Violet griff nach der Hand ihres Vaters.

»Das meinen sie doch nicht ernst, Dad, oder?«, fragte sie.

Eugene antwortete nicht.

Edward hob die Arme, um die Menge zu beruhigen.

»Williams grausames Gemüt ist auf seinen Sohn übergegangen, einen armen Jungen, der früh von seinem Vater im Stich gelassen wurde. Erzähl ihnen davon, Boy.«

Edward Archer packte Boy und schubste ihn vorwärts. Violets Freund betrachtete erst das Mikro, dann die versammelte Menschenmenge.

»Na los, Boy!«, befahl Edward.

»Ähem … Dad hat mich dazu gebracht.« Er hustete und trat eilig vom Mikrofon zurück.

Unter den Zuhörern wurde ein Murren und Grollen laut. Einige riefen unschöne Dinge über William.

»Wo ist William? Hast du ihn schon gefunden, Dad?« Besorgt sah Violet sich um.

Eugene Brown schüttelte den Kopf, ohne Edward aus den Augen zu lassen.

»Wie hat dein Vater dich dazu gebracht, Boy? Die Leute haben ein Recht, das zu erfahren!«, drängte Edward.

»Er, ähem … er hat mich genötigt, aber offen gestanden bedurfte es nicht viel Überzeugungskraft«, nuschelte Boy.

Violet zog ihren Dad am Ärmel.

»Was heißt ›genötigt‹?«, flüsterte sie.

»Er will damit sagen, dass William ihn dazu gezwungen hat, Violet. Das ist alles äußerst merkwürdig.«

Violet war sich jetzt sicher, dass hier etwas nicht stimmte. Der Boy, den sie kannte, der immerhin ihr bester Freund war, benutzte solche Wörter nicht. Wahrscheinlich wusste er genauso wenig wie sie, was sie bedeuteten.

Vielleicht machte Edward irgendetwas mit Boys Gedanken. Konnte es sein, dass *er* ihn dazu brachte, das alles zu tun und so komisch zu reden? Er hatte schließlich schon mal ganz Perfect unter seine Kontrolle gebracht – wer sagte da, dass er es nicht wieder versuchen würde?

Unterdessen redete sich Boy immer mehr in Rage. »Mein Vater will, dass ihr leidet. Wir holen uns eure perfekten kleinen Kinderlein. Wir Niemandsländer werden uns an allen rächen, die uns vergessen haben. Perfect muss dafür bezahlen!«

»Was?«, rief ein Niemandsländer aus der Menge. Er klang aufrichtig entsetzt. »Damit habe ich nichts zu tun. Ich will mich an niemandem rächen!«

Vereinzelt kam es zu kleineren Handgemengen. In der Menge taten sich Risse auf und Violet sah, wie sich einige Niemandsländer davonschlichen und nach Hause eilten.

Obwohl es schon vor einer Weile aufgehört hatte zu regnen, hatte sich der Himmel weiter verfinstert. In der Hinsicht war er fast ein Spiegelbild der Stimmung am Boden.

»Wir müssen gehen«, stammelte Rose nervös und griff nach der Hand ihrer Tochter.

»Ruhe bitte, beruhigt euch!«, kommandierte Edward Archer. »Wie ich sehe, haben sich während meiner Abwesenheit Angst und Wut in der Stadt breitgemacht. Ich hoffe, nun, da ich zurück bin, kehrt bald wieder Entspannung ein. Mit vereinten Kräften können wir den Ort der Schönheit und des Friedens erschaffen, den mein Bruder George und ich vor langer Zeit ersonnen haben.«

Die dunklen Wolken gaben ein bedrohliches Rumpeln von sich. Auf dem Rathausvorplatz griffen die Menschen nach ihren Kapuzen und Regenschirmen.

»Verhüllt eure Köpfe nicht«, verkündete Edward. »Nicht heute. Lasst den Regen eure Ängste und Sorgen fortspülen. Vor uns liegt eine strahlende Zukunft!«

In dem Moment öffneten sich über ihnen sämtliche Schleusen und ein gewaltiger Regenschauer prasselte auf die Menge nieder.

Edward trat unter dem Vordach hervor und hob die Hände zum Himmel. Binnen Sekunden war er völlig durchnässt.

Die Zuschauer folgten seinem Beispiel. Sie streiften die Kapuzen ab und senkten ihre Regenschirme. Hier und da ertönte Gelächter, erst vereinzelt, dann immer mehr, als hätte Edward Archer Town von einer gewaltigen Last befreit.

Kapitel 20

Auf Wolke sieben

Von ihrem Platz unter dem Rathausvordach sah Violet zu, wie Edward Archer im strömenden Regen von allen Seiten bestürmt und beglückwünscht wurde. Sie zupfte ihren Dad am Ärmel, als sie bemerkte, dass Vincent Crooked sich Boy geschnappt hatte.

»Lasst George Archer frei und sperrt Boy an seiner Stelle in den Uhrenturm!«, befahl er einem Mann neben ihm.

»Moment mal, Crooked – du kannst George nicht einfach aus dem Gefängnis holen, darüber hat der Stadtrat zu entscheiden«, mischte Violets Dad sich ein.

»Ich bin Teil des Stadtrats, Brown!«

»Das betrifft den gesamten Stadtrat, Vincent. Du kannst so was nicht mal eben auf eigene Faust beschließen. William ist immer noch verschollen. Wir hatten keine Gelegenheit, uns seine Sicht der Dinge anzuhören.«

»Williams Sicht der Dinge? Der Mann ist eindeutig verrückt. Hast du Edward nicht zugehört?«

»Und was ist mit Edwards Vergangenheit? Ihm glaubst du, ohne auch nur ein Wort zu hinterfragen? William hat das Recht, seine Geschichte selbst zu erzählen. Wir sollten eine Sitzung einberufen – dort können wir alles in Ruhe diskutieren, bevor wir irgendwelche überstürzten Entscheidungen treffen.«

»Vielleicht sollten wir bei der Gelegenheit auch gleich diskutieren, ob dein Platz wirklich noch beim Stadtrat ist, Brown. Deine Tochter war schließlich auch in Niemandsland, nicht wahr? Machst du etwa gemeinsame Sache mit denen?«

Eugene war knallrot angelaufen und ballte die Fäuste. So wütend hatte Violet ihn noch nie gesehen. Er ließ sich normalerweise durch nichts so leicht aus der Fassung bringen.

»Komm«, sagte er, packte seine Tochter und zog sie weg. »Wir gehen nach Hause. Town ist nicht mehr die Stadt, die sie mal war.«

Violet stolperte hinter ihrem Vater her, hinaus in den Regen.

Es schüttete so heftig, dass sie binnen kürzester Zeit nass bis auf die Knochen war. Eigentlich hätte sie genervt sein müssen, doch seltsamerweise zauberte ihr der Regen ein breites Lächeln ins Gesicht. All der Ärger, den sie mit sich herumgeschleppt hatte, war mit einem Mal verflogen. Violet konnte gar nicht anders, als aus vollem Hals zu lachen.

Einige Meter vor ihnen entdeckte sie ihre Mutter, die sich um eine Straßenlaterne schwingen ließ.

»Violet, Eugene … ist das Leben nicht wunderbar?«, rief sie lachend, als die beiden sie einholten. »Ich bin ja so glücklich! Habe ich euch jemals gesagt, wie sehr ich euch liebe?«

Rose hatte recht. Alles war einfach wunderschön. Violet fühlte sich leicht wie eine Feder. Ihre Sorgen hatten sich in Luft aufgelöst, in ihrem Kopf herrschte völlige Klarheit und es war ihr ein Rätsel, wie sie so wütend hatte sein können.

»Ich hab dich auch lieb, Mam.« Mit einem Juchzen schlang sie die Arme um ihre Mutter.

»Ihr seid meine allerliebsten Mädchen auf der ganzen Welt.« Lächelnd schloss ihr Dad sich der Familienumarmung an. Auch er war plötzlich bester Laune!

Glückselig zwischen ihren Eltern eingequetscht blickte Violet sich um. Alle hatten ein Lächeln auf den Lippen. Die Wut und Angst, die sich über Town gelegt hatte, schien von jetzt auf gleich verschwunden zu sein.

Während sie mit ihren Eltern durch die verregneten Straßen voller fröhlicher Menschen nach Hause schlenderte, begann Violet sich zu fragen, ob Edward Archers Rückkehr etwas damit zu tun haben konnte. Hatte er die gute

Laune nach Town zurückgebracht? Vielleicht wurde mit ihm an der Spitze ja wirklich alles besser. Hatte er nicht auch eine zweite Chance verdient?

»Was, wenn es etwas Gutes ist, dass Edward wieder da ist?«, sagte Rose, als hätte sie den Gedanken direkt aus Violets Kopf gepflückt.

Eugene Brown küsste seine Frau auf die Stirn. »Da bin ich nicht ganz deiner Meinung, aber ich glaube, im Moment ist mir das herzlich egal, Rose. Das Leben ist schön und ich bin der glücklichste Mann, den es gibt!«

Violets Dad pfiff versonnen vor sich hin. Als die Familie in die Auffahrt bog, ließ auch der Regen nach.

Plötzlich traten Madeleine und Anna Nunn zwischen den Bäumen hervor. In dem grauen Schlechtwetterlicht leuchteten ihre gelben Regenmäntel wie zwei helle Sonnenstrahlen.

»Bitte entschuldigt, dass wir euch so überfallen.« Madeleine zögerte, während ein seliges Lächeln ihr gesamtes Gesicht erhellte. »Es ist nur … Ich weiß, ich sehe glücklich aus und ich fühle mich auch wirklich, als ob mir ein riesiger Stein vom Herzen gefallen ist, auch wenn mir selber nicht ganz klar ist, warum. Aber ich mache mir ein bisschen Sorgen um Anna. Oder jedenfalls sollte ich das – ich kriege es nur gerade beim besten Willen nicht hin. Ich weiß, das klingt verrückt. Mir ist nur einfach niemand anderes eingefallen, an den ich mich wenden kann.«

»Das ist völlig in Ordnung, Madeleine.« Rose lächelte. »Was macht dir denn an diesem wunderschönen Abend zu schaffen?«

»Na ja, wie ihr wisst, war Anna auch in Niemandsland – aber ich versichere euch, sie ist nicht verrückt. Was Edward behauptet, stimmt einfach nicht. Wenn die Archer-Zwillinge uns wirklich auf unsere geistige Gesundheit getestet haben, müssen Annas Ergebnisse irgendwie vertauscht worden sein. Meine Tochter ist nicht gestört.«

»Ich weiß, was du meinst, Madeleine. Komm rein.« Eugene öffnete die Haustür. »Ich glaube Edwards Geschwätz auch nicht – um ehrlich zu sein, war ich darüber sogar ziemlich wütend. Aber der Spaziergang zurück nach Hause scheint mir außerordentlich gutgetan zu haben. Ich fühle mich leicht wie eine Feder. Trotzdem glaube ich im Leben nicht, dass William unzurechnungsfähig ist oder dass irgendetwas von dem stimmt, was Edward über die Niemandsländer behauptet. Ich habe mit George und ihm zusammengearbeitet und ich weiß, die beiden sind keine guten Menschen. Aber mir geht es genau wie dir: Aus irgendeinem Grund fällt es mir schwer, deswegen beunruhigt zu sein.«

»Aber was ist mit Williams Krankheit, dieser Sache mit der gespaltenen Seele?«, fragte Rose, während sie ihre nassen Haare auswrang.

»Das ist reiner Aberglaube, Rose, völliger Unsinn. Wissenschaftlich nicht haltbar. Ich beurteile Menschen danach, wie ich sie erlebe, nicht danach, was mir irgendwer über sie erzählt. Der William Archer, den ich kenne, hat mit der Person, die sein Bruder beschrieben hat, nichts gemein. Und sein Sohn auch nicht.«

»Na, dann gibt es ja keinerlei Grund zur Sorge, Eugene.« Rose lachte und drückte ihm einen fetten Schmatzer auf die Lippen, bevor sie sich auf den Weg in die Küche machte. »Ich dreh schon mal die Heizung hoch, damit wir schneller trocken werden.«

»Das alles ergibt überhaupt keinen Sinn.« Madeleines Lächeln fiel in sich zusammen, als sie sich an den Küchentisch setzte. »Ich meine, Boy entführt Kinder und ausgerechnet Edward Archer kommt und rettet sie? Ehrlich … manchmal ist die Wirklichkeit absurder als alles, was man sich ausdenken kann!«

»Boy hat mich nicht entführt«, wandte Violet ein.

»Was ist eigentlich passiert, Mäuschen?«, fragte ihr Dad. »Bei all der Aufregung bin ich noch gar nicht dazu gekommen, mit dir zu reden.«

»Da war so ein Nebel, der aus einem der Gräber auf dem Friedhof gekommen ist«, berichtete Violet, »und als ich näher rangegangen bin, bin ich in ein Metallrohr gefallen und in einem weißen Raum gelandet. Ich glaub, da wurde der Nebel irgendwie gemacht. Ich hab es geschafft, da wieder rauszukommen, aber dann hat die Schwester mich in dem unterirdischen Tunnel gefunden und diesem Zombie-Kinderfänger befohlen, mich zu Beatrice und Conor zu sperren, und …«

Violets Glücksgefühle ließen nach, während sie in der warmen Küche langsam trocknete.

»Ein Zombie? Im Ernst? Ist alles in Ordnung, Mäuschen? Seit ich dich in der Auffahrt gefunden habe, bist du irgendwie nicht mehr ganz du selbst. Und jetzt noch die Entführung.« Auch Rose Lächeln war verblasst. In ihrem Tonfall schwang ein Hauch von Besorgnis mit.

»Doch, sie IST in ein Grab gefallen und wir haben WIRKLICH einen Zombie und eine Krankenschwester gesehen. Ich war auch da. Das hab ich Mam alles schon erzählt!« Anna stampfte mit dem Fuß auf, um ihrer Aussage Nachdruck zu verleihen.

Alle sahen Madeleine an.

»Ich dachte, Anna denkt sich das bloß aus. Sie hat nun mal eine blühende Fantasie«, entgegnete Madeleine ein wenig zerknirscht.

»Wir wollten Boy helfen«, fuhr Violet fort. »Wir sind ihm zum Friedhof gefolgt, weil wir rausfinden wollten, was los ist.«

»Lernst du es denn nie?« Rose klang nun doch wieder verärgert. »Letztes Mal, als du Boy gefolgt bist, hast du dich in gewaltige Schwierigkeiten gebracht. Und es ist nicht mal klar, ob es das wert war.«

»Was soll das heißen, Mam? Wir haben Perfect gerettet!«

»Tja, aber Edward zufolge war das gar nicht nötig.«

»Wie kannst du das nur sagen, Rose?« Eugenes Miene verfinsterte sich. »Du bist der Verschwörung der Archer-Zwillinge doch selbst zum Opfer gefallen. Erinnerst du dich etwa nicht mehr, dass du deine eigene Tochter vergessen hast?«

»Oh … so war das nicht gemeint. Ich weiß gerade nicht, wo mir der Kopf steht. Meine Gefühle machen, was sie wollen. Mal bin ich wütend, dann überglücklich und jetzt wieder wütend. Ich blicke einfach nicht mehr durch, Eugene!« Rose schlug die Hände vors Gesicht.

Die ausgelassene Stimmung war jäh verflogen.

»Wie kannst du nur so leicht vergessen, was in Perfect geschehen ist?«, schimpfte Eugene. »Mir ist jedenfalls nicht entfallen, dass die Archer-Zwillinge mich gefangen gehalten und gezwungen haben, an ihren Augenpflanzen zu arbeiten. Und auch nicht, dass sie mich dabei beinahe hätten verhungern lassen! Es ist doch wohl offensichtlich, dass Edward wieder irgendwas im Schilde führt. Wie kann es sein, dass die Leute das nicht merken? Es scheint, als würden ihm alle, die früher zu Perfect gehört haben, aufs Wort glauben.«

»Das ist nicht fair, Eugene. Deinen Verstand haben sie damals nicht manipuliert«, protestierte Rose. »Unseren aber schon! Wir wurden unserer Fantasie beraubt und können uns heute kaum an diese Zeit erinnern. Vielleicht glauben die Leute Edward deswegen so bereitwillig. Weil sie immer noch nicht ganz begreifen, was die Archer-Zwillinge ihnen angetan haben.«

Rose senkte den Blick und sah auf ihre Hände.

»Ich wünschte, ich könnte alles ungeschehen machen, was in der Zeit passiert ist, als ich unter der Kontrolle der Zwillinge stand. Der Gedanke, dass ich euch beide vergessen konnte – mein eigenes Fleisch und Blut! –, ist unerträglich. Meinst du, mir gefällt es, dass ich, ohne zu fragen, alles geglaubt habe, was man mir erzählt hat? Dass ich mich so einfach an der Nase habe herumführen lassen? Es wäre leicht, jemand anderem die Schuld zu geben, zum Beispiel William und den Niemandsländern. Denn dann wäre ich für meine Fehler nicht verantwortlich.«

»Du konntest nichts dafür, Mam«, beteuerte Violet. »Die Zwillinge haben dafür gesorgt, dass du uns vergisst!«

»Mir geht es genauso, Rose.« Madeleine nahm ihre Hand. »In den letzten Tagen habe ich mich einfach nur schrecklich gefühlt – die ganze Scham war plötzlich wieder da und ich war so wütend auf mich selbst. Als Edward dann vorhin am Rathaus all diese Dinge gesagt hat, wollte ich ihm unbedingt glauben. Seine Worte waren eine Erleichterung. Ich bin den gesamten Weg nach Hause getanzt!«

Eugene sah sie eine nach der anderen an. »Violet hat

recht. Wie du dich in Perfect verhalten hast, war nicht deine Schuld, Rose – und deine auch nicht, Madeleine. Die Zwillinge haben euch eure Fantasie gestohlen.«

»Aber die Niemandsländer haben sich nicht geändert, Eugene. Sie konnten die Wirklichkeit sehen, wir nicht. Manchmal kommt es mir vor, als wären sie stärker als wir.« Rose blickte ihren Mann und ihre Tochter an. »Ihr seid stärker als ich.«

»Das stimmt doch gar nicht, Mam.« Violet schlang die Arme um sie. »Ich hatte auch Angst und war wütend. So wie damals, als ich zum ersten Mal in der Geistersiedlung war. Und dann hat Edward seine Rede gehalten und auf einmal war ich wieder glücklich.«

»Ich auch.« Anna griff nach Madeleines Hand.

»Ich hab mich auch gefühlt, als würde die ganze Zeit eine Gewitterwolke über mir hängen.« Eugene schüttelte den Kopf. »Bis zu Edwards Rede. Das ist wirklich ausgesprochen seltsam.«

»Die Gewitterwolken!« Violet sprang auf wie vom Blitz getroffen. »Dad, könnte jemand die Wolken benutzen, damit man sich mies fühlt?«

»Du meinst das Wetter, Violet?«, erwiderte Eugene. »Schlechtes Wetter und anhaltende Dunkelheit können durchaus aufs Gemüt schlagen, vor allem im Winter, wenn nur selten die Sonne scheint …«

»Nein, nicht so, Dad. Ich meine, könnte jemand etwas in

die Wolken mischen, das macht, dass man sich mies fühlt?«

»Ich glaube, ich weiß nicht so recht, worauf du hinauswillst, Mäuschen.«

»Also, als ich auf dem Friedhof war, hat dieser Nebel mir ganz schlechte Gefühle gemacht – so wie in der Geistersiedlung, nur eine Million Mal schlimmer. Und dieser Nebel ist in den Himmel aufgestiegen und hat da Wolken gebildet. Er kam aus dem weißen Raum, Dad, da, wo ich reingefallen bin ...«

»Langsam, Violet.« Eugene beugte sich über den Tisch und sah sie eindringlich an. »Erzähl mir alles, was du über diesen weißen Raum weißt.«

Violet fing noch mal von vorne an.

Sie erzählte ihrem Dad von dem Dampf und der Luke, durch die kühle Luft hereingeströmt war. Sie berichtete ihm von dem Zeug, das in den Raum gesprüht wurde, bevor sich die Decke auftat und der Nebel hinausgesogen wurde. Zu guter Letzt kam sie zu dem Lagerraum mit den vielen kleinen Metallbehältern.

»Die waren mit den Buchstaben AO beschriftet ...« Bevor sie ihren Satz zu Ende bringen konnte, war Eugene bereits aufgesprungen.

Hastig kramte ihr Dad einen Eimer unter der Spüle hervor. Die anderen folgten ihm, als er nach draußen rannte und den Eimer mitten in der Auffahrt abstellte.

»Was tust du da?«, fragte Rose.

»Es nieselt immer noch ein bisschen. Das sollte gerade genügend Regenwasser liefern, damit wir es testen können.«

Offensichtlich war der Wissenschaftler in ihm zum Leben erwacht. Er eilte wieder ins Haus und kehrte mit einem Messer aus der Küchenschublade zurück nach draußen.

»Das ist das gute Besteck meiner Mutter«, schnauzte Rose.

»Na, dann wird es uns wohl besonders gute Dienste leisten«, erwiderte Eugene, während er sich auf den durchnässten Rasen kniete.

Leise vor sich hinmurmelnd stach er das Messer ins Gras und schnitt einen großen Klumpen mitsamt Wurzeln und Erde heraus.

»Eugene, nun sieh dir nur den Garten an«, jammerte Rose und folgte ihm ins Haus.

»Geht nicht anders, Rose. Das Wasser hier in dem Klumpen müsste ein bisschen älter sein als der Regen draußen im Eimer.«

Violet stand neben ihrem Dad in seinem Arbeitszimmer. Sie sah zu, wie er die Erde vorsichtig auf der Werkbank aus rostfreiem Stahl ablegte, bevor er nach seinem frisch gewaschenen und gestärkten weißen Kittel griff.

»Hol den Eimer rein, Violet!«, befahl ihr Vater. »Darin sollte sich inzwischen genügend Regenwasser gesammelt haben. Ich habe so eine Vermutung, was hinter dem, was du über den weißen Raum gesagt hast, stecken könnte. Und ich fürchte, das gleiche Phänomen könnte auch für unseren plötzlichen Stimmungswandel nach Edwards Rede verantwortlich sein. Wenn ich recht habe, müssten sich in dem Wasser aus diesem Erdklumpen andere chemische Werte ablesen lassen als in dem Wasser aus dem Eimer.«

»Was denn für Werte, Dad?«, wollte Violet wissen.

»Geduld, Mäuschen!«, mahnte er. Er nahm eine Spritze und zog damit vorsichtig etwas Wasser aus dem Erdklumpen.

Violet rannte nach draußen, schnappte sich den Eimer und trug ihn ins Arbeitszimmer ihres Dads, wo sie ihn auf dem Boden abstellte. Dr. Eugene Brown war bereits ganz in seinem Element. Er verteilte die Wasserproben auf verschiedene Reagenzgläser und machte sich daran, sie mit allen möglichen Gerätschaften zu untersuchen.

Während Eugene vor sich hinwerkelte, kehrten die anderen in die Küche zurück und genehmigten sich eine Tasse *Volle Kanne*. Violet stützte den Kopf auf ihren Unterarm. Langsam machten sich ihre Ängste und Sorgen wieder bemerkbar. Sie betrachtete die Packung mit dem lila-goldenen Muster und dem Schriftzug »Vereint für Town«. Sonderlich vereint kam ihr Town gerade nicht vor.

»Ich wusste es«, rief Eugene schließlich und steckte den Kopf zur Tür herein. »Sobald du mir den weißen Raum beschrieben hattest, Violet, war mir klar, was hier los ist. Du bist ein Genie, Mäuschen. Die Zwillinge lieben es wirklich, andere zu manipulieren. Die Nummer trägt eindeutig Edwards Handschrift!«

»Was meinst du? Was geht hier vor, Eugene?« Madeleine erhob sich.

»Kommt mit, ich zeig es euch.« Er lief zur Haustür, riss sie auf und rannte nach draußen. »Seht ihr diese wunderschönen dicken Wolken?«

»So schön sind sie nun auch wieder nicht, Dad«, meinte Violet, den Blick himmelwärts gerichtet.

»Spiel einfach mit, Mäuschen, tu mir den Gefallen.« Eugenes Freude war ungebrochen.

»Ja, Eugene – natürlich können wir sie sehen.« Rose wurde langsam ungeduldig.

»Weiß noch jemand, wann dieses Wetter über unser hübsches kleines Städtchen hereingebrochen ist?«

»Vor ein paar Tagen, glaube ich«, antwortete Madeleine. Auch sie klang jetzt genervt.

»Und was ist ungefähr zur gleichen Zeit passiert?«, fragte Eugene mit großem Ernst.

»Ich weiß es, ich weiß es!« Annas Arm schoss in die Höhe.

»Ja, Anna?« Eugene nickte ihr wie ein Lehrer zu.

»Da sind die Kinder verschwunden. Ich hätte bestimmt auch so Angst gehabt, dass mich jemand entführt, aber dann hat es angefangen zu regnen und ich hab richtig, richtig doll Angst gekriegt. Und richtig, richtig wütend war ich auch.«

»Ganz genau!«, rief Eugene triumphierend.

»Was meinst du mit ›ganz genau‹, Eugene? Lass die elende Geheimnistuerei«, verlangte Rose erbost.

»Wie Anna gesagt hat: Das Wetter macht uns alle ängstlich und wütend oder, wie heute, fröhlich und ausgelassen!«, antwortete Violets Dad, bevor er zurück nach drinnen stürmte.

Die anderen folgten und stellten sich rund um seine Werkbank auf, während er seine Notizen hervorholte und zu erklären begann.

Kapitel 21

Das Krisentreffen

»Wolken zu erzeugen ist simpel, das kann jedes Schulkind«, erläuterte Eugene. »Warme Luft – wie der Dampf, der im weißen Raum aus einem Rohr im Boden strömt – steigt nach oben und trifft auf kalte Luft, die in diesem Fall aus der Luke unterhalb der Decke kommt. Dadurch kühlt die warme Luft ab. Eigentlich würde sie jetzt gerne wieder in ihren flüssigen Zustand zurückkehren, kann aber ohne Hilfe nicht kondensieren. Hier kommt das Gas ins Spiel, das von oben in die Mischung gesprüht wird und dafür sorgt, dass sich die Wolken bilden.«

»Edward Archer macht also Wolken?« Madeleine beugte sich vor, um sich die Notizen durchzulesen.

»Ganz genau, Madeleine – oder na ja, *jemand* macht die

Wolken, aber das kann eigentlich nur Edward sein. Ich weiß, wie die Zwillinge ticken.«

»Aber das erklärt immer noch nicht unsere extremen Stimmungen, Eugene. Wie können Wolken unsere Gefühle beeinflussen?«, hakte Madeleine nach.

»Machen die Wolken, dass wir Angst haben?«, fragte Anna.

»Der Regen, der aus den Wolken kommt, macht das, Anna. In den Wolken befinden sich Chemikalien, die mit dem Regen herabfallen. Sie sickern in unsere Poren, unsere Kleidung, unsere Erde, unser Wasser – sogar in unser Essen. Diese Chemikalien verändern unsere Wahrnehmung. Über ein ähnliches Experiment habe ich vor Jahren mal in einer meiner Fachzeitschriften gelesen«, erklärte Eugene mit wachsender Begeisterung. »Die Forscher haben eine Vielzahl verschiedener Gase verwendet, mit denen sie die Stimmung der Menschen steuern konnten. Je nach Zusammensetzung konnten sie damit Furcht, Hysterie, Freude und alles Mögliche andere erzeugen. In der Probe aus dem Erdreich habe ich Spuren von AO-Gas gefunden. Der vollständige Name lautet Adrenatonin-Oxid – das ist ein spezielles Delirinium, das Angst- und Wutgefühle erzeugt. Und in dem frischen Regenwasser aus dem Eimer befanden sich Reste von Nitro-Oxytocin. Das ist ein Wirkstoff mit beruhigendem, glücklich machendem Effekt.«

»Aber warum wollen die Zwillinge uns wütend machen?«, fragte Violet verwirrt.

»Das ist eine weitere Möglichkeit, uns zu kontrollieren, Violet. Diese Brüder können einfach nicht aufhören, in unseren Köpfen herumzupfuschen! Wer Angst hat, wird leichter wütend. Wenn du den Menschen dann einen Grund für ihre Angst gibst, kannst du entsprechend auch ihre Wut in diese Richtung lenken. Und sie auf diese Weise nach Belieben manipulieren«, erklärte Eugene.

»Divide et impera«, sagte Madeleine. Es klang, als würde sie aus einem Schulbuch vorlesen. »Das habe ich mal für eine Philosophieprüfung gelernt. Wer hätte gedacht, dass das jemals zu was nütze sein würde?«

»Warum will Edward die Diebe impfen? Hat er Angst, dass sie krank werden?«, fragte Anna.

»Nein.« Madeleine lächelte. »Divide et impera, Anna. Das ist lateinisch und heißt ›Teile und herrsche‹. Edward nutzt unsere Angst und Wut, um uns gegeneinander aufzubringen. Die Niemandsländer gegen die ehemaligen Bewohner von Perfect und umgekehrt. Wenn es ihm gelingt, einen Keil zwischen uns zu treiben, kann er die Macht über Town zurückerlangen.«

»Aber warum hat er uns dann vorhin glücklich gemacht?«, warf Violet ein.

»Weil Edward schlau ist«, antwortete ihr Dad. »Das alles war sorgfältig geplant. Ich gehe stark davon aus, dass er hinter den Diebstählen und Entführungen steckt. Auf diese Weise hat er in Town für Angst und Schrecken gesorgt. Die hat er mit dem Regen dann noch weiter verstärkt, bis er schließlich als der große Held nach Town zurückgekehrt ist, der unsere vermissten Kinder gerettet hat. Er hat William und den Niemandsländer als Schuldige hingestellt, gegen die wir unsere Wut richten konnten. Dann kam der nächste Regenguss, diesmal mit Nitro-Oxytocin angereichert, und mit einem Schlag waren wir alle wieder glücklich und gelöst. Natürlich mussten wir glauben, dass das ganz allein an Edwards Rückkehr lag. Ich habe die letzten Regenschauer nachgezählt und bin zu dem Schluss gekommen, dass sie einem wiederkehrenden Muster folgen, immer mit ein paar Stunden Abstand. Edward hat sein Erscheinen auf die Minute genau geplant, damit es mit dem letzten Regenguss zusammenfällt.«

»Aber ich werde langsam wieder ein bisschen wütend, Mr Brown«, flüsterte Anna, »obwohl es hier drin doch gar nicht regnet.«

»Das wird wohl noch eine Weile anhalten, Anna. Wir waren dem AO-Gas jetzt einige Tage lang ausgesetzt, sodass es bis in unseren Körper vordringen konnte. Es wird eine Zeit lang dauern, bis wir das Mittel wieder vollständig ausgeschieden haben. Die Wirkung des Glücksgases wird dagegen wohl leider deutlich schneller nachlassen. Edward hat es ziemlich sicher nur ein einziges Mal eingesetzt, sodass wir es nur abbekommen haben, als wir direkt im Regen standen.«

Plötzlich hämmerte jemand an die Tür.

»Wer ist da?«, rief Rose, während sie hinaus in die Diele eilte.

»Ich bin's!«, antwortete Merrill Marx' gedämpfte Stimme.

Violets Mam öffnete die Tür und der Spielzeugmacher stürmte ins Haus.

»Sie lassen George frei! Sie haben ihn gegen Boy ausgetauscht, der nun an seiner Stelle in den Uhrenturm gesperrt wird«, keuchte er, als sei er die gesamte Strecke gerannt. »Gerüchten zufolge sollen als Nächstes die Hüter rausgelassen werden!«

»Ich hab Vincent gesagt, dass er das nicht tun kann.« Wutentbrannt griff Eugene nach seinem Mantel. »Darüber muss der Stadtrat entscheiden.«

»Crooked hat die Order auf eigene Faust gegeben«, fuhr Merrill fort. »Ich hab versucht, ihn aufzuhalten, aber er wollte nicht auf mich hören. Alle haben gejubelt. Ich sag euch, da liegt Ärger in der Luft. Wenn sie die Hüter rauslassen, sind wir erledigt. Crooked hat eine Krisensitzung des Stadtrats einberufen, jetzt sofort. Weiß der Geier, warum, schließlich führt er sich doch sowieso schon auf, als wär er hier der Chef! Ich bin abgehauen, um Madeleine und dich zu holen.«

»Crooked ist ein Idiot. Damit kommt er nicht durch!« Violets Dad marschierte mit großen Schritten zur Tür.

»Nicht, Eugene, bitte! Warte, bis sich die Lage beruhigt hat. Edward ist gefährlich.« Rose schüttelte den Kopf. »Es ist schon spät, können wir nicht einfach bis morgen warten? Sehen, wie sich die Dinge entwickeln?«

»Und zulassen, dass sie inzwischen die Kontrolle über Town übernehmen? Wir haben nicht gegen Perfect gekämpft, nur damit jetzt alles wieder von vorne losgeht, Rose.«

»Bitte, Eugene, können wir nicht wenigstens in Ruhe darüber nachdenken? Uns einen Plan überlegen?«

»Es handelt sich um eine Sitzung des Stadtrats, Rose. Da werden die Zwillinge nicht dabei sein. Und wenn doch, werden sie jedenfalls keine krummen Dinger drehen. Nicht vor aller Augen. Fürs Erste wollen sie einen guten Eindruck hinterlassen. Sie müssen das Vertrauen der Leute zurückgewinnen.«

Madeleine Nunn wandte sich an ihre Tochter und drückte ihr einen Kuss auf die Stirn. »Du bleibst hier, Anna. Ich bin so schnell wie möglich zurück.«

»Aber Mam, ich will mitkommen ...«

»Nichts aber, Anna.« Entschlossen ging Madeleine zur Tür. »Ich komme dich ganz bald holen. Versprochen.«

»Aber was, wenn das eine Falle ist?«, fragte Violet.

Sie erinnerte sich, was die Zwillinge ihrer Mam erzählt

hatten, bevor ihr Dad aus Perfect verschwunden war: dass er zu einer dringenden Konferenz für Augenheilkunde musste.

»Violet«, beschwichtigte ihr Dad und beugte sich vor, um ihr in die Augen zu sehen. »Wir wissen jetzt, wie Edward tickt. Noch mal fallen wir nicht auf seine Tricks rein, versprochen.«

Eugene sah Rose an und küsste sie auf die Stirn.

»Wenn wir nicht zurückkommen, sprich mit Iris und Macula. Sie wissen vielleicht, wo William ist«, flüsterte er. »Und achte auf deine Gefühle, lass dich nicht von ihnen überwältigen.«

Kapitel 22

Georges Freilassung

»Dein Vater kommt schon zurecht, Violet«, sagte Rose mit zitternder Stimme, als sie die Tür hinter den anderen schloss.

Sie klang beunruhigt. Violet machte sich ebenfalls Sorgen. Sie wünschte, Boy wäre bei ihr. Er wüsste bestimmt, was jetzt zu tun war. Stattdessen war er nur ein weiterer Punkt, weshalb sie sich Sorgen machen musste.

Während ihre Mam in die Küche zurückkehrte, nahm Violet Anna beiseite.

»Ich muss hinterher«, flüsterte sie. »Dad und die anderen könnten in Schwierigkeiten stecken.«

»Dann komm ich mit«, verkündete Anna mit großen Augen.

»Nein, du musst hierbleiben und meine Mam ablenken. Frag sie, ob sie dir beibringt, wie man backt – seit Perfect fährt sie voll darauf ab. Dad macht ständig Witze darüber und meint, sie hätten ihr die falsche Fantasie zurückgegeben. Wenn sie sich nach mir erkundigt, sag einfach, ich war müde und wütend und bin in mein Zimmer gegangen. Und dass ich die Tür abgeschlossen hab, sodass du nicht reinkannst.«

»Aber warum muss ich hierbleiben?«, empörte sich die Kleine.

»Manchmal muss man etwas tun, das einem nicht gefällt, Anna, weil es gut für jemand anderen ist«, erwiderte Violet. Etwas Ähnliches hatte ihre Mutter zu ihr gesagt, als sie nach Perfect gezogen waren.

Anna zog die Augenbrauen zusammen und setzte gerade zum Protest an, doch Violet ließ sie stehen und rannte die Treppe hinauf. Sie hatte keine Zeit zu verlieren und konnte es sich nicht leisten, ewig mit Anna zu diskutieren. Sie verriegelte die Tür hinter sich, lief zum Fenster und öffnete es.

So leise wie möglich kletterte sie aufs Dach hinaus, wie sie es an dem Abend getan hatte, als Boy mitten im Regen draußen im Garten aufgetaucht war. Ihr verbrannter Knöchel tat immer noch ziemlich weh, aber sie ignorierte den Schmerz, so gut es ging, während sie sich zu dem langen Ast vortastete. Sie hangelte sich daran entlang, kletterte den

Baum hinab und atmete erleichtert auf, als ihre Füße den Rasen berührten.

Es war bereits dunkel, sodass sie ohne weitere Probleme am Küchenfenster vorbeihuschen konnte. Sie schnappte sich ihr Fahrrad und rollte nahezu geräuschlos die Auffahrt hinab, dann trat sie in die Pedale und sauste in Richtung Edward Street.

Je näher sie dem Rathaus kam, desto mehr Menschen waren in den Straßen unterwegs. Viele trugen Banner, auf denen sie ihre Unterstützung für die Zwillinge kundtaten.

Abseits der Menge trat Violet in die Bremsen, stieg vom Fahrrad und lehnte es gegen das Gehirn. Dann drängte sie sich durch das Getümmel zur Rathaustreppe.

Sie kam gerade rechtzeitig, um zu sehen, wie George Archer durch die Tür des alten Gebäudes schritt und sich neben seinen Bruder unter das steinerne Vordach stellte. Sie hatte ganz vergessen, wie seltsam die Zwillinge nebeneinander aussahen – einer groß und spindeldürr, der andere klein und kugelrund.

Die Menge begann zu applaudieren. Violet lief ein Schauer über den Rücken.

»Danke, dass ihr meinen Bruder so warmherzig empfangt, ihr seid solche wunderbaren Menschen.« Eward lächelte. »George würde gerne ein paar Worte sagen.«

Der hochgewachsene Zwilling beugte sich zum Mikrofon hinab. Die Menge hielt den Atem an.

»Nein, würde ich nicht«, brummte er.

Violet erinnerte sich, dass George noch nie ein Mann vieler Worte war. Sie fand ihn schon immer gruseliger als seinen Bruder. Edward tat wenigstens so, als wäre er nett.

»Wie es scheint, hat ihm die lange Haft die Stimme geraubt«, warf Edward hastig ein. »Aber George hat mich gebeten, euch seinen tief empfundenen Dank für seine großzügige und barmherzige Freilassung auszusprechen. Trotz seiner unrechtmäßigen Inhaftierung hegt er keinerlei Groll.«

»Einen gewissen Groll hege ich aber schon«, brummte George, bevor Edward ihm das Mikro wegreißen konnte.

»Wenn jemand unrechtmäßig eingesperrt war, dann die Niemandsländer – nicht er!«, rief eine Frau.

Violet drehte sich um, doch bevor sie erkennen konnte, wer die Frau war, war diese von einer kleinen Gruppe von Umstehenden umringt worden, die sie aggressiv aus der Menge drängten.

In Town taten sich Risse auf. Wenn es so weiterging, waren die Archer-Zwillinge im Handumdrehen wieder an der Macht.

Vincent Crooked trat ans Mikrofon. Er schien für die ganze Veranstaltung verantwortlich zu sein, denn er bedankte sich bei allen, dass sie so zahlreich zu Georges Unterstützung gekommen waren, und hob die Versammlung dann auf.

Violet blickte sich nach ihrem Dad um. Sie entdeckte ihn gerade, als er mit Merrill und Madeleine im Rathaus verschwand.

Vorsichtig schlich sie die Stufen hinauf und huschte zur Tür. Nachdem sie sich vergewissert hatte, dass niemand sie beobachtete, schlüpfte sie hinein.

Hinter dem dichten roten Samtvorhang, der dazu diente, die kühle Luft draußen zu halten, fand sie das ideale Versteck. Von dort sah sie zu, wie ihr Dad, Madeleine und Merrill die Wendeltreppe zum Sitzungssaal im zweiten Stock hinaufstiegen. Einige Minuten später trat Vincent Crooked ein und folgte ihnen.

Violet wartete, bis die Luft rein war, dann lief sie nach oben in den Zuschauerbereich. Dabei handelte es sich um einen kleinen Raum oberhalb des Sitzungssaals, durch dessen Fenster die Öffentlichkeit den Versammlungen des Stadtrats beiwohnen konnte. Violet war dort schon unzählige Male eingeschlafen – im Grunde immer, wenn ihr Dad sie zu den Treffen mitgenommen hatte.

Sie hatte gerade ihren Platz eingenommen, als Mr Crooked ans Rednerpult trat.

»Was ist los, Crooked?«, fragte ihr Dad. »Die anderen kommen doch sonst nicht zu spät.«

Normalerweise bestand der Stadtrat aus zehn Mitgliedern, aber außer Vincent Crooked, Violets Dad sowie Merrill und Madeleine war niemand da.

Bevor Mr Crooked antworten konnte, schwang die Tür zum Sitzungssaal auf.

»Oh, wie schön, es sind schon alle da!«, rief Edward Archer und lachte. Im Stechschritt eilte er über das Parkett, während sein Bruder George mit seinen langen Beinen hinter ihm hertrottete.

»Das ist eine geschlossene Veranstaltung«, verkündete Merrill und erhob sich. »Zutritt nur für Mitglieder des Stadtrats!«

»Ach, halt den Mund!«, fauchte George. »Das ist unsere Stadt, also ist es auch unsere Versammlung.«

»Es ist eben nicht mehr Ihre Stadt, George. Hier haben die Bewohner jetzt das Sagen«, widersprach Violets Dad energisch.

»Aber Sie haben uns doch zu dieser Sitzung eingeladen, Eugene«, erwiderte Edward lächelnd.

»Nein, habe ich nicht.« Violets Dad wirkte verwirrt.

»Oh doch, das haben Sie, Eugene. Sie wollten mit uns über William reden«, beharrte Edward. »Und dann sind Sie plötzlich auf uns losgegangen. Vollkommen grundlos. Natürlich haben Merrill und Madeleine sich Ihnen angeschlossen. Kurz darauf tauchte auch noch William auf. Vincent versuchte vergeblich, Sie aufzuhalten. Sie waren einfach zu stark für ihn.«

»Was geht hier vor?« Madeleine erhob sich jetzt ebenfalls.

»Das«, knurrte George. Er schnappte sich einen der Stühle und schlug ihn sich krachend auf die Schulter.

Violets Herz begann zu hämmern. Warum hatte er das getan?

»Das ist doch Wahnsinn, was soll das?«, protestierte Merrill, während Edward den Kragen seines eigenen Hemdes zerriss.

Mit offenem Mund standen Eugene, Madeleine und Merrill da und sahen zu, wie George und Edward Archer sich selbst verprügelten.

»Als Zeuge wird Vincent natürlich der Zeitung davon berichten.« Edward, dessen linkes Auge leicht geschwollen war und bereits bläulich anlief, grinste. »Wie wird die Geschichte lauten, Mr Crooked?«

»Ach, ich dachte an so was in der Richtung von: ›William Archer und seine Kumpane unternahmen einen letzten verzweifelten Versuch, sich an den Bewohnern von Perfect zu rächen. Sie stürmten das Rathaus, holten Boy aus dem Gefängnis und wollten die Hüter befreien, um Town unter ihre Kontrolle zu bringen. Edward und George stellten sich ihnen heldenhaft in den Weg. Obwohl sie bei der Auseinandersetzung selbst einige Verletzungen davontrugen, gelang es ihnen, die Verschwörer aufzuhalten.‹ Ich bin mir sicher, Robert Blot wird das sehr viel klangvoller formulieren, als ich es kann.« Vincent lächelte.

»Darauf fällt doch niemand rein, Edward«, blaffte Eugene. »Die Hüter sind Ihre Armee – warum sollte William oder einer von uns sie befreien wollen?«

»Die Menschen glauben, was man ihnen erzählt, Eugene, das war schon immer so. Sie zu manipulieren ist ein Kinderspiel, wenn man weiß, wie. Ich kann sie bereits tratschen hören … ›Diese Irren aus Niemandsland machen nichts als Ärger – Einbrüche, Diebstähle, Entführungen. Kein Wunder, dass sie jetzt auch das noch versuchen. Die sind doch eindeutig gestört, findet ihr nicht auch? Ohne sie wäre die Stadt viel sicherer … Sperrt sie wieder ins Niemandsland!‹ Das werden die Leute bald schon fordern. Wir holen uns Perfect im Handumdrehen zurück.«

»Was ist mit dem Prozess?«, ergänzte George.

»Aber natürlich, Georgie, das hätte ich fast vergessen. Demokratie ist ja der neueste Schrei hier in Town. William und ihr drei«, er zeigte auf die Angesprochenen, »werdet für eure Verbrechen vor Gericht gestellt. Die Menge wird Blut sehen wollen, dafür sorgen wir.«

»Wo ist William? Was habt ihr mit ihm gemacht?«, fragte Merrill.

»Du wirst lernen müssen, dich in Geduld zu üben, mein lieber Spielzeugmacher. Hättet ihr Perfect so perfekt gelassen, wie es war, wärt ihr jetzt nicht in dieser misslichen Lage.«

»Nein, denn wir würden wie Ratten in eurem Niemandsland hausen, Archer!«

»Du wirst die Ratten noch beneiden, Marx«, knurrte George.

Draußen war ein Geräusch zu hören. George ging zum Fenster, um nachzusehen, was es war. Geistesgegenwärtig schnappte Violets Dad sich ein abgebrochenes Stuhlbein, holte aus und rammte es Edward mit voller Wucht in den Bauch.

»Lauft, schnell, Merrill, Madeleine – schnell!«, schrie er, packte seine Freunde und rannte mit ihnen zur Wendeltreppe.

Violet hastete zum Ausgang des Zuschauerbereichs. Doch bevor sie ihnen folgen konnte, gellte Madeleines Aufschrei durchs Treppenhaus.

»Eugene!«, brüllte sie. Im nächsten Moment erschütterte ein lauter Knall das Gebäude.

Violet schnappte erschrocken nach Luft und ging in Deckung. Die Finger in den grauen Teppich gekrallt, versuchte sie, wieder zu Atem zu kommen.

Im Treppenhaus waren Schritte zu hören. Kurz darauf ging die Tür zum Sitzungssaal auf. Violet krabbelte zum Fenster und zwang sich, hinunterzusehen.

Edward und George hatten sich neben dem Pult aufgebaut. Der stämmige Zwilling lächelte, der große hatte das Gesicht zu einer Grimasse verzogen. Hinter ihnen stand Vincent Crooked. Er war kreidebleich.

Madeleine und Merrill hatten es lediglich bis zur Tür geschafft. Zitternd wich Annas Mutter vor einer großen Gestalt zu ihrer Rechten zurück.

Violet stockte der Atem.

Der Kinderfänger war zu den Archers getreten. Violets Dad hing bewusstlos über einer Schulter des Monsters, William Archer über der anderen.

Kapitel 23

Die Festnahme

»Lasst euch das eine Lehre sein, Merrill und Madeleine – wenn ihr bei Bewusstsein bleiben wollt, rührt euch nicht vom Fleck«, grollte Edward. »Und nun – darf ich vorstellen? Das ist Hugo. Seine Freunde nennen ihn auch den Kinderfänger.«

Also wusste Edward von Hugo. Violet begriff, dass ihr Dad recht gehabt hatte. Edward steckte tatsächlich hinter den Entführungen und hatte die heldenhafte Rettung wohl nur vorgetäuscht. Das war der Beweis.

»Das Ding … das Ding ist ein Monster.« Madeleine hatte Mühe, die passenden Worte zu finden.

»Es kommt nicht allein auf Äußerlichkeiten an.« Edward grinste spöttisch. »Ich möchte dich mal sehen, wenn du erst mal ein paar Jahre tot bist, Madeleine. Für einen Zombie ist er außerordentlich gut in Schuss!«

»Ein Zombie?« Entsetzt wandte Madeleine den Blick ab.

»Was habt ihr mit William gemacht?« Merrill wollte auf seinen ohnmächtigen Freund zugehen.

»Zurück, Marx!«, blaffte George.

»Hugo durfte ein bisschen mit unserem kleinen Bruder spielen.« Edward lachte. »Bring sie hoch in den Uhrenturm, Hugo.«

Der Kinderfänger knurrte gehorsam und stapfte mit Eugene und William auf den Schultern zur Tür.

»Ihr auch!«, befahl Edward und stieß Madeleine und Merrill hinter ihm her.

Violet lauschte. Schritte stiegen die Wendeltreppe zum Uhrenturm hinauf, wo Boy gefangen gehalten wurde.

George blickte aus dem Fenster. Vincent Crooked, der die ganze Zeit keinen Mucks von sich gegeben hatte, drückte sich unauffällig an der Wand entlang zum Ausgang. Er wirkte mehr als nur ein bisschen nervös. Fast hatte er die Tür erreicht, als diese plötzlich aufschwang und Edward hereinstolzierte. Der Kinderfänger folgte ihm dicht auf den Fersen.

»Sie wollten doch wohl nicht davonlaufen, hm, Crooked? Kriegen wir etwa kalte Füße, nun, da wir bis zum Hals mit drinstecken?« Ein boshaftes Lächeln umspielte Edwards Lippen.

»Nein … Ich … ich wollte bloß aufräumen«, stammelte Vincent und hob ein Stuhlbein vom Boden auf.

»Lassen Sie das liegen, wir brauchen einen fotografischen Beweis für den Angriff. Damit Blot was hat, was er auf die Titelseite setzen kann.«

Vincent Crooked ließ das Stuhlbein los. Es fiel klappernd zu Boden. Schweißperlen glänzten auf seiner Stirn. Er zuckte zusammen, als die Tür erneut aufging und Boy hereinkam.

Violet schnappte entsetzt nach Luft.

»Alles okay im Uhrenturm? Sie können nicht raus? Die Türen sind verriegelt und verrammelt?«, fragte Edward.

»Ja, alles in Ordnung.« Ihr Freund nickte.

Violet schwirrte der Kopf. Boy arbeitete also wirklich für die Zwillinge!

Aber warum? Vielleicht hatte sie ja recht und er wurde irgendwie fremdgesteuert. Edward hatte schließlich selbst gesagt, dass es ein Kinderspiel war, andere zu manipulieren. Bestimmt kontrollierten sie irgendwie seine Gedanken. Sonst hätte er sich niemals gegen seinen Dad oder Town gewandt.

»Ähem … Kann … kann ich jetzt gehen?«, stotterte Vincent Crooked, während er sich Stück für Stück näher zur Tür schob.

»Nur Geduld, mein Guter. Sie wissen, was als Nächstes zu tun ist?«

Conors Dad nickte. Seine Wangen waren leicht gerötet. »Ich sage Robert Blot Bescheid, damit die Story morgen in der Zeitung steht.«

»Ausgezeichnet, Vincent.« Edward lächelte. »Sie kommen mir allerdings ein wenig nervös vor, mein Lieber. Haben Sie etwas auf dem Herzen?«

Conors Dad zögerte. »Ähem … mein Honorar … Wann kann ich …«

»Ihre Gier ist bemerkenswert, Mr Crooked. Dass Sie einfach so Ihren Sohn und Ihre Heimatstadt verkaufen.« Edward lachte. »Sie kriegen Ihr Geld, wenn wir fertig sind. Nun gehen Sie und erzählen Sie Robert Blot, was William und seine Freunde hier angerichtet haben. Und sorgen Sie dafür, dass er jede Menge Fotos schießt! Er kann sich gerne melden, wenn er Bilder von unseren Verletzungen haben will. Wir sind in unserem Ocularium.«

Vincent nickte und rannte mit hochrotem Kopf hinaus.

»Wir behalten Sie im Auge!«, rief George ihm nach, als Crookeds Schritte die Wendeltreppe hinabtrappelten und draußen auf dem Vorplatz verklangen.

Violet kauerte sich zusammen. Sie bettete den Kopf auf den Teppich und versuchte, ihre Gedanken zu ordnen.

Mr Crooked hatte also von Anfang an über den Plan der Archer-Zwillinge Bescheid gewusst. Er hatte ihnen die Stadt und sogar seinen eigenen Sohn gegen Bezahlung ausgeliefert. Die Diebstähle, die Entführungen, das Wetter, die

Rettung – das alles war bloß gestellt, damit die Zwillinge William und die Niemandsländer fertigmachen und die Kontrolle über Town wiedererlangen konnten.

Der Einzige, der nicht so recht ins Bild zu passen schien, war Boy. Aber damit konnte Violet sich gerade nicht befassen. Sie musste Edward und George aufhalten.

Ihr brummte der Schädel. Sie stützte sich auf die Ellbogen und sah wieder nach unten.

»Zieh die an.« Edward drückte Boy eine dunkle Kapuzenjacke in die Hand. »Bring Hugo ins Draußen, lade ihn auf und sag Bescheid, dass alles nach Plan gelaufen ist.«

Boy nickte.

»Und vergiss den hier nicht.« Edward warf ihm eine kleine rote Scheibe zu. Sie sah aus wie ein Magnet. »Fürs Erste musst du die Augenpflanzen weiter ausschalten, wenn du vorbeigehst. Wir wollen schließlich nicht, dass die Dinger dich ans Gehirn melden. Sobald Hugo versorgt ist, komm auf direktem Weg ins Ocularium. Du bleibst erst mal bei uns. Am Abend der Gerichtsverhandlung schmuggeln wir dich wieder ins Rathaus. Sei vorsichtig. Von jetzt an darf dich niemand mehr sehen – offiziell bist du immer noch im Uhrenturm eingesperrt.«

So konnte Boy die Augenpflanzen also unbemerkt stehlen. Mit dem Magneten störte er das Signal – genau wie William vermutet hatte. Und das Draußen … Den Namen hatte Violet schon mal irgendwo gehört. Sie durchstöberte ihr Gedächtnis. Schwester Powick auf dem Friedhof – sie hatte Boy ebenfalls aufgetragen, den Kinderfänger dorthin zu bringen.

»Damit gehört das Ocularium wieder uns?« Georges Lippen verzogen sich zum Anflug eines Lächelns.

»Wir können heute Abend noch in unser Zuhause zurückkehren, George. William und Brown sitzen im Gefängnis. Und wenn die Leute morgen die Zeitung aufschlagen, wird niemand mehr etwas dagegen haben, dass wir uns holen, was rechtmäßig uns gehört!«

»Und dann können wir die Hüter freilassen.« Georges Lächeln wurde breiter.

»Noch nicht, mein lieber Bruder. Wenn wir sie zu früh rausholen, verlieren wir die Gunst der Leute wieder und riskieren einen Aufstand. Noch sind wir nicht genug, um Town zu unterwerfen. Wir müssen erst das Vertrauen zurückgewinnen, dann können wir nach und nach die Kontrolle übernehmen. Wir vernichten William und anschließend den Rest der Niemandsländer. Sobald sie sicher weggesperrt sind, gehören diese Straßen wieder uns und wir können da weitermachen, wo wir unterbrochen worden sind.«

»Und was habt ihr mit William vor?«, fragte Boy.

»Wieso interessiert dich das?«, knurrte George.

»Tut es nicht, das war bloß eine Frage«, erwiderte Violets Freund ein wenig zerknirscht.

»Wir sorgen dafür, dass er für das bezahlt, was wir erdulden mussten – und zwar für alles«, antwortete Edward. Er schaltete das Licht aus und der Sitzungssaal versank im Dunkeln.

»Gut«, sagte Boy.

Violet fühlte sich hundeelend.

Kapitel 24

Der Junge mit den weißen Augen

Violet wartete, während Edward, George, Boy und der Kinderfänger die Wendeltreppe hinabliefen. Sobald sie das Gebäude verlassen hatten, kroch sie aus ihrem Versteck im Zuschauerbereich und rannte nach oben in den Uhrenturm.

»Dad?«, rief sie, in der Hoffnung, seine Stimme zu hören.

»Violet, bist du das?«

»Ja, Dad. Alles okay?«

»Was machst du hier? Los, verschwinde, Mäuschen, bevor dich jemand sieht!«

»Aber ich muss dich erst rausholen!«

»Bitte geh, Violet. Ich möchte nicht wissen, was passiert,

wenn sie dich erwischen. Sag deiner Mutter, was los ist, und …«

»Und kümmer dich bitte um Anna. Sorg dafür, dass sie in Sicherheit ist«, meldete sich Madeleine zu Wort.

»Geht es William gut?«, fragte Violet.

»Ja, er hat bloß einen Schlag auf den Kopf bekommen.«

»Du hattest recht, Dad, das war alles nur vorgetäuscht. Die Diebstähle, die Entführungen, einfach alles. Und Boy arbeitet wirklich für die Zwillinge. Ich kapier das nicht …«

»Ich weiß, Mäuschen, aber darüber darfst du jetzt nicht nachdenken – mach, dass du hier wegkommst.«

Unten im Erdgeschoss rüttelte jemand an der Rathaustür. Violets Herz begann zu rasen. War Crooked etwa schon wieder zurück?

»Geh jetzt, Violet, bevor du erwischt wirst«, flüsterte Merrill. »Niemand hat was davon, wenn sie dich auch noch einsperren. Hol Hilfe. Sag Iris und Macula Bescheid. Sorg dafür, dass die Leute die Wahrheit erfahren.«

»Aber Robert Blot wird die Version der Zwillinge veröffentlichen. Er verbreitet ihre Lügen und die Leute glauben ihm!«

»Nicht alle glauben ihm, Violet. Bitte hol einfach Hilfe. Jetzt geh, Mäuschen – na los!«, drängte ihr Dad.

Wieder klapperte es unten an der Tür. Violet blickte über die Brüstung der Wendeltreppe. Ihr wurde angst und bange.

»Dad«, flüsterte sie.

»Ja?«

»Ich hab dich ganz doll lieb.«

»Ich dich auch, Mäuschen – mehr, als ich dir jemals sagen kann. Jetzt geh … bitte!«

Sie legte eine Hand auf die Tür und stellte sich vor, dass sie ihren Vater umarmte. Dann drehte sie sich um und huschte auf leisen Sohlen die Treppe hinab.

Erneut wackelte und schepperte die Tür.

»Du machst zu viel Krach. Früher in Niemandsland konntest du das viel besser«, flüsterte jemand auf der anderen Seite.

Violet kannte die Stimme.

»Pst, ich muss mich konzentrieren!«, zischte jemand anderes gereizt.

Auch diese Stimme kannte Violet.

Der aufwendig verzierte Türknauf drehte sich langsam und die Tür schwang nach innen auf. Zwei Köpfe lugten vorsichtig um die Ecke.

»Was macht ihr denn hier?«, flüsterte Violet.

»Violet!«, rief Anna und verlor vor Schreck beinahe das Gleichgewicht.

»Wir waren auf der Suche nach dir.« Jack, Boys Freund aus dem Waisenhaus, begleitete Anna. Er schob sich an Violet vorbei und vergewisserte sich, dass die Luft rein war. »Was ist passiert?«

»Wir müssen hier weg.« Violet ignorierte seine Frage. »Vincent Crooked kann jeden Moment mit Robert Blot zurückkommen, um Fotos für die Zeitung zu machen. Sie dürfen uns auf keinen Fall hier erwischen.«

»Was denn für Fotos?«, wollte Anna wissen.

»Heb dir deine Fragen für später auf, Anna. Violet sagt, wir müssen verschwinden«, entgegnete Jack, packte die Kleine am Arm und rannte aus dem Gebäude.

Violet zögerte kurz. Sie warf einen letzten Blick nach oben, wo ihr Dad und die anderen gefangen gehalten wurden. Dann folgte sie den beiden nach draußen.

Die Straßen waren wie ausgestorben. Es hatte wieder zu regnen begonnen.

Jack zog Anna hinter sich her zum Teeladen, dessen Türvorsprung ein wenig Deckung bot. Violet zwängte sich zu ihnen. Sie kam gerade wieder zu Atem, als ihnen von der anderen Seite des Rathausplatzes Stimmen entgegenschallten.

Anna warf einen vorsichtigen Blick aus ihrem Versteck.

»Das sind Mr Crooked und der Zeitungsmann«, flüsterte sie und zog schnell den Kopf ein.

»Pass auf, dass sie dich auf keinen Fall sehen«, wisperte Violet eindringlich. »Conors Dad arbeitet mit den Archer-Zwillingen zusammen. Town steckt gewaltig in Schwierigkeiten.«

»Wo ist meine Mam?«, fragte Anna beunruhigt.

»Keine Sorge, es geht ihr gut«, antwortete Violet. Dann unterbrach sie sich, als ihr ein Gedanke durch den Kopf schoss. »Wie bist du überhaupt hierhergekommen, Anna?«

»Ich bin dir nachgeschlichen.« Anna wich Violets Blick aus. »Ich hab gesehen, wie du ins Rathaus gegangen bist, aber als ich dir folgen wollte, war die Tür abgeschlossen und ich konnte Mams Schlüssel nicht finden. Also hab ich gewartet. Und dann waren da plötzlich diese unheimlichen Geräusche. Ich hab Angst gekriegt und bin weggelaufen, um Jack zu holen, weil ich wusste, dass er Schlösser knacken kann. Wir sind gerade angekommen, als die Zwillinge und der Kinderfänger gegangen sind. Warum war Boy bei ihnen?«

»Anna, meine Mam macht sich gerade wahrscheinlich fürchterliche Sorgen.« Violet ging nicht auf ihre Frage nach Boy ein.

»Nein, ich hab gesagt, dass ich müde bin und schlafen möchte, und sie hat mich ins Gästezimmer gebracht. Wenn man ein Kind ist, denken die Erwachsenen, man ist ständig müde, und wollen andauernd, dass man schlafen geht. Sie hat mir also ganz bestimmt geglaubt. Sobald sie weg war, bin ich aus dem Fenster geklettert. Das war total einfach, viel leichter als bei mir zu Hause.«

»Violet, was meintest du mit ›Town steckt gewaltig in Schwierigkeiten‹?«, fragte Jack.

»Die Zwillinge versuchen, wieder die Kontrolle zu übernehmen. Sie haben Dad, Merrill, Madeleine und William in den Uhrenturm gesperrt«, erklärte Violet. Dann fasste sie für ihn zusammen, was an diesem Tag bisher geschehen war.

Sie erklärte, was es mit dem Wetter auf sich hatte und wie ihr Dad dahintergekommen war, dass die Zwillinge die Gefühle der Menschen manipulierten. Jack wirkte fast ein bisschen erleichtert, als er hörte, dass all die Wut und Traurigkeit nicht echt war.

»Ich hab mich echt mies gefühlt«, gestand er kopfschüttelnd. »Und daran waren wirklich nur die Zwillinge schuld?«

Violet nickte und fuhr fort. Sie beschrieb, was während der Sitzung geschehen war und dass alles bloß ein Trick war. Dass die Zwillinge sich selbst geschlagen hatten.

»Soll das heißen, sie haben sich selbst verprügelt? So richtig?« Wieder schüttelte Jack den Kopf, als könne er das alles kaum fassen.

»Ja, es war total unheimlich.« Violet nickte. »Sie wollen so tun, als hätten William und die anderen sie angegriffen, um die Macht über Town zu erlangen.«

»Aber die Zwillinge versuchen doch, die Macht zu übernehmen!«, empörte sich Anna.

»Ganz genau. Und wir müssen sie daran hindern«, erwiderte Violet. »Sie wollen, dass alles wieder so wird wie in Perfect. Und wir sollen zurück nach Niemandsland.«

»Aber das geht nicht.« Annas Lippe zitterte. »Ich will bei meiner Familie bleiben. Ich will nicht wieder ins Waisenhaus!«

»Keine Sorge – darauf fallen die Leute nicht rein«, versicherte Jack.

»Ich fürchte, das sind sie schon, Jack. Wie gesagt, die Archers kontrollieren unsere Gefühle und setzen sie gezielt gegen uns ein. Sie haben uns eingeredet, dass Town kein guter Ort ist. Und nun, da Boy ihnen hilft, werden die Leute alles glauben, was sie über William behaupten.«

»Boy würde ihnen niemals helfen«, beharrte Jack trotzig.

»Doch, das tut er. Ich hab ihn mit eigenen Augen gesehen. Aber vielleicht manipulieren ihn die Zwillinge ja irgendwie.« Violet fiel Schwester Powick wieder ein. Sie zog das Foto aus ihrer Tasche.

»Diese Frau steckt da anscheinend mit drin«, sagte sie und zeigte auf das Bild. »Ich hab Boy und sie zusammen gesehen. Sie hat dem Kinderfänger befohlen, mich in die Zelle zu sperren. Kannst du dich an sie erinnern, Jack?«

Sie gab ihm das Foto und beobachtete sein Gesicht, während er es genauestens unter die Lupe nahm.

»Ich glaube, sie hat im Waisenhaus gearbeitet. Das steht jedenfalls auf der Rückseite«, fuhr Violet fort. »Boy hat auch was hintendrauf geschrieben – zumindest sieht das wie seine Handschrift aus. Aber ich verstehe nicht, was er meint. Da steht nur: 2 x Ich?«

Sämtliche Farbe wich aus Jacks Gesicht, als hätte er einen Geist gesehen.

»Was ist?«, flüsterte Violet.

»Ich weiß, was Boy damit gemeint hat«, hauchte er.

Seine Hand zitterte, als er Violet das Foto zurückgab.

»Du machst mir Angst«, piepste Anna und zupfte an seinem Ärmel.

»Guck dir das Foto noch mal an ... schau ganz genau hin«, drängte er.

Violet tat wie geheißen, auch wenn sie keine Ahnung hatte, worauf Jack hinauswollte.

»Bist du auch auf dem Bild?«, fragte sie verwirrt.

»Nein.« Jack schüttelte den Kopf und zeigte auf einen Punkt in der hintersten Ecke des Fotos. »Erkennst du da jemanden?«

Ein Junge und ein Mädchen standen dicht nebeneinander und blickten mit versteinerter Miene in die Kamera. Zwischen ihnen – fast vollständig von ihnen verborgen – war eine weitere kleine Gestalt zu erkennen.

Violet sah sich den Jungen, der schüchtern über die Schulter des kleinen Mädchens lugte, genauer an. Dann wanderte ihr Blick zurück zu Schwester Powick und dem Jungen auf ihrem Arm.

»Boy hat recht«, flüsterte Jack. »Es gibt ihn zweimal.«

Kapitel 25

Maculas Geheimnis

»Ich versteh das nicht.« Violet blickte von einem der identisch aussehenden Jungen zum anderen.

»Boy hat einen Zwillingsbruder!«, verkündete Anna aufgeregt.

»Einen Zwillingsbruder?« Verwirrt schüttelte Violet den Kopf. »Aber Boy hat mir nie davon erzählt ... Hat er dir etwas gesagt, Jack?«

»Nein«, antwortete Jack, ohne das Foto aus den Augen zu lassen. »Vielleicht wusste er es selbst nicht. Ich kann mich nicht daran erinnern, dass er jemals einen Bruder erwähnt hat, und bin auch nie einem begegnet. Aber ich war sieben, als ich meinen Eltern weggenommen worden bin. Damals war Boy bereits seit fünf oder sechs Jahren im Waisenhaus. Vielleicht war sein Bruder zu der Zeit schon nicht mehr da?«

»Auf der Rückseite steht, dass das Foto am letzten Arbeitstag von Schwester Powick gemacht worden ist. Und auf dem Friedhof hat sie irgendwas davon gesagt, dass sie Boy großgezogen hat. Oder wahrscheinlich eher seinen Bruder. Vielleicht hat sie seinen Bruder ja mitgenommen, als sie das Waisenhaus verlassen hat?«, überlegte Violet.

Sie konnte den Blick einfach nicht von dem Foto abwenden. Die beiden Jungs waren vollkommen identisch, allerdings …

»Sein Bruder hat weiße Augen!«, platzte Anna heraus, als hätte sie ihre Gedanken gelesen.

Anna hatte recht, auch wenn Violet die Augenfarbe nicht direkt als weiß beschrieben hätte. Es war eher ein auffallendes Eisblau, das in krassem Kontrast zu den beinahe schwarzen Augen seines Zwillingsbruders stand.

William Archer, der Vater der beiden, hatte verschiedenfarbige Augen. Das war Violet schon bei ihrer ersten Begegnung aufgefallen, als Boy und sie sich in seinem Haus vor den Hütern versteckt hatten. Damals hatte es sie große Mühe gekostet, ihn nicht die ganze Zeit anzustarren, doch inzwischen hatte sie sich daran gewöhnt. Ein Auge war dunkel, fast schwarz, während das andere so blau wie ein frostiger Wintermorgen war. In seiner Ansprache vor dem Rathaus hatte Edward diese Augen als Beleg für das Geteilte-Seele-Syndrom aufgeführt, die erfundene Störung, an der sein Bruder angeblich litt.

Violet hatte Boys dunkle Augen schon immer ungewöhnlich gefunden. Nun trieb ihr der Anblick der kalten, klaren Augen seines Zwillingsbruders einen Schauer über den Rücken. Es wirkte beinahe, als sei William Archer zweigeteilt worden.

Eine Erinnerung kam in ihr hoch.

Als Boy an jenem Abend, an dem der erste Regenguss über Town niedergegangen war, in ihrem Garten gestanden hatte, war ihr ein hauchfeiner eisblauer Streifen am Rand seiner Iris aufgefallen. Genauso ein Streifen war auch wieder aufgeblitzt, als er den Kopf durch die Gitterstäbe ihrer Zelle gesteckt hatte, kurz bevor Edward seine vorgetäuschte Rettungsaktion durchgeführt hatte.

Und auf dem Friedhof war Schwester Powick wütend auf Boy gewesen. Sie hatte ihm befohlen, etwas wieder einzusetzen, falls ihn jemand sah. In dem Moment hatte Violet sich nichts dabei gedacht, aber jetzt fiel ihr wieder ein, dass Boy danach eine Weile an seinen Augen herumgefummelt hatte.

Violets Mam hatte sich an Halloween mal als Rose verkleidet – passend zu ihrem Namen. Sie hatte eine grüne Hose und ein rotes Oberteil angezogen und sich jede Menge roter Seidentücher um den Kopf gewickelt. Sie war sogar so weit gegangen, sich rote Kontaktlinsen einzusetzen.

Bis auf die Augen sahen die Zwillinge auf dem Foto absolut identisch aus. Vermutlich taten sie das noch immer. Wenn Boys Bruder dunkle Kontaktlinsen trug, waren die beiden also nicht mehr zu unterscheiden. Natürlich würden die Leute ihn automatisch für Boy halten.

Violets Herz raste.

Hatte sie in den letzten Tagen gar nicht mit Boy geredet, sondern mit seinem Bruder? Das würde erklären, warum er sich so merkwürdig verhalten hatte. Und weshalb er so geschwollen daherredete und Wörter benutzte, die Boy eigentlich nicht kennen konnte. Außerdem erklärte es, warum Boy nichts von Lucys gestohlenem Fahrrad wusste und so vehement bestritt, mit Conor in der Geistersiedlung gewesen zu sein.

Der Boy, mit dem Anna geredet hatte. Der Boy, der sich so verhielt, wie Violet ihn kannte. Der Boy, der sich im Waisenhaus unter der Treppe versteckte und das Foto von sich und seinem Zwilling gefunden hatte – dieser Boy musste der echte sein. Aber wo steckte er jetzt?

Violet sah sich die Rückseite des Fotos noch einmal an.

2 x Ich?

Vielleicht hatte Jack recht und Boy wusste tatsächlich nicht, dass er einen Zwillingsbruder hatte.

Plötzlich überkam sie ein überwältigendes schlechtes Gewissen. Die ganze Zeit war sie wütend auf ihn gewesen, weil er sie angelogen hatte. Sie war davon ausgegangen, dass er nicht länger ihr bester Freund sein wollte. Dabei war sie diejenige, die sich nicht wie eine gute Freundin verhalten hatte. Sie hatte ihm nicht geglaubt, obwohl er ihr die Wahrheit gesagt hatte.

»Also hilft nicht Boy den Archer-Zwillingen, sondern sein Bruder?«, fragte Anna mit großen Augen.

»Ja, sieht ganz so aus«, antwortete Violet, der die Erinnerung die Schamesröte ins Gesicht getrieben hatte. »Ich nehme an, das macht er schon seit einer Weile.«

»Ich wusste es! Boy ist nicht böse«, sagte Anna.

Violet berichtete Anna und Jack von der Sache mit Boys Augen.

»Ich fühl mich so mies«, gestand sie leise.

»Warum?« Jack sah sie fragend an. »Das ist doch toll – das bedeutet, Boy ist einer von den Guten.«

»Aber ich war sauer auf ihn, weil ich dachte, dass er mich anlügt«, brach es aus ihr heraus.

»Wir waren alle sauer.« Anna schlang die Arme um sie. »Die Archer-Zwillinge haben gemacht, dass wir wütend werden. Du kannst nichts dafür.«

»Aber ich hab Boy auch vorher schon nicht geglaubt, noch bevor das Wetter so schlecht geworden ist. Ich wusste nicht mehr, was ich denken soll. Er muss sich furchtbar gefühlt haben.«

»Wie hättest du ahnen sollen, dass er einen Zwillingsbruder hat?«, erwiderte Jack unverblümt.

Damit hatte er natürlich recht: Wie hätte sie das ahnen können? Aber eine Person gab es, die Bescheid wusste. In Violet begann es zu brodeln.

»Macula wusste es«, fauchte sie. »Warum hat sie nicht die Wahrheit gesagt? Alle Welt glaubt, dass Boy der Böse ist. Sie hätte das problemlos richtigstellen können.«

»Boy meinte, sie verhält sich in letzter Zeit irgendwie komisch.« Jack schüttelte den Kopf. »Was, wenn mit ihr irgendwas nicht stimmt?«

»Ja, das stimmt, das hat Boy mir auch erzählt«, erwiderte Violet leise.

Für einen Moment kehrte Schweigen ein.

»Wie wär's, wenn wir Macula einfach fragen, warum sie niemanden von den Zwillingen erzählt hat? Vielleicht weiß sie ja auch, wo unser Boy jetzt ist«, schlug Anna schließlich vor. »Mam sagt immer, wenn ich etwas über jemanden wissen möchte, soll ich denjenigen danach fragen. Sie sagt, in Perfect hat sie alles geglaubt, was man ihr über andere Leute erzählt hat. Und sie hat nicht mal versucht rauszufinden, ob das überhaupt stimmt. Das will sie nie wieder machen. Weil das nämlich nicht besonders nett ist.«

Jack lächelte und strubbelte der Kleinen durchs Haar.

»Anna hat recht – wir sollten Macula fragen. Wenn es uns gelingt, Boy zu finden, können wir beweisen, dass die Archer-Zwillinge alle belügen. Vielleicht weiß Macula, wo er ist. Oder sie kann uns zumindest etwas über seinen

Zwilling verraten, das uns helfen könnte, Boy aufzuspüren«, sagte er.

»Aber was, wenn Macula nicht will, dass irgendwer von ihm erfährt?«, entgegnete Violet beklommen. »Ich meine, wenn sie nicht mal Boy davon erzählt hat …«

»Tja, jetzt ist ihr Geheimnis jedenfalls raus.« Jack zuckte mit den Schultern.

»Ja, da ist was dran.« Violet trat aus dem Hauseingang.

»Wo willst du hin?« Anna wirkte besorgt.

»Mit Macula reden.«

Mit einem freudigen Hüpfer folgte Anna ihr aus der Deckung des Teeladens. Zu dritt machten sie sich auf den Weg. Violet war sich immer noch nicht sicher, ob das wirklich so eine gute Idee war. Aber sie mussten Boy dringend finden und Macula war möglicherweise die Einzige, die ihnen dabei helfen konnte. Im strömenden Regen liefen sie durch die menschenleeren Straßen von Town, huschten die Forgotten Road entlang zum Marktplatz und bogen von dort in die Wickham Terrace.

Vor Nummer 135, Boys Zuhause, blieben sie stehen. Jack holte tief Luft und klopfte an. Seine Hand zitterte merklich. Die Wirkung des Regens setzte ihnen immer noch zu, aber wenigstens wussten sie jetzt, woher ihre Gefühle stammten. Und das machte es deutlich einfacher, damit klarzukommen.

Violet und Anna stellten sich zu Jack auf die Türschwelle.

Seit sie ihr in der Geistersiedlung zum ersten Mal begegnet war, war Violet von Macula fasziniert.

Boys Mam war wunderschön – einer der schönsten Menschen, den Violet jemals gesehen hatte. Ihr schwarzes Haar war so lang gewesen, dass es bis zum Boden reichte, doch nun fiel es ihr nur noch bis knapp über die Schulter. Sie hatte ein ebenmäßiges blasses Gesicht, in dem ihre grasgrünen Augen leuchteten wie eine Sommerwiese im Sonnenschein. Ihr Anblick versetzte die Menschen regelmäßig in Erstaunen und wenn sie den Mund aufmachte, konnte sie einen ganzen Raum zum Schweigen bringen. Das hatte zumindest Violets Dad mal gesagt.

Darüber hinaus war Macula überaus klug und gebildet. Sie schien immer zu wissen, wovon sie redete, gab damit aber nicht so an wie Beatrice, die Streberin. Boy hatte Violet erklärt, dass Maculas Gehirn wie ein Schwamm alles aufsaugte, was sie sah oder las. Sie konnte sämtliche Elemente des Periodensystems auswendig aufsagen. Das konnte nicht mal sein Dad, obwohl er der Naturwissenschaftler in der Familie war.

Macula hingegen war eher künstlerisch veranlagt. Sie hatte die Bilder gemalt, die an den Wänden ihres Zimmers in der Geistersiedlung hingen – die, die Violet so sehr an Freiheit denken ließen. Ihre Bilder wirkten unglaublich lebendig, so als könnten die Dinge, die sie malte, jeden Moment aufstehen und aus der Leinwand klettern.

Die Tür ging auf und Macula lugte hinaus, wodurch sie Violet schlagartig aus ihren Gedanken riss.

»Was macht ihr drei denn hier? Um die Uhrzeit?« Sie trat beiseite und ließ sie herein.

Boys Zuhause hatte keine Diele, sodass sie sofort in der Küche standen. Ein großer cremeweißer Ofen spendete wohlige Wärme.

»Ähm …« Jack warf Violet einen verlegenen Blick zu.

»Ach so, wir … ähm … wir wollten mit Ihnen reden«, antwortete Violet.

Das Haus hatte sich seit Violets erstem Besuch stark verändert. Damals hatte William alleine hier gelebt und alles war unter stapelweise Krempel verborgen und mit einer dicken Staubschicht überzogen gewesen.

Macula hingegen konnte es gar nicht bunt genug sein. Jede Tür und jedes Zimmer waren in einer anderen fröhlichen Farbe gestrichen. Boys Zimmer hatte gelbe Wände und eine orangefarbene Tür, während die Küche, in der sie sich gerade befanden, in einem tiefen Lila gehalten war. Die Eingangstür leuchtete knallgrün.

»Was habt ihr denn auf dem Herzen?«, erkundigte sich Macula und musterte die drei neugierig.

Violet durchstöberte ihr Gehirn. Wie konnte sie ihre Frage am besten formulieren? Ihr Dad ermahnte sie andauernd, erst den Kopf einzuschalten, bevor sie den Mund aufmachte.

»Hat Boy einen Zwillingsbruder?«, platzte Anna heraus.

Hastig hielt Violet der Kleinen den Mund zu.

Maculas Wangen röteten sich und sie senkte den Blick. Violets Herz schlug schneller.

»Seid ihr deswegen hier?«, erwiderte Macula nach einer Weile. Ihrem Tonfall war nichts anzumerken.

Anna nickte.

Violet schwirrte der Kopf – ihre Gedanken rasten wie wild durcheinander und sie bekam keinen von ihnen zu fassen.

»Dem Rest von euch hat es wohl die Sprache verschlagen?« Macula lehnte sich gegen den hölzernen Küchentisch.

»Ähem, wir … so direkt wollten wir das eigentlich nicht fragen«, stotterte Violet.

»Aber fragen wolltet ihr es schon?«

Violet nickte stumm.

»Na, dann solltet ihr euch vielleicht lieber setzen.« Macula seufzte.

Kapitel 26

Eine besorgte Bürgerin

Anna setzte sich neben Macula, während Jack und Violet auf der anderen Seite des Tisches Platz nahmen. Eine Weile sagte Boys Mam kein Wort. Sie wirkte erschöpft und niedergeschlagen. Ganz wie Boy es beschrieben hatte.

»Verratet mir, woher ihr von Boys Zwilling wisst«, bat sie schließlich.

Violet sah zu Jack hinüber, dann zog sie behutsam das Foto aus der Tasche und reichte es Macula.

»Das haben wir im Waisenhaus gefunden. Ich glaube, Boy hat es dort liegen lassen. Er hat sich dort versteckt.«

»In unserem Geheimversteck«, korrigierte Anna.

»Wann war er das letzte Mal in eurem Geheimversteck, Anna?«, fragte Macula begierig. »Wisst ihr, wo er jetzt ist?«

»Nein.« Jack schüttelte den Kopf. »Wir hatten gehofft, dass Sie vielleicht was wissen.«

Macula senkte den Blick auf das Foto und strich sanft mit dem Daumen darüber.

»Nein.« Sie seufzte. »Ich habe versucht, ihn zu finden, doch bisher vergebens.«

Maculas Stimme brach, als sie sich das Foto genauer ansah.

»Mein Junge. Ich kenne nicht viele Bilder von Boy, nicht in diesem Alter. Ich habe so viel von seinem Leben verpasst!«

»Sein Bruder ist auch dadrauf.« Anna beugte sich vor und zeigte mit dem Finger auf das Foto. »Deswegen wissen wir, dass Boy einen Zwilling hat.«

»Oh.« Macula schlug die Hand vor den Mund und schnappte hörbar nach Luft. »Warum ist es mir nicht gelungen, sie zu beschützen? Ich habe sie im Stich gelassen, alle beide.«

»Nein, haben Sie nicht«, versicherte Violet. »Boy hat Sie lieb. Und meine Mam sagt, es war sehr tapfer von Ihnen, ihn – ich meine, sie beide – wegzugeben. Sie sagt, Sie haben ihn – sie – weggegeben, um sie zu beschützen, und das ist das Schwerste, was eine Mutter tun kann.«

Eine Träne rollte über Maculas Wange.

»Danke«, hauchte sie und drückte Violets Hand. »Aber ich verdiene dieses Lob nicht. Ich habe versucht, meine

Jungs zu schützen, doch es ist anders gelaufen als gedacht. Und Tom musste darunter leiden.«

»Tom?«, fragte Violet. »Ist das sein Name?«

Macula nickte.

»Warum haben Sie niemandem von ihm erzählt?«, platzte Anna heraus.

Violet warf ihr einen strengen Blick zu.

»Ist schon gut, Violet«, beschwichtigte Macula. »Ich wollte es ja, Anna. Aber als ich Boy wiedergesehen habe, stand ich unter Schock – alles ging so schnell. Er hat seinen Bruder nie erwähnt, deswegen dachte ich, dass ihm vielleicht irgendetwas Schlimmes zugestoßen ist. Sobald William und ich etwas Zeit für uns hatten, habe ich ihm alles erzählt. Und seitdem haben wir überall nach Tom gesucht. Boy wollte ich trotzdem nicht gleich damit konfrontieren. Ich war besorgt, weil er nie über Tom sprach, daher entschied ich mich zu warten, bis wir mehr wussten. Dann bekam ich eines Tages einen Brief von Priscilla Powick, der Frau, die Tom bei sich aufgenommen hat. Wir beschlossen, Boy nichts zu sagen, bis wir Tom gefunden hatten. Wir dachten, das alles wäre sonst vielleicht zu schmerzhaft für ihn. Obwohl ich mir Mühe gegeben habe, dass für Boy alles so normal wie möglich ist, hat mich die Suche nach seinem Bruder mehr und mehr in Anspruch genommen. Jedenfalls bis jetzt. Jetzt suche ich meine *beiden* Söhne.«

»Priscilla Powick!« Violet sprang auf und zeigte auf die

Frau auf dem Foto. »Das da ist Schwester Powick. Könnte sie die Frau sein, die ihn aufgenommen hat?«

Boys Mam sah wieder auf das Bild. Ihre Wangen glühten förmlich.

»Ich bin ihr nie begegnet. Das ist Priscilla Powick, sagst du?«

»Ja. Also, zumindest glaube ich das«, antwortete Violet. »Ihr Name ist Powick und sie hat im Waisenhaus gearbeitet. Ich hab sie mit Tom auf dem Friedhof gesehen, auch wenn ich da noch dachte, dass er Boy ist. Sie hat irgendwas darüber gesagt, dass sie ihn großgezogen hätte.«

»Also hat sie bei der Sache die Finger im Spiel? Hast du mit ihr gesprochen, Violet?«, fragte Macula hörbar aufgewühlt.

»Ja, in dem unterirdischen Tunnel. Sie hat dem Kinderfänger befohlen, mich in die Zelle zu sperren.«

Macula sah sie ratlos an und so begann Violet, ihr auch den Rest der Geschichte zu erzählen. Wie sie Boy für den Bösen gehalten hatte und ihm auf den Friedhof gefolgt war, nur um dort durch das Rohr in den weißen Raum zu fallen. Wie Schwester Powick sie erwischt und zu Conor und Beatrice gesperrt hatte. Und zu guter Letzt auch von ihrer vorgetäuschten Rettung durch Edward und wie Boy – beziehungsweise Tom – so getan hatte, als wollte er ihn aufhalten.

»Das heißt, Edward steckt hinter alldem?«, fragte Macula aufgebracht. »Ich wusste es. Ich wusste, dass er da irgendwie die Strippen ziehen muss. All diese Unwahrheiten, die er uns schon wieder aufgetischt hat. Die vielen Lügen über William – das macht mich krank. Und ganz Town glaubt ihm.«

»Edward macht, dass Town ihm glaubt«, warf Anna ein. »Er benutzt die Wolken dafür.«

»Was?« Macula schien schon wieder nicht folgen zu können.

Und so berichtete Violet ihr, was es mit dem Wetter auf sich hatte und was gerade eben erst im Rathaus vorgefallen war.

»Also haben sie William? Ich wusste, dass er nicht einfach weggelaufen ist. Das würde er uns niemals antun.« Macula war jetzt richtig wütend. »Warum haben diese Brüder es darauf abgesehen, meine Familie zu zerstören? Damit kommen sie nicht durch – nicht noch mal.«

Macula stand auf und fing an, in der Küche auf und ab zu laufen. Ihr Mann hatte die gleiche Angewohnheit – und Boy auch. Es half ihm beim Nachdenken, behauptete er. Violet versuchte, nicht an ihn zu denken, während um sie herum unbehagliches Schweigen einkehrte.

Schließlich setzte Boys Mutter sich wieder hin. Sie legte die Stirn in Falten.

»Ich glaube nicht, dass Tom von Grund auf böse ist – das liegt nicht in seiner Natur«, sagte sie. »Hast du mit ihm geredet, Violet? Ich nehme an, diese Frau zwingt ihn, all diese schlimmen Dinge zu tun. Glaubst du, sie liebt ihn? Denkst du, sie behandelt ihn wie ihren eigenen Sohn?«

»Sie, ähm …« Violet war nicht ganz sicher, was sie darauf erwidern sollte. »Sie klang nicht besonders liebevoll, als sie mit ihm gesprochen hat.«

»Ich finde, sie klang, als ob sie ihn überhaupt nicht mag«, fügte Anna hinzu.

»Wenn ich den Eindruck hätte, dass sie gut für ihn sorgt, dass er eine Familie hat, die ihn liebt – auch wenn es nicht seine echte Familie ist –, könnte ich damit leben. Ich will nur, dass meine Kinder glücklich sind. Aber was er getan hat … so was macht niemand, der glücklich ist und sich geliebt fühlt.« Maculas Augen füllten sich mit Tränen. »Wenn mir diese Frau jemals unterkommt, werde ich … werde ich …«

Sie stand wieder auf und lief in der Küche umher.

»Vielleicht könnte ich mit ihm reden. Ich könnte ihm sagen, dass er eine Familie hat, die ihn liebt. Vielleicht hilft er uns dann sogar. Du hast gesagt, er übernachtet bei George und Edward im Ocularium?«

»Ich glaube, Sie sollten lieber nicht zu ihm gehen«, wandte Violet besorgt ein. »George und Edward dürfen nicht erfahren, dass wir Bescheid wissen. Und wir können Tom nicht trauen.«

Macula senkte den Kopf und sah auf ihre Hände.

»Ich weiß, er ist Ihr Sohn«, fuhr Violet hastig fort. Hoffentlich hatte sie nichts Falsches gesagt. »Und ich glaube auch nicht, dass er böse ist, jedenfalls nicht wirklich …« Sie zögerte einen Moment. »Tom hat mich nicht entführt, obwohl er das sollte. Schwester Powick hat ihn deswegen ziemlich runtergeputzt. Und als er Anna und mich auf dem Friedhof entdeckt hat, hat er uns nicht verpetzt. Dabei hätte er das problemlos tun können. Außerdem hat er einen zahmen Vogel, mit dem er manchmal spielt. Wer so nett zu Tieren ist, kann nicht böse sein.«

»Danke, Violet.« Macula lächelte ein wenig. »Es ist schön, das über ihn zu hören. Vielleicht hast du recht. Aber es stimmt: Wir können ihm nicht trauen, noch nicht.«

»Dürfen wir den Brief von Schwester Powick mal sehen?«, fragte Violet, nun schon etwas mutiger. »Vielleicht steht ja was drin, was uns hilft, sie aufzuspüren. Wir wissen, dass sie für die Archers arbeitet. Wenn wir sie finden, finden wir vielleicht auch Boy.«

Boys Mutter zögerte kurz, ging dann aber zu einem hellblauen Schrank auf der anderen Seite der Küche. Sie zog eine Schublade auf und nahm einen Stapel Briefe heraus, der sorgfältig mit einer braunen Schnur zusammengebunden war. Dann setzte sie sich wieder und löste die Schnur.

Ein Brief fiel heraus und landete mit der beschriebenen Seite nach oben vor Violet. Neugierig beugte sie sich vor und begann zu lesen.

Meine lieben Jungs,
letzte Nacht habe ich wieder von euch geträumt.
Ihr wart so glücklich. Ich hoffe inständig,
dass ich in meinen Träumen das sehe,
was ihr seht, und dass es euch beiden gut geht ...

»Das darfst du nicht lesen, Violet!«, schimpfte Anna. »Das ist nicht dein Brief.«

Violet errötete und faltete das Papier schnell wieder zusammen.

»Das macht nichts, Anna.«, erwiderte Macula. »Violet hat schon ein paar davon gesehen.«

»Ich hab mich immer gewundert, warum sie alle mit ›Meine lieben Jungs‹ anfangen«, flüsterte Violet. »In Ihrem Zimmer in der Geistersiedlung lagen ganze Stapel davon rum. Einer ist immer noch da – ich hab ihn gefunden, als wir auf der Suche nach Conor waren.«

»Ach ja? Den muss ich bei meinem Auszug verloren haben«, erwiderte Macula. »Ich habe Tausende von diesen Briefen geschrieben, alle an meine Jungs.«

»Ich dachte, Sie meinen William und Boy«, sagte Violet.

»William hatte ich in und auf meinem Herzen.« Mit dem Daumen strich Boys Mam über ein wunderschönes goldenes Amulett mit einer Verzierung aus grünen Steinen, das um ihren Hals hing. Das hatte sie auch getan, als Violet ihr in der Geistersiedlung zum ersten Mal begegnet war. Es war das Amulett, das William ihr einst zum Hochzeitstag geschenkt hatte. Das Amulett, das ihn später überzeugt hatte, den Kampf gegen Perfect wieder aufzunehmen, als Violet ihm davon erzählt hatte.

»Da ist er!«, rief Macula wenig später. »Priscilla Powick hat mir kurz nach dem Ende von Perfect geschrieben. Boy und ich waren da gerade erst hier eingezogen. Aber ich weiß nicht, ob uns der Brief so eine große Hilfe ist, Violet. Im Grunde verbreitet sie darin den gleichen Unsinn, den Edward heute Nachmittag vor dem Rathaus vom Stapel gelassen hat.«

Behutsam entfaltete sie den Bogen aus makellosem rosafarbenem Papier.

»Ich ertrage den Anblick dieser Worte nicht noch mal. Würde jemand von euch …?« Sie reichte den Brief über den Tisch.

Violet nahm ihn und begann vorzulesen.

Liebe Mrs Macula Archer,

ich wende mich als besorgte Bürgerin an Sie.

Wie ich kürzlich festgestellt habe, ist Ihr Sohn Boy ein Nachkomme William Archers, einer bekanntermaßen gespaltenen Seele. Wie Sie sicher nur allzu gut wissen, hat Boy einen Zwillingsbruder. Diese zweite Hälfte ist durch günstige Fügung in meinen Besitz geraten. Ich habe ihn Tom genannt.

Es ist allgemein bekannt, dass der Fluch einer gespaltenen Seele, wenn sie Zwillin-

ge in die Welt setzt, auf ihre Nachkommen übergeht. Beide erben den jeweils entgegengesetzten Teil der in dieser Seele wirkenden Mächte. Kurz gesagt: Ein Zwilling wird böse, einer gut.

Toms Augen sind, wie Sie wissen, von klarer weißblauer Farbe. Er ist ein engelsgleiches Kind, dessen innere Güte alles andere überstrahlt. Dies bedeutet jedoch zugleich, dass Boy, der in Ihrem Besitz befindliche Zwilling, eine geradezu anziehende Wirkung auf alles Böse und Finstere hat.

Ich schreibe Ihnen, um meiner tiefen Sorge darüber Ausdruck zu verleihen und Sie zu warnen. Boy wird bald erwachsen und ich bin mir sicher, dass sich an ihm bereits erste Anzeichen des Fluchs entdecken lassen. Haben Sie gut Acht, sonst kann es passieren, dass er Ihrem Leben eines Nachts ein Ende bereitet.

Mit den besten Wünschen und herzlichsten Grüßen,
Ihre Priscilla Powick

P.S.: Frühe Hinweise auf das Erwachen des Fluchs können Diebstähle, Lügen, Ausreißen etc. sein.

»Was für ein seltsamer Brief«, bemerkte Violet.

Macula nickte. »Ich weiß. Das fand ich auch. Ich wünschte bloß, ich wüsste, warum sie meinen Sohn bei sich aufgenommen hat. Ich meine, sie ist ja wohl offensichtlich verrückt.«

»Vielleicht wollte sie ein Baby«, schlug Anna vor. »Und weil sie Tom so mochte, hat sie ihn genommen. Aber es klang eigentlich nicht so, als würde sie ihn mögen, oder Violet? In meiner Klasse ist ein Junge, dessen Mam auch immer mit ihm redet, als würde sie ihn nicht besonders mögen. Meine Mam sagt, dass seine Mami einfach nur viel zu tun hat und deswegen immer gereizt ist. Vielleicht hat Schwester Powick ja auch viel zu tun?«

»Gut möglich, Anna.« Maculas Miene hellte sich auf, als sie die Kleine auf ihren Schoß hob und in die Arme nahm.

»Können wir meine Mam wieder zurückholen?«, flüsterte Anna mit brüchiger Stimme.

»Ganz bald, Anna, versprochen.« Macula drückte ihr einen Kuss auf den blonden Scheitel.

»Aber warum schreibt Schwester Powick so was über Boy? Diesen Kram mit der gespaltenen Seele und so?«, fragte Violet. »Dad sagt, das stimmt nicht, das ist alles bloß Aberglaube.«

»Genau weiß ich das auch nicht. Wahrscheinlich wollte sie mich aus irgendeinem Grund gegen meinen eigenen Sohn aufbringen. Fast hat sie das sogar geschafft. Als Boys Name zum ersten Mal mit den Entführungen in Verbindung gebracht wurde, habe ich mich tatsächlich kurz gefragt, ob da vielleicht was dran ist. Ich war so durcheinander. Das werde ich mir bis ans Ende meines Lebens vorwerfen.«

»Heute vor dem Rathaus hat Edward auch irgendwas von gespaltenen Seelen erzählt«, warf Jack ein.

»Ja, und dass William seinen eigenen Vater ermordet

hätte. Das habe ich auch gehört«, erwiderte Macula zornig. »Das war natürlich von vorne bis hinten erstunken und erlogen. Weil Priscilla die gespaltenen Seelen in ihrem Brief erwähnt, dachte ich, dass es möglicherweise irgendwie eine Verbindung zwischen Edward und ihr gibt. Und jetzt kommt ihr und bestätigt meinen Verdacht ...«

»Aber woher kennt sie Edward und warum sollte sie den Archers helfen?«, fiel Violet ihr ins Wort.

»Vielleicht hat Edward irgendwie rausgekriegt, dass Boy einen Zwillingsbruder hat? Und dann dachte er, dass er das nutzen kann, um sich Perfect wiederzuholen«, meinte Anna, deren Stimmungstief offenbar nur von kurzer Dauer war. »Also hat er Schwester Powick gesucht und sie gefragt, ob er sich Tom ausleihen kann.«

»Der Gedanke ist mir auch schon gekommen, Anna.« Macula stützte ihr Kinn auf den Kopf der Kleinen. »Wahrscheinlich bezahlt er sie dafür.«

»Was genau ist eigentlich eine gespaltene Seele?«, fragte Jack ratlos. »Ich hab davon noch nie was gehört.«

»Ich schon.« Maculas Stimme war kaum mehr als ein Flüstern. »Einmal jedenfalls.«

Sie verstummte. Die drei Freunde warteten darauf, dass sie weitersprach.

»Außer William habe ich niemandem davon erzählt. Vermutlich habe ich versucht, es einfach zu vergessen – die Erinnerung jagt mir immer noch Schauer über den Rücken. Das Ganze ist Jahre her, damals habe ich noch in Perfect gelebt. Acht Monate zuvor hatten Edward und George mir weisgemacht, dass William tot war. Meine Jungs waren erst seit Kurzem auf der Welt. Ich hatte die Schwangerschaft vor allen geheim gehalten, nur Iris wusste Bescheid und half mir. Mir war klar, dass Edward und George auf keinen Fall von ihnen erfahren durften. Sie hätten vor den beiden genauso wenig haltgemacht wie vor ihrem eigenen Bruder, meinem Ehemann … Eines Abends klingelte es zu später Stunde an meiner Tür. Ein Mann stand davor und bat darum, mein Telefon benutzen zu dürfen. Angeblich hatte er sich verlaufen und wollte seine Familie anrufen. Er wirkte recht freundlich, doch als ich versuchte, ihn abzuwimmeln, schob er sich an mir vorbei ins Haus. Dann verlangte er, meine Babys zu sehen.«

Violet stockte der Atem. »Woher wusste er von ihnen?«

»Er sagte, er hätte mich aufmerksam beobachtet.« Macula war kreidebleich. »Ich war wie versteinert. Ich hatte diesen Mann noch nie zuvor gesehen. Alles, woran ich denken konnte, waren meine Söhne. Ich musste sie unbedingt beschützen. Sie lagen im Wohnzimmer in ihrer Wiege und ich hatte Angst, dass er ihnen etwas antun würde. Doch er stand bloß da und lächelte ganz seltsam. Ich war total verängstigt. Er meinte, er wüsste, dass die beiden Kinder einer gespaltenen Seele waren. Ihm zufolge machte sie das zu etwas ganz Besonderem, was sich sicher bald zeigen würde.

Er versprach, mein Geheimnis zu bewahren, und kündigte an, dass er mich wieder besuchen würde. Dann ging er.«

»Was haben Sie dann gemacht?«, fragte Anna mit großen Augen.

»Zu dem Zeitpunkt ahnte ich bereits, was die Archer-Zwillinge mit Perfect vorhatten. Ich hatte die hölzerne Brille in ihrem Laden gefunden. Dadurch wusste ich von Niemandsland und dem Waisenhaus und hatte bereits beschlossen, meine Jungs dort abzugeben. Ich schob es nur schon eine Weile vor mir her, weil ich es einfach nicht über mich brachte. Doch nachdem der Mann gegangen war, packte ich die beiden warm ein und schlich noch in derselben Nacht mit ihnen nach Niemandsland. Ich legte sie zusammen mit der Brille und meinem Brief vor der Tür ab und wartete gut versteckt in der Nähe, bis jemand sie hereinholte.«

Sie seufzte. »Das war das Schmerzhafteste, was ich jemals tun musste. Am nächsten Morgen ging ich zu den Archer-Brüdern und ergab mich. Ich sagte Iris nichts davon, ja, ich verabschiedete mich nicht mal von ihr. Ich fand, es war sicherer für sie, wenn sie keine Ahnung hatte. Danach habe ich nie wieder was von gespaltenen Seelen gehört, jedenfalls nicht bis zu Priscilla Powicks Brief. Und dann natürlich Edwards Ansprache heute.«

»Wer war der Mann?«, fragte Violet.

»Ich weiß es nicht, Violet, und ich möchte es auch nicht

wissen. Er war kein netter Mensch.« Macula schloss die Augen.

»Warum hassen Edward und George William so sehr?« Anna klang aufrichtig ratlos. »Ich kann meine Schwester manchmal auch nicht ausstehen, aber so was wie die beiden würde ich niemals tun.«

»Ehrlich gesagt habe ich das auch nie verstanden. Iris sagt, so waren sie schon, als sie klein waren.« Macula schüttelte den Kopf.

»Mir hat sie erzählt, dass sie William damals immer beschützt hat und die beiden deswegen dachten, dass sie ihn viel lieber hat als sie«, warf Violet ein. »Aber warum sie ihn beschützen musste, hat sie mir nicht verraten.«

»Mir auch nicht. Ich habe sie gefragt, aber sie weicht mir jedes Mal aus. Diese Frau ist ein Buch mit sieben Siegeln. Ich weiß nicht, ob wir sie jemals ganz durchschauen werden.«

»Könnte Iris uns helfen, Boy zu finden?«, überlegte Jack.

»In dem Punkt weiß sie auch nicht mehr als ich. Sie war dabei, als ich versucht habe, mit Tom zu sprechen, während Edward ihn vor ganz Town als Boy ausgegeben hat.«

»Das hab ich mitbekommen«, erinnerte sich Violet. »Tom sagte so was wie: ›Ihr werdet ihn niemals finden.‹ Das heißt, er weiß, wo Boy ist. Schwester Powick und Edward haben Tom beide aufgefordert, ins Draußen zurückzukehren. Könnte das der Ort sein, wo sie Boy festhalten?«

»Ins Draußen? Davon habe ich noch nie gehört«, erwiderte Macula.

»Ich glaub, da kommt man durch ein Grab auf dem Friedhof hin«, berichtete Anna aufgeregt. »Das haben wir gesehen. Das Grab ging auf und dann ist Boy – ich meine, Tom – die Treppe runtergelaufen und verschwunden. Weißt du noch, Violet?«

»Ja.« Violet nickte. »Nachdem alle weg waren, sind wir hin und haben versucht, es aufzukriegen. Hat aber nicht geklappt.«

»Das könnte durchaus möglich sein. Unter Town gibt es jede Menge von diesen Tunneln«, sagte Macula. »Ich erinnere mich, wie William und ich in dem Tunnel unter dem Ocularium gespielt haben, als wir Kinder waren. Damals hat das Geschäft noch Iris gehört. Während sie gearbeitet hat, taten wir so, als wären wir Schatzsucher. Wir haben versucht, weitere Tunnel zu finden, haben es jedoch nie geschafft. Aber den Gerüchten zufolge gibt es noch viele mehr.«

»Dann los, gehen wir.« Jack sprang auf.

»Hast du nicht zugehört, Jack? Wir wissen nicht, wie man ihn aufmacht«, entgegnete Anna.

»Das kriegen wir schon raus. Oder hat jemand eine bessere Idee?«

»Jack hat recht.« Violet erhob sich ebenfalls. »Wir sitzen hier bloß rum und verschwenden wertvolle Zeit.«

»Okay«, sagte Macula. »Ich komme mit.«

»Aber Kinder können das viel besser. Erwachsene können nicht gut rumschleichen. Die sind viel zu langsam«, protestierte Anna.

»Ich lasse nicht zu, dass ihr euch mitten in der Nacht alleine draußen rumtreibt.« Macula schüttelte den Kopf. »Als Mutter ist es meine Aufgabe, euch zu beschützen. Keine Sorge, ich halte euch schon nicht auf. Ich gehe mich nur schnell umziehen.«

Violet warf Jack und Anna einen Blick zu, während Boys Mam aus der Küche eilte.

»Ich finde nicht, dass wir Macula mitnehmen sollten. Was, wenn wir Schwester Powick begegnen?«, flüsterte sie. »Ihr habt selbst gesehen, wie sie drauf war, als wir über Schwester Powick geredet haben. Wir dürfen kein Risiko eingehen. Wenn irgendwas schiefgeht, wissen die Archer-Brüder, dass wir ihre Pläne kennen, und dann finden wir Boy vielleicht nie.«

»Ich stimme Violet zu«, sagte Jack und sah Anna auffordernd an.

»Was guckst du mich so an?«, fragte die Kleine argwöhnisch.

»Weil du sie ablenken musst, während wir uns rausschleichen.«

»Warum muss immer ich das machen?«, jammerte Anna.

»Weil du das von uns allen am besten kannst. Sag einfach, du musst aufs Klo, so wie früher im Waisenhaus.«

»Ja, aber das hat doch nur funktioniert, als ich klein war, Jack. Ich kann längst alleine aufs Klo gehen!«

»Bitte, Anna, lass dir irgendwas einfallen.« Violet blickte nervös zur Tür. »Tu es für Boy. Er braucht deine Hilfe.«

»Na gut.« Anna seufzte schwer. »Aber nächstes Mal komm ich mit.«

Die Kleine drehte sich um und stapfte trotzig hinter Macula her, während Jack und Violet so leise wie möglich zur Tür hinausschlüpften und im Dunkel der Nacht verschwanden.

Kapitel 27

Hoch

Schaudernd folgte Violet Jack zu den Betonpfeilern am Eingang der Geistersiedlung. Sie wusste nicht, ob ihre Zähne klapperten, weil sie fror, oder ob das die Wirkung des anhaltenden Regens war.

»Wir müssen vorsichtig sein«, flüsterte sie. »Tom könnte hier irgendwo sein. Pass auf, wenn du einen schwarzen Raben siehst. Das könnte bedeuten, dass er ganz in der Nähe ist.«

»Ich *bin* vorsichtig«, fauchte Jack und warf ihr einen bitterbösen Blick zu, während er die Siedlung betrat.

»Fauch mich nicht an!«, zischte Violet wütend.

Am Fuß des Hügels, der zum Friedhof führte, hielt Jack einen Moment lang inne.

»Tut mir leid.« Er seufzte und ballte so fest die Fäuste, dass seine Hände zitterten. »Ich weiß, das liegt am Regen, aber ich bin kurz vorm Explodieren.«

»Das … ist schon okay«, stammelte Violet, die mit ihren eigenen Emotionen rang. »Mir geht es genauso, Jack. Denk einfach immer daran, dass dieses Gefühl nicht echt ist. Wenn wir erst mal im Grab sind, wird es leichter. Da sind wir zumindest vor dem Regen geschützt.«

Er nickte. Ohne ein weiteres Wort stiegen die beiden den Hügel hinauf und durchschritten die quietschenden Drehkreuze am Friedhofseingang.

»Guck mal, Jack«, flüsterte Violet und zeigte auf die dichten weißen Dunstschwaden, die aus einem Grab ganz in der Nähe quollen. »Da bin ich reingefallen und in dem weißen Raum gelandet. Der Nebel steigt zum Himmel auf und bildet dort die Wolken, die unsere Gefühle beeinflussen. Siehst du?«

Jack nickte. »Ist das der Einstieg, den wir suchen?«

»Nein.« Violet schüttelte den Kopf und schlich weiter. Aus dem Gedächtnis heraus bahnte sie sich einen Weg über den mit Unkraut bewachsenen Pfad.

Behutsam schlängelte sie sich im Dunkeln an zerbrochenen Kreuzen und zugewucherten Gräbern vorbei, bis sie auf die Grabplatte stieß, unter der Tom und die anderen verschwunden waren.

»Das muss der Tunnel ins Draußen sein«, raunte sie Jack

über die Schulter hinweg zu. »Jetzt müssen wir nur noch rauskriegen, wie man das Ding öffnet.«

Das Grab sah wie eine große rechteckige Kiste aus Stein aus. Die beiden machten sich auf die Suche nach irgendeinem Hinweis. Violet beugte sich gerade vor, um die Grabplatte genauer unter die Lupe zu nehmen, als Jack plötzlich laut auflachte.

Nervös sah sie sich um – Gelächter wirkte auf dem Friedhof mehr als fehl am Platz.

»Jack, wo bist du?«, flüsterte sie. Sie konnte ihn nirgends erkennen.

»Hier!«, antwortete er und im nächsten Moment tauchte sein Kopf auf der anderen Seite der Grabplatte auf.

Violet schnappte nach Luft. Vor Schreck fiel sie hin.

»Mach das nicht noch mal, Jack!«, zischte sie.

»Komm her, sieh dir das an.« Er hockte sich wieder hin.

Violet rappelte sich auf und lief zu ihm. Jack kauerte vor der Grabplatte und schien in den Schriftzug vertieft zu sein, der darin eingraviert war.

»O FORTUNA, WELCH GRAUSAME
GÖTTIN BIST DU,
SPIELST MIT UNS MENSCHEN
UND SIEHST LACHEND ZU!«
Quintus Horatius Flaccus

»Was für ein Name«, spottete Violet. »Ich würde Mam und Dad umbringen, wenn sie mich Horatius Flaccus nennen würden!«

»Das ist Horaz«, erwiderte Jack. »Ein römischer Dichter.«

»Horaz?«, kicherte Violet. »Das ist ja noch schlimmer. Aber egal, woher weißt du das, Jack? Bist du ein Genie oder so?«

»Im Waisenhaus gab's lauter alte Bücher und die hab ich alle gelesen. Ich mag es, wie er schreibt.«

Jack war so ganz anders als Boy.

»Ach so, klar.« Violet war sich nicht sicher, wie sie darauf reagieren sollte. »Schreibt er auch Abenteuergeschichten? Ich liebe gute Abenteuer.«

»Er war ein römischer Dichter«, wiederholte Jack ein wenig ungeduldig.

»Ja, schön, Gedichte mag ich auch«, entgegnete sie gereizt. Sie ärgerte sich über seinen Tonfall. »Er scheint gut zu sein. ›Du‹ und ›zu‹ – das reimt sich. Nicht alle Dichter kriegen es nämlich hin, dass sich ihre Gedichte reimen.«

»Wie auch immer.« Jack überging Violets Bemerkung. »Guck dir mal das Wort ›spielst‹ an. Es sieht anders aus als der Rest. Die anderen Wörter sind alle in den Stein geritzt, aber ›spielst‹ steht leicht hervor. Ich glaube, das könnte …«

Während er sprach, streckte er die Hand aus und drückte vorsichtig auf das Wort. Es klickte leise, dann glitt das kleine Rechteck, das die Buchstaben *S*, *P*, *I*, *E*, *L*, *S* und *T* enthielt, rückwärts in die steinerne Grabeinfassung.

Gleich darauf ertönte das Kratzen und Scharren, das Violet auf diesem Friedhof schon so oft gehört hatte. Mit offenem Mund sahen Jack und sie zu, wie sich die Vorderkante des Grabmals absenkte und dahinter eine Treppe zum Vorschein kam.

»Wahnsinn«, staunte Jack und stand auf.

»Ich hoffe, niemand hat den Krach gehört«, flüsterte Violet. »Sie sollen ja schließlich nicht wissen, dass wir kommen.«

Jack holte tief Luft. »Dann gehen wir mal rein, oder?« Er warf Violet einen nervösen Blick zu.

Sie nickte. Gemeinsam machten sie sich an den Abstieg. Violet lief ein eiskalter Schauer über den Rücken. Ihre Mam sagte immer, dass es Unglück brachte, über jemandes Grab zu laufen. Was würde sie wohl dazu sagen, dass sie jetzt *in* eins hinabstieg?

Auf halber Treppe blieb Jack stehen. Seine Finger berührten einen kleinen Steinquader, der ein Stück aus der Wand ragte. Das musste die Rückseite des Wortes SPIELST sein. Er drückte darauf, es klickte und dann ertönte erneut dieses unangenehme Scharren. Die schmale Steinplatte an der Vorderseite des Grabmals fuhr hoch und der Tunneleingang versank in tiefster Finsternis.

»Wir haben kein Licht dabei.« Violet geriet in Panik. Unsicher stakste sie die restlichen Stufen hinab, bis sie den Boden erreichte.

»Warte einfach, bis sich deine Augen auf die Dunkelheit eingestellt haben«, flüsterte Jack. »Im Waisenhaus durften wir zur Schlafenszeit auch kein Licht anmachen, aber ich konnte trotzdem lesen. Man gewöhnt sich dran.«

Und tatsächlich: Nach ein paar Minuten konnte Violet genug von ihrer Umgebung ausmachen, um sich einigermaßen zurechtzufinden.

Die Wände des Tunnels waren feucht und uneben wie frisch ausgehobenes Erdreich. Der Boden bestand aus abgenutzten Pflastersteinen und über ihnen an der Decke hing eine Kette aus erloschenen Glühbirnen. Das alles kam Violet nur allzu bekannt vor.

»Geradeaus?«, wisperte sie.

»Scheint der einzige Weg zu sein«, antwortete Jack dicht hinter ihr. Sein Atem klang angestrengt und sie konnte spüren, wie nervös er war. Leise tasteten sie sich vorwärts, doch bald hatten sie sich so weit an die Dunkelheit gewöhnt, dass sie ein schnelleres Tempo anschlagen konnten.

Nach kurzer Zeit kamen sie zu einer Türöffnung, die nach links in einen kleinen Raum führte. Violet huschte hinein. Alles stand voller Pappkartons und hoch oben in der gegenüberliegenden Wand drehte sich ein großer Propeller.

»Dadrin bewahren sie das Gas auf«, flüsterte sie aufgeregt. »Hier vor diesem Raum hat mich Schwester Powick erwischt. Die Zelle, in der Conor und Beatrice eingesperrt waren, ist ganz in der Nähe.«

»Komm jetzt, Violet.« Jack zog sie zurück in den Tunnel. »Wir dürfen keine Zeit verschwenden.«

Eilig liefen sie weiter. Sie hatten fast den Raum mit der Gefängniszelle erreicht, als über ihnen flackernd das Licht anging.

In Panik packte Violet Jacks Arm und zerrte ihn mit sich in das einzige Versteck weit und breit – durch das schwarze Eisengitter in die hinterste Ecke der winzigen Zelle.

Sie hielt den Atem an.

Schritte hallten durch den Tunnel, direkt auf sie zu. Das Geräusch kam näher und näher. Violet spannte die Muskeln an und machte sich zum Angriff bereit, doch die Person lief an ihnen vorbei, ohne von ihnen Notiz zu nehmen.

Einige Minuten später versank der Tunnel wieder in Dunkelheit. Die beiden warteten noch eine Weile, bevor sie sich mit weichen Knien aus der Zelle wagten.

»Was glaubst du, wer das war?«, flüsterte Violet.

Jack schüttelte den Kopf und legte einen Finger an die Lippen. »Leise, die Person könnte hier immer noch irgendwo sein.«

Schweigend setzten sie ihren Weg fort. Bald darauf strich ein Luftzug durch Violets Haar. Sie war sich sicher, dass sie sich dem Ausgang näherten, als es plötzlich nicht mehr weiterging.

Irgendetwas stimmte hier nicht – wo kam der Luftzug her? Violet legte den Kopf in den Nacken und sah hoch.

»Jack.« Sie packte ihn am Pulli und zeigte nach oben.

Über ihnen führte ein runder Schacht senkrecht in die Höhe. Die Wände waren aus grobem Stein gemauert und gaben den Blick auf einen winzigen Ausschnitt des Nachthimmels frei. Violet konnte gerade eben so den äußersten Rand des großen weißen Mondes ausmachen.

»Sieht aus wie ein Brunnenschacht«, raunte Jack.

Violets Herz schlug schneller – er hatte absolut recht.

»Aber … aber wie sollen wir da rauskommen?«, stammelte sie.

Auf einmal hatte sie das Gefühl, in der Falle zu sitzen. Ihre Kehle war wie zugeschnürt und bei jedem noch so kleinen Geräusch fürchtete sie, entdeckt worden zu sein. Hastig huschten die beiden in dem beengten Tunnel umher, auf der Suche nach einer Leiter, einem Seil oder irgendetwas anderem, mit dessen Hilfe sie nach draußen gelangen konnten.

»Bei der Inschrift auf dem Grab war SPIELST das entscheidende Wort. Wir mussten draufdrücken, um in den Tunnel zu kommen. Vielleicht bedeutet das ja, dass das hier auch so eine Art Spiel ist«, murmelte Jack.

»Du meinst, so was wie ein Rätsel?«, fragte Violet. »In denen bin ich nicht besonders gut.«

»Tja, dann hast du ja Glück, dass ich der Rätselkönig

vom Waisenhaus war«, prahlte er und machte sich daran, die Wände nach einem weiteren Hinweis abzusuchen.

Vielleicht hatte Jack recht und sie mussten das hier wirklich wie ein Spiel angehen. Violet fuhr mit den Händen über die grobe Steinmauer und tastete nach einem versteckten Knopf oder Hebel, der ihnen irgendwie hier raushelfen würde.

Nach einer Weile drohten ihre Panik und Erschöpfung überhandzunehmen. Violet lehnte sich gegen die Brunnenwand und glitt zu Boden, um sich zu sammeln. In dem Moment fiel ihr etwas ins Auge.

Sie rappelte sich auf und krabbelte darauf zu. In die linke obere Ecke des Pflastersteins vor ihr war ein kleines W eingraviert. Ihr Blick wanderte zu dem Stein daneben. Sie strich darüber, um ihn vom Schmutz zu befreien, und entdeckte an der gleichen Stelle links oben in der Ecke ein kleines X.

Violet kroch über den Boden, wischte Staub und Dreck beiseite und legte so Stück für Stück weitere versteckte Buchstaben frei. Jeder der gravierten Steine gab unter ihrem Gewicht ein winziges bisschen nach.

»Das ist ein Alphabet, Jack«, flüsterte sie schließlich. »Ein Alphabet im Boden. Auf jedem dieser Steine steht ein Buchstabe, siehst du? Man kann sie wie Tasten runterdrücken.«

Im Nu kniete Jack neben ihr.

»Ich wette, wir müssen damit irgendein Wort schreiben«, hauchte er aufgeregt.

Er streckte die Hand aus und buchstabierte *S*, *P*, *I*, *E*, *L*, *S*, *T*. Nichts geschah.

»Ich dachte, das Wort, mit dem wir reingekommen sind, würde uns auch wieder raushelfen«, murmelte er enttäuscht.

»Was ist mit ›Archer‹?«, fragte Violet und drückte auf die entsprechenden Steine.

»Nein«, wandte Jack ein, noch bevor sie fertig war. »Der Tunnel ist viel zu alt. Den können die Archers nicht gebaut haben.«

»Okay, was stand noch mal genau auf dem Grab? Kannst du dich erinnern?«, fragte sie atemlos.

»Irgendwas über eine grausame Göttin. Meinst du, es könnte ›grausam‹ sein? Oder ›Göttin‹?« Jack probierte beides aus, doch nichts passierte.

»Was ist mit dem Namen von diesem Dichter? Der so bescheuert klang?« Violet gingen langsam die Ideen aus.

»Q, u, i, n, t, u, s, H, o, r, a, t, i, u, s, F, l, a, c, c, u, s«, buchstabierte Jack. Wieder nichts. »Ich versuch's mal mit ›Horaz‹«, sagte er nach einer Weile, aber auch das war offensichtlich falsch.

Die beiden zerbrachen sich die Köpfe, welche Wörter sie sonst noch ausprobieren konnten. Nichts funktionierte. Nachdem gefühlt mehrere Stunden ohne den geringsten

Erfolg verstrichen waren, rutschte Violet zurück und lehnte sich frustriert gegen die Mauer.

»Vielleicht hat der Boden gar nichts damit zu tun.« Sie seufzte. »Was, wenn wir irgendwas anderes machen müssen, um hier rauszukommen? Klettern zum Beispiel?«

»Kann ich mir nicht vorstellen.« Jack verrenkte sich fast den Hals, um nach dem runden Stückchen Himmel weit über ihnen zu sehen. Es war ein wenig heller geworden. Offenbar begann es bereits zu dämmern. »Der Boden ist doch nicht ohne Grund so angelegt worden.«

»Ich glaub, wir kommen nie da hoch.« Die Erkenntnis traf Violet wie ein Schlag. So einfach konnte es nicht sein, oder?

Sie krabbelte vorwärts, bis sie das *H* fand, und drückte sanft darauf. Dann wiederholte sie das Ganze mit *O* und *C*, bevor sie zum *H* zurückkehrte.

Ein leichtes Beben ging durch den Boden, dann glitt er wie ein Aufzug nach oben zum Ausgang.

»Hoch«, flüsterte Violet erleichtert. »Wer ist jetzt hier der Rätselkönig?«

Kapitel 28

Eine augenöffnende Entdeckung

In rasantem Tempo fuhren Violet und Jack nach oben an die frische Luft. Sobald die Plattform anhielt, sprangen sie ab und suchten hinter einem großen knorrigen Baum Deckung. Hinter dem Baum verlief eine schmale Straße, die in einiger Entfernung in einem Waldstück verschwand. Nicht eine einzige Wolke hing am Himmel.

Direkt gegenüber, auf der anderen Seite des kleinen Sträßchens, stand ein altes, reetgedecktes Haus. Solche Häuser kannte Violet bisher nur aus ihren Geschichtsbüchern. Die grob gemauerten Wände waren weiß getüncht, während die Haustür und Fensterbänke sonnengelb leuchteten. Ein gelber Lattenzaun fasste den üppigen Rosengarten ein, der rings um das Haus wuchs.

Hinter ihnen lag ein großer, frisch umgepflügter Acker und auf der anderen Seite des Ackers standen zwei gemauerte Ställe, deren Türen im gleichen Sonnengelb gestrichen waren.

Am Rand des Sträßchens ragte ein Wegweiser auf. Er war schmutzig und verwittert. Jack stellte sich auf die Zehenspitzen und rieb den grünen Schmutz, der sich über Jahre hinweg dort angesammelt haben musste, ab. Darunter kam ein Schriftzug in großen schwarzen Lettern zum Vorschein.

DAS DRAUSSEN

»Ich wusste es«, sagte Violet. »Das ist der Ort, von dem Edward und Schwester Powick gesprochen haben. Boy muss hier irgendwo sein.«

»Wenn er hier ist, dann ist sie bestimmt auch in der Nähe«, flüsterte Jack. »Wir sollten also lieber leise sein.«

»Okay, lass uns zuerst in den Ställen nachsehen.« Violet zeigte über den Acker. »Das ist wahrscheinlich einfacher. Im Haus könnte um die Uhrzeit jemand schlafen.«

Jack nickte. Geduckt schlichen die beiden um den Acker herum, bemüht, immer außer Sichtweite des Hauses zu bleiben. Sie liefen, so schnell es der schwere, schlammige Untergrund zuließ.

Auf den letzten paar Metern führte ein kleiner Betonpfad zu den Ställen. Violet betrat ihn als Erste, dicht gefolgt von Jack.

»Da drüben«, raunte sie und schlüpfte durch die erste gelbe Tür.

Im Stall war es dunkel. Wie schon im Tunnel brauchten Violets Augen eine Weile, bis sie sich an die neuen Lichtverhältnisse gewöhnt hatten.

Obwohl Violet nicht gerade viel Erfahrung mit Ställen hatte, wusste sie, dass diese normalerweise entweder Stroh enthielten oder Tiere beherbergten – meistens sogar beides. Doch was sie an der gegenüberliegenden Wand sah, waren drei kleine Monitore, die in einer Reihe nebeneinanderhingen. In der Mitte des Stalls stand ein schwarzer Ledersessel, der auf die Monitore ausgerichtet war. Rechts davon befand sich ein kleiner Tisch, auf dem ein glattes schwarzes Kästchen lag.

»Was ist das hier?«, flüsterte Violet.

Jack zuckte mit den Schultern und ging auf die Monitore zu. Violet folgte ihm, blieb dann aber vor dem Sessel stehen. Sie setzte sich und nahm das schwarze Kästchen auf dem Tisch in Augenschein.

Aus der Mitte des Kästchens ragte ein kleiner Joystick hervor und dahinter waren drei grüne Knöpfe.

»Das sieht ein bisschen wie eine Fernsteuerung aus, Jack«, sagte sie. »Meinst du, die ist für die Monitore?«

»Auf den Knöpfen stehen Namen«, stellte Jack fest.

Violet beugte sich vor, um genauer hinzusehen. Jack hatte recht – über jedem Knopf war ein kleiner, durchsichtiger Aufkleber angebracht. Auf dem ersten stand Denis, auf dem zweiten Hugo und auf dem dritten Denise.

»Hugo!«, flüsterte sie aufgeregt. »So heißt der Kinderfänger.«

Die beiden sahen den Knopf an, dann einander.

»Was glaubst du, wofür die Knöpfe sind?«, fragte Violet langsam.

»Keine Ahnung.« Jack zuckte mit den Schultern. Er wirkte angespannt.

»Soll ich mal draufdrücken?«

»Was, wenn der zu einer Alarmanlage gehört? Dann wissen die Archers sofort, dass wir hier sind.«

»Okay, aber was, wenn man damit eine Kamera oder so was steuert, die uns zeigt, wo Hugo ist? Vielleicht ist Boy ja bei ihm.«

»Na gut – aber nur ganz kurz«, mahnte Jack eindringlich.

Violet nickte. Ihre Hand zitterte, als sie auf den grünen Knopf mit Hugos Namen drückte.

An der Wand ging der mittlere Monitor an. Ein Bild erschien. Violet schlug das Herz bis zum Hals. Sie hielt den zitternden Finger dicht über dem grünen Knopf, bereit, den Monitor sofort wieder auszuschalten.

Das Bild zeigte das Innere eines Stalls, der genauso aussah wie der, in dem sie sich gerade befanden. Es machte einen langsamen Schwenk weg von der Tür, bis vor Violets und Jacks Augen die Seitenansicht eines Mannes erschien, der an eine Mauer gefesselt war. Es sah aus wie in einem Gruselfilm.

»Was ist das?«, stammelte Violet beunruhigt. Sie konnte den Blick nicht vom Monitor abwenden. »Soll ich wieder ausschalten, Jack?«

In dem Moment ertönte ein lang gezogenes Stöhnen. Es klang schrecklich nah. Die Härchen auf Violets Unterarm richteten sich auf, während sie mit der linken Hand die Armlehne des Ledersessels umklammerte.

»Was ist los, Jack?«, fragte sie und drehte sich zu ihm um.

Jack war verschwunden. Violets Herz setzte einen Schlag aus. Dann tauchte er plötzlich vor ihr auf dem Monitor auf. Er war so weiß wie ein frisch gewaschenes Bettlaken aus Perfect.

»Violet«, flüsterte er. Seine Stimme schien nicht aus dem Monitor zu kommen, sondern von irgendwo ganz in der Nähe.

Ihre Gänsehaut wurde noch stärker.

»Violet, komm her, das musst du sehen«, zischte Jack.

»Wo bist du?«, fragte sie ins Nichts.

»Im Stall nebenan.«

Violets Mund war wie ausgetrocknet, als sie aufstand

und durch die gelbe Tür in den Nachbarstall schlich. Jack stand in der Mitte des Gebäudes. Vor ihm ragte Hugo empor.

Der Kinderfänger war mit einer Art Geschirr an der Wand festgezurrt. Links und rechts von ihm befanden sich zwei weitere Monster, ebenfalls in Geschirren.

Violet krallte sich an Jacks Arm fest. Ihre Knie drohten nachzugeben und ihr wurde ganz flau im Magen. Sie schloss die Augen, für den Fall, dass sie träumte. Dann atmete sie tief durch und öffnete sie langsam wieder.

Die drei Monster waren immer noch da. Sie standen aufrecht, die Füße fest am Boden. Die schwarzen Geschirre verankerten sie fest an der Wand. Sie sahen aus, als säßen sie in einer Achterbahn. Zwei von ihnen ließen die Köpfe hängen, als würden sie schlafen, doch Hugo war hellwach und blickte Jack direkt an.

Der Kinderfänger knurrte und wand sich. Er schien sich aus seinem Geschirr befreien zu wollen.

»Der grüne Knopf, Jack. Der … der muss Hugo aufgeweckt haben!«, stotterte Violet. So schnell sie konnte, rannte sie in den ersten Stall hinüber.

Sie rammte den Finger auf den Knopf mit Hugos Namen und das Bild auf dem Monitor wurde schwarz.

»Er ist wieder eingeschlafen«, rief Jack matt.

Violet atmete erleichtert auf und kehrte dann zu ihm zurück.

Jack stand wie erstarrt vor dem Kinderfänger.

»Was sind das für Dinger?«, fragte er mit erstickter Stimme. »Das … das sind keine Menschen!«

Violet hatte ganz vergessen, dass er Hugo noch nie zuvor gesehen hatte.

»So genau weiß ich das auch nicht«, antwortete sie, während sie sich neben ihn stellte. »Sie scheinen teils Mensch, teils Maschine zu sein. Hugo hat so eine Art Außenskelett aus Metall – ich glaube, das hilft ihm, sich zu bewegen.« Sie zeigte auf die stählernen Stäbe, die an Hugos Armen und Beinen befestigt waren. »Und seine Haut ist mit so komischen Fellflicken übersät.«

»Die Knöpfe da drüben sind also dazu da, diese Monster an- und auszuschalten?«, flüsterte Jack. Er trat einen Schritt vor, um sich Hugo genauer anzusehen.

»Und … und ich konnte dich auf dem Monitor sehen, Jack. Als würde ich direkt durch Hugos Augen gucken«, stammelte Violet.

»Er hat Augenpflanzen als Augen«, stellte Jack fest, der inzwischen so dicht vor Hugo stand, dass er beinahe dessen halb zerfressene Nase berührte. »Vielleicht konntest du mich deswegen auf dem Monitor nebenan sehen. Hugos Augenpflanzen müssen irgendwie damit verbunden sein.«

»So ähnlich wie beim Gehirn in Town«, erwiderte Violet aufgeregt. »William hat uns erklärt, dass die Augenpflanzen, die überall in der Stadt wachsen, Signale an das Gehirn schicken. Und das Gehirn wandelt die dann in Bilder um. Das hat irgendwas mit elektrischen Magneten oder so zu tun. Deswegen waren sie auch so ein gutes Sicherheitssystem – jedenfalls bis Tom angefangen hat, die Pflanzen zu klauen.«

»Elektromagnetische Signale.« Jack nickte wissend. »Die haben wir neulich in der Schule durchgenommen. So übermitteln unsere echten Augen alles, was wir sehen, über den Sehnerv in unser Gehirn.«

»Du bist wirklich ein Genie!« Violet schüttelte den Kopf. »Ich weiß, wir haben in der Schule auch was über Augen gelernt. Aber Mrs Moody ist so langweilig, dass ich meine kaum offen halten konnte.«

»Ich lerne einfach gern«, bemerkte Jack, während er Hugo weiter untersuchte.

Er war wahrhaftig ganz anders als Boy.

»Du hattest erwähnt, dass Hugo irgendwie aufgeladen werden muss, oder? Hat Edward nicht so was in der Richtung gesagt?«, fuhr er fort. Er begutachtete Hugo von allen Seiten. »Vielleicht sind diese Dinger ja batteriebetrieben …«

»Aber Madeleine hat er erzählt, dass Hugo tot ist. Er ist ein Zombie«, antwortete Violet mit weit aufgerissenen Augen.

»Soweit ich weiß, gibt es keine Zombies. Höchstens in Büchern. Diese Metallteile und Drähte sehen eher mechanisch aus. Wenn überhaupt, ist er ein Roboterzombie …«

Während Jack seine Untersuchungen fortsetzte, wandte Violet sich den anderen beiden Kreaturen zu.

Denise und Denis sahen Hugo ziemlich ähnlich. Beide waren mit groben Nähten übersät und hier und da klebten Flicken aus undefinierbarem Fell.

Denis roch genau wie Hugo. Seine Haut war gespenstisch weiß, wies jedoch an verschiedenen Stellen gelbliche und bläuliche Flecken auf, die an alte Blutergüsse erinnerten. Auf seiner linken Wange war ein großes Stück aus flauschigem rosafarbenem Fell angenäht.

Denise war allem Anschein nach weiblich, auch wenn das wirklich schwer zu erkennen war. Sie hatte langes strähniges Haar. In ihrer grünlichen Kopfhaut klafften große Löcher, die jemand mehr schlecht als recht mit blondem Kunsthaar aufgefüllt hatte.

In dem Moment nahm Violet ein leises Piepsen war. Ihr Blick fiel auf einen Monitor, der neben Denise' linker Schulter an die Wand geschraubt war. Auf dem kleinen Bildschirm blinkte eine Reihe von Zahlen und eine blaue Linie bewegte sich im Zickzack auf und ab. Es sah aus wie diese Geräte im Krankenhaus, die den Herzschlag anzeigten. Unter dem Monitor hing ein schwarzes Kästchen. Von dort führten rote und schwarze Kabel zu einem ähnlichen Kästchen in Denise' Oberarm.

»Das ist eine Batterie«, sagte Jack hinter ihr. »Erinnert mich an eine Autobatterie. Alle drei haben so eine.«

»Also hattest du recht – die sind tatsächlich batteriebetrieben«, flüsterte Violet. »Guck mal.« Sie zeigte auf die linke obere Ecke von Denise' Monitor, wo ein Batteriesymbol langsam blinkte. »Da steht fünfundachtzig Prozent. Sie ist fast fertig geladen.«

»Das ist mir gar nicht aufgefallen.« Jack trat vor, um es sich genauer anzusehen.

Unterdessen wich Violet zur Tür zurück.

»Wir sollten verschwinden«, drängte sie. Sie konnte es kaum erwarten, von den Monstern wegzukommen. »Wir müssen Boy finden. Außerdem möchte ich lieber nicht hier sein, wenn die Dinger vollständig geladen sind.«

Jack blickte sich um und nickte.

»Von mir aus gern«, sagte er, während er durch den Stall zur gelben Tür lief.

»Was ist mit dem Haus?«, fragte Violet, als sie beide wieder draußen auf dem Betonpfad standen.

»Wie du gesagt hast: Es könnte jemand dadrin sein und schlafen«, erwiderte Jack. »Ich finde, es sieht bewohnt aus.«

»Na, dann müssen wir eben leise sein«, flüsterte Violet und eilte voraus.

Kapitel 29

Powicks Puppen

Violet drückte vorsichtig das gelbe Gartentor vor dem Haus auf und sie und Jack betraten den mit roten Ziegeln gepflasterten Weg, der zur Tür des altmodischen Häuschens führte.

»Lass uns erst mal durchs Fenster gucken – vielleicht können wir feststellen, ob jemand drinnen ist«, raunte Jack hinter ihr.

»Okay. Ich nehme die beiden Fenster hier vorne, du gehst hintenrum. Wir treffen uns in ein paar Minuten wieder hier.«

Jack nickte und verschwand, während Violet vorsichtig in die Fenster lugte. In beiden hingen zarte weiße Spitzengardinen. Sie verschleierten ihr die Sicht, sodass sie nicht viel erkennen konnte. Aber es schien sich jedenfalls nichts zu bewegen und hören konnte sie auch nichts.

Sie schlich wieder zur Haustür. Kurz darauf war auch Jack zurück.

»In einem der Zimmer schnarcht jemand«, keuchte er, »aber sonst hab ich nix gehört. An der Rückseite ist ein Wohnwagen angebaut. Sieht total seltsam aus.«

»Glaubst du, Boy ist dadrin?«, fragte sie.

»Die Tür war verriegelt, als ich nachschauen wollte. Aber ich glaub, durchs Haus müsste man reinkommen. Wir müssen allerdings extrem leise sein, damit wir denjenigen, der da schnarcht, nicht aufwecken.«

Behutsam drehte Violet den Türknauf.

»Ist offen«, hauchte sie nahezu unhörbar und schlüpfte ins Haus.

Sie fanden sich in einer cremeweiß gestrichenen Diele wieder. Aus einem Zimmer rechts von ihnen fielen warme Lichtstrahlen in den beengten Vorraum und brachten das Schachbrettmuster aus schwarzen und terrakottafarbenen Fliesen auf dem Boden zum Leuchten. Ein Lampenschirm aus Buntglas hing von der niedrigen Decke. Er sah aus, als wäre er aus einem Kirchenfenster gemacht.

Etwas dahinter ging ein weiteres Zimmer nach links ab. Geradeaus, am Ende des kurzen Flurs, befand sich eine einzelne Stufe, die zu einer stählernen Doppelschwingtür führte, die stark an den Eingang zu einem Operationssaal erinnerte. In dem gemütlichen kleinen Häuschen wirkte die völlig fehl am Platz.

»Da geht's wahrscheinlich zum Wohnwagen«, hauchte Jack.

Violet achtete nicht auf ihn. Sie war bereits auf dem Weg in das Zimmer rechts von ihnen. Die Wände waren hellblau gestrichen und die Decke ruhte auf einer Reihe von Holzbalken. In der Mitte der gegenüberliegenden Wand spendete ein weißer Kachelofen angenehme Wärme. Davor bot sich jedoch ein seltsamer Anblick: Mehrere Puppen und Stofftiere saßen im Halbkreis um den Ofen. Gleich hinter der offenen Zimmertür stand ein flacher Holztisch, dessen Beine allem Anschein nach abgesägt worden waren. Er war mit puppengroßem Geschirr gedeckt und auf Tellern und Platten dazwischen wartete ein üppiges Frühstück aus Plastiklebensmitteln.

»Boah, da gruselt es einen ja«, wisperte Jack und kehrte in den Flur zurück.

Violet folgte ihm eilig. Auch sie hielt es keinen Augenblick länger in diesem merkwürdigen Raum. Sie zitterte am ganzen Körper. Ihr Freund blieb vor dem nächsten Zimmer stehen.

»Dadrin hab ich das Schnarchen gehört«, wisperte er und trat ein.

Violet schlich so leise, wie sie nur konnte, hinter ihm her.

Dieses Zimmer war rosa gestrichen und an den Fenstern

hingen hellblaue Vorhänge mit einem Muster aus Eiswaffeln. Auf dem dunklen Holzboden reihten sich lauter winzige Bettchen aneinander, die alle mit der gleichen gelben Bettwäsche ausgestattet waren. In jedem dieser Betten lag entweder ein Stofftier oder eine Puppe, wobei die Stofftiere klar in der Überzahl waren. Seltsamerweise schienen sämtliche Spielzeuge in irgendeiner Form beschädigt zu sein. Ein struppiger Bär trug einen Verband am Arm, eine Puppe einige Betten weiter hatte einen kahlen Kopf, der mit einer Bandage umwickelt war. Ein weißes Kaninchen lag flach auf dem Rücken und war an einen winzigen Tropf angeschlossen. Das alles wirkte wie ein abgedrehtes Puppenkrankenhaus.

In dem Moment ertönte aus der hinteren Ecke des Zimmers ein lautes Schnarchen. Violet blieb fast das Herz stehen.

Sie wandte sich in die Richtung, aus der das Geräusch gekommen war, und entdeckte ein normal großes Bett, das so dicht wie möglich an die Rückwand geschoben worden war. An einem Haken am Fußende hing ein dunkelblauer Umhang und im Bett lag Schwester Powick und schlummerte tief und fest. Ihr Kopf lugte unter einer großen gelben Decke hervor, die haargenau so aussah wie die Miniaturversionen in den Bettchen zu Violets Füßen.

Violet zupfte Jack am Ärmel und warf einen demonstrativen Blick in Richtung Flur.

»Wir sollten gehen«, flüsterte sie, sobald sie wieder in der Diele standen. »Ich glaub nicht, dass Boy hier ist.«

Jack schüttelte den Kopf. »Ich will erst noch im Wohnwagen nachsehen. Ich hab da so ein Gefühl.«

Er ging auf die silbernen OP-Türen zu. Nervös schlich Violet hinter ihm her. Sie fühlte sich schrecklich beobachtet und musste sich mehrmals umdrehen, um sich zu vergewissern, dass Schwester Powick nicht aufgewacht war.

Jack öffnete eine der Türen. Sofort strich ein eiskalter Lufthauch über Violets Haut. Sie zitterte am ganzen Körper, trotzdem trat sie zögerlich ein.

Sie fanden sich in einem fensterlosen Raum wieder. Der Boden war weiß gefliest, die Wände bestanden aus rostfreiem Stahl – größer hätte der Kontrast zum Rest des Hauses kaum sein können. Entlang der Wände verliefen glänzende stählerne Werkbänke, auf denen wie in einer Zahnarztpraxis zahlreiche spitze, scharfe Metallinstrumente bereitlagen.

Hunderte Bilder und Zeichnungen waren mit Magneten an den Wänden befestigt. Neugierig trat Violet näher. Einige sahen aus, als wären sie aus Büchern rausgerissen worden. Sie zeigten Männer in weißen Kitteln, die übel zugerichtete Soldaten noch auf dem Schlachtfeld wieder zusammenflickten. Bei anderen handelte es sich um detaillierte Darstellungen des menschlichen Körpers, auf denen jeder einzelne Muskel zu erkennen war.

Kopfschüttelnd wich Violet zurück, bis sie gegen etwas hinter ihr stieß. Sie wirbelte herum und unterdrückte mühsam einen Aufschrei.

Auf dem langen Stahltisch neben ihr lag eine Leiche. Ihre Kleidung war schmutzig und zerrissen, ihr Haar stumpf und dreckverkrustet. Die Haut war an einigen Stellen mit Flecken aus blauem Fell vernäht. Daneben stand ein zweiter, kleinerer Stahltisch. Dort lag ein blauer Teddybär, dem ein Bein fehlte, neben zwei Blumentöpfen mit Augenpflanzen. Auf dem Boden unter dem großen Tisch fanden sich ein Haufen zusammengeschweißter Metallstäbe sowie ein Gewirr aus Drähten und Kabeln.

Die Leiche sah wie eine halb fertige Version von Hugo aus. Violet schauderte und trat einen großen Schritt zurück.

»Heißt das, Schwester Powick stellt diese Zombie-Monster her?«, flüsterte Jack. »Das ist doch krank!«

»Scheint so«, antwortete Violet. »Sie hat zu Tom gesagt, dass Hugo ihr Geschöpf ist. Und wenn ich mir das hier so angucke …«

»Aber wozu?«, fragte er ungläubig.

»I…ich weiß nicht, Jack«, stammelte Violet. »Lass uns einfach verschwinden. Mir gefällt es hier nicht!«

»Da lang.« Jack zeigte auf die OP-Türen auf der anderen Seite. »Ich glaub, da geht's zum Wohnwagen.«

Violet konnte es kaum erwarten, aus dem gruseligen

Raum zu kommen. Sie stieß die kalten Stahltüren auf und eilte hindurch.

Dahinter lag ein beengter Raum, in dem sich Pappkartons bis zur niedrigen Decke stapelten. Unter ihren Füßen erstreckte sich ein abgetretener orangefarbener Teppich.

»Das muss der Wohnwagen sein.« Jack bahnte sich einen Weg durch das Gerümpel.

Eine der Kisten fiel vom Stapel und eine Ladung Stofftiere purzelte heraus. Violet beugte sich vor und hob einen lilafarbenen Teddy auf.

»Meinst du, Schwester Powick benutzt das Fell der Stofftiere, um die Haut ihrer Zombies zu flicken?«, fragte sie. Sie hielt ihren neuen pelzigen Freund ganz fest. »In dem Raum dahinten liegt ein blauer Teddy und das Monster ist mit blauen Flicken übersät.«

»Darüber möchte ich lieber nicht nachdenken, Violet«, antwortete Jack, während er sich zum Ausgang durchkämpfte.

Er versuchte gerade, das weiße Plastikschloss aufzubekommen, als Violet ein Geräusch wahrnahm.

»Pst«, wisperte sie. »Horch mal!«

Ihr schlug das Herz bis zum Hals. Jack blieb wie angewurzelt stehen.

»Ich hör nix«, entgegnete er. »Los, wir müssen hier raus, Violet!«

»Nein, jetzt warte doch mal«, beharrte sie.

Da war das Geräusch wieder. Ein dumpfer Knall, gefolgt von einem leisen Murmeln.

Jack hielt inne und hob den Kopf. Der nächste Knall rüttelte die dünnen Wände des Wohnwagens durch. Gleichzeitig wurde das Murmeln lauter und drängender. Plötzlich hüpfte ein Karton am anderen Ende des beengten Raumes in die Höhe.

»Da«, verkündete Violet und zwängte sich durch das Gerümpel zu der Stelle hindurch, von wo das Geräusch gekommen war.

Der Karton stand auf einer Sitzbank. Sie warf ihn beiseite. Die Sitzfläche der Bank ließ sich wie der Deckel einer Truhe anheben. Darunter kam ein großes, zappelndes Bündel unter einer karierten Decke zum Vorschein. Violet zog die Decke weg.

»Boy!«, keuchte sie.

Kapitel 30

Die Täuschung

Boys Gesicht war noch bleicher als sonst. Unter seinen Augen lagen dunkle Ringe, als hätte er ewig nicht mehr geschlafen, und seine Wangen wirkten eingefallen.

Violet zog ihm das gelbe Geschirrtuch, mit dem er geknebelt war, aus dem Mund.

»D…du hast mich gefunden, du h…hast mich gefunden!«, stotterte er, während er mühsam versuchte, sich aufzurappeln.

»Warte, deine Beine sind gefesselt.« Violet packte ihn am Arm, um ihn dazu zu bringen, stillzuhalten. Dann löste sie das Seil, das um Boys Knöchel gebunden war.

Jack half ihr, Boy aus seinem beengten Gefängnis zu heben.

»Meine Beine sind eingeschlafen«, murmelte Boy. Er konnte kaum stehen.

Jack und Violet nahmen seine Arme und halfen ihm, sich durch den engen Wohnwagen zur Tür zu zwängen.

»Wie … wie …?«

»Wir müssen hier weg. Wir erzählen dir alles, wenn wir wieder in Town sind«, schnitt Jack ihm das Wort ab.

»Wartet kurz.« Violet eilte zurück zur Bank und wickelte einige Stofftiere in die karierte Decke. Sie stopfte das Bündel in die Truhe, klappte die Sitzfläche herunter und stellte den Karton wieder darauf.

»Falls Schwester Powick kommt, um nach dir zu sehen«, erklärte sie Boy lächelnd. Er erwiderte ihr Lächeln matt. Dann kehrte eine unbehagliche Stille ein. Violet spürte, wie ihre Wangen ganz warm wurden, während Jack behutsam die Wohnwagentür öffnete. Zum Glück steckte der Schlüssel innen an der Tür. Nacheinander liefen sie die kurze Metalltreppe hinab.

»Frische Luft! Ich dachte echt, ich ersticke dadrin. Mein Bru… dieser Junge«, berichtete Boy, als er schwerfällig um den Wohnwagen herumhumpelte, »hat mir sonst immer Wasser gegeben und mich zur Toilette gebracht. Aber er war seit Stunden nicht mehr hier. Wie habt ihr mich gefunden?«

»Violet hat gehört, wie Edward und Schwester Powick über das Draußen geredet haben, und dachte, du bist vielleicht hier«, antwortete Jack.

»Wir haben das Foto entde…«

»Edward?«, unterbrach Boy Violet. »Was hat der damit zu tun?«

»Du hast ihn nicht gesehen?«, fragte Violet.

Boy schwieg.

»Ach, das weißt du noch gar nicht?«, erkundigte sich Jack. »Tja, Edward ist wieder da. Aber das erzählen wir dir später – wir müssen erst mal hier weg. Schwester Powick könnte jeden Moment aufwachen.«

»Schwester Powick? Ist das die Verrückte mit dem dunkelblauen Umhang, die mit dem Jungen zusammenarbeitet, der behauptet, er wäre ich?«, fragte Boy.

Jack nickte.

»Tom ist dein Bruder, Boy«, sagte Violet sanft.

»Ich hab keinen Bruder«, entgegnete er schroff.

Violets Wangen glühten. Boy war offensichtlich wütend auf sie.

Stumm schlich sie hinter den anderen her durch den Garten, während über ihnen die Morgensonne aufging. Gerade als sie um die Ecke biegen wollten, schlug eine Tür zu.

Schwester Powick kam aus dem Haus. Sie hatte einen Weidenkorb und eine Gartenschere dabei und ging zu ihren Rosenbeeten hinüber. Pfeifend schnitt sie einige Blüten ab und legte sie behutsam in ihren Korb.

Violet, Jack und Boy standen wie angewurzelt da und

rührten sich nicht. Sie musste sich nur umdrehen und sie waren geliefert.

Stumm zeigte Boy in die Richtung, aus der sie gekommen waren, und die anderen nickten. Dann drehten sie sich um und rannten los, um sich ein Versteck zu suchen. Jack war deutlich schneller als die beiden anderen und war bereits hinter dem Wohnwagen verschwunden, als Violet über einen Stein stolperte und stürzte. Ein stechender Schmerz schoss durch ihren verletzten Knöchel.

»Was haben wir denn hier? Welch schäbige kleine Kreatur stört mich bei meiner morgendlichen Routine?«, kicherte eine Stimme hinter ihnen gehässig.

Boy blieb augenblicklich stehen. Er zögerte kurz, dann machte er kehrt, marschierte zu Violet zurück und stellte ihr einen Fuß auf den Rücken.

»Hör auf, ständig hinzufallen, du faule Kuh«, knurrte er.

Violet erstarrte. Das Pochen in ihrem Knöchel war schlagartig vergessen. Was ging hier vor?

»Edward hat gesagt, ich soll sie hierherbringen!«, rief er und deutete auf den Wohnwagen. »Ich wollte sie dort einsperren.«

»Ist das die kleine Brown?«, fragte Schwester Powick und kam auf sie zu.

Violet hielt den Kopf gesenkt und starrte stur das Gras an, während jede Faser ihres Körpers aufs Äußerste gespannt war.

»Jawohl, das ist sie. Edward meinte, sie macht schon wieder Probleme, genau wie damals in Perfect. Er hat genug von ihr.«

»Seltsam, ich dachte, er wollte keine drastischen Schritte unternehmen, bis er William vernichtet hat. Lass dich mal ansehen.« Die Krankenschwester packte Violet an den Haaren und riss ihren Kopf zurück, sodass Violet direkt in ihre dunklen, haarigen Nasenlöcher blickte.

Sie konnte den stinkenden Atem der Frau beinahe schmecken.

»Wie kann so eine kleine Schmeißfliege nur so viel Ärger machen? Ich weiß, was ich am liebsten mit dir anstellen würde«, knurrte Schwester Powick und drückte Violets Kopf grob nach unten ins Gras. »Du hast recht, sperr sie in den Wohnwagen. Edward soll entscheiden, was er mit ihr anfangen will. Vielleicht bekommt Hugo endlich etwas zum Spielen!«

Boy nickte und zog Violet hoch.

»Warte!«, rief die Krankenschwester, als sie die Rückseite des Wohnwagens erreicht hatten.

Violet verkrampfte.

»Ja?«, erwiderte Boy. Er klang gelassen, von Nervosität keine Spur.

»Bring mir einen Karton Stofftiere – Hugo muss geflickt werden. Ich hab dir gesagt, du sollst pfleglich mit ihm umgehen, du kleine Mistkröte. Wenn du für den Boss und seine Pläne nicht so wertvoll wärst, hätte ich dich längst zum Ersatzteillager gemacht. Dann müsste ich meine armen kleinen Bärchen nicht länger quälen. Mein Krankenhaus ist bereits bis aufs letzte Bett belegt.«

Boy nickte schnell und lief weiter, wobei er Violet – vielleicht ein bisschen zu grob – hinter sich die Treppe zum Wohnwagen hinaufzerrte.

Jack hatte sich drinnen hinter einem Stapel Kartons versteckt und lugte vorsichtig durchs Fenster.

»Sie ist zurück ins Haus gegangen«, flüsterte er.

»Wir sollten einen Moment warten, bevor wir den nächsten Anlauf unternehmen«, sagte Boy und schnappte sich einen Karton.

»Was machst du?«, fragte Violet.

»Sie hat gesagt, ich soll ihr eine Kiste Stofftiere bringen. Meinst du nicht, sie wird ein bisschen misstrauisch, wenn ich nicht auftauche, Violet?« Sein Tonfall war schneidend.

»Schön«, entgegnete Violet. »Wenn du sauer auf mich sein willst, bitte – tu dir keinen Zwang an. Ich bin ja auch nur den ganzen Weg bis hier raus ins Draußen gekommen und hab mein Leben riskiert, um dich zu retten!«

»Mich retten? Wenn du mir von Anfang an geglaubt hättest, wär ich überhaupt nicht hier. Und du auch nicht!«, fauchte Boy.

»Hey, Schluss damit.« Jack baute sich zwischen ihnen auf. »Mir ist egal, wer woran schuld ist – ich will einfach nur hier weg, ohne dass diese Frau oder ihre Monster mich erwischen.«

»Er ist schuld.«

»Oh, wirklich erwachsen, Violet«, höhnte Boy.

»Schluss jetzt!«, blaffte Jack und warf Boy einen finsteren Blick zu. »Bring der Frau die Kiste und komm dann zu dem knorrigen Baum. Du kannst ihn vom Haus aus sehen, er steht direkt auf der anderen Straßenseite. Wir treffen uns dort.«

Boy errötete. Er nickte, lief die Metallstufen hinab und durchquerte den perfekt gepflegten Garten. Kurz darauf bog er um die Ecke des weiß getünchten Häuschens und verschwand aus ihrem Blickfeld.

Violet und Jack sprinteten auf eine Lücke zwischen den Rosenbüschen zu, sprangen über den Zaun und rannten über die schmale Straße. Hinter dem Baum gingen sie in Deckung.

Ein paar nervenzerfetzende Minuten verstrichen, dann kam Boy aus dem Haus und lief direkt auf sie zu.

Unwillkürlich schoss Violet ein fieser Gedanke durch den Kopf. Was, wenn das alles ein Trick war und das hier gar nicht Boy war? Was, wenn sie es die ganze Zeit schon mit Tom zu tun hatten?

Mit klopfendem Herzen versuchte sie, den Gedanken abzuschütteln. Sie durfte nicht schon wieder an Boy zweifeln … oder?

Als Boy näher kam, packte Jack ihre Hand, zog sie aus dem Versteck und rannte mit ihr zum Brunnen.

»Hierher.« Er winkte Boy zu.

Ihr Freund legte einen Zahn zu und sprang zu ihnen auf die steinerne Plattform.

Unterdessen murmelte Violet angespannt vor sich hin. »Hoch, wir haben ›Hoch‹ eingegeben, um hochzukommen, also müssen wir jetzt … müssen wir jetzt … runter. RUNTER!«, rief sie aus.

Mit fliegenden Fingern drückte sie *R*, *U*, *N*, *T*, *E* und zu guter Letzt noch einmal *R*. Sie seufzte erleichtert auf, als sich die Plattform unter ihnen in Bewegung setzte und den Brunnenschacht hinabglitt. Nach und nach verschwand das Draußen, während die drei Freunde in die Tiefe sanken.

Kapitel 31

Sonderausgabe

Am Boden des Brunnens kam die Plattform abrupt zum Stehen. Jack erhob sich als Erster und zog Boy mit sich hoch. Violet rappelte sich ebenfalls hastig auf. Zu dritt sprinteten sie durch den Tunnel, vorbei an der Zelle, in der Conor, Beatrice und Violet eingesperrt worden waren, und an dem Raum, in dem die Behälter mit dem AO-Gas lagerten. Schließlich erreichten sie die Treppe zum Friedhof.

Boy lehnte sich erschöpft gegen die Wand. Wahrscheinlich hatte er schon eine ganze Weile nichts mehr zu essen gekriegt.

Jack rannte die Treppe hinauf und tastete blind nach dem Mechanismus. Plötzlich erzitterten die Wände, die

Treppe und der Boden. Die Vorderseite des Grabmals senkte sich langsam herab und ein schmaler Streifen Morgenlicht sickerte in den dunklen Tunnel.

Obwohl der Himmel im Draußen wolkenlos gewesen war, regnete es hier in Strömen.

Violet eilte hinter Jack die Treppe hinauf und streckte dann die Hand aus, um Boy hochzuhelfen. Er wandte trotzig den Blick ab und ignorierte ihr Angebot. Als alle oben waren, verschloss Jack das Grab wieder. Schweigend stapften sie den Hügel hinab und durch die Geistersiedlung. Als sie die Brücke betraten, hielt Violet inne.

»Hört ihr das?«, fragte sie ein wenig atemlos.

»Was?« Jack drehte sich zu ihr um.

»In Town scheint irgendwas los zu sein.« Sie war sich sicher, dass sie Geschrei hörte.

»Lasst uns einfach zu Macula gehen«, sagte Jack.

Die drei huschten über die Brücke und wandten sich nach links in die Wickham Terrace. Vor Nummer 135 blieben sie stehen. Boy klopfte an, doch niemand öffnete. Als er nach dem Türknauf griff, stellte er fest, dass abgeschlossen war.

»Wartet hier!«, befahl er und lief zur Rückseite des Hauses.

Wenig später ging die Tür auf.

»Mam hat hinten einen Ersatzschlüssel versteckt. Sie ist nicht da!«

»Wir sollten sie suchen gehen«, meinte Violet beim Eintreten.

Boy ignorierte sie wieder. Er durchwühlte die Küchenschränke nach etwas Essbarem, während Violet und Jack sich an den Tisch setzten. Vor ihnen lag eine Sonderausgabe der *Town Tribune*. Robert Blot war offenbar fleißig gewesen und hatte die Nacht über durchgearbeitet. Violet erstarrte, als sie die Schlagzeile las.

DER PROZESS DES JAHRHUNDERTS
WILLIAM ARCHER WIRD FÜR SEINE VERGEHEN
GEGEN PERFECT ZUR RECHENSCHAFT GEZOGEN

Der Artikel, der vor Lügen nur so strotzte, beschrieb in allen Einzelheiten, wie William, Boy, Eugene, Madeleine und Merrill am folgenden Tag um neun Uhr morgens auf den Stufen vor dem Rathaus öffentlich der Prozess gemacht werden sollte. Violet bemühte sich, nicht in Panik zu geraten. Ihnen blieb nur noch ein Tag, um ihren Dad und die anderen zu retten.

Sie blätterte um.

ES LÜGT IN DER FAMILIE:
ARCHER-ZWILLINGE RETTEN TOWN
VOR DEM ZORN IHRES BRUDERS WILLIAM

Dieser Artikel handelte von Williams Rachefeldzug gegen die ehemaligen Bewohner von Perfect. Er schilderte, wie er vorhatte, die Herrschaft über Town zu übernehmen und die geisteskranken Niemandsländer an die Macht zu bringen. Zum Glück, so hieß es darin, waren seine Pläne von seinen heldenhaften Brüdern durchkreuzt worden.

Weitere Schlagzeilen lauteten: NUNN ERST RECHT, BROWN BEZWUNGEN, NIEDER MIT DEN MARX-ISTEN und EINE GESPALTENE SEELE. Darunter reihte sich eine Lüge an die nächste. Anscheinend hatte Robert Blot sich so richtig ausgetobt.

Violet war speiübel. Wenn die Leute aus Perfect den Berichten in der *Tribune* glaubten, steckten die Niemandsländer bis zum Hals im Schlamassel.

»Sieht aus, als hätte Edward recht – er kriegt Perfect ruck, zuck wieder zurück«, sagte sie und hielt die Zeitung hoch.

»Wie meinst du das?«, nuschelte Jack mit vollem Mund.

»Der Termin für den Prozess steht fest – er soll schon morgen früh stattfinden. Und das Blatt hier verbreitet nichts als die Lügen der Archers!«

Boy kam auf sie zu und nahm ihr die Zeitung ab.

»Was ist los?«, fragte er, während er die Seiten hastig überflog. »Hier steht, Dad hat versucht, die Macht über Town an sich zu reißen?«

»Glaub nicht alles, was du liest, Boy.« Violet lächelte schief.

»Das ist nicht lustig, Violet. Wie kannst du darüber Witze machen?«, brummte er, den Mund voller Sandwich.

Violet verstummte. Jack übernahm die Aufgabe, Boy zu erklären, was alles passiert war, seit er gefasst worden war.

»Wir sollten mit Iris reden«, unterbrach Violet, kurz bevor Jack zum Ende seiner Zusammenfassung kam. »Macula ist bestimmt auch dort.«

»Erst müssen wir Dad retten«, widersprach Boy.

»Mein Dad ist genauso eingesperrt.« Violet erhob die Stimme.

»Das ist kein Wettbewerb, Violet!«

»Was ist nur los mit euch?«, blaffte Jack. »Ihr zwei seid Freunde – also benehmt euch gefälligst auch so.«

»Freunde glauben einem, wenn man ihnen was erzählt, Jack!« Boy vermied es, Violet anzusehen.

»Tja, das ist aber nun mal nicht ganz so leicht, wenn dieser Freund einen Zwillingsbruder hat, der sich als er ausgibt«, schnauzte Violet.

»Komisch, Jack hatte damit kein Problem, oder?«, entgegnete Boy.

Jack wandte den beiden den Rücken zu und tat so, als würde er in einem der Küchenschränke etwas suchen.

»Ihm hat Tom ja auch nicht ständig was vorgelogen!« Violet war rot vor Wut. »Vielleicht bist du gar nicht der echte Boy. Woher soll ich das wissen?«

Sie verstummte abrupt, obwohl sie kurz vorm Explodieren war. Das hätte sie nicht sagen dürfen. Boy starrte sie mit großen Augen an. Dann ließ er den Kopf hängen und sah auf seine Hände.

»Wer weiß«, flüsterte er. »Wer weiß schon, wer ich bin?« Er klang zutiefst verletzt und durcheinander.

»Wir sollten jetzt wirklich zu Iris gehen«, sagte Jack schnell.

Ohne einander anzusehen, nickten Boy und Violet eifrig, dankbar für den Themenwechsel.

»Zieh dir besser eine Mütze oder so was auf«, murmelte Violet an Boy gewandt. »Es könnte gefährlich sein, wenn dich jemand sieht. Die Leute sind total gereizt und die Zeitung hat das garantiert nicht besser gemacht.«

Boy stand wortlos auf und ging aus der Küche. Violet konnte seine Schritte auf der Treppe hören. Kurz darauf kam er zurück. Er hatte sich umgezogen und trug nun einen Kapuzenpullover und eine Kappe.

Violet wurde ein winziges bisschen leichter ums Herz. Wenigstens hatte er auf sie gehört.

»Also, dann los«, sagte sie und trat in das morgendliche Schmuddelwetter hinaus.

Zügig überquerten die drei Freunde den Marktplatz und machten sich auf den Weg in Richtung Forgotten Road. Überall standen die Leute in kleinen Gruppen zusammen und tuschelten aufgebracht miteinander. Eine beklemmende, angespannte Stimmung lag in der Luft.

Violet hielt den Kopf gesenkt und wiederholte in Gedanken immer und immer wieder, dass all diese Gefühle bloß vom Wetter kamen.

Sie hatten fast die Rag Lane erreicht, als plötzlich ein lautes Krachen ertönte und jemand schrie: »NIEMANDSLÄNDER RAUS!«

Boy stürmte los, direkt auf den Lärm zu. Violet rannte ihm nach. Jack blieb alleine mit einem Bekannten aus dem Waisenhaus zurück, dem sie auf der Straße begegnet waren und bei dem er sich gerade erkundigt hatte, was eigentlich los war.

»Warte, bitte!«, keuchte sie, als sie Boy einholte. »Wir müssen zu Iris. Dich darf niemand sehen. Ganz Town ist wütend auf dich.«

»Die Leute sind nicht auf mich wütend, Violet«, erwiderte er, blieb aber dennoch stehen.

In dem Moment öffnete der Himmel alle Schleusen und ein wahrer Sturzregen prasselte aus den dunklen Wolken auf sie herab.

»Ich weiß, dass sie eigentlich auf Tom wütend sind – aber sie wissen das nicht! Alle glauben, du und dein Dad sind an allem schuld!«, rief sie gegen die tosenden Fluten an.

Wieder krachte es. Das Geräusch kam aus der Edward Street. Boy rannte los und Violet folgte ihm. Kurz vor Merrill Marx' Spielzeugladen hielten sie an. Eine kleine Gruppe stand lachend davor.

Sämtliche Fenster von Merrills Geschäft waren eingeschlagen worden. Auf seine grasgrüne Tür hatte jemand in großen schwarzen Buchstaben gesprüht:

GEH ZURÜCK NACH NIEMANDSLAND, MARX!

Violet drehte sich zu der Frau um, die ganz in der Nähe stand und hämisch mitlachte.

»Warum machen Sie das? Das ist nicht lustig!«

»Du bist eine von denen! Ich wusste es, du kamst mir gleich bekannt vor. Du bist Browns Tochter. Deine Mutter stammt doch aus Perfect, oder? Egal, du gehörst jedenfalls eindeutig zur anderen Seite. Eure Leute machen nichts als Ärger. Sucht euch gefälligst einen eigenen Ort zum Leben und lasst uns in Frieden, so wie früher. Perfect war wunderschön – und jetzt guck dir nur mal an, in welchem Zustand Town ist!«

»Perfect stand unter Kontrolle der Archers«, erwiderte Violet hitzig. »Die haben Sie alle manipuliert. Wie können Sie sich das zurückwünschen?«

»Dafür haben wir damals nicht in ständiger Angst gelebt. Diese Niemandsländer bedrohen alles, was uns wichtig ist. Wenn es nicht unser Eigentum ist, dann sind es unsere Kinder – sie reißen sich alles unter den Nagel, was sie in ihre dreckigen Finger bekommen. Die sind geisteskrank! Sie wurden nach Niemandsland gebracht, um wieder gesund zu werden. Und so danken sie den Archer-Brüdern ihre Großzügigkeit? Sie gehören wieder weggesperrt!«

Die Frau bebte vor Zorn.

Es donnerte krachend und der Regen wurde noch stärker.

»Wir müssen uns in Sicherheit bringen. Hier draußen ist es gefährlich!«, keuchte Jack, der in dem Moment zu ihnen aufschloss.

Boy war vor Wut dunkelrot angelaufen.

»Wir müssen zu Iris, schnell«, drängte Violet und warf Jack einen bedeutungsvollen Blick zu.

Die beiden packten Boy an den Armen und führten ihn zügig durch die feindlich gesinnte Stadt.

Kapitel 32

Ein guter Schmerz

»Violet! Hast du meinen Enkel gefunden?«, rief Iris, als sie die Tür aufmachte.

Violet ließ Jack und Boy vorgehen und folgte ihnen ins Haus. Sobald sie in Sicherheit waren, nahm Boy Mütze und Kapuze ab.

»Oh, dem Himmel sei Dank.« Iris schloss Boy in die Arme und hielt ihn eine gefühlte Ewigkeit lang fest, bevor sie einen Schritt zurücktrat, um ihren Enkel eingehend zu mustern. »Du bist ja ganz bleich, mein Liebling. Komm rein, komm rein. Ich mach dir was zu essen, damit du wieder etwas Farbe in deine Wangen kriegst.«

Die alte Dame scheuchte sie durch den Flur in die warme Küche. Macula, Rose und Anna saßen bereits am Tisch. Sie sprangen auf, als sie eintraten. Rose eilte zu ihrer Tochter und zog sie an sich, während Macula und Anna Boy und Jack willkommen hießen.

»Ich hatte solche Angst um dich, Mäuschen«, stammelte Rose.

»Es geht mir gut, Mam«, antwortete Violet.

Aus dem Augenwinkel sah sie, wie Boy Macula auswich und stattdessen Anna zur Begrüßung umarmte. Sie bemerkte Maculas Bestürzung, als er ihr nur kurz zunickte und sich dann an den Tisch setzte.

In der Küche kehrte unbehagliches Schweigen ein.

»Was ist denn passiert, Boy?«, fragte Macula schließlich sanft.

»Tom hat mich erwischt.«

»Wir haben ihn im Draußen gefunden, Macu…«, setzte Violet an.

»Ich kann für mich selbst sprechen«, fauchte Boy.

Alle hielten den Atem an. Die Stille im Raum war ohrenbetäubend.

Boy lief knallrot an. Er sprang auf, stürmte aus der Küche und knallte die Tür hinter sich zu. Macula wollte ihm nachlaufen, doch Iris hielt sie zurück.

»Nein«, sagte sie und schüttelte den Kopf. »Gib ihm etwas Zeit.«

Stumm setzte Boys Mutter sich hin.

»Also, wer erzählt uns jetzt, was geschehen ist?«, fragte

die alte Dame betont munter, während sie sich wieder der Sandwich-Zubereitung zuwandte.

Violet war in Gedanken noch bei Boy. Jack begann zu erzählen und sie steuerte hier und da ein paar Ergänzungen bei. Plötzlich stupste Iris sie an.

»Bring das raus zu Boy«, flüsterte die alte Dame und drückte ihr ein Sandwich in die Hand. »Er hat seine beste Freundin nötig.«

»Aber er mag mich gerade nicht besonders«, wisperte Violet.

»Er tut nur so. Das nennt man verletzter Stolz, Violet. Bring ihm das, der Rest wird schon.«

Violet stand auf und ging zur Tür, als Macula sie am Ellbogen festhielt.

»Sag ihm, dass es mir leidtut«, flüsterte Boys Mam. Sie sah unendlich traurig aus.

Violet nickte und ging mit dem Sandwich nach draußen in den Flur.

Boy saß auf der untersten Stufe und hatte den Kopf in die Hände gestützt. Violet umrundete das Treppengeländer und blieb vor ihm stehen.

»Kann ich mich setzen?« Sie hustete verlegen.

»Ist ein freies Land«, schnaubte er.

Violet spürte, wie der Ärger in ihr hochkochte, doch sie riss sich zusammen und ließ sich neben ihm auf der Stufe nieder.

»Frag mich«, forderte Boy sie auf.

»Was soll ich dich denn fragen?«

»Irgendwas, was beweist, dass ich ich bin. Sonst glaubst du mir ja doch nicht. Na los!«

»Ich glaube dir, Boy. Ich weiß, dass du es bist.«

»Nein, tust du nicht – lüg mich nicht an. Frag mich. Mach schon!« Er war außer sich vor Wut. So hatte Violet ihn noch nie erlebt.

»Okay … ähm, wo sind wir uns zum ersten Mal begegnet?«

»In deinem Zimmer, als ich dir die Brille gegeben hab. Das heißt, eigentlich stimmt das nicht ganz. Das erste Mal war im Ocularium, als du deine erste Brille bekommen hast und ich auf der Flucht vor den Hütern war.«

»Siehst du? Ich wusste doch, dass du es bist.« Violet rang sich ein betont fröhliches Lächeln ab. Insgeheim hatte sie ein schlechtes Gewissen, weil sie ihn überhaupt infrage gestellt hatte.

»Ja, diesmal vielleicht.«

Sie verfielen in brütendes Schweigen.

»Es tut mir wirklich leid«, flüsterte Violet nach einer Weile.

Boy spielte mit den Bändern seines Kapuzenpullis.

»Ich war einfach so sauer und verwirrt. Ich war mir sicher, dass ich dich mit Conor gesehen hab, aber du hast behauptet, du warst das nicht. Irgendwann wusste ich nicht mehr, was ich glauben soll. Ich meine, woher sollte ich wissen, dass du einen Zwillingsbruder hast?«

»Wie konntest du annehmen, dass ich zu so was imstande bin?«, entgegnete Boy. Sie konnte den Schmerz in seiner Stimme hören. »Wie konntest du glauben, dass ich Conor und Beatrice entführen könnte? Oder sonst irgendwen?«

»Ich weiß es nicht«, gestand sie leise. »Ich hab dich beobachtet – oder jedenfalls dachte ich, dass du es warst. Und zur gleichen Zeit sind in Town auf einmal lauter seltsame Dinge passiert. Nichts hat mehr Sinn ergeben.«

»Aber du müsstest mich trotzdem besser kennen, Violet. Zumindest dachte ich das …« Boy verstummte.

»Was soll ich denn machen, wenn du mir nichts erzählst? Ich hab ja versucht, dich zu fragen, und du hast gesagt, alles wäre in Ordnung!«

»Ich hab dich gebeten, mir zu vertrauen.«

»Ja, aber ohne mir einen Grund dafür zu geben!«

Tränen strömten über Violets Wangen, auch wenn sie mit aller Macht versuchte, sie zurückzuhalten. Sie wandte den Blick ab. Im Wohnzimmer tickte die Uhr über dem Kamin und von draußen drang gedämpfter Straßenlärm herein.

Die Küchentür ging auf und Macula kam heraus.

»Ich habe gehört, wie ihr euch gestritten habt …« Sie wirkte verlegen.

»Haben wir nicht«, erwiderte ihr Sohn.

»Doch, habt ihr. Und das ist ganz allein meine Schuld. Es tut mir so leid.«

»Warum hast du mir nicht gesagt, dass ich einen Bruder hab?«, fragte Boy, ohne aufzusehen. »So hab ich erst durch das Foto davon erfahren.«

»Ich wollte es dir sagen, Boy – du glaubst gar nicht, wie oft ich kurz davor war. Aber ich dachte, das ist nur zu deinem Schutz. Ich wollte erst herausfinden, was mit Tom geschehen ist. Inzwischen weiß ich, dass das ein Fehler war.«

»Warum glaubst du, mich ständig beschützen zu müssen?«, entgegnete Boy. »Hör endlich auf damit. Ich hab zwölf Jahre lang auf mich selbst aufgepasst!«

Seine Mutter ließ den Kopf hängen. Violet spürte, wie sehr seine Worte sie getroffen haben mussten.

»Ich weiß«, flüsterte Macula. In ihren Augen standen Tränen. »Es tut mir so leid, mein Sohn.«

»Tom …« Boy verzog das Gesicht, als bereitete es ihm Schmerzen, den Namen auszusprechen. »Wie kann er mein Bruder sein? Er fügt den Leuten Leid zu und lässt sie glauben, ich wäre der Böse. Wie kann ich mit so jemandem verwandt sein? Er hat es sogar geschafft, meine beste Freundin gegen mich aufzubringen.«

»Nein, bitte, Boy – ich war niemals gegen dich. Ich hab mir Sorgen um dich gemacht«, stellte Violet klar. »Bitte, du darfst nicht glauben, dass ich dich nicht mehr mochte. Ich wollte dir bloß helfen, das ist alles.«

»Ich glaube, dein Bruder hat kein besonders schönes Leben gehabt, Boy«, erklärte Macula mit fester Stimme. »Es war falsch von mir, euch wegzugeben.«

»Kann sein«, murmelte Boy kaum hörbar.

»Ich lass euch dann mal in Ruhe.« Macula nickte ihrem Sohn sachte zu und ging zurück in Richtung Küche.

»Mam«, sagte Boy, als sie bereits die Hand nach der Tür ausstreckte.

»Ja?«

»Du hast nichts falsch gemacht.«

»Ich hab dich lieb, mein Sohn.« Ein trauriges Lächeln umspielte Maculas Lippen. Sie öffnete die Tür und verschwand in der Küche.

Die beiden Freunde versanken wieder in Schweigen. Violet zerbrach sich den Kopf. Sie wusste einfach nicht, was sie sagen sollte. Gerade als sie aufstehen und gehen wollte, ergriff Boy das Wort.

»Danke, dass du mich gefunden hast«, sagte er leise.

»Jack hat geholfen«, erwiderte Violet unsicher.

»Ich hätte dich allerdings deutlich schneller gefunden.« Boy grinste schief. »Ich war am Verhungern, als ihr endlich aufgekreuzt seid.«

»Na ja, ein paar Kilo weniger konnten dir auch nicht schaden«, scherzte Violet zögerlich.

Boy boxte ihr gegen die Schulter, wodurch sie sich den Ellbogen am Treppengeländer anschlug.

»Hey, wofür war das jetzt?«

»Dafür, dass du so lange gebraucht hast, um mich zu finden«, zog er sie auf.

Violet umfasste ihren Ellbogen. Er tat ein bisschen weh, aber das war nicht schlimm. Eigentlich war es ein guter Schmerz, denn er bedeutete, dass sie vielleicht gerade ihren besten Freund zurückbekommen hatte.

Kapitel 33

Der Zeuge

Violet öffnete die Küchentür und trat ein. Boy folgte ihr etwas verlegen. Drinnen waren Rose, Macula, Iris, Jack und Anna ins Gespräch vertieft und taten so, als würden sie ihre Rückkehr nicht bemerken.

Als Violet neben ihrer Mam Platz nahm, zwinkerte Iris ihr verstohlen zu.

»Hier«, sagte die alte Dame. Sie setzte Violet und Boy je eines ihrer Sandwiches vor. »Lasst es euch schmecken.«

Boy schenkte seiner Großmutter ein Lächeln. Iris legte einen Arm um seine Schultern und drückte ihn an sich.

»Aber was soll der Prozess überhaupt?«, fragte Jack, den Blick auf die Sonderausgabe der *Tribune* vor ihm auf dem Tisch gerichtet. »Die Zwillinge könnten die Hüter doch einfach freilassen und die Macht über Town übernehmen. Ich kapier das nicht.«

»Ich hab gehört, wie Edward zu George gesagt hat, dass sie erst das Vertrauen der Leute zurückgewinnen müssen, bevor sie die Hüter freilassen können«, erklärte Violet. »Die Hüter waren furchtbar – das haben die Leute bestimmt nicht vergessen. Ich schätze, er hat Angst, dass niemand mehr seine verrückten Lügen glaubt, wenn er sie zu früh aus dem Gefängnis holt.«

»Ich vermute mal, er möchte eine Schlacht wie damals um Perfect vermeiden.« Iris schüttelte den Kopf. »Wenn alle an einem Strang ziehen, egal, ob sie früher in Perfect oder in Niemandsland gelebt haben, hat er keine Chance. Nicht mal mit den Hütern an seiner Seite. Und das weiß er ganz genau. Deswegen versucht er, einen Keil zwischen uns zu treiben. Was ja bislang auch ziemlich gut funktioniert.«

»Teile und herrsche«, murmelte Rose. Offenbar hatte Madeleine recht gehabt.

»Meine Söhne, diese beiden Halunken, sind vom Wahn getrieben. Ihre böse Seite ist stärker als ihre gute – genau wie bei ihrem Vater. Die Demütigung, Perfect verloren zu haben, hat ihren Hass wohl nur noch größer gemacht«, fuhr die alte Dame fort. »Sie sind durch und durch machtgierig und wollen alles kontrollieren. Ich kann mir vorstellen, wie sehr sie es genießen, William fertigzumachen – erst recht, weil sie seinen eigenen Sohn gegen ihn verwenden. Der arme Junge.«

»Ich hab kein Mitleid mit Tom«, platzte Boy heraus. »Er tut so, als wäre er ich, und macht dann lauter schlimme Dinge. Und die schieben die Leute dann mir in die Schuhe.«

»Aber er ist dein Bruder«, erwiderte Anna mit großen Augen.

»Ich will keinen Bruder! Können wir jetzt bitte das Thema wechseln? Ich muss einen Weg finden, Dad zu befreien, damit wir von hier verschwinden können.«

»Ich dachte, man kann sich nicht aussuchen, ob man Geschwister hat«, wandte Anna ein. Sie wirkte ein wenig verwirrt.

»Und was dann, Boy?«, unterbrach Iris mit strenger Stimme. »Willst du Town einfach so Edward und George überlassen? Damit sie hier ein zweites Perfect aufbauen können?«

»Mir ist egal, was aus Town wird. Dad und ich sind den Leuten doch auch egal. Sonst würde es ihnen nicht so leichtfallen, uns zu hassen.«

»Das stimmt nicht, Boy, die Leute hassen euch nicht«, beteuerte Violet. »Die Zwillinge haben sie traurig und ängstlich gemacht und ihnen dann eingeredet, dass sie sich wegen euch so fühlen. Sie haben einen Schuldigen gebraucht und William, du und die Niemandsländer waren perfekt dafür geeignet. Das ist alles.«

»Von mir aus. Ich hab's satt, ständig als Sündenbock herhalten zu müssen. Soll die Stadt doch vor die Hunde gehen. Ich will einfach nur meine Mam und meinen Dad und mit ihnen von hier verschwinden.«

»Na, vielen Dank auch«, schnaubte Violet und wandte den Blick ab.

»Ja, vielen Dank auch«, schniefte Anna. »Du hast gesagt, du bist immer für mich da. Und jetzt haust du einfach ab.«

»Dann hat es sich ja echt gelohnt, dass wir unser Leben riskiert haben, um dich zu retten, was?«, bemerkte Jack trocken.

»Das meinst du nicht so, Boy«, sagte Macula leise. Sie sah ihrem Sohn in die Augen. »Ich weiß, du bist verletzt – aber Town ist eine gute Stadt voller guter Menschen. Das weißt du.«

Boy senkte den Kopf und machte sich schweigend über sein Sandwich her.

»Wir können William und unsere Freunde befreien und Town trotzdem noch retten«, fuhr Macula fort. »Das habt ihr doch schon mal geschafft. Warum sollten wir es dann nicht wieder hinkriegen? Gemeinsam können wir Edward und George schlagen!«

»Aber wie, Macula?« Rose sah sie ängstlich an. »Was, wenn Boy recht hat? Vielleicht sollten wir einfach wegziehen und George und Edward geben, was sie wollen. Es ist nicht so wie letztes Mal, als alle ihre Fantasie verloren hatten. Diesmal sind die Menschen durchaus imstande, selbstständig zu denken. Und sie scheinen diese fürchterlichen Personen zu bevorzugen.«

»Nein, sie können eben nicht selbstständig denken, Mam.« Violet rutschte zur Stuhlkante vor. »Wie Dad gesagt hat: Wer Angst hat, tut manchmal die seltsamsten Dinge.«

»Aber wir können machen, dass der Regen aufhört«, rief Anna aufgeregt. »Wir müssen bloß das Rohr verstopfen! Dann wäre die Angst doch auch weg, oder? Vielleicht werden die Leute so ja wieder normal.«

»Das ist genial, Anna. Aber wenn wir das Rohr verstopfen und der Regen aufhört, merken die Zwillinge, dass wir ihnen auf die Schliche gekommen sind. Die Wolken müssen also bleiben. Vielleicht können wir ja etwas reinmischen, wodurch die Leute sich wieder besser fühlen – so wie das Glücksgas neulich. Davon ist doch bestimmt noch mehr in dem Raum neben dem Tunnel.« Violets Gehirn lief auf Hochtouren.

Iris nickte. »Ja, das lässt sich sicher machen. Wenn Edward und George das hinkriegen, schaffen wir das auch. Allerdings ändern wir damit nur die Gefühle der Menschen. Wenn wir Erfolg haben wollen, müssen wir auch ändern, wie sie denken. Und das dürfte sich als deutlich schwieriger erweisen.«

Boy hob den Kopf. Er war auf einmal hellwach.

»Was, wenn ich ihnen einfach die Wahrheit sage?«,

schlug er zaghaft vor. »Würde das nicht ändern, was sie denken?«

»Die Wahrheit?« Rose lachte bitter. »Die Wahrheit interessiert doch schon lange keinen mehr.«

»Ich finde, Boy hat recht.« Violet musste an die Worte ihres Dads denken. »Die Wahrheit zu sagen ist niemals verkehrt. Wir wollten Boy ja auch deswegen finden, damit wir den Leuten zeigen können, dass er einen Zwillingsbruder hat. Wenn wir es irgendwie hinkriegen, dass alle Boy und Tom zusammen sehen, glauben die Leute Boy vielleicht eher.«

»Aber woher sollen sie wissen, wer von beiden wer ist, Violet?«, wandte ihre Mutter ein. »Würde das die Verwirrung nicht nur noch größer machen?«

»Den Archer-Brüdern glauben doch alle. Was, wenn *sie* einfach die Wahrheit sagen?« Anna zuckte mit den Schultern.

»Das machen Edward und George nie im Leben, Anna.« Jack lächelte und tätschelte der Kleinen den Kopf.

»So abwegig ist die Idee gar nicht«, sagte Macula nachdenklich. »Wir müssten sie nur irgendwie durch einen Trick dazu bringen, dann könnten wir ihr Geständnis über das Gehirn abspielen. Wäre es nicht herrlich, wenn ausgerechnet die Erfindung meines Mannes seine Brüder zu Fall bringen würde?«

»Das Gehirn … ja, genial, Macula!«, rief Violet. »Was,

wenn wir sie dazu bringen, vor einem Beet mit Augenpflanzen auszupacken? So könnten die Leute über das Gehirn alles mitkriegen!«

»Aber wie sollen wir das anstellen?«, fragte Iris. »Das dürfte ein bisschen knifflig werden.«

»Hugo!« Jack sprang auf. »Hugo hat doch Augenpflanzen als Augen. Wie wäre es, wenn wir die Archer-Brüder dazu bringen, alles zu gestehen, während Hugo dabei ist? Ihm gegenüber sind sie garantiert nicht misstrauisch!«

»Die Augen von dem Ding sind Augenpflanzen? Ich wusste doch, die sind irgendwie komisch.« Boy schauderte.

»Ja.« Violet nickte. »Sie sind mit einem Monitor verbunden, der in den Ställen bei Schwester Powicks Häuschen hängt. Darauf konnte ich alles sehen, was Hugo gesehen hat.«

»Okay, nehmen wir an, Hugo ist dabei, wenn die Zwillinge mit der Wahrheit rausrücken. Wir könnten versuchen, die Monitore im Gehirn auf Hugos Frequenz einzustellen. Dann müssen wir nur noch die Rollläden öffnen und hoffen, dass jemand vorbeikommt und zuguckt.« Boy setzte sich aufrecht hin.

Lächelnd sprang Violet auf. »Was, wenn alle zugucken würden?«

»Natürlich, der Prozess«, stimmte Macula aufgeregt mit ein. »Alle werden sich vor dem Rathaus versammeln, um den Prozess zu verfolgen. Wir müssen also nur dafür sorgen, dass die Zwillinge vor Hugos Augen ihre Pläne ausplaudern, dann können wir ihr Geständnis über das Gehirn vor ganz Town abspielen. Wir verwandeln Williams Demütigung in Edwards und Georges Niederlage!«

»Das wird der Prozess des Jahrhunderts!« Iris lachte.

»Na, wenn das so ist, bleibe ich vielleicht doch noch ein bisschen hier«, erwiderte Boy grinsend.

Kapitel 34

Der Tausch

Macula war nach Hause geeilt und hatte Williams Werkzeugkiste geplündert. Jetzt hockte Boy an Iris' Küchentisch und schraubte an einem Sender herum. Neben ihm saß Violet vor einem leeren Blatt Papier und versuchte, sich die Einzelheiten des weißen Raums, aus dem die Wolken kamen, ins Gedächtnis zu rufen. Sie fühlte sich wieder etwas besser. Bis zur nächsten Stufe ihres Plans war noch Zeit und so hatte sie zumindest ein kurzes Nickerchen einlegen können.

»Wie gut, dass ich Dad so oft zugeguckt hab.« Boy lächelte, während er an dem kleinen schwarzen Kästchen in seiner Hand herumwerkelte. »Jetzt müssen wir heute Nacht nur noch ins Draußen zurückschleichen und diesen Sender hier an Hugos Augen anschließen, während er seine Batterie auflädt. Der Sender ist auf die Empfangsgeräte im Gehirn eingestellt, sodass die Monitore alles zeigen, was Hugo sieht!«

»Und ich dachte, Jack wäre der Intelligente von euch beiden«, scherzte Violet.

»Er ist echt klug, oder? Damals im Waisenhaus hat er ständig gelesen. Wo bei anderen das Hirn sitzt, hat er ein Lexikon.« Boy wandte sich wieder dem Sender zu.

Draußen herrschte Aufruhr. Der Lärm drang bis zu ihnen in die Küche vor und machte Violet nervös.

Jack war losgezogen, um ein paar seiner Freunde aus dem Waisenhaus in ihre Pläne einzuweihen. Sie brauchten ihre Hilfe für den Prozess morgen. Unterdessen waren Rose, Iris, Anna und Macula zum Gehirn gegangen. Boy hatte ihnen den Code für den Sender mitgegeben, den er an Hugos Augen anschließen wollte. Nun mussten sie diesen Code von Hand in jeden einzelnen Monitor eintippen.

»Wie hat Tom dich eigentlich erwischt?«, erkundigte sich Violet bei Boy. Das hatte sie ihn schon die ganze Zeit fragen wollen.

Er schwieg eine Weile.

»Ich hab mich im Waisenhaus versteckt, weil alle mir die Schuld für die ganzen schlimmen Dinge gegeben haben. Dabei hab ich gar nichts gemacht«, sagte er schließlich. »Madeleine wollte wegen den Entführungen mit mir reden.

Angeblich gab es ein Foto, auf dem ich beim Stehlen der Augenpflanzen zu sehen war, daher wusste ich, dass mir niemand glauben würde. Außerdem war ich total durcheinander. Ich meine, wenn ich das nicht war, wer dann? Egal, als ich unter der Treppe saß, klopfte es auf einmal. Ich dachte, es wäre Anna …«

»Aber es war Tom?«, fiel Violet ihm ins Wort.

Boy nickte.

»Was ging dir durch den Kopf? Hattest du Angst? Es muss doch total seltsam sein, sich selbst ins Gesicht zu gucken.«

»Ja, war es auch. Aber zu dem Zeitpunkt ahnte ich bereits, dass es ihn gab. Unter der Treppe standen jede Menge Kartons mit Fotos vom Waisenhaus und die hab ich nach und nach durchgesehen. Dabei hab ich das Bild von uns beiden entdeckt und plötzlich hat etwas in mir Klick gemacht. So als hätte ich es tief in meinem Inneren die ganze Zeit schon gewusst.«

»Hast du mit ihm gesprochen?«

»Nicht wirklich – hauptsächlich hat er geredet. Er hat irgendwelches wirres Zeug gefaselt. Dass ich der Auserwählte wäre oder so. Er meinte, Mam und Dad hätten ihn weggegeben, weil sie fanden, dass er für unsere Familie nicht gut genug war. Und dann sagte er, dass er es ihnen zeigen würde.«

»Was soll das denn heißen?«

»Keine Ahnung. Außerdem hat er von diesem Gespaltene-Seele-Quatsch geredet, als würde er echt daran glauben … Irgendwann hab ich versucht, unter der Treppe hervorzukrabbeln, aber leider stand Hugo da. Ich schätze, er hat mir eine fette Kopfnuss verpasst, denn das Nächste, woran ich mich erinnere, ist die dunkle Kiste, in der ich war.«

Violet zuckte zusammen, als es plötzlich klopfte. Boy versteckte sich schnell, während sie zur Tür ging, um aufzumachen.

»Jack!«, seufzte sie erleichtert, als sie die tropfnasse Gestalt erkannte.

»Sie reißen die Ladenschilder runter und schmieren irgendwelche Gemeinheiten über die Niemandsländer an die Wände«, keuchte er. »Es regnet in Strömen, sogar noch stärker als vorhin. Ich hab mich supermies gefühlt. Ich musste mir ständig sagen, dass das nur von den Wolken kommt und nicht echt ist. Habt ihr den Sender hingekriegt?«

»Ja.« Boy nickte und kam aus seinem Versteck hinter der Tür. Er hielt das kleine schwarze Kästchen hoch. »Jetzt müssen wir es nur noch an Hugos Augen anschließen. Wenn die anderen ihren Teil ordnungsgemäß erledigt haben, sollte das Gehirn in der Lage sein, alles wiederzugeben, was Hugo sieht.«

»Aber die Leute sind gerade tierisch gereizt.« Jack schüttelte den Kopf. »Meint ihr, die werden sich das überhaupt angucken und kapieren, was das Ganze soll? Da draußen ist die Hölle los.«

»Sobald wir das Glücksgas in den Regen gemischt haben, sollte sich die Laune schnell bessern«, antwortete Violet. »Weißt du noch, wie entspannt und fröhlich die Menschen nach Edwards Ansprache waren? Wenn wir es schaffen, sie wieder in diesen Zustand zu versetzen, hören sie uns bestimmt zu.«

»Was das angeht: Mir ist noch was anderes aufgefallen.« Jack runzelte die Stirn. »Über die Monitore des Gehirns können die Leute morgen natürlich sehen, was im Sitzungssaal vor sich geht. Aber selbst wenn wir es tatsächlich hinkriegen, dass George und Edward die Wahrheit sagen – wie sollen wir das draußen hören?«

Boy und Violet hielten mitten in der Bewegung inne und starrten ihren Freund an. Sie hatten sich so von ihren Planungen mitreißen lassen, dass sie daran überhaupt nicht gedacht hatten.

Jack hatte recht! Die Menge draußen vor dem Rathaus würde das Geständnis der Archers durch Hugos Augen sehen, aber solange es niemand hörte, war diese ganze Aktion absolut sinnlos.

Violet hatte das Gefühl, keine Luft mehr zu bekommen.

In dem Moment ging Iris' Haustür ein weiteres Mal auf und Boy brachte sich schleunigst in Deckung. Vorsichtig lugte Violet durch einen Spalt in der Küchentür. Zum

Glück waren es bloß Macula, Iris, Rose und Anna, die von draußen hereindrängten.

»Oh, es ist einfach nur schrecklich. Das klappt niemals – wir sind verloren. Verloren, Violet«, jammerte ihre Mutter, während Boy seinen Platz am Tisch wieder einnahm.

»Mam, das ist nur der Regen. Alles wird gut«, versicherte Violet, obwohl sie langsam selbst so ihre Zweifel bekam.

»Wir müssen unbedingt dieses Nitro-Oxytocin in die Wolken kriegen«, keuchte Iris. »Solange sich die Leute nicht beruhigen, brauchen wir ihnen mit Vernunft gar nicht erst zu kommen. Da draußen herrscht das reinste Chaos.«

»Wir haben die Geräte alle umprogrammiert, Boy.« Macula lächelte. »Dabei habe ich die hier gefunden. Ich dachte, sie könnten vielleicht nützlich sein.«

Macula hielt die beiden Walkie-Talkies hoch. Es waren dieselben, die Violet und Boy in jener Nacht, als die Augenpflanzen verschwunden waren, benutzt hatten, um mit William zu kommunizieren.

»Wenn ihr den Sender mit Hugos Augen verbunden habt, könnt ihr mir Bescheid geben und ich kann im Gehirn gleich ausprobieren, ob alles richtig funktioniert.«

»Gute Idee, Mam!« Boy versuchte, einigermaßen begeistert zu klingen. »Aber es gibt da noch ein anderes Problem …«

»Ehrlich gesagt bin ich mir da gar nicht mehr so sicher«, unterbrach ihn Jack.

Alle sahen zu, wie Jack Macula eines der Walkie-Talkies abnahm und anfing, an den Knöpfen herumzudrücken.

»Haben Sie zufällig ein altes Radio, Iris?«

»Ja ...« Boys Großmutter zog die Augenbrauen hoch. »Warum?«

»Wir waren so damit beschäftigt, uns zu überlegen, wie die Leute vor dem Rathaus sehen können, was drinnen passiert, dass wir etwas Entscheidendes vergessen haben. Wie sollen sie das Geständnis der Archers *hören*? Unser Plan geht nur auf, wenn sie es hören *und* sehen können. Aber jetzt haben wir ja die hier ...«

»Die Walkie-Talkies. Natürlich!«, murmelte Iris vor sich hin. »Du bist ein Genie, Jack! Die Dinger sind über eine bestimmte Frequenz miteinander verbunden. Wenn es uns gelingt, mein Radio auf diese Frequenz einzustellen, können wir damit alles übertragen, was das Walkie-Talkie empfängt. Richtig?«

»Ganz genau«, bestätigte Jack triumphierend. »Wir müssen das Walkie-Talkie nur noch irgendwie in den Saal halten, dann kriegen wir alles mit, was dadrin gesprochen wird.«

»Aber wie stellen wir das Radio auf das Walkie-Talkie ein?«, fragte Violet. Sie wünschte sich, ihr Dad oder William wären jetzt bei ihnen.

»Ich glaub, das krieg ich hin. Ist eigentlich ganz einfach«, antwortete Jack selbstbewusst. »Im Waisenhaus gab's einige Bücher über Funkgeräte und Radiotechnologie. Ich hab sie ein paarmal gelesen.«

»Im Ernst?« Violet fragte sich, warum um alles in der Welt sich jemand so etwas freiwillig antun sollte.

»Na ja, so groß war die Auswahl an Büchern halt nicht«, erklärte Jack schulterzuckend.

»Ich kann dir helfen, Jack«, bot Iris an. »Als ich jung war, war das mein Hobby. Wenn ich ehrlich bin, war ich eine richtige Erfinderin. Ich schau mal, was ich tun kann, während ihr im Draußen seid.«

»Wunderbar.« Boy verstaute den kleinen schwarzen Sender sorgfältig in seiner Hosentasche. »Können wir dann los?«

Violet sah erst ihn, dann Jack an.

»Wir haben das schon mal geschafft, dann kriegen wir das auch noch mal hin«, sagte sie tapfer.

Macula zog ihren Sohn an sich und drückte ihm einen Kuss auf den Scheitel.

»Bitte pass auf dich auf«, flüsterte sie. »Ich hab dich lieb.«

Boy errötete. Violet lag bereits eine spöttische Bemerkung auf der Zunge, doch sie schluckte sie schnell wieder runter. Boy und sie hatten sich gerade erst versöhnt, das wollte sie auf keinen Fall riskieren.

Die drei Freunde schnappten sich ihre Jacken und liefen

zur Tür. Iris, Macula, Rose und Anna folgten ihnen hinaus in den Flur. Während sie sich verabschiedeten, lief Rose zwischen ihnen auf und ab.

»Sei vorsichtig, Violet, ja?« Sie umfasste das Gesicht ihrer Tochter mit beiden Händen. »Ich sollte dich nicht alleine gehen lassen. Ich meine, was bin ich nur für eine Mutter?«

»Eine tapfere, Rose«, antwortete Iris und zog sie behutsam von Violet weg.

»Ich komm schon klar, Mam. Versprochen.« Violet lächelte. »Letztes Mal hatten wir es immerhin mit den Hütern zu tun – du wusstest bloß nichts davon. Dagegen ist das hier ein Kinderspiel.«

Jack öffnete die Tür und trat in den strömenden Regen hinaus.

»Okay, dann mal los«, drängte er.

»Oh, Moment, vergesst das hier nicht!« Macula rannte ihnen nach und drückte Boy eines der Walkie-Talkies in die Hand. »Ich warte, bis ihr euch meldet.«

***

Alles war still, als Violet, Boy und Jack im Draußen hinter dem knorrigen Baum in Deckung gingen. Sanftes Mondlicht fiel auf das umgepflügte Feld und spiegelte sich in den Ziegeln der Stalldächer.

Bei Schwester Powick brannte noch Licht. Mit seinem Reetdach und den hell erleuchtenden Fenstern wirkte das kleine Häuschen richtig einladend, fast wie im Bilderbuch. Violet stellte sich vor, wie die Krankenschwester drinnen am Kamin saß und ihre Puppen und Stofftiere fütterte. Das einzige Anzeichen, dass etwas im Argen lag, war der Kloß in Violets Hals.

Sie zeigte auf die Stallgebäude.

»Hugo ist da drüben«, flüsterte sie.

Boy nickte. So leise wie möglich schlichen die drei Freunde um das Feld herum zur gelben Stalltür und traten ein.

Boy schnappte hörbar nach Luft, als er Hugo, Denise und Denis erblickte, die mit gesenkten Köpfen in ihren Geschirren hingen, als würden sie schlafen.

Violet ging hinüber, um einen Blick auf die Monitore neben ihnen an der Wand zu werfen. Laut dem Batteriesymbol waren alle drei zu neunzig Prozent aufgeladen.

Boy und Jack machten sich an die Arbeit. Sie trennten Hugo von dem Sender, der auf den Fernseher im anderen Stall eingestellt war. Dann schlossen sie Boys Sender an, der alles, was Hugo sah, ans Gehirn in Town übermittelte.

Während Violet Schmiere stand, bemerkte sie, dass die beiden Jungs ziemliche Schwierigkeiten hatten, den Hinterkopf des Monsters zu erreichen.

»Ich hol was, wo ihr euch draufstellen könnt«, flüsterte sie, als ihr der schwarze Ledersessel einfiel.

Sie huschte nach nebenan und schnappte sich den Sessel. Dummerweise steckte eine der Rollen zwischen den Pflastersteinen fest und rührte sich nicht vom Fleck. Violet riss und zerrte daran, bis er sich mit einem Ruck löste. Dabei stieß sie versehentlich gegen das kleine Tischchen.

Sie mühte sich gerade, den sperrigen Sessel von einem Gebäude ins andere zu schieben, als plötzlich Unruhe aufkam.

Hugos Augen waren offen. Wie um alles in der Welt war er aufgewacht? Er hing immer noch in seinem Geschirr an der Wand, doch seine Hände schlossen sich um Jacks Hals und drückten zu. Boy trat wie wild nach dem Kinderfänger, um seinen Freund zu befreien.

Panik erfasste Violet. Sie rannte auf das Monster zu und rammte ihm die Faust in den Bauch. Hugo verzog keine Miene. Viel Zeit blieb ihnen nicht mehr: Jack lief bereits blau an. Boy griff nach Hugos Fingern und versuchte, sie irgendwie zu lösen. Er biss sogar in dessen faulige Hand.

Auf einmal kam Violet eine Idee. Boy sah wie Tom aus … und der Kinderfänger hörte auf Tom.

»Tom, bring Hugo unter Kontrolle!«, befahl sie und warf Boy einen vielsagenden Blick zu.

Boy hielt inne und musterte sie fragend. Dann schien der Groschen zu fallen.

»Hugo! Hör auf«, kommandierte er. »Lass Jack los!«

Hugo sah erst Boy an, dann Jack. Langsam öffnete er die

Hände und knurrte. Jack plumpste schlaff zu Boden. Violet packte ihn am Hosenbein und zog ihn mit Boys Hilfe außer Reichweite des Monsters.

»Jack … geht es dir gut?«, riefen sie und klopften ihm behutsam auf die Wangen.

Stöhnend kam ihr Freund zu sich.

»Boy, tu was!« Violet zeigte auf den Kinderfänger, der gerade versuchte, sich aus seinem Geschirr zu befreien.

»Hör auf, Hugo. Wir wollten bloß deine Augen reparieren, das ist alles. Du musst dir keine Sorgen machen«, erklärte Boy.

»Was ist passiert? Wieso ist er aufgewacht?«, fragte Violet, sobald das Monster sich beruhigt hatte.

»Keine Ahnung«, antwortete Boy. »Du wolltest etwas holen, worauf wir uns stellen können, und dann hat Hugo plötzlich die Augen aufgeschlagen und ist auf Jack losgegangen.«

»Du hast also nichts an seinem Sender verstellt oder so?«

Verwirrt schüttelte Boy den Kopf. »Wir waren nicht mal in seiner Nähe, als er aufgewacht ist.«

»Oh nein … der Tisch! Ich bin dagegengestoßen, als ich den Stuhl geholt hab. Wahrscheinlich hab ich Hugo dabei versehentlich eingeschaltet.« Violet sprang auf.

Sie rannte nach drüben und drückte auf den grünen Knopf mit Hugos Namen.

Als sie in den Stall mit den Monstern zurückkam, schlief

der Kinderfänger tief und fest. Boy kauerte immer noch neben Jack, der schwer atmend auf dem Boden lag.

»Tut mir leid«, sagte sie, als sie sich zu ihnen gesellte.

»Ist schon okay, Violet«, erwiderte Boy. »Zum Glück ist Jack nichts passiert. Und jetzt wissen wir immerhin, wie wir Hugo nach Town bringen können. Ich muss ihm bloß sagen, dass er uns folgen soll!«

»Ich glaub, das hätten wir auch einfacher haben können«, krächzte Jack und setzte sich mühsam auf.

»Also gut, zurück an die Arbeit!«, drängte Boy einige Minuten später.

Er stand auf und ging zum Kinderfänger. Dank dem Sessel hatte er den neuen Sender im Handumdrehen an Hugos Augen angeschlossen und brauchte dafür nicht mal Jacks Hilfe.

»Fertig!« Mit einem breiten Grinsen sprang er kurz darauf herab.

»Sehr schön. Können wir dann jetzt gehen?« Mit wackligen Knien versuchte Jack, sich aufzurappeln.

»Wir müssen erst noch Macula Bescheid sagen, damit sie überprüfen kann, ob sie das sieht, was Hugo gerade sieht«, wandte Violet ein. »Ich bring den Sessel zurück und schalte ihn an.«

»Stimmt, das hätte ich fast vergessen.« Boy holte das Walkie-Talkie, das seine Mutter ihm mitgegeben hatte, aus seiner Hosentasche.

Violet schob den Sessel nach drüben und stellte ihn wieder neben den Tisch. Nachdem sie Hugo eingeschaltet hatte, setzte sie sich einen Moment, um sich zu sammeln. Ihr steckte der Schreck immer noch in den Knochen.

Gerade als sie aufstehen wollte, um zu den anderen zurückzukehren, ertönte nebenan eine Stimme, die eindeutig weder Jack noch Boy gehörte. War das vielleicht Macula? Violet spitzte die Ohren und lauschte angestrengt.

»Tom, ich rede mit dir!«, sagte die Stimme, durch die Stallmauern gedämpft.

Macula würde Boy niemals so nennen. Violet schauderte. Sie holte tief Luft und drückte auf Denis' grünen Knopf. Sie musste ihn einschalten, um mitzubekommen, was nebenan los war.

Auf dem Monitor ganz links erschien ein Bild. Boy und Jack standen in der Mitte des Stalls, mit dem Gesicht zur Tür. Vor ihnen ragte eine dunkle Gestalt auf: Schwester Powick.

Kapitel 35

Ein ungebetener Gast

»Was machst du hier drin, Tom?« Schwester Powicks schnarrende Stimme drang gedämpft durch die Stallmauer. »Ich dachte, du wolltest zum Rathaus, um für morgen bereit zu sein. Und wer ist das da bei dir?«

Wie erstarrt beobachtete Violet das Geschehen auf dem Monitor.

»Ich … ähm«, stammelte Boy. Sein Blick huschte zu Jack. »Ich, ähm … Edward hat mich gebeten, Hugo zu reparieren. Irgendwas stimmt mit seinen Augen nicht. Sein Sichtfeld ist verschwommen.«

»Verschwommen?« Schwester Powick marschierte an ihnen vorbei auf den Kinderfänger zu, sodass Violet nur noch ihr Gesicht im Profil sah. »Mit seinen Augen ist alles in

Ordnung. Wenn hier etwas nicht stimmt, dann liegt das an den vermaledeiten Augenpflanzen, die Dr. Brown entwickelt hat. Die taugen einfach nichts. Trotzdem: Komisch, dass Edward dich ausgerechnet jetzt herschickt, so kurz vor seinem großen Tag. Wer ist das da neben dir?«

Sie drehte sich zu Boy und Jack um. Alles, was Violet jetzt noch durch Denis' Augen erkennen konnte, war ihr Rücken.

»Antworte mir, Tom!«

»Das, ähm, ist Jack … Er kennt sich mit dieser ganzen Technik aus. Edward meinte, er hat wegen dem Prozess morgen keine Zeit, sich um Hugo zu kümmern. Deswegen sollte ich Jack mitbringen, damit er … ähm, mir hilft.«

»Der Mann ist echt besessen. Was will er damit denn erreichen? Rache an seinem Bruder? Das ist doch Kleinkram. Aber gut, gönnen wir ihm seinen Spaß. Er wird das große Ganze schon noch früh genug zu sehen bekommen, was, Tom?« Sie lachte.

Boy lachte mit. Violet merkte ihm an, wie unwohl er sich dabei fühlte. Das musste Schwester Powick garantiert auch auffallen. Sie würde Boy seine Geschichte niemals abkaufen.

»Seid ihr dann hier fertig?«, fragte sie.

»Ähm, ja, ich glaub schon.« Boy warf Jack einen fragenden Blick zu.

Jack zuckte mit den Schultern und lächelte zaghaft.

»Schon seltsam, dass Edward mich nicht gebeten hat, nach Hugos Augen zu gucken, oder? Wo Hugo und die anderen doch meine Erfindungen sind. Findest du nicht?«

Boy trat unbehaglich von einem Bein aufs andere.

»Dann erzähl doch mal: Wie hast du Hugos Augen repariert, Junge?« Die Krankenschwester ging auf Jack zu und beugte sich vor.

Dadurch stand sie wieder so zu Denis, dass Violet den Wahn in ihren Augen sehen konnte.

Violet hielt den Atem an. Sie musste etwas unternehmen, bevor Schwester Powick ihre Pläne durchkreuzen konnte. Die starrte Jack unterdessen so durchdringend ins Gesicht, dass ihre Nasen sich beinahe berührten.

»I…ich … ich hab sie bloß neu verkabelt«, stotterte Jack.

»Ach ja?« Schwester Powick lachte erneut. »Und wie kommt es, dass Mr Edward Archer ausgerechnet ein Kind wie dich darum gebeten hat? Du bist einer von den Waisen, oder, Jungchen? Glaub mir, ich rieche so was!«

Am äußersten Rand des Monitors konnte Violet Hugo erahnen.

Sie erinnerte sich, dass sie unter seinem Ladegerät einen roten Knopf mit der Aufschrift ÖFFNEN gesehen hatte. Der diente vermutlich dazu, Hugo aus seinem Geschirr zu befreien.

Ihr kam eine Idee. Sie schaltete Denis aus und schlich so leise wie möglich nach drüben in den anderen Stall. Priscilla Powick stand mit dem Rücken zu ihr und versuchte immer noch, Jack einzuschüchtern.

Violet gab Boy einen Wink. Wortlos zeigte sie erst auf sich, dann auf Hugo. Boy nickte, als hätte er verstanden.

Ihr schlug das Herz bis zum Hals, als sie sich hinter Schwester Powick an der Stallwand entlangschob. Sobald sie nah genug an Hugo herangekommen war, drückte sie auf den roten Knopf.

Mit einem lauten Klirren klappte Hugos Geschirr hoch und gab das Ungeheuer frei.

»Ruf ihn!«, schrie Violet, als sich der Kinderfänger schwerfällig in Bewegung setzte.

»Angriff, Hugo!«, brüllte Boy. Er zeigte auf Schwester Powick.

Hugo stapfte bedrohlich auf sie zu, doch sie richtete sich bloß auf und lachte.

»Er ist mein Geschöpf. Hugo würde mich niemals angreifen – richtig, Hugo? Hugo …?«

Mit einem kehligen Knurren streckte der Kinderfänger die Hände nach ihr aus. Schwester Powick entglitten die Gesichtszüge. Sie drehte sich um und wollte zur Tür rennen, doch in dem Moment stürzte sich Jack auf sie und warf sie zu Boden.

Im nächsten Moment war Hugo bei ihr. Er packte sie am Kragen ihres dunkelblauen Umhangs und hob sie daran hoch.

»Ich bin deine Mutter, ich habe dich erschaffen! Bitte, Hugo, bitte«, flehte sie.

»Mag ja sein, dass Sie ihn erschaffen haben. Aber Tom ist sein Freund«, erwiderte Violet. Erleichtert stellte sie fest, dass Schwester Powick außerstande war, sich aus Hugos schraubstockartigem Griff zu befreien. »Vielleicht sollten Sie in Zukunft netter zu Ihren Geschöpfen sein!«

»Und was jetzt?«, fragte Jack.

»Bringt sie mit hierher«, meldete sich eine knisternde Stimme zu Wort.

Alle sahen sich ratlos um. Woher war das jetzt gekommen?

»Ich bin's – Macula. Du hältst das Walkie-Talkie in deiner Hand, Boy. Ich freue mich, euch mitteilen zu können, dass Hugos Sender einwandfrei funktioniert. Bringt Priscilla Powick hier rüber. OVER!«

»Boy?« Die Krankenschwester lachte. »Wie hast du es geschafft, dich aus dem Wohnwagen zu befreien, du elende Mistkröte? Sind deine kleinen Freunde etwa gekommen, um dich zu retten? Das ist ja wirklich herzerwärmend. Nur leider wird euch eure Sentimentalität nichts bringen. Ihr werdet schon sehen.«

»Was, wenn jemand merkt, dass sie weg ist? OVER«, fragte Boy seine Mam, ohne auf Schwester Powicks Bemerkung einzugehen.

»Und glaubt mir, das werden sie«, knurrte die.

»Werden sie nicht«, entgegnete Macula. »Heute wird ganz bestimmt niemand mehr nach ihr sehen. Die Archer-Brüder sind vollauf mit den Vorbereitungen für morgen beschäftigt und ich gehe davon aus, dass das auch für Tom gilt. Kommt einfach so schnell wie möglich hierher und bringt sie mit. Wir treffen uns bei Iris. OVER.«

»Okay.« Boy schob das Walkie-Talkie in seine Hosentasche. »Gehen wir zurück nach Town. Alles Weitere können wir uns dann überlegen.«

Er befahl Hugo, die Krankenschwester zu tragen. Der Kinderfänger warf sie sich über die Schulter und stapfte hinter ihnen her zum Brunnen.

»Du bist also Toms Bruder«, sagte Schwester Powick, während sie von Hugos Rücken baumelte. »Hast du wirklich vor, auf deine Rabenmutter zu hören? Immerhin hat sie dich ins Waisenhaus gesteckt und all die Jahre dort versauern lassen. Tom hat mir so leidgetan, dass ich ihn unter meine Fittiche genommen habe. Dich hätte ich auch gerne mitgenommen, aber ich konnte es mir nicht leisten, mehr als ein hungriges Maul zu stopfen …«

»Weil Sie schon die ganzen Spielzeuge in Ihrem Haus versorgen müssen? Plastikessen scheint ja wirklich teuer zu sein!«, spottete Jack.

»Spielzeuge? Wie kannst du es wagen?«, fauchte Schwester Powick erzürnt. »Das sind meine Babys – die Babys, die ihr Waisen kaputt gemacht habt! Kinder gehören weggesperrt, wenn ihr mich fragt. Sie sollten weder zu sehen noch zu hören sein!«

»Wir sind wenigstens echt«, erwiderte Jack wütend.

»Echt?« Die Krankenschwester lachte. »Kann ein Kind ohne Eltern überhaupt existieren? Euch wollte keiner haben, deswegen seid ihr verstoßen worden. Mag ja sein, dass eure Familien so getan haben, als wollten sie euch zurück – aber jetzt seht euch euer erbärmliches kleines Town mal an. Alles bricht auseinander. Die Leute aus Perfect wollen euch Niemandsländer nicht, das war schon immer so und wird auch immer so bleiben!«

»Boy, kann Hugo nicht irgendwie dafür sorgen, dass sie die Klappe hält?«, schnauzte Jack.

Boy befahl Hugo, die Frau auf seiner Schulter zum Schweigen zu bringen. Langsam ballte der Kinderfänger die Faust und schlug sie ihr krachend auf den Kopf. Augenblicklich herrschte Ruhe.

»Ich fange an, ihn zu mögen«, bemerkte Violet, während sie auf die Plattform im Brunnen trat.

Sie wartete, bis die anderen aufgestiegen waren, dann drückte sie *R*, *U*, *N*, *T*, *E*, *R* und die Plattform sank in die Tiefe.

Kapitel 36

Die beste Medizin

Die Gruppe lief durch den Tunnel in Richtung Town, bis sie an den Raum mit den Gasbehältern kamen. Auf Boys Geheiß blieb Hugo davor stehen, während die drei Freunde hineingingen. Schwester Powick hing immer noch bewusstlos über seiner Schulter.

»Hier bewahren die Archers das AO-Gas auf, das uns so wütend macht.« Violet zeigte auf die Kartons, auf denen in großen roten Lettern *AO* stand. »Wir müssen nach Kisten Ausschau halten, die mit ›NO‹ oder ›Nitro-Oxytocin‹ beschriftet sind. Das ist das Gas, das glücklich macht, hat mein Dad gesagt, und das brauchen wir. Es muss hier auch irgendwo sein.«

Eilig machten sich Boy, Jack und Violet auf die Suche.

Violet durchwühlte einen Stapel nach dem anderen, doch alles, was sie fand, waren weitere Kartons mit AO-Gas.

»Hier!«, rief Boy schließlich vom anderen Ende des kleinen Raums.

Er hockte auf dem Boden, kramte in einem Karton und förderte einen Behälter mit der Aufschrift *NO* zutage.

»Perfekt«, rief Violet. »Sprüh mal ein bisschen davon in die Luft, damit wir sicher sein können!«

Boy drückte auf den Zerstäuber und Violet konnte gerade eben so erahnen, wie sich der feine Sprühnebel im dunklen Raum verteilte. Obwohl er sich sichtlich bemühte, ernst zu bleiben, hellte sich Boys Miene auf. Seine Lippen verzogen sich zu einem breiten Grinsen und er fing an zu kichern.

Violet spürte, wie das Gas in ihre Nase stieg, und kurz darauf begann sie ebenfalls zu kichern.

»Wie viele Kartons davon gibt es?«, fragte Jack.

»Fünf oder sechs, glaub ich.« Boy lachte. »In jedem sind ungefähr zwanzig Dosen.«

»Das dürfte reichen«, erwiderte Violet überglücklich. »Jetzt müssen wir das Gas nur noch in den weißen Raum kriegen, damit es sich mit den Wolken mischt und über Town abregnen kann!«

»Aber ist das Wutgas dann nicht auch immer noch in der Luft?«, fragte Boy. »Ich meine, wir wissen ja nicht, wie genau die Maschine funktioniert. Wir können das andere Gas also nicht einfach abdrehen.«

»Stimmt. Dann müssen wir eben dafür sorgen, dass mehr Glücksgas als Wutgas in den Wolken ist. So dürfte zumindest ein Teil der Wirkung unten ankommen. Es reicht ja, wenn die Leute einfach nur ein bisschen entspannter sind als jetzt. Sie müssen sich bloß genug beruhigen, damit sie bereit sind, uns zuzuhören!«

»Und wie kriegen wir das Gas in den weißen Raum?«, fragte Jack ungeduldig.

Violet drehte sich um und zeigte auf die Turbine, durch die sie entkommen war.

»Der Propeller erzeugt den kalten Luftstrom, der durch das kurze Rohr in den weißen Raum gesogen wird und dort die Wolken erzeugt. Ich schlage vor, wir warten, bis er aufhört, sich zu drehen, dann stecken wir die Arme durch und sprühen so viel Glücksgas wie möglich in das Rohr. Wenn wir das ein paarmal machen, sollte genügend davon im weißen Raum landen.«

»Und von da aus in die Wolken gelangen.«

»Ganz genau, Jack.« Violet lächelte. »Wie schön, dass wenigstens einer hier was im Kopf hat!«

»Hey! Was soll das denn heißen?« Boy lachte.

»Ach, nichts«, spottete Violet und schnappte sich eine der Sprühdosen.

»Hier, mit den Dingern kommen wir leichter ran.« Boy schleppte einige Holzkisten heran und stellte sie vor dem Propeller auf den Boden.

Violet kletterte hinauf und wartete, bis der Propeller aufhörte sich zu drehen. Sobald er zum Stillstand gekommen war, schob sie ihren Arm zwischen den Rotorblättern hindurch, drückte auf den Zerstäuber und sprühte das Gas ins Rohr. Als die Dose leer war, lachte sie so heftig, dass sie sich kaum noch auf den Beinen halten konnte.

Boy erklomm den zweiten Kistenstapel, hielt sich den Ärmel vor den Mund und leerte eine weitere Dose ins Rohr. Jack tat es ihm gleich.

Auf diese Weise machten sie weiter, bis sie vier ganze Kartons Nitro-Oxytocin ins Rohr gesprüht hatten und sich vor Lachen auf dem Boden wälzten.

»I…ich … ich krieg … keine Luft«, keuchte Violet.

»Ich auch nicht«, ächzte Boy, während er mit einem irren Grinsen versuchte, sich aufzurappeln.

»Ich glaub … keine Ahnung, was ich glaub …« Violet wurde von einem weiteren Lachanfall durchgeschüttelt.

Mühsam stemmte sie sich auf alle viere hoch und schnappte sich eine weitere Dose. Sie versuchte, wieder auf die Holzkiste zu klettern, doch vor Lachen verlor sie das Gleichgewicht und kippte in einen Stapel Kartons. Haufenweise Dosen mit AO-Gas fielen klappernd zu Boden.

»Wir müssen … wir … wir müssen … hier … raus.« Lachend stützte Jack sich auf die Ellbogen und robbte zum Ausgang, wo Hugo immer noch gehorsam wartete.

Stolpernd und taumelnd stakste Violet hinter ihm her

durch das Meer aus Kartons, während Boy ihnen von Lachkrämpfen geschüttelt folgte.

»Das … das dau… das dauert viel … zu lange«, presste Jack unter Lachtränen hervor.

»Du … du hast recht«, kicherte Boy. »Wir müssen Hugo … na… nach Town und ins … ins Rathau… Rathaus bringen, bevor es he… hell wird.«

Jack schaffte es, sich aufzusetzen.

»Ü…überne… übernehmt ihr das«, bestimmte er. »Ich mach hier weiter.«

»Aber was … was, wenn … was, wenn du dich totlachst?« Violet gab sich alle Mühe, ernst zu bleiben.

»Immer noch be… besser, als mich tot… totzu… totzuärgern«, erwiderte Jack nach Luft ringend. »Sorgt dafür, dass Iris … dass Iris das Radio … einstellt.«

»Dann solltest … solltest du lieber … mi… mi… mitgehen und helfen, Jack«, kicherte Boy. »Ich bleib hi… hihi… hier und mach das mit dem … mit dem Gas.«

Jack schüttelte halb erstickt den Kopf.

»Ich mach das …«, gluckste Violet, während sie sich krampfhaft bemühte, die Fassung wiederzugewinnen.

»N… nein … Ich … ich krieg jetzt … ich krieg jetzt eh nix hin«, beharrte Jack. »Kann mich … kann mich nicht … konzentrieren!«

»Okay … aber be… beeil dich.« Grinsend zog Boy Violet vom schmutzigen Boden hoch. »Hugo … mir nach.«

Violet hielt sich die schmerzenden Seiten, während sie durch den Tunnel zum Ausgang stolperte. Sie kicherte immer noch unkontrollierbar, als die Vorderseite des Grabmals über ihnen im Boden versank.

Auf zittrigen Beinen kämpfte sie sich die Treppe hinauf und brach draußen auf dem Kies zusammen. Selbst der Nebel konnte ihr die Laune nicht vermiesen. Boy kroch auf allen vieren heraus und hielt kurz hinter ihr an, um wieder zu Atem zu kommen.

»Wir müssen langsam mal ernst werden, Boy«, mahnte sie mit einem Blick zum verhangenen Nachthimmel.

»Ich weiß«, kicherte er. »Aber ich schaff's einfach nicht.«

Der Regen hatte aufgehört und die Wolken hatten sich an einigen Stellen gelichtet. Zum ersten Mal seit einer gefühlten Ewigkeit konnte Violet wieder die Sterne sehen.

»Guck mal, Boy!« Lächelnd zeigte sie nach oben. Durch das Glücksgas fühlte sie sich so leicht und unbeschwert wie lange nicht mehr.

»So hab ich die Sterne schon seit einer Weile nicht mehr gesehen«, erwiderte er. »Weißt du noch, wie klar die Nächte waren, als Town noch Perfect war?«

Violet schwieg nachdenklich. Dann drehte sie den Kopf und sah ihren Freund an.

»Glaubst du, es war falsch von uns, dass wir Perfect ein Ende gesetzt haben?«

»Nein, wieso? Wie kommst du darauf?«

»Weil damals alle irgendwie glücklicher waren – oder zumindest die Bewohner von Perfect. Vielleicht stimmt es ja und die beiden Seiten können keine Freunde sein. Vielleicht sind die Leute aus Perfect und die Niemandsländer einfach zu verschieden.«

»Violet.« Boy seufzte. »Es gibt da keinen Unterschied. Wir sind alle nur Menschen, egal, ob wir früher in Perfect oder in Niemandsland gewohnt haben. Sagt Dad jedenfalls.«

Auf einmal wurde Violet klar, wie sehr ihr Boy gefehlt hatte. Er wusste immer, wie er sie wieder aufheitern konnte.

»Egal.« Er begann wieder zu kichern. »Wir sollten langsam mal los. Ich … ich halte es nicht aus, noch länger in Hugos Nasenlöcher zu gucken!«

Violet war so in den Anblick der Sterne vertieft gewesen, dass sie Hugo gar nicht bemerkt hatte. Er ragte direkt über ihnen auf, während Schwester Powick immer noch bewusstlos über seiner Schulter hing.

Die Nasenlöcher des Kinderfängers sahen ein wenig wie Raumschiffe aus, die über ihnen in der Luft schwebten. Violet wandte sich wieder den Sternen zu und fing lauthals an zu lachen.

Kapitel 37

Eine einfache Wahrheit

Auch über Town hatte es aufgehört zu regnen, als Violet und Boy mit Hugo und Schwester Powick im Schlepptau vor Iris' Haus eintrafen.

Boy klopfte an.

»Ach herrje! Kommt rein, kommt rein!«, rief Iris und wich dann erschrocken zurück, als Hugo über die Türschwelle stapfte.

Macula starrte den Kinderfänger, der reglos im Flur stehen blieb, mit offenem Mund an. »Er ist, ähem, er …«

»Er ist ein Zombie.« Violet lächelte. »Hugo ist vielleicht nicht besonders hübsch, aber er ist wirklich hilfreich.«

»Aha … wir wussten ja schon, dass wir Besuch bekommen würden«, erwiderte Macula und griff schnell nach dem Seil, das auf der Treppe bereitlag. »Deswegen bin ich noch mal losgegangen und hab das hier geholt. Hilf mir, sie zu fesseln, Boy.«

Boy und seine Mutter schlangen das stellenweise schon recht abgenutzte Seil um Schwester Powicks Handgelenke und Fußknöchel. Als sie fertig waren, trat Macula einen Schritt zurück, um ihr Werk zu begutachten.

»Nicht schlecht«, bemerkte sie und klopfte sich den Staub von den Händen. »Dann mal ab unter die Treppe mit ihr.«

Auf Boys Befehl hin hob der Kinderfänger die fest verschnürte Krankenschwester auf und verfrachtete sie in den kleinen Verschlag unter Iris' Treppe. Macula schloss die Tür und verriegelte sie.

»Hugo kann sie bewachen, bis wir morgen mit ihm zum Rathaus müssen.« Boy gähnte.

»Wo ist eigentlich Jack?«, erkundigte sich Iris, während sie den Rest der kleinen Truppe in die Küche winkte.

»Er sprüht noch das restliche Glücksgas in den weißen Raum. Hoffentlich sorgt der Regen morgen früh dafür, dass alle ein bisschen fröhlicher und entspannter sind.« Violet sah aus dem Fenster. »Es hat schon wieder aufgehört. Was, wenn es erst nach dem Prozess wieder anfängt zu regnen?«

»Darüber habe ich auch schon nachgedacht«, antwortete Iris. »Wie es scheint, folgen die Wolken einem festen Zyklus. Nach einem Regenguss dauert es immer ein paar Stunden, bis sich wieder neue gebildet haben. Grob geschätzt müsste der nächste Schauer pünktlich zum Prozess einsetzen.«

»Stimmt, das hab ich ganz vergessen! Dad hat das Gleiche gesagt«, rief Violet erleichtert.

»Iris war ganz schön fleißig, während ihr weg wart.« Macula lächelte.

»Tja, mein altes Gehirn brauchte eben dringend eine neue Herausforderung. Bei der Gelegenheit habe ich auch gleich unser Tonproblem gelöst«, verkündete die alte Dame freudestrahlend und lief zu dem großen hölzernen Radio, das auf dem Küchentresen stand.

»Soll ich es noch mal demonstrieren?« Macula schien sich von Iris' Begeisterung anstecken zu lassen.

Iris nickte eifrig. Boys Mutter nahm ein Walkie-Talkie vom Küchentisch und verließ den Raum.

Violet hörte, wie sie die Treppe hinaufstieg und auf dem Absatz stehen blieb. Iris lächelte Boy und sie erwartungsfroh an, dann schaltete sie das Radio ein.

»Test, Test, eins, zwei, drei.« Maculas Stimme schallte klar und deutlich durch die Küche, als würde sie direkt neben ihnen stehen.

»Wenn Edward und George jetzt ihre Sünden gestehen, wird ganz Town in der Lage sein, sie zu sehen und zu hören!« Iris klatschte übermütig in die Hände und schaltete das Radio wieder aus. Sie wirkte gleichzeitig erfreut und ziemlich stolz.

»Genial, Gran.« Boy lächelte.

»Steckt also doch noch Leben in dem alten Kasten.« Iris tippte sich gegen die Stirn, während Macula in die Küche zurückkam. »So, ihr zwei, ich wette, ihr habt ordentlich Kohldampf.«

Iris füllte zwei Schüsseln mit Suppe und stellte sie vor ihnen auf den Tisch. Dazu gab es dicke Scheiben ihres frischen, knusprigen Brots.

»Haut rein, nicht dass ihr mir noch verhungert.«

»Wo sind Mam und Anna?«, erkundigte sich Violet.

»Die haben sich schlafen gelegt, um morgen früh fit zu sein. Ihr beide seid doch bestimmt auch todmüde.«

Violet nickte. Jetzt erst merkte sie, wie erschöpft sie eigentlich war. Ihr fielen fast die Augen zu und sie schaffte es nur mit Mühe, ihre Suppe aufzuessen. Gerade als sie fertig war, hämmerte draußen jemand gegen die Tür.

Boy versteckte sich hastig, während Iris im Schneckentempo in den Flur hinausschlurfte.

»Wer ist da?«, rief sie.

Von draußen war Gelächter zu hören.

»Mach auf, Granny!«, rief Boy und sprang aus seinem Versteck.

Violet folgte den beiden. Sie sah, wie Iris aufschloss und dann plötzlich nach draußen stürmte.

»Helft mir mal bitte!«, rief die alte Dame über ihre Schulter.

Violet eilte zu ihr. Jack lag auf dem Kopfsteinpflaster und krümmte sich vor Lachen. Er war außerstande, aufzustehen oder auch nur Luft zu holen.

Iris rannte ins Haus und kam kurz darauf mit einer Papiertüte zurück.

»Da reinatmen!«, befahl sie.

Jack hielt sich die Tüte vor den Mund, brach jedoch gleich wieder in schallendes Gelächter aus.

Boy, Violet und Macula hoben ihn hoch, trugen ihn in die Küche und setzten ihn behutsam auf einem Stuhl ab. Dann nahm Macula die Papiertüte und hielt sie ihm so lange an den Mund, bis er sich einigermaßen beruhigt hatte. Als sie die Tüte schließlich wegnahm, kicherte Jack noch eine Weile vor sich hin, bevor er völlig entkräftet nach vorne auf den Tisch sank.

»Ihr braucht dringend etwas Schlaf.« Iris warf Jack einen besorgten Blick zu. »Sonst seid ihr morgen zu nichts zu gebrauchen. Legt euch hin, ich wecke euch in ein paar Stunden.«

Sie drückte Violet eine Decke in die Hand. Wortlos schlurfte Violet hinaus in den Flur, an Hugo vorbei, der immer noch vor dem Verschlag unter der Treppe Wache stand, und ließ sich auf die Wohnzimmercouch plumpsen.

Im Nu war sie eingeschlafen.

* * *

Violet erwachte, als sie Boy draußen im Flur flüstern hörte.

Mühsam rappelte sie sich hoch und lugte aus dem Wohnzimmerfenster. Es war noch dunkel, aber Sterne waren keine mehr zu sehen. Am Himmel waren dicke Regenwolken aufgezogen. Violet hoffte, dass der nächste Schauer wenigstens etwas von der Anspannung lösen würde, die über Town lag.

Unterdessen ging das Flüstern unvermindert weiter. Boy und Iris standen vor dem Wohnzimmer und unterhielten sich leise.

»Was ist los?« Violet steckte den Kopf zur Tür hinaus.

Boy drehte sich zu ihr um.

»Wir gehen gerade den Plan noch mal durch«, raunte er.

»Kommt in die Küche«, schlug Iris vor. »Wir müssen ja nicht gleich das ganze Haus aufwecken.«

Violet schlich gerade aus dem Wohnzimmer, als sie ein Geräusch hörte. Anna, Macula und Rose kamen die Treppe herunter. Die beiden Frauen sahen aus, als könnten sie noch ein paar Stunden Schlaf vertragen.

»Wir sind schon wach, Iris«, erwiderte Macula, als sie unten im Flur ankam. »Ich glaube, wir haben alle nicht besonders gut geschlafen.«

Sie schoben sich an Hugo vorbei, der immer noch den

Verschlag unter der Treppe bewachte, und ließen sich müde am Küchentisch nieder.

Rose ergriff als Erste das Wort.

»Ich bin so unglaublich stolz auf meine Tochter«, sagte sie und sah Violet an. »Wie ich höre, hast du letzte Nacht ganze Arbeit geleistet, Mäuschen – und ihr natürlich auch, Boy und Jack.«

»Morgen«, krächzte Jack und kletterte unter dem Tisch hervor. »Ich war so müde, ich hab mir einfach ein paar Decken geschnappt und mich hingelegt, wo gerade Platz war. Funktioniert das Radio?«

Iris nickte. »Laut und deutlich.«

Lächelnd wartete Rose, bis Jack sich zu ihnen gesetzt hatte, bevor sie fortfuhr.

»Ich weiß, ich war in letzter Zeit ein nervliches Wrack. Das verrückte Wetter hat mir doch ziemlich zugesetzt. Aber ich glaube, das habe ich inzwischen in den Griff bekommen. Ich würde gerne helfen, damit meine Tochter einen Grund hat, stolz auf mich zu sein. Damals in Perfect war ich zu nichts zu gebrauchen, aber diesmal möchte ich auch etwas tun.«

»Ich bin doch sowieso schon stolz auf dich, Mam.« Violet nahm ihre Hand.

»Du bist stark, Rose. Wir Frauen sind stark – vergesst das niemals«, verkündete Macula. »Und was die Kinder angeht – die haben es einfach drauf. Sie können viel mehr, als wir ihnen zutrauen und wahrscheinlich jemals zugetraut hätten. Das haben sie uns nun schon zum zweiten Mal bewiesen. So, jetzt lasst uns den Plan noch mal durchgehen. Wenn wir die Archer-Brüder besiegen wollen, muss alles perfekt sitzen.«

»Okay«, begann Boy ernst. »Kurz bevor der Prozess beginnt, locken wir Edward und George unter einem Vorwand in den Sitzungssaal im Rathaus. Dann bringen wir sie dazu, mit der Wahrheit rauszurücken, sodass ganz Town es über die Monitore im Gehirn mitverfolgen kann.«

»Hugos Sender funktioniert einwandfrei, Boy.« Macula nickte ihrem Sohn zu. »Ich habe die Monitore im Gehirn vor ein paar Stunden noch mal überprüft, nachdem ihr alle im Bett wart. Auf jedem einzelnen war die Tür zu dem Verschlag unter Iris' Treppe klar und deutlich zu erkennen. Hugo hat sie nicht eine Sekunde lang aus den Augen gelassen. Wenn wir ihn in den Sitzungssaal bringen, können wir draußen alles sehen, was er sieht. Unterwegs bin ich außerdem einem der Kinder aus dem Waisenhaus begegnet. Zeugen haben gesehen, wie Tom und die Archer-Brüder nachts noch mal im Rathaus waren. Anschließend sind die Zwillinge ohne ihn wieder rausgekommen. Ich nehme an, sie haben ihn dort in eine Zelle gesteckt, damit für den Prozess alles passt.«

»Meine Söhne achten auf jedes noch so kleine Detail. Aber wir auch.« Iris hielt eines der Walkie-Talkies hoch.

»Macula schmuggelt das hier in den Sitzungssaal, sodass alles, was dort drinnen passiert, über mein Radio nach draußen übertragen wird.«

»Wir sollten langsam los. Es wird bald hell«, mahnte Violet mit einem Blick aus dem Fenster.

Die anderen nickten. Macula Archer räusperte sich und stand auf.

»Bevor wir gehen, möchte ich euch allen danken«, sagte sie ernst. Sie streckte den Arm aus und nahm Boys Hand. »William ist der Wortgewandtere von uns beiden, aber er ist nun mal nicht hier. Also versuche ich eben mein Bestes. Ich möchte euch danken, dass ihr meiner Familie in dieser schweren Zeit beigestanden habt. Ihr habt es gewagt, die öffentliche Meinung zu hinterfragen und gegen den Strom zu schwimmen, um die Wahrheit herauszufinden. Dafür sind wir euch zutiefst dankbar.«

Sie legte eine kurze Pause ein, bevor sie weitersprach. »Jede und jeder hier an diesem Tisch steckt so voller Herz und Leidenschaft. Ich bin unendlich froh, euch an meiner Seite zu wissen. Zeigen wir diesen Archer-Zwillingen, aus welchem Holz wir geschnitzt sind. Sie mögen Angst und Zwietracht in unseren Straßen säen, aber sie werden uns niemals trennen. Es gibt kein ›Wir‹ und ›Die‹. Wir sind Männer und Frauen, Partner und Kinder, Freunde und Familien, egal, ob wir früher in Perfect oder in Niemandsland gelebt haben. Jeder von uns passt in mehrere dieser Schubladen, aber niemand nur in eine einzige. Wir sind Menschen, so einfach ist das. Und für diese einfache Wahrheit kämpfen wir.«

Rose ergriff Violets Hand und drückte sie. Die gesamte Küche sprühte förmlich vor Energie.

Kapitel 38

Augenzeugen

Eine seltsame Ansammlung von Kapuzenträgern huschte, durch ein gemeinsames Ziel vereint, in den frühen Morgenstunden durch die verschlafenen Straßen von Town. Die meisten Bewohner lagen zu Hause in ihren Betten, doch ein paar vereinzelte Nachtschwärmer waren auch um diese Uhrzeit schon – oder noch? – unterwegs. Offenbar konnten sie es kaum erwarten, dass Williams Prozess endlich losging.

Violet, Rose, Jack und Anna standen an verschiedenen Ecken des Rathauses Wache, während Boy das Schloss knackte. Er war darin deutlich besser als Jack. Wie ein treuer Hund wich ihm Hugo nicht von der Seite.

Macula winkte Violet, die in Boys Nähe wartete, zu sich.

»Es wird Zeit, dass wir uns aufteilen. Aber vorher möchte ich Jack und dir noch mal von ganzem Herzen danken, Violet. Ich war zwar nicht begeistert, als ihr mir ausgebüxt seid, aber rückblickend war das genau die richtige Entscheidung. Ihr habt Boy gerettet und dafür werde ich euch ewig dankbar sein. Jetzt lasst uns die anderen und den Rest von Town retten. Nimm das.« Macula drückte ihr das zweite Walkie-Talkie in die Hand. »Meldet euch, falls hier draußen etwas schieflaufen sollte.«

»Das machen wir«, versicherte Violet ernst.

»Geschafft«, flüsterte Boy. Mit einem leisen Klicken gab das Schloss nach und die Rathaustür ging auf.

Macula wandte sich zum Gehen, hielt dann jedoch noch mal inne.

»Tom ist kein schlechter Junge, Violet. Ich hoffe, eines Tages, wenn all das vorüber ist, kannst du mir helfen, Boy das auch zu beweisen.«

Violet nickte. Sie wusste zwar selbst nicht so genau, wie sie zu Tom stand, aber sie vertraute Macula. Boys Mam und Großmutter winkten zum Abschied und schlüpften leise ins Gebäude.

Boy blickte seine Freundin an. »Wir sehen uns.«

»Was, wenn unser Plan nicht aufgeht?«, fragte Violet. Boy gegenüber traute sie sich, ihre Zweifel einzugestehen.

»Das wird schon, Violet.«

»Das ist keine Antwort auf meine Frage!«

»Deine Frage ist ja auch doof«, zog Boy sie auf.

»Du bist doof«, entgegnete Violet mit gespielter Entrüstung.

Boy wurde wieder ernst. »Wir schaffen das ganz bestimmt, Violet«, beteuerte er. »Wir sind ein gutes Team. Wenn das hier nicht klappt, lassen wir uns eben was anderes einfallen.«

»Findest du wirklich, dass wir ein gutes Team sind?«

»Na ja, manchmal zumindest«, erwiderte Boy grinsend, bevor er im Rathaus verschwand. Der Kinderfänger folgte ihm dicht auf den Fersen.

Als Violet das Gehirn erreichte, tigerte Rose davor bereits angespannt auf und ab. Jack war ebenfalls da. Er hatte Iris' Radio dabei.

Violet schloss die Eingangstür zum Gehirn auf und trat ein. Die anderen zwängten sich hinter ihr in den beengten Raum.

Das grelle Licht der Monitore brannte in ihren Augen und sie brauchte einen Moment, bis sie direkt hinsehen konnte. Jeder einzelne Bildschirm zeigte den Sitzungssaal im Rathaus von oben.

»Hugo steht schon bereit.« Rose lächelte. Sie bemühte sich sichtlich, möglichst entspannt zu wirken.

»Alles okay da draußen? OVER«, ertönte Maculas gedämpfte Stimme aus dem Radio.

Violet drückte auf den Knopf an ihrem Walkie-Talkie

und wollte gerade antworten, als Rose sich über die Schulter ihrer Tochter beugte.

»Alles bestens, Macula!«, flüsterte sie.

»Ich stell das hierhin«, sagte Jack, während er das Radio auf dem Hocker absetzte, den William immer benutzte, wenn er die Monitore über einen längeren Zeitraum überwachte. »Meldet euch, wenn ihr Hilfe braucht. Ich bin drüben an der Rathaustreppe und schick die Leute zu euch rüber.«

»Ich hab versprochen, ich mach dich stolz, Violet«, raunte Rose, als Jack den beengten Raum verließ. »Und das werde ich auch tun. Wir beide, wir machen deinen Dad stolz.«

Vor lauter Planen hatte Violet schon eine ganze Weile nicht mehr an ihren Dad gedacht. Doch nun spürte sie auf einmal wieder dieses flaue Gefühl im Magen. Sie hoffte, dass es ihm dort oben, im Gefängnis im Uhrenturm, gut ging.

***

Mit der Zeit strömten mehr und mehr Menschen herbei. Rose und Violet steckten abwechselnd die Köpfe aus dem Gehirn, um die Entwicklungen zu beobachten.

»Da draußen hat sich eine riesige Menge versammelt. Robert Blot steht oben auf der Treppe und Vincent Crooked ist auch bei ihm. Sieht aus, als hätten sie bei der Nummer das Sagen«, berichtete Rose um kurz vor neun. »Ich glaube echt, ganz Town ist gekommen. Die Leute sind immer noch wütend – dein Vater hatte recht, dieses AO-Gas ist mittlerweile überall. Wahrscheinlich sogar in unserem Wasser! Wann fängt es denn endlich an zu regnen?«

Violet blickte auf einen der Monitore. Hugo stand immer noch im Zuschauerbereich und schaute von oben in den Sitzungssaal hinab. Neben ihm hatten Boy und Macula Stellung bezogen. Violet konnte sie zwar nicht sehen, aber sie konnte sich gut vorstellen, wie nervös die beiden sein mussten. Iris dagegen befand sich direkt in Hugos Blickfeld – die alte Dame lief unten im Saal auf und ab.

Das Radio knisterte und übertrug Maculas gedämpftes Flüstern ins Gehirn.

Im selben Moment ertönte draußen ein schrilles Kreischen und dann schallte Robert Blots Stimme über den Rathausplatz.

»Willkommen zum Prozess des Jahrhunderts. Dies ist der Tag, an dem William Archer vor Gericht gestellt wird, um für die grässlichsten, niederträchtigsten Verbrechen Rechenschaft abzulegen«, verkündete der Zeitungsmacher mit gewichtigem Tonfall.

Die Menge brach in lärmendes Johlen aus – fröhlich klang das ganz und gar nicht. Eine gereizte Spannung lag in der Luft.

»Ich geh mal kurz raus und guck mir das an, Mam«, flüsterte Violet.

»Sei vorsichtig, Mäuschen«, erwiderte Rose, ohne den Blick vom Monitor abzuwenden. Das Bild zeigte Iris Archer, die wie festgewachsen in der Mitte des Sitzungssaals stand.

Violet öffnete die Tür des Gehirns einen Spaltbreit. Die Aufmerksamkeit der Menge galt allein dem Geschehen auf der Rathaustreppe. Schnell zog Violet sich die Kapuze über und schlüpfte hinaus. Sie drängte sich durch die Massen, bis sie einen Platz fand, von dem aus sie alles gut im Blick hatte.

Robert Blot stand unter dem Rathausvordach. Vor ihm war ein Mikrofonständer aufgebaut, hinter ihm ragten zwei riesige Lautsprecher in die Höhe. Dazwischen hing ein großes Poster von Williams Gesicht, über dem in großen Lettern *DER PROZESS DES JAHRHUNDERTS* prangte. Williams rechtes Auge wurde teilweise von einem knallroten Aufkleber mit der Aufschrift *Die Town Tribune berichtet täglich exklusiv für Sie* verdeckt.

Links neben Robert Blot saßen Vincent Crooked und die verbliebenen Mitglieder des Stadtrats, von denen die meisten ehemalige Bewohner von Perfect waren.

»Und hier sind sie, die Männer, die zu unserer Rettung kommen!«, verkündete Mr Blot und wandte sich in Richtung des Ocalariums.

Edward und George schritten triumphierend die Edward Street entlang, während die Menschen ihren Namen skandierten. Die Menge teilte sich und machte ihnen den Weg zum Rathaus frei. Unter lautem Jubel stiegen die Archer-Brüder die Treppe hinauf und stellten sich zu Robert Blot.

Vincent Crooked erhob sich und schüttelte den beiden die Hand. Er wirkte nervös.

Wieder gellte ein schrilles Kreischen über den Rathausvorplatz, als Edward nach dem Mikrofon griff.

»Vielen Dank, dass ihr alle so zahlreich erschienen seid. Heute ist ein trauriger, aber zugleich auch ein glorreicher Tag. Traurig, weil wir erleben müssen, wie unser Bruder William Archer, ein Mann, zu dem viele voller Hoffnung aufgesehen haben, sich vor Gericht verantworten muss. Ihm werden die abscheulichsten Verbrechen zur Last gelegt – darunter auch die Entführung unserer geliebten Kinder.«

Die Menschen begannen, ihrem Ärger lautstark Luft zu machen. »Wir wollen Perfect! Niemandsländer raus!«, schrie eine Frau neben Violet und die Menge nahm ihren Ruf begeistert auf.

Edward hob die Hände, um für Ruhe zu sorgen. »Und glorreich«, fuhr er fort, »weil dies der Anfang von etwas Großem sein könnte. Machen wir unsere einst so wundervolle Stadt endlich wieder perfekt!«

Ohrenbetäubender Jubel brach aus. Violet spürte die unheilvolle Energie, die sich unter den Versammelten breitmachte.

Sie drehte sich um und schob sich durch das Menschenmeer zurück zum Gehirn. Nachdem sie sich vergewissert hatte, dass niemand sie beobachtete, huschte sie schnell hinein.

»Alles okay, Mäuschen?«, erkundigte sich Rose und sah für einen Moment von den Monitoren auf.

»Ja, Mam, aber die Stimmung ist schrecklich. Hoffentlich fängt es endlich an zu regnen, sonst sind bald alle so wütend, dass uns keiner mehr zuhört!«

Robert Blots Stimme drang erneut durch die Wände des Gehirns. »Vincent Crooked wird nun die Angeklagten holen.«

Die Rufe wurden sogar noch lauter.

Violet wandte sich wieder den Monitoren zu. Wie geplant begann Iris Archer im Sitzungssaal für Aufruhr zu sorgen. Sie schien lauthals zu schimpfen, während sie wild gestikulierend auf und ab lief.

»Könnt ihr das sehen? OVER!«, ertönte Maculas Stimme über das Radio. Im Hintergrund hörte Violet, wie Iris nach Edward und George rief.

»Ja. OVER«, flüsterte sie in ihr Walkie-Talkie, ohne die Monitore aus den Augen zu lassen. Genau wie sie gehofft hatten, kam Vincent Crooked in den Versammlungssaal und fing an, auf Iris einzureden.

Das Radio knisterte erneut.

»Sie sagt Vincent, dass sie dringend mit Edward und George sprechen muss. OVER«, berichtete Macula.

Auf dem Bildschirm verließ Vincent Crooked den Versammlungssaal. Er wirkte nervös und überfordert. Violet packte den Monitor mit beiden Händen. Sie konnte ihr eigenes Herz pochen hören.

»Leider kommt es zu einer kurzen Verzögerung«, verkündete Robert Blot über das Mikrofon. »Wie ich eben erfahre, werden Edward und George im Rathaus benötigt. Sicher sorgt ihr gewalttätiger Bruder wieder für Ärger.«

Die Menge begann zu buhen.

Wenig später sah Violet, wie Edward und George den Sitzungssaal betraten. Der Kleinere der beiden schäumte vor Wut. Er packte seine Mutter an den Schultern und schüttelte sie. Sie riss sich los und schien ihn anzuschreien. Daraufhin verließ der Größere der beiden sichtlich frustriert den Saal.

»George geht William und Tom holen, OVER.« Maculas Stimme klang schwach und wie aus weiter Ferne.

Violet hielt den Atem an.

Die Tür zum Sitzungssaal flog auf und William Archer wurde unsanft auf seine Mutter zugeschubst. Iris eilte zu ihm, während George mit Tom hereinkam.

»Es ist so weit. Jetzt erfahren wir die Wahrheit. Beginnt mit der Übertragung. OVER!«, drängte Macula.

»Und los«, sagte Violet zu ihrer Mutter.

Violet und Rose stürzten zu den gegenüberliegenden Seiten des Gehirns. Im Nu hatte Violet den Rollladen auf ihrer Seite entriegelt und hochgezogen. Dann lief sie hinüber, um ihrer Mam zu helfen, die sich noch mit dem Schloss abmühte.

»Was soll das?«, blaffte eine Frau in ihrer Nähe. »Warum sind George und Edward auf den Monitoren? Ist das ein Trick?«

»Das werden Sie gleich verstehen«, erwiderte Violet und rannte zum Radio, um es lauter zu drehen.

»Das hab ich schon probiert, Violet.« Ihre Mutter wirkte verzweifelt. »Die Menge ist zu laut, man kann kein Wort hören.«

»Was?« Violet versuchte, nicht in Panik zu geraten.

Ihr Blick wanderte zu den Monitoren. Macula, Boy und Hugo waren jetzt ebenfalls unten im Saal. Macula und Boy stellten die Archer-Brüder zur Rede, doch es war tatsächlich nichts zu hören.

Jack, Anna und ihre Freunde aus dem Waisenhaus bemühten sich nach Kräften, die Aufmerksamkeit der Umstehenden auf die Monitore zu lenken. Doch in ihrer Wut brüllten die Menschen sie bloß an, sie sollten gefälligst aufhören, den Prozess zu stören.

Plötzlich öffnete der Himmel seine Schleusen und ein wahrer Sturzregen ging auf Town herab.

Fast augenblicklich entspannten sich die Gesichter und hier und da ließ sich sogar ein kleines Lächeln ausmachen. Der Stimmungsumschwung war nicht so stark wie an dem Tag, als Edward mit den entführten Kindern zurückgekommen war, aber er reichte dennoch aus. Die Menge beruhigte sich so weit, dass Jack, Anna und die anderen sie auf die Monitore hinweisen konnten.

»Guckt euch das mal an – da sind zwei Boys!«, rief jemand. »Was geht hier vor?«

Die Menschen kamen näher und drängten sich um das Gehirn.

»Was passiert da?«, rief jemand anderes. »Ich kann nichts hören. Warum sind da zwei Boys?«

»Man versteht kein Wort«, keuchte Jack, der auf einmal neben Violet auftauchte. »Dreh das Radio lauter, sonst verpassen wir alles!«

»Ich hab es schon so laut gemacht, wie es geht!« Langsam geriet Violet nun doch in Panik. »Die Leute machen einfach zu viel Lärm!«

In dem Moment erschien Rose inmitten des Gedränges. Im Schlepptau hatte sie Robert Blot.

»Sehen Sie, Mr Blot, ich habe Ihre Zeitung schon immer geschätzt – Sie sind noch ein Reporter von echtem Schrot und Korn«, umgarnte Violets Mam ihn.

»Oh, vielen Dank, Ms …?«

»Rose Brown heiße ich. Ich bin ein großer Fan … ach,

was sage ich, Ihr *größter* Fan«, log Violets Mam, während sie Robert Blot am Kragen packte und seinen Kopf zum Radio zog. »Hören Sie sich das an. Und sehen Sie auf die Monitore«, kommandierte sie.

»Aber Edward … Was? Er hat gerade allen im Saal gestanden, dass … dass alles bloß erfunden war. Die Rettung … alles. Boy hat einen Zwillingsbruder? Was ist hier los?«, stammelte der Zeitungsmann. Er sah Rose fragend an.

»Ganz genau.« Sie nickte. »Es geht den Archer-Brüdern gar nicht um das vermeintliche Wohl ihrer Bürger! Was für eine Story – meinen Sie nicht, Sie sollten der Erste sein, der darüber berichtet?«

»Das ist ungeheuerlich. Ich kann es nicht leiden, wenn man mich zum Narren hält.« Robert Blot schnappte sich das Radio und bahnte sich einen Weg durch die Menge. Er stieg die Rathaustreppe hinauf und hielt das Radio direkt vors Mikrofon.

»Und das ist alles, Mutter!« Edward Archers Stimme schallte aus den Lautsprechern neben Robert Blot. »George und ich gehen jetzt mit William und seinem Sohn dort raus und beginnen endlich mit der Verhandlung. Falls irgendwer von euch noch mal versuchen sollte, uns aufzuhalten, werdet ihr dafür bezahlen. Wartet nur, bis die Hüter wieder auf freiem Fuß sind. Das gilt auch für dich, Macula. Und jetzt macht Platz, die Leute warten auf uns!«

Verzweifelt drehte sich Violet zu Jack um. »Oh nein. Sie sind fertig!«, rief sie.

»Es kann noch nicht vorbei sein, Violet. Ich will nicht, dass Perfect wiederkommt … ich will nicht zurück nach Niemandsland.« Anna zerrte heulend an Violets Pullover.

»Es ist auch noch nicht vorbei, Anna«, versicherte Violet. Ihre Gedanken liefen auf Hochtouren. »Jack und du, sorgt dafür, dass die Leute hier beim Gehirn bleiben. Ich bringe die Archers wieder zum Reden!«

Sie drängte sich durch die Menge zum Rathaus, stürmte hinein und hastete die Wendeltreppe hinauf. Edward und George waren gerade auf dem Weg nach draußen, als sie hereinplatzte.

»Violet Brown!«, rief Edward. Sie konnte in letzter Sekunde abbremsen, bevor sie gegen seinen kugelrunden Bauch prallte. »Willst du etwa auch zu unserer netten kleinen Party? Nun, ich fürchte, du kommst ein wenig zu spät!«

»Ich weiß, was Sie vorhaben!«, schrie sie. Die Worte sprudelten nur so aus ihr heraus, ohne dass sie darüber nachdenken konnte. »Sie belügen ganz Town, Edward. William hat nichts getan. *Sie* waren das, mit Hilfe von Boys Zwillingsbruder.«

Edward stand vor ihr und lächelte. Neben ihm wartete Tom, hinter ihm hatte George William gepackt und hielt ihn eisern fest. Die anderen hatten sich in einer Ecke des

Saals um Hugo versammelt und beobachteten das Geschehen.

»Das sind wir doch gerade alles durchgegangen, Violet. Mir reicht es langsam. Jetzt geh mir aus dem Weg«, grollte Edward.

Violet rührte sich nicht vom Fleck. Sie musste ihn irgendwie zum Reden bringen.

»Sie haben den falschen Zwilling. Das ist Boy und er wird niemals für Sie lügen!«, schrie sie und zeigte auf Tom. Es war das Erstbeste, was ihr einfiel.

»Nein, bin ich nicht!«, rief Tom, als George ihn mit der freien Hand am Kragen packte.

»Versuchst du, uns an der Nase herumzuführen?«, knurrte der groß gewachsene Zwilling und schüttelte ihn grob.

»Sie hat recht. Ich bin Tom«, meldete sich Boy zu Wort. »Er tut nur so, als wäre er ich!«

Draußen ging ein Raunen durch die Menge.

Tom drehte den Kopf und funkelte seinen Bruder wütend an.

»Erst stiehlst du mir die Familie und jetzt auch noch den Namen?«, fauchte er.

»Boy hat dir deine Familie nicht gestohlen, Tom«, sagte Macula sanft. »Seit dem Ende von Perfect haben dein Dad und ich jeden Tag nach dir gesucht. Priscilla Powick hat dich uns weggenommen und dir Lügen über deine wahre

Familie erzählt. Bitte, du darfst ihr nicht glauben. Du bist unser Sohn und wir haben dich von ganzem Herzen lieb.«

»Nein! Wenn hier jemand lügt, dann du!«, brüllte Tom voller Zorn.

»SCHLUSS JETZT!«, donnerte Edward. Er trat vor und packte Violet am Zopf. »Kein Wort mehr, sonst dreh ich ihr den Hals um!«

Alle im Raum erstarrten.

Violet schlug wie wild um sich und versuchte, sich aus seinem Griff zu winden, doch vergebens.

»Lass sie los, Edward. Ich bin derjenige, den du willst – zieh die anderen da nicht unnötig mit rein«, beschwichtigte William.

»Ach, halt den Mund, Bruder. Dein elendes Heldentum ist unerträglich. So, wer von euch ist der echte Boy? Raus damit, sonst mach ich deiner besten Freundin den Garaus!«, keifte Edward. »Ich schwöre euch, ich bin mit meiner Geduld fast am Ende.«

Von draußen waren Aufschreie des Entsetzens zu hören, in die sich hier und da jedoch vereinzelt Gelächter mischte. Boy machte Anstalten, vorzutreten, doch Violet warf ihm einen bohrenden Blick zu, um ihn aufzuhalten. Alles, was sie brauchte, war ein bisschen mehr Zeit.

»Sie haben die Diebstähle geplant. Sie haben Boys Zwillingsbruder Tom gezwungen, sich als Boy auszugeben und Conor und Beatrice zu entführen!«, rief sie. Sie musste Edward dazu bringen, die Wahrheit zu gestehen, solange die Menschen draußen noch zuhörten. »Sie haben den Regen vergiftet, um unsere Gefühle zu kontrollieren. Und dann haben Sie so getan, als wären Sie der große Held, der die entführten Kinder gerettet hat. Nur um allen vorzulügen, dass William und die Niemandsländer dahinterstecken, weil sie sich an den Bewohnern von Perfect rächen wollen. Sie haben versucht, die Menschen gegeneinander auszuspielen, damit Sie sich Perfect zurückholen können. Sie wollen uns alle bloß wieder unter Ihre Kontrolle bringen.«

»So, so, hast du uns also durchschaut, kleine Violet. Wirklich clever. Ich fürchte nur, du kommst ein bisschen zu spät.« Edward Archer schloss seine freie Hand um ihre Kehle und drückte zu.

»Hör auf, Edward«, schrie William und versuchte verzweifelt, sich zu befreien. »Lass sie da raus!«

Violets Lunge brannte, während sie vergeblich nach Luft rang. Draußen vor dem Rathaus war Stille eingekehrt.

»Ich … ich bin Tom!« Boys Zwillingsbruder riss sich los und nahm die Kontaktlinsen raus. Dahinter kamen seine eisblauen Augen zum Vorschein.

Die Menge schnappte hörbar nach Luft.

»Perfekt«, erwiderte der dicke Zwilling und stieß Violet beiseite.

Violet ging krachend zu Boden. Sie hatte die Verletzung aus dem weißen Raum schon fast vergessen, doch der brennende Schmerz, der durch ihren Knöchel schoss, rief sie ihr jäh wieder ins Gedächtnis. Macula, Iris und Boy eilten herbei, um ihr aufzuhelfen.

»Ich wusste doch, wir hätten die Hüter freilassen sollen, Edward. Wir könnten dem Pöbel den Gehorsam einfach einprügeln. Das wäre sehr viel leichter als diese albernen Spielchen«, fauchte George gereizt, während er William zur Tür schleifte. »Du und deine idiotischen Ideen!«

»Wie ich schon sagte: Wir können die Hüter noch nicht freilassen. Wir müssen erst das Vertrauen der Dummköpfe da draußen gewinnen. Sonst kommt es wieder zum Aufstand und du weißt genau, wie das letztes Mal ausgegangen ist!«, brüllte Edward. »Schalt doch einmal im Leben deinen verbohrten Dickschädel ein, George. Klar haben die Leute nichts als Grütze im Hirn, aber noch haben sie ihr Hirn. Solange das so ist, können wir ihnen nicht einfach den hinterletzten Blödsinn auftischen. Sie müssen uns glauben und mögen! Und jetzt lächle gefälligst, wenn wir uns den Idioten da draußen zeigen.«

Unten ertönte ein lautes Krachen, das die Rathausfenster zum Erzittern brachte.

»Diesmal hat er zu viel von dem Zeug in den Regen gemischt. Klingt, als würden die Leute komplett durchdrehen. Ich kann nicht mal erkennen, ob sie lachen oder weinen. Wir haben sie zu lange warten lassen.« George schnalzte genervt mit der Zunge.

»Na, dann sollten wir vielleicht mal gehen«, blaffte Edward und marschierte mit Tom im Schlepptau zur Tür. »Je früher William für schuldi…«

Fröhliche Stimmen erfüllten das Treppenhaus. Es schien, als würde sich ganz Town im Erdgeschoss des Rathauses versammeln. Edward hielt mitten in der Bewegung inne und wich zurück. Kaum dass er die Tür geschlossen hatte, flog sie auch schon wieder auf.

»Diesmal habt ihr euch mit der Falschen angelegt.« Lachend stürzte sich Rose Brown auf den dicken Zwilling.

Edward stolperte beiseite. Vom Boden aus sah Violet zu, wie Boy, Iris und Macula zu ihrer Mutter rannten und ihr halfen, Edward niederzuringen.

Wahre Menschenmassen ergossen sich in den Sitzungssaal. Robert Blots Kamera hörte gar nicht mehr auf zu blitzen, während ein Mob aus halb lachenden, halb weinenden Stadtbewohnern über Edward und George herfiel.

Iris und Macula schlangen die Arme um William und vergruben die Gesichter an seiner Brust. Er zog sie beide an sich und hielt sie ganz fest.

»Du hast es geschafft, Violet! Die ganze Stadt hat gehört, wie die Archers die Wahrheit gestanden haben!« Unter herzhaftem Gelächter ließ sich Jack neben ihr auf den Boden plumpsen.

Violet lehnte sich schwer atmend zurück. Eine Woge der Erleichterung schwappte über sie hinweg.

Immer wieder beugte sich jemand zu ihr runter, um ihr anerkennend auf die Schulter zu klopfen und ihr zu gratulieren, doch sie bekam kaum etwas davon mit. Zum ersten Mal seit einer gefühlten Ewigkeit schlug ihr Herz wieder normal. Sie schloss die Augen.

Sie hatten es erneut geschafft. Und diesmal hatten sie ganz Town gerettet.

Tief in ihrer Magengrube machte sich ein seltsames Gefühl breit. Sie kicherte leise vor sich hin. Das Gefühl wurde stärker und stärker, bis es als lautes Lachen aus ihr herausplatzte. Von ihrem Übermut angesteckt, brach der gesamte Saal in unkontrolliertes Gelächter aus.

Kapitel 39

Mutterliebe

Der Schmerz in ihrem Knöchel ließ langsam nach. Violet spielte gerade mit dem Gedanken aufzustehen, als jemand an ihrem Ärmel zog.

»Ich hab nach ihm gesucht, aber er ist weg. Keiner ist mehr da. Und ich hab sie in der Menge gesehen.« Anna Nunn stand vor ihr. Sie klang panisch.

»Wovon redest du, Anna?« Violet stützte sich auf die Ellbogen.

»Die Krankenschwester! Ich hab sie draußen gesehen. Sie ist mit den anderen hier reingekommen und jetzt ist Boy weg. Ich hab überall gesucht, aber ich kann ihn nirgends finden. Und Tom und Hugo sind auch weg. Bestimmt hat sie sie mitgenommen!«

Violet sprang auf und rannte zum Fenster. Sie ließ den Blick über die umliegenden Straßen schweifen. Die meisten Menschen standen immer noch in Grüppchen rund ums Rathaus und unterhielten sich. Schließlich entdeckte sie Hugo, der gewohnt schwerfällig hinter Schwester Powick herstapfte. Neben ihr lief Tom, der nun eine Mütze aufgesetzt hatte. In den Armen des Kinderfängers hing eine kleine Gestalt. Obwohl eine Kapuze ihr Gesicht verdeckte, erkannte Violet sie sofort.

»Boy!«, keuchte sie entsetzt.

»Hier ist Jack!«, rief Anna und schleifte ihn quer durch den Saal zum Fenster.

»Sie haben Boy«, berichtete Violet gehetzt. »Schwester Powick und Tom – sie haben Boy! Hugo trägt ihn. Sie sind schon in der Rag Lane, auf dem Weg in Richtung Forgotten Road.«

Sie sah sich hilfesuchend um, konnte jedoch weder William noch Macula oder sonst jemanden finden. Der Sitzungssaal war einfach viel zu voll.

»Anna, geh und hol Hilfe!«, befahl sie, während Jack und sie bereits zur Tür liefen. »Ich wette, sie sind auf dem Weg ins Draußen. Wir versuchen, sie aufzuhalten.«

Violet drängte sich durch die Menschenmassen zur Treppe und aus dem Rathaus. Kaum dass der Weg frei war, rannte Jack los. Violets Beine brannten, als sie versuchte, mit ihm Schritt zu halten. Sie sprinteten die Edward Street entlang, durch die Archers' Avenue und die Rag Lane und von dort nach links in die Forgotten Road.

Schwester Powick, Hugo und die beiden Jungs waren nirgends zu sehen.

Violet und Jack bogen in die erstbeste Gasse, die zum Marktplatz führte. Schließlich entdeckten sie die Krankenschwester und ihre kleine Truppe auf Höhe des Lumpenbaums.

»Ich stell mich ihnen in den Weg und du läufst rum und versperrst den Durchgang zur Wickham Terrace, Jack.«

»Wie lautet der Plan?«, fragte er schnell.

Violet schüttelte den Kopf. »Ich hab keinen«, antwortete sie. »Aber uns fällt schon was ein.«

Durch den neuen Regen wirkte alles viel weniger beängstigend.

Jack nickte und schlich vorsichtig aus der Gasse. Er wandte sich nach links und huschte so leise wie möglich am Rand des Marktplatzes entlang.

Violet wartete, bis er außer Sicht war. Dann trat sie vor.

»Halt!«, rief sie. Ihre Stimme schallte über den Platz.

Tom und Schwester Powick wirbelten augenblicklich herum. Hugo blieb neben dem Lumpenbaum stehen und drehte sich träge um. Boy hing schlaff in seinen Armen.

»Ach – jetzt dachte ich doch kurz, ich müsste mir tatsächlich Sorgen machen. Nun verstehe ich, warum Edward dich immer als Stachel im Fleisch bezeichnet hat, Violet

Brown. Aber du bist nur ein Kind. Was kannst du schon tun, um mich aufzuhalten?« Sie lachte.

»Tom«, flehte Violet, »bitte, Tom. Boy ist dein Bruder. Bitte tu ihm nichts! Alles, was Schwester Powick dir über deine Familie erzählt hat, war gelogen.«

»Woher weißt du, was sie mir erzählt hat?«, erwiderte Tom, ohne die Frau neben ihm anzusehen.

»Achte nicht auf sie, Tom«, sagte Schwester Powick herablassend und wandte sich zum Gehen.

»Macula liebt dich, und William auch. Sie sind deine Familie!«

»Was weißt du denn schon?«, fauchte Tom.

»Ich weiß, dass Macula dich und Boy ins Waisenhaus gebracht hat, um euch vor euren Onkeln zu schützen«, fuhr Violet eindringlich fort. »Sie wusste, wie sehr die beiden William hassen. Wenn sie herausgefunden hätten, dass er Kinder hatte, wärt ihr in großer Gefahr gewesen. Macula war ihnen auf die Schliche gekommen. Sie wusste, was sie mit Perfect machten, und dachte, in Niemandsland wärt ihr sicher. Sie hat euch jeden Tag geschrieben, Hunderte Briefe. Ich hab sie gesehen und wenn du willst, zeigt sie sie dir auch. In all den Jahren verging keine Sekunde, in denen sie nicht an euch gedacht hat.«

Tom zögerte.

»Sie lügt!«, fauchte Schwester Powick und drehte sich wieder zu Tom um. »Deine Mutter hat dich nie geliebt. Ich war die Einzige, die Mitleid mit deiner armen Seele hatte. Ich habe dich gerettet. Dich großgezogen. Du verdankst mir alles, Tom!«

»Das stimmt nicht, Priscilla!«, rief jemand.

Violet blickte sich um. Macula stand hinter ihr am Ausgang der Gasse.

»Du sollst nichts Falsches gegen deinen Nächsten aussagen; das steht schon in den Zehn Geboten, Macula. Schlagen Sie es ruhig nach! Ich lüge nicht«, blaffte Schwester Powick.

Mit großen Schritten durchquerte Macula den Marktplatz. Toms Züge wurden ein wenig sanfter, als er seine Mutter auf sich zukommen sah.

»Warum haben Sie mir meinen Sohn weggenommen?«, fragte Macula.

»Welchen?« Lachend deutete Schwester Powick auf den bewusstlosen Boy in Hugos Armen. »Ich habe jetzt nämlich beide.«

»Boy wird Ihnen niemals gehören. Und Tom ... Sie mögen ihn großgezogen haben, aber er ist mein Kind. Du bist ein guter Junge, Tom. Sie ist nicht deine Familie. Komm zu uns zurück, bitte ...«

Priscilla Powick lachte hämisch. »Na, Sie haben gut reden. Haben Sie etwa schon vergessen, dass Sie diejenige waren, die die beiden weggegeben hat? Wie fühlt es sich an, sein eigenes Fleisch und Blut im Stich zu lassen?«

Macula ignorierte sie. Sie sah einzig und allein Tom an.

»Sie haben sie vor der Tür des Waisenhauses ausgesetzt. Alles, was Sie ihnen mitgegeben haben, war ein Brillenetui. Und jetzt fragen Sie mich allen Ernstes, weshalb ich Ihren Sohn zu mir genommen habe?«, fauchte Schwester Powick. »Was sind Sie bloß für eine Mutter?«

»Das habe ich nur getan, um euch zu beschützen. Es war das Härteste, was ich jemals tun musste. Ich habe jeden Tag an euch gedacht. Ich habe euch jeden Tag geschrieben. Ich hab dich lieb, Tom. Ich liebe dich so sehr, mein Sohn. Mutterliebe ist stark, ich habe nie etwas Stärkeres empfunden. Ich weiß, das spürst du auch.« Macula breitete die Arme aus und machte einen Schritt auf ihn zu.

Tom erwiderte ihre Geste.

»Komm dieser Frau nicht zu nahe. Du bist mein Sohn, Tom«, warnte Schwester Powick und zog ihn zurück. »Jahrelang hat sie sich einen feuchten Dreck um dich gekümmert und jetzt taucht sie hier auf und bildet sich ein, sie könnte dich einfach so zurückhaben! Ich hab dir doch gesagt, sie liebt deinen Bruder mehr als dich. Lass dich von ihren Lügen nicht einlullen …«

»Es reicht.« Macula kochte vor Wut. Sie baute sich vor Tom und der Krankenschwester unter den kahlen Ästen des Lumpenbaums auf. »Sie geben mir meine Söhne zurück, und zwar alle beide, und dann lassen Sie uns in Ruhe. Wenn Sie jetzt gehen, ohne noch weiter für Probleme zu sorgen, dann werden wir Ihnen nicht folgen. Edward und George wurden gefasst. Das Spiel ist aus.«

»Oh, Mami fährt die Krallen aus«, höhnte Priscilla Powick. »Edward und George sind bloß kleine Fische – in den Meeren dort draußen ist weitaus Größeres unterwegs!«

Macula streckte die Hand nach Tom aus.

»Schluss jetzt«, donnerte Schwester Powick. »Keinen Schritt weiter!«

»Bleib stehen, bitte. Sie ist gefährlich«, flehte Tom seine Mutter an. In seinen eisblauen Augen standen Tränen.

Macula lächelte und breitete die Arme aus.

»Hab keine Angst, Tom«, erwiderte sie sanft. »Ich bringe dich nach Hause, mein Sohn!«

»Ganz bestimmt nicht!«, schrie Schwester Powick.

Sie packte Macula am Mantelkragen und stieß sie zur Seite. Boys Mam taumelte rückwärts und stürzte, wobei sie mit dem Kopf gegen den Stamm des Lumpenbaums prallte.

»Macula!« Violet rannte zu ihr.

»Ich hab Sie gewarnt, Sie dumme Kuh.« Die Krankenschwester lachte.

Sie nahm Tom bei der Hand, der wie gelähmt vor seiner Mutter stand.

»Jetzt werd mir nicht sentimental«, drohte sie und zerrte ihn in Richtung Wickham Terrace davon. Hugo, der Boy immer noch in den Armen hielt, trottete gehorsam hinter ihnen her.

William und Merrill stürmten auf den Marktplatz, dicht gefolgt von Anna.

»Ich hab Hilfe geholt!« Lächelnd rannte die Kleine auf Violet zu.

»Macula«, flüsterte William und kniete sich neben seine Frau. »Was ist passiert? Was hat diese Frau dir angetan?«

»Macula hat sich den Kopf am Lumpenbaum angeschlagen«, antwortete Violet. Ihre Hände waren blutverschmiert.

Macula schlug die Augen auf. Das Atmen fiel ihr schwer. »Ich hab's ihm gesagt, William ... Ich hab Tom gesagt ... dass wir ihn lieben ...«

»Das ist schön, Macula. Versuch, wach zu bleiben. Was kannst du mir noch über Tom erzählen?«, drängte William, während er seine Frau in seine Arme zog.

»Wir müssen sie zu einem Arzt bringen, und zwar schnell, Merrill«, raunte er dem Spielzeugmacher zu, als der sich vorbeugte, um ihm zu helfen. Behutsam hoben sie Macula hoch und trugen sie in Richtung Forgotten Road.

»Wo ist Boy?« Anna blickte sich suchend um.

In der Aufregung um Macula hatte Violet ihren Freund ganz vergessen. Er war immer noch Hugos Gefangener!

Seltsam ruhig und gelassen stand sie auf und wollte gerade die Verfolgung aufnehmen, als Jack auf sie zukam. Er schleifte einen immer noch halb bewusstlosen Boy hinter sich her, der sich nur mit Mühe auf den Beinen halten konnte.

»Was ist passiert? Wie hast du ihn zurückbekommen?« Violet lächelte überrascht.

»Weiß ich auch nicht so genau«, keuchte Jack. »Ich hab versucht, sie aufzuhalten, als sie über die Brücke wollten. Schwester Powick hat bloß gelacht und ist an mir vorbeigelaufen. Und dann ist Tom stehen geblieben und hat dem Kinderfänger zugeflüstert, dass er mir Boy geben soll. Es war total schräg. Hugo hat ihn einfach abgesetzt und ist weitergegangen. Ich musste überhaupt nichts tun.«

»Was hat Schwester Powick dazu gesagt?«, fragte Violet verwirrt.

»Nichts.« Ungläubig schüttelte Jack den Kopf. »Sie war schon ein ganzes Stück entfernt. Keine Ahnung, ob sie inzwischen was gemerkt hat … Tom kriegt bestimmt einen Riesenärger. Aber er hat noch was gesagt, was ich irgendwie seltsam fand …«

»Was?« Anna machte große Augen.

»Er meinte: ›Sag Mam, dass ich es manchmal spüre.‹«

»Dass er was spürt?«, wollte Anna wissen.

»Ich hab keinen blassen Schimmer …« Jack zuckte mit den Schultern.

Violet lächelte. Sie hatte so eine Ahnung, was Tom damit meinte, und konnte es kaum erwarten, Macula davon zu erzählen.

Sie blieben noch eine Weile auf dem Marktplatz und genossen das gute Gefühl, alles überstanden zu haben. Jack,

Anna und Violet berichteten einander, wie es ihnen ergangen war, während Boy langsam zu sich kam.

»Wir haben es schon wieder geschafft.« Anna strahlte übers ganze Gesicht. »Ich bin erst sieben und hab schon zweimal geholfen, Town zu retten!«

»Wir haben Town gerettet?«, lallte Boy.

Violet und Jack brachen in Gelächter aus. Sie halfen ihrem immer noch leicht benommenen Freund auf und hängten sich seine Arme um die Schultern. Zu viert machten sie sich auf den Rückweg in Richtung Forgotten Road. Der Regen hatte sich zu einem sanften Nieseln abgeschwächt, das sie in eine beschwingte Stimmung versetzte.

Als sie sich der Rag Lane näherten, fiel Violet auf, dass sich die Leute ihr gegenüber irgendwie seltsam verhielten. Während sie ihr auf dem Marktplatz noch zugelächelt und gratuliert hatten, schienen sie nun ihrem Blick auszuweichen.

»Was ist los?«, flüsterte sie. »Irgendwie traut sich keiner, mich anzugucken.«

»Mich auch nicht. Vielleicht schämen sie sich ja.« Boy, der inzwischen wieder einigermaßen eigenständig laufen konnte, hustete. »Sie haben in letzter Zeit schon ziemlich verrückt gespielt!«

»Kann sein.« Violet zuckte mit den Schultern. »Aber das haben wir doch alle.«

»Stimmt, du warst schon immer ein verrücktes Huhn,

Violet«, entgegnete Boy lachend, während sie von der Archers' Avenue in die Edward Street bogen.

Anna und Jack lachten mit ihm. Violet wollte gerade etwas erwidern, als sie die Menschenmenge bemerkte, die sich vor der Rathaustreppe versammelt hatte. Die Leute standen um etwas am Boden herum. Keiner sagte ein Wort.

Inmitten der Gruppe entdeckte sie ihre Eltern.

»Mam, Dad!«, rief Violet und rannte auf sie zu.

Die beiden lösten sich schnell aus der Gruppe und kamen ihr entgegen.

»Ach, Mäuschen«, seufzte ihr Dad und vergrub den Kopf an ihrer Schulter, als sie sich in seine Arme warf.

Er weinte. Sie hatte ihn noch nie weinen gesehen, nicht mal nach all den schrecklichen Dingen, die ihm in Perfect widerfahren waren.

»Kommt, hier entlang.« Rose nahm Boy am Arm. »Gehen wir zu Iris.«

»Aber … aber wir haben doch gewonnen. Wir haben Town zurückerobert, oder nicht? Ich weiß, Tom und Schwester Powick sind entwischt, aber wir können ins Draußen gehen und sie uns schnappen. Die Archers sitzen im Gefängnis und es regnet immer noch Glücksregen. Warum seid ihr so traurig?«, fragte Violet verwirrt. Ihr Herz fing wieder etwas stärker an zu klopfen.

Boy blickte von der Menschenansammlung zu Violet, während Rose versuchte, ihn zurückzuhalten.

»Was ist los?«, bohrte Violet nach.

Über die Schulter ihres Dads konnte sie Madeleine und Iris in der Menge sehen. Ihre Mienen waren ernst und bedrückt. Zusammen mit Merrill halfen sie William Archer auf die Beine.

Panik stieg in Violet auf. Sie drehte sich zu Boy um.

Er beobachtete ratlos, wie sein Dad sich einen Weg durch die Menge bahnte und mit roten Augen auf ihn zukam.

»Es tut mir so leid, Boy«, schluchzte William und zog seinen Sohn an sich.

»Mam? Dad?« Violet sah ihre Eltern an. »Aber das ist doch der Glücksregen. Bitte seid nicht traurig. Was ist los?«

»Manche Gefühle sind so stark, die lassen sich durch nichts und niemanden kontrollieren, Mäuschen«, erwiderte ihr Dad.

Rose umfasste das Gesicht ihrer Tochter mit beiden Händen und kam ihr so nah, dass sich ihre Nasenspitzen berührten.

»Macula ist von uns gegangen, Violet«, flüsterte sie. »Sie ist jetzt bei den Sternen.«

Kapitel 40

Der Rabe

Es war ein lauer Frühlingsabend und am strahlend blauen Himmel zeichneten sich die ersten Vorboten der Dämmerung ab, als Violet mit ihrem Dad durch die Splendid Road lief. Sie waren auf dem Weg zur Sitzung des Stadtrats. Rose hatte an diesem Abend Musikunterricht und weil Violet immer noch nicht allein zu Hause bleiben durfte, musste sie ihren Dad mal wieder zum Rathaus begleiten.

Die Vögel zwitscherten im Licht der Abendsonne. Glücklich sah Violet auf den riesigen Strauß aus bunten Blumen in ihren Händen hinab. Die hatte ihre Mam ihr mitgegeben.

Sie fühlte sich wieder wohl in Town – alles war so ruhig und normal und freundlich wie gewohnt.

»Freust du dich schon auf die Sommerferien, Mäuschen?«, erkundigte sich Eugene.

»Ich glaub schon, Dad. Monatelang keine Mrs Moody!«

»Okay, das klingt wirklich verlockend.« Er lachte.

»Wurde im Draußen eigentlich inzwischen was gefunden?«, fragte Violet ein wenig beklommen.

»Nein, Mäuschen, leider immer noch nicht.« Eugene schüttelte den Kopf. »Darum geht es bei dem Treffen heute. Madeleine besteht darauf, dass dort weit und breit niemand mehr ist. Das Haus, die Ställe – alles menschenleer. Die Verbindung zwischen Hugos Sender und dem Gehirn ist abgerissen und seither gab es keine Lebenszeichen mehr von ihm oder den anderen Monstern.«

»Das waren Zombies, Dad – du hast Hugo doch gesehen!«

»Sie waren irgendeine Form von mechanischem Konstrukt, Violet, das habe ich gesehen. Zombies gibt es nicht, Mäuschen.«

»Aber was ist mit der Straße, Dad? Die vor Schwester Powicks Haus, meine ich. Haben sie da auch gesucht? Vielleicht verstecken sie sich ja im Wald.«

Manchmal spielte Violet mit dem Gedanken, selbst ins Draußen zu gehen und nachzusehen. Sie wusste, dass sie und ihre Freunde sehr viel bessere Arbeit leisten würden als die Erwachsenen. Aber sie wollte nicht ohne Boy gehen und er war noch nicht bereit, dorthin zurückzukehren.

»Sie haben überall nachgeschaut, Mäuschen. Da war nichts.« Ihr Dad seufzte. »Aber Madeleine hat dem Rest des Stadtrats versichert, dass die Suche fortgesetzt wird. Immerhin haben sie neulich erst den weißen Raum gefunden, das hab ich dir ja erzählt. Darüber will Madeleine uns heute Abend mehr sagen. Robert Blot hat sich wie ein kleines Kind über die Entdeckung gefreut, auch wenn er jetzt nicht mehr darüber berichten darf, seit er Vincent Croo-keds Platz im Stadtrat eingenommen hat. Aber ich muss schon sagen, Hut ab vor den Archers. Was sie mit den Wolken gemacht haben, war schon ein Geniestreich.«

»Dad«, tadelte Violet, »du kannst doch die Archers nicht allen Ernstes als Genies bezeichnen. Das geht echt gar nicht!«

»Ich bewundere lediglich ihren Intellekt, Violet, das ist alles.«

»Ihren was?«

»Ihren Verstand, Mäuschen.«

»Ach, übrigens, Boy hat mir erzählt, dass William die Augenpflanzen wieder zum Blühen gebracht hat. Er meinte, es hat eine Weile gedauert, bis sein Dad sich überhaupt damit befassen wollte, aber jetzt wachsen und beobachten sie wieder«, berichtete sie freudig. »Auch wenn wir das Gehirn eigentlich nicht mehr brauchen. Edward und George sitzen ja jetzt beide im Gefängnis.«

»Sicher ist sicher, Violet.« Eugene winkte Mr Hatchet zu,

der gerade seine Metzgerei zusperrte. »Außerdem tut William die Ablenkung gut.«

Vor der Abzweigung zu ihrer Schule blieb Violet stehen. »Ich hab Mam versprochen, dass ich die noch schnell vorbeibringe, Dad«, sagte sie und hielt den Blumenstrauß hoch.

»Okay, Mäuschen. Ich geh schon mal vor, sonst komm ich noch zu spät. Aber ich behalte die Besucherränge im Auge. Trödel also nicht rum. Ich weiß doch, wie sehr du diese Sitzungen liebst!«, scherzte er.

Die Sonne stand bereits tief am Himmel und tauchte die Straße in ein warmes gelbes Licht, als Violet sich an den Anstieg neben ihrer Schule machte. Bald darauf kam das niedrige Mäuerchen mit dem hölzernen Tor in Sicht.

Violet hatte nicht gewusst, dass es einen Friedhof in Town gab. Warum auch? Lange Zeit hatte sie schließlich keinen Grund gehabt, ihm einen Besuch abzustatten. Sie warf einen Blick auf die Blumen in ihrer Hand. Ein Teil von ihr wünschte sich, sie hätte auch nie einen Grund dazu bekommen.

Wenigstens war dieser Friedhof kein bisschen wie der in der Geistersiedlung. Es gab keine verfallenden Grabplatten, in die Namen wie Quintus Horatius Flaccus eingraviert waren, und es ragten auch nirgends rissige, halb verwitterte Grabmäler in die Höhe.

Die Gräber hier waren alle mit schlichten Holzkreuzen

markiert und mit bunten Wildblumen geschmückt. Auch auf der Innenseite der niedrigen Friedhofsmauer wuchs ein Band aus Wildblumen. Und nun, da der Sommer kurz bevorstand, war die Luft von Vogelgezwitscher und dem Summen fleißiger Bienen erfüllt. Überall standen Holzbänke, die zum Verweilen einluden. Manchmal saßen dort Leute und lasen. Ihre Mam sagte, dass sie auf diese Weise ihren Liebsten Gesellschaft leisteten.

Violet hatte gerade das kleine Holztor geöffnet, als sie Boy entdeckte. Er saß im Schneidersitz vor dem Grab seiner Mutter. Es wirkte beinahe, als würde er mit Macula plaudern.

»Hey!«, rief sie, als sie näher kam. »Versuchst du auch, dich vor der Sitzung zu drücken?«

Boy sprang auf und wich stolpernd zurück. Violet hätte beinahe gelacht, doch da bemerkte sie die Angst in seinen eisblauen Augen.

Sie blieb wie angewurzelt auf dem Kiesweg stehen. Ihr schlug das Herz bis zum Hals.

»Deine Mam hätte sich sehr gefreut, dass du gekommen bist, Tom«, sagte sie sanft.

»Violet!«, rief eine Stimme hinter ihr.

Sie wirbelte herum und bemerkte den echten Boy, der gerade auf die Friedhofsmauer zuging. »Ich hab deinen Dad auf dem Weg zum Rathaus getroffen. Er meinte, du wärst hier.«

Sie drehte sich wieder zu Maculas Grab um, doch Tom war verschwunden.

»Die sind echt schön.« Boy lächelte, als er sie einholte und die Blumen in ihrer Hand sah.

Offenbar hatte er nicht bemerkt, dass sein Bruder auch hier am Grab war.

»Alles okay, Violet? Du siehst aus, als hättest du ein Gespenst gesehen!«

»Nicht lustig, Boy«, entgegnete sie, während sie sich unauffällig umblickte.

Sie erwähnte Tom mit keinem Wort. Boy wollte partout nicht über ihn reden. Er gab seinem Bruder die Schuld an allem, was passiert war. Manchmal versuchte Violet, ihren besten Freund zu überzeugen, dass Tom nichts dafürkonnte. Sie tat es für Macula, weil sie wusste, dass sie es sich so gewünscht hätte. Doch Boy hörte nicht auf sie.

Sie hielten vor Maculas Grab an und Violet beugte sich vor, um Rose Strauß zwischen die Margeriten zu legen, die William dort gepflanzt hatte.

»Glaubst du, sie ist hier irgendwo? Mam, meine ich …«, fragte Boy.

»Keine Ahnung«, antwortete Violet und richtete sich auf. »Kann sein … Meine Mam glaubt das. Jedenfalls sieht sie überall Zeichen. Sie sagt, das bedeutet, dass Macula über uns wacht.«

»Ja, das glaube ich auch.« Boy lächelte. Er wirkte glücklich, glücklicher als seit Langem. »Ich sehe überall Schmetterlinge. Dad sagt, die kommen von Mam. Und …«

Er verstummte und betrachtete das Grab.

»Und was?«, ermunterte ihn Violet.

»Ach, nichts.«

»Du kannst nicht einfach anfangen, mir was zu erzählen, und dann mittendrin aufhören!«

»Na ja, manchmal habe ich das Gefühl, dass Mam mir folgt.«

»Ach ja? Wie meinst du das?«

»Schwer zu sagen. Du hältst mich wahrscheinlich für verrückt, aber da ist dieser Vogel, der mir schon eine Weile ständig nachfliegt. Ich sehe ihn andauernd, vor allem wenn ich mich einsam fühle. Fast so, als würde er auf mich aufpassen. Ich hab Dad davon erzählt und er meinte, das wär Mam.«

»Was ist das für ein Vogel?« Violet stellten sich die Nackenhaare auf.

»Guck mal, da drüben auf der Mauer ist er wieder!« Boy strahlte.

Ein tiefschwarzer Rabe hockte auf der Armlehne einer Bank an der Friedhofsmauer. Sein glänzendes Gefieder schimmerte in der Abendsonne grün und blau.

Violet stockte der Atem. Sie hatte Boy nie von Toms Vogel erzählt.

»Schon möglich«, sagte sie und wandte sich zum Gehen.

»Aber meinst du nicht, Macula wäre eher ein Rotkehlchen oder eine Eule? Oder irgendein hübscher Singvogel?«

Boy schüttelte den Kopf. »Nein. Sie wäre etwas Kluges, Geheimnisvolles, Starkes. Etwas Magisches. Sie wäre ein Rabe, das weiß ich genau.«

Ende.

Oder?

Danksagung

Für *Hüter der Fantasie* habe ich keine Danksagung geschrieben. Das ist in all dem verrückten Chaos, das eine Buchveröffentlichung mit sich bringt, irgendwie untergegangen. Diesmal hat Anne, meine Lektorin, gefragt, ob ich eine schreiben will. Und obwohl es immer noch jede Menge verrückte und chaotische Momente gibt, gibt es mindestens genauso viele Menschen, denen ich gerne danken möchte:

Zuallererst all jenen Menschen, die mich auf meinem Weg, *Perfect* im Selbstverlag zu veröffentlichen, begleitet haben, bevor es sein Zuhause bei Usborne gefunden hat. Die Lehrer*innen, Bibliothekar*innen, Buchhändler*innen und Kinder von Kilkenny haben aller Welt voller Stolz von ihrer ortsansässigen Autorin erzählt. Ich bin immer noch überwältigt, wie viel Unterstützung mir meine Heimatstadt entgegengebracht hat.

Dann sind da noch Josephine Hayes und Lauren Gardner. Jo hat *Perfect* entdeckt und Lauren hat sowohl *Perfect* als auch *Trouble* gehegt und gepflegt. Alle beiden hatten einen großen Anteil an der Reise zu meinem ersten Buch und haben mich während meinen ersten zögerlichen Schritten hinein in diese Branche begleitet. Ohne sie wäre ich ziemlich schnell untergegangen.

Nachdem ich so lange davon geträumt hatte, ein Buch zu veröffentlichen, war die erste Begegnung mit Anne Finnis wirklich beängstigend. Jedenfalls in meiner Vorstellung, denn wie sich zeigen sollte, war meine Nervosität völlige Energieverschwendung. Anne war so herzlich und einladend, dass ich mich vom ersten Moment an wohlgefühlt habe. Als Bonus obendrauf besitzt Anne die übermenschliche Fähigkeit, mein Geschreibsel in lesbare Bücher zu verwandeln, und versteht es, vollkommen ernsthafte Gespräche darüber zu führen, wie genau die Mechanik hinter einem wandelnden Zombie aussehen müsste. Ich bin unendlich dankbar, sie zur Lektorin und Freundin zu haben.

Danke auch an alle bei Usborne, die mich auf eine Fahrt in ihrem Heißluftballon mitgenommen haben. Sarah, Stevie, Jacob, Katarina, Kath und Tilda sind nur ein paar der Namen, die mein E-Mail-Postfach mit Aufregung und Freude gefüllt haben.

Darüber hinaus danke ich allen Buchhändler*innen, Lehrer*innen und Bibliothekar*innen, die *Perfect* in ihre Herzen geschlossen haben. Auf meiner Lesereise durch den Norden Irlands bin ich Buchhändler*innen begegnet, die für Geschichten und Wortkunst brennen. Ich war online mit Lehrer*innen in Kontakt, die völlig darin aufgehen, Kindern etwas beizubringen. Und ich habe mit Bibliothekar*innen gesprochen, denen man ihre aufrichtige Freude darüber anmerkt, wenn ein Kind auf ihre Leseempfehlungen hört. Ihre Arbeit ist kein Beruf, sondern eine Berufung.

Apropos Kinder – die wissen genau, dass sie viel intelligenter sind als wir Erwachsene. Ich zerbreche mir über jeden meiner Handlungsstränge den Kopf, weil mir klar ist, dass jeder noch so kleine Fehler, der mir dabei unterläuft, gnadenlos entdeckt wird. Währenddessen drehen sie sich so lange im Kreis, bis ihnen schwindlig wird, und finden überall Schätze und Abenteuer. Kinder wissen, wie man Spaß hat, und bringen Leben in jede Party. Ich fühle mich zutiefst geehrt, dass sie Freude daran haben, meine Geschichten zu lesen.

Im vergangenen Jahr habe ich einiges an Aufmunterung und Unterstützung gebraucht. *Trouble* hat das Licht der Welt in einer stürmischen Zeit erblickt. Folgende Menschen haben geholfen, das Schiff auf Kurs zu halten:

Meine Freundinnen – ich hoffe, ihr erkennt mich noch, wenn ich irgendwann hinter diesem Laptop hervorkrieche!

Meine Schreibgruppe – die talentiertesten Menschen, die ich kenne. Zwei von uns hatten bisher Glück – wer ist als Nächstes dran?

Meine Schar von Verwandten, die sich um mich versammelt haben, als ich es am nötigsten hatte. Ich werde nie vergessen, wie wir letzten August singend ums Lagerfeuer saßen. Erstaunlich, wie aus den traurigsten Momenten die schönsten Erlebnisse entstehen können.

Mam, die wahre Träumerin – du hast an mich geglaubt, noch bevor ich in der Lage war, mein Essen zu kauen. Hätte ich dir gesagt, ich wollte Astronautin werden, du wärst den Leuten bei der NASA so lange auf die Nerven gegangen, bis sie mich aufgenommen hätten. Du bist die perfekte Mischung aus Stärke und Warmherzigkeit. Ohne dich, Mam, würde dies alles nicht existieren.

Willie, Emer, Monica, Donal, Carmel, Mick und Bernie – eine bessere Crew hätte ich mir nicht ausdenken können. Ihr seid der großartigste Haufen Niemandsländer, dem ich je begegnet bin.

Die Heffernans – obwohl ich euren Namen nicht angenommen habe, habt ihr mich bedingungslos bei euch aufgenommen, mit allem Drum und Dran. Eure Herzlichkeit und Fürsorge kennen keine Grenzen.

Robbie, Jo und Tinker – ihr seid mein Leben. Nichts, was ich hier schreibe, kann das auch nur ansatzweise zum Ausdruck bringen. Unsere Abenteuer sind die allerbesten. Danke, dass ihr mich gefunden habt.

Und zu guter Letzt: Dad – dein Name sollte von Anfang an in der Widmung stehen. Ich hätte nur nie gedacht, dass du nicht mehr in der Lage sein würdest, ihn zu lesen. Du hast jedem von uns ein Stück von deinem riesengroßen Herz mitgegeben. Dein unerschütterlicher Glaube an uns hat uns die Kraft und den Mut gegeben, an uns selbst zu glauben. Du bist der Grund, weshalb ich möchte, dass Jo voller Selbstvertrauen und in dem Gefühl, von ganzem Herzen geliebt zu werden, aufwächst. Auf diese Weise kann sie alles schaffen.

Genau wie Rose sehe ich die Zeichen, die du hinterlässt. Du steckst noch immer voller Magie.

Danke für alles. In Liebe, Hel.

Helena Duggan stammt aus Kilkenny, einer mittelalterlichen Stadt im Süden Irlands, die sie zu dem Ort „Perfect“ inspirierte. Helena schreibt besonders gerne abenteuerliche Geschichten, da sie sich immer sehr schnell langweilt. Doch sie ist nicht nur Autorin, sondern auch Grafikdesignerin und Illustratorin.

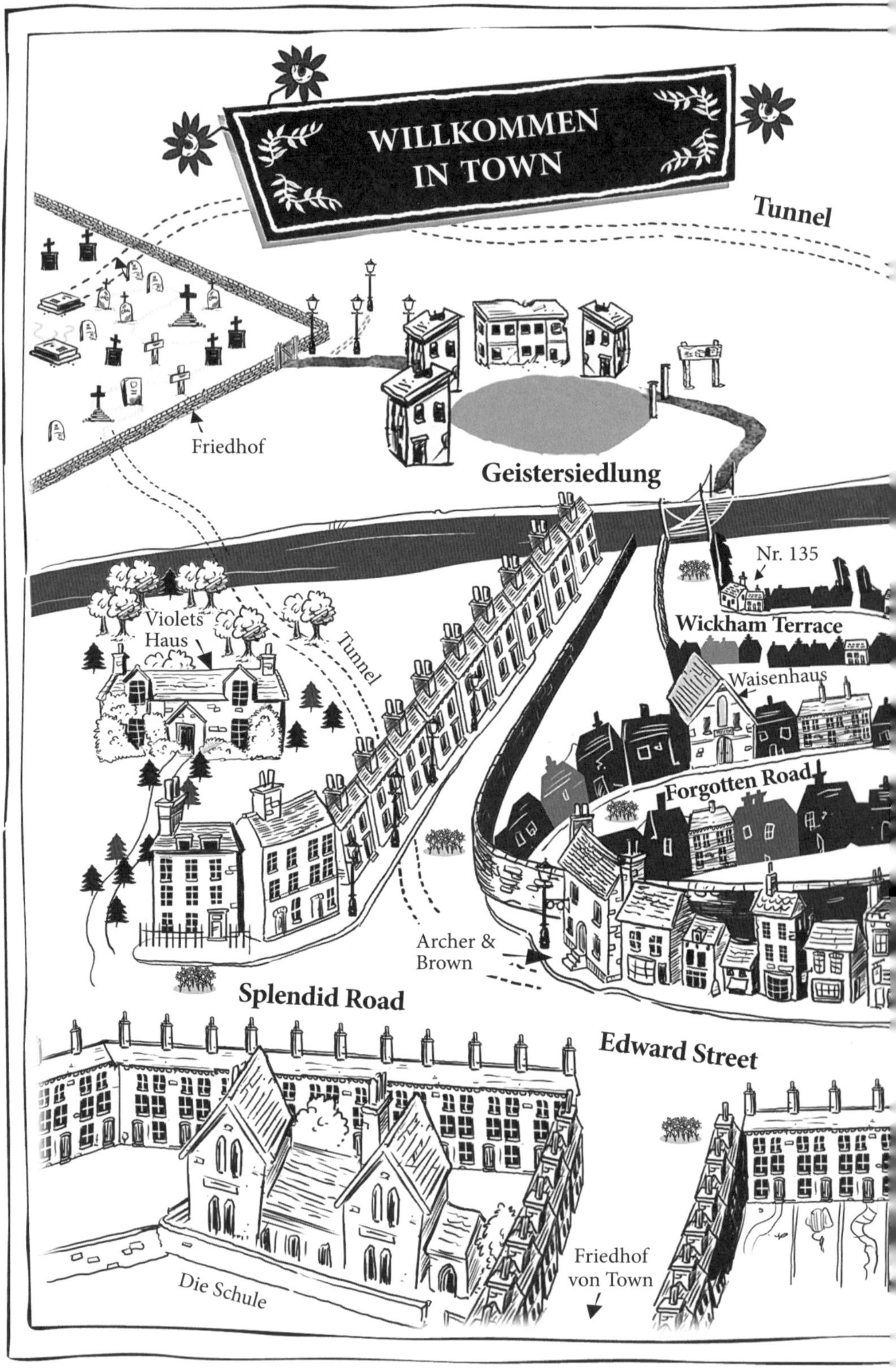
WILLKOMMEN
IN TOWN
Tunnel
Friedhof
Geistersiedlung
Nr. 135
Wickham Terrace
Violets
Haus
Tunnel
Waisenhaus
Forgotten Road
Archer &
Brown
Splendid Road
Edward Street
Friedhof
von Town
Die Schule